우상들과의 점심

The Fame Lunches:
On Wounded Icons, Money, Sex, the Brontës, and the Importance of Handbags

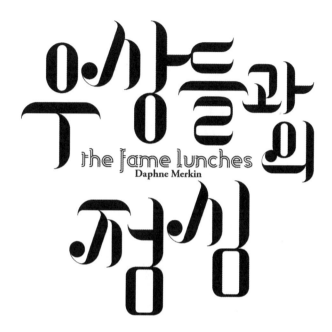

우상들과의 점심

the fame lunches

Daphne Merkin

상처 입은 우상들, 돈, 섹스,
그리고 핸드백의 중요성에 관하여

대프니 머킨 | 김재성 옮김

mujintree
뮤진트리

차례 .

제2부 얄팍한 이야기들

제3부 책 속으로

제4부 숭고한 가치

제5부 단수형의 여성들

제6부 짝짓기 놀이

상처 입은 우상들, 돈, 섹스, 브론테 자매,
그리고 핸드백의 중요성에 관하여

각자 다른 방식으로
내게 살아갈 힘을 주는 조이와 포포에게 바침

▪ 일러두기

− 이 책은 Daphne Merkin의 《The Fame Lunches》(FSG, 2014)를 우리말로 옮긴 것이다.
− 주요한 인명이나 작품명, 개념 등은 외래어 표기용례에 따라 맨 처음 언급될 때 원어를 병기했다. 단, 널리 알려진 이름이나 표기가 굳어진 명칭은 그대로 사용했다.
− 본문에 나오는 도서나 영화 등의 제목은 원제목을 번역 표기하는 것을 원칙으로 하되, 국내에 번역 출간 및 소개된 작품은 그 제목을 따랐다.
− 옮긴이 주는 괄호 안에 줄표를 두어 표기했다.

여자의 안색을 망쳐놓는 색조의 조명들이 있다.

－트루먼 커포티 《티파니에서 아침을》

달이 빛난다고 말해주지 말고,
깨진 유리조각 위에서 반짝이는 한줄기 빛을 보여줘라.

－안톤 체호프

책상머리에서의 여행

첫 에세이집을 펴낸 지 15년도 더 지난 지금, 나는 단서들을 찾고 증거를 저울질하면서 '누가, 어떻게, 왜'와 더불어 '그 모든 것이 무엇을 뜻하는지'를 추론하는 안락의자 탐정의 꼴로 이렇게 책상머리에 앉아 이 시대의 현장을 기웃거리고 있다. 바로 앞에는 이 정경의 일부임에도 전혀 모르는 사람들로 가득한 아파트 건물이 서 있는데 나 또한 그들에게는 〈이창Rear Window〉(히치콕 감독의 영화. 건너편 아파트에서 일어난 범죄를 우연히 엿보고 해결해나가는 내용이다—옮긴이)과 같은 우연한 존재일 것이다. 1층 구석에 있는 '윌리엄스 소노마' 매장에서는 번쩍번쩍 광택이 나는 구리냄비며 무거운 르크루제 소스 팬을 비롯하여 요리를 좋아하는 사람들을 위한 갖가지 신기한 도구들을 판매 중이다. 나는 요리에는 문외한이지만 기분전환이 필요할 때 이따금 이곳에 들러 둘러본다. 노동으로 유인하는 이 방대한 규모의 전시 그 자체만으로도 경탄하지 않을 수 없다. 히말라야산 크리스털 소금과 프랑스에서 수입한 각설탕을 집어 들거나 거품기와 칼과 채칼을 들여다보며 나는 요리와 제빵 기술의 숙련에 투입되는 모든 것을 생각해본다. 종종 떠오르는 생각이지만, 글을 쓰는 행위에 모니터와 키보드, 노트와 펜, 연필과 지우개 따위로 구성된 제한되고 간소한 설비를 뛰어넘는 교묘한 도구들이 훨씬 많이 제공된다면 지금보다 덜 힘들지 않을까, 자아와 자아 간의 외로운 대화라는 느낌이 덜하지 않을까 싶다.

물론 더욱 많은 장비가 제공된다 해도, 다시 말해서 그에 부착된 물리적 장치들이 더 많다고 해도, 글쓰기란 여전히 사치인 반면 음식 만들기는 필수이다. 먹지 않으면 결국 죽게 되지만 쓰지 않아도(또는 읽지 않아도) 삶은 그런대로 지속된다. 여기서 일부 독자들에게 사랑받을 뿐 출판업계 전반에 걸쳐 찬밥 신세인 독특한 장르, 에세이로 화제를 좁혀보자. 적어도 몽테뉴 이후에 에세이가 환대받던 시기는 없었으므로 지금이라고 딱히 더 나쁠 것도 없지 않느냐고(물론 더 좋을 것도 없지만) 주장할 수도 있다. 그리고 어찌 보면 사람들의 관심을 사로잡는 온갖 배출구가 즐비한 인스턴트 시대에 긴 호흡으로 사색적인 글을 '쓰지 않을' 이유가 너무나도 많기 때문에 오히려 그러한 글을 써야 할 사명(그렇게 불러도 좋다면)이 더더욱 귀중한 것이라고, 열정에 찬 글쟁이들이 더더욱 필요한 것이라고 할 수도 있을 것이다.

이 에세이집을 묶으면서, 어떤 형식을 취하건 나는 주로 정서적인 필요성에 따라 글을 쓴다는 생각이 떠올랐다. 시를 쓰기 시작한 소녀

시절이나 지금이나 마찬가지로 말이다. 아직도 기억하는 내 최초의
작품은 단어깨나 주워섬기는 열 살배기의 표현에 따르면 "방치되고,
무시되었으며, 그렇다, 심지어 경멸받기까지 한" 빅토리아풍 인형의
불행한 삶에 관한 시였다. 훗날 그 시는 다른 종이뭉치와 함께 버려졌
지만, 나 자신이라 믿었던 사랑받지 못하는 아이의 집요한 탄식만은
긴 세월 동안 내게서 떠나지 않았다.

글을 쓰려고 할 때 사물을 이해하고자 하는 노력이 그토록 중대하
게 느껴지는 이유 중 하나는, 내가 지극히 혼돈에 가까우며 허무의 망
령마저 빌붙은 구제불능으로 조직되지 않은 삶을 살고 있기 때문일
것 같다. 나는 질서정연한 삶을 살아보고 싶었지만, 성년 이후의 삶
대부분을 규칙과 규정을 멋대로 파기하며 살아왔다. 정통파 유대교
도로서 받은 교육의 영향이기도 하고 나를 길러낸 부모님과 기타 인
물들의 영향이기도 할 것이다. 그럼에도 불구하고, 아니 어쩌면 바로
그 때문에, 나는 언제나 세상이 내게 던진 마구잡이의 원자재에서 표
면상의 부조화를 풀어내고 그 아래 존재하는 패턴을 찾아냄으로써
모양 좋은 이야기를 뽑아내려는 노력에 깊은 관심을 가져왔다. 버지
니아 울프Virginia Woolf의 말을 빌리자면, 나는 "전체를 창조하기" 위
해 글을 쓴다. 충분히 오래 들여다보고 충분히 깊이 생각하면, 얼핏
이해 불가능해 보이던 것들도 결국은 이해 가능한 것으로 판명되는
듯하다.

임신에 대한 공포, 엉덩이 때리기의 관능(평생 내가 떨쳐내지 못할 것
이 분명한 20년 묵은 에세이에 나온다), 정신병동에서의 여러 차례 체류
를 비롯하여 나 자신을 대담하다 못해 경솔할 만큼 숨김없이 드러내

는 글로 알려지게 됐지만, 나는 항상 조심스럽고 때로는 겁도 많으며 이를테면 집을 나서기조차 어려워하는 종류의 사람이다(이쯤에서 내가 한 번도 운전을 배운 일이 없고 아직도 출생지 1마일 반경에서 살고 있음을 털어놔도 좋을 것 같다). 나는 또한 생각이 많아 인피니티 스카프(양끝이 없는 고리 형태의 목도리—옮긴이)처럼 머릿속을 맴돌며 자신의 불안과 강박을 하나의 풀리지 않는 고리로 짜내는 사람이기도 하다. 글을 쓴다는 것은 전적으로 지적인 행위이지만 한편으로는 내 한계를 넘어가보고 천성적 무력증에 도전해볼 수 있는 방편이 된다. 글쓰기는 나를 내 머리 바깥으로 끌어내 지구 반대편이 됐건 바로 책상 앞이 됐건 예측할 수 없는 만남들로 이끌어주며 그럼으로써 이혼의 파괴성, 거들의 전 세계적 소멸, 브론테 자매의 삶, 그리고 그 사이의 모든 것들에 대한 나의 고집스럽고 한없이 오지랖 넓은 호기심을 가라앉혀준다.

이 모음집을 통해 확인할 수 있을 테지만, 애초부터 나는 중대한 문화적 의미를 띠는 것들과 외면상 피상적인 것들의 양극단에 모두 흥미를 느껴왔다. 40년이라는 세월에 걸쳐 발표한 작품들과 문예비평 중에서 골라 묶은 이 책은 인물단평과 서평, 그리고 단상이라 불리던 유형의 글들을 아우르고 있다. 이렇게 다양한 성격의 글들을 묶으며 나는 플로베르가 "사물을 바라보는 절대적인 방식"이라고 부른 바 있는 어떤 문체상의 인상에 가까운 것을 창조하고 싶었고 그래서 배후의 감수성, 정신의 모든 의도적인 습관과 무의식적인 맹점들에 따라 글을 분류했다.

나는 언제나 내 나름의 자유로운 방식으로 말할 수 없는 것들에 대해 말하기를 좋아해왔으니, 그것은 이를테면 돈에 대한 우리의 애증

관계일 수도 있고 비만의 악마화나 독신생활의 잔혹한 현실일 수도 있다. 이처럼 삐뚜름한 각도로 사물을 바라보는 방식 덕분에 내가 지적 정직성을 유지할 수 있었는지도 모른다. 윌리엄 해즐럿William Hazlitt, 롤랑 바르트Roland Barthes, 그리고 영원히 빼놓을 수 없는 버지니아 울프Virginia Woolf는 내가 가장 좋아하는 에세이 작가들이며, 나는 특히 그들의 목소리가 글을 쓰는 자아의 정중앙에서 쩌렁쩌렁 울리기보다도 그 언저리에서 새어나오는 느낌에 찬탄한다. 내 글 또한 그렇게 비밀을 속삭여주듯 친밀한 음조를 조금이라도 갖고 있다고 믿고 싶다.

제목에 대해 한 마디 해야 할 것 같다. 에세이 한 편을 쓰다 불현듯 떠오른 표현인데, 이 책을 묶으면서 생각해보니 모음집 제목으로도 적절할 듯싶었다. 유명한 사람들과 정말로 점심을 먹는다는 문자 그대로의 의미이기보다는 형이상학적 묘사, 다시 말해서 유명인들에 대한 우리의 강박과 유명인들이 어떤 식으로든 그 광휘 안팎의 주변 사람들에게 미치는 영향에 대한 논평이라고 해야 옳겠다. 우리는 이제 더이상 사적인 삶만으로는 충분하지 않은 것처럼, 뭔가 매혹적인 일을 하고 있는 모습을 남들에게 보이지 않으면 존재하지 않는 것이나 다름없는 것처럼 여기곤 한다. 어쩌면 지나치게 환원적인 주장일 수 있지만, 명성에 대한 의식이 우리 인생을 측정하고 우리 행동의 정당성을 인정하는 척도를 변화시켰음은 분명 사실이라고 본다.

마지막으로, 나는 이 에세이들이 어느 독자든 이미 갖고 있었을 내면의 생각과 감정을 반사하여 인식시키고 마음속으로 고개를 끄덕일 수 있게 하기를 바란다. 그리고 나아가 그들이 이 책에서 뭔가 정신의 양분이 될 만한 것을 찾을 수 있기를 바란다. 이 글들을 쓰는 것—다가오는 마감의 압박에다 반쯤 형체를 갖춘 생각과 어슴푸레한 인상을 어느 정도의 품위와 명료함을 갖춘 글로 포착하는 것, 그리하여 "전체를 창조"하는 것—이 항상 즐거웠다고 말한다면 거짓말일 것이다. 하지만 이런 과정의 종착지에서, 쓰기와 고쳐 쓰기, 단락들의 배치와 재배치가 모두 끝나고 비로소 내가 만들 수 있는 최선의 이야기로 탄생하는 지점에서 변함없이 찾아와주는 해방감의 순간이 있다. 그 지점에 이르러서는 그저 세상으로 내보내어 뭇사람들에게 발견되도록, 혹은 그 옛날 빅토리아풍 인형의 운명처럼 방치되도록 하는 것 말고는 더 할 일이 없다. 그것이야말로 우리 작가들이 모든 난제에도 불구하고 희망 반, 의지 반의 자세로 책상 앞에 앉아 암흑 속으로 써 내려가며 시험해보는 운이리라.

제 1 부

매혹과 먼지

우상들과의 점심

이것은 슬픔과 글쓰기, 예정되었던 명성, 그리고 내 어머니에 대한 이야기이자, 물론 우디 앨런Woody Allen에 대한 이야기이기도 하다. 마릴린 먼로Marilyn Monroe도 나오는데, 나는 한때 그녀에 몰두한 나머지 먼로가 죽은 후 그녀에 대해 글을 씀으로서 그녀를 자신의 슬픔으로부터 구해내고자 시도했었다. 한 귀퉁이 어딘가에는 타오르는 불꽃 같은 눈을 지녔으나 재능을 허비하고 말았던 리처드 버튼Richard Burton이 있으니 나는 그에 대해서도 속죄조의 글을 썼던 것이다. 엘비스 프레슬리Elvis Presley는 지나치게 남부적이었고 또한 지나치게 요란했던 탓에 그다지 내게 다가오지 않은 인물인데, 그렇지 않았다면 그 또한 구하고자 시도했을 것임이 분명하다. 그러니까 이것은 사춘기의 환상에 뿌리를 두되 지금까지도 내 안에 남아 있는, 상처 입은 우상들을 구함으로써 나 스스로를 구하고자 했던 이야기이다. 우상이란 즉 유명한 사람들이지만 유명한 사람들이라고 아무나 될 수 있는 것은 아니다. 이들은 오직 나만이 그들을 사로잡은 외로움을 알았으므로 나의 중재를 필요로 했던, 무너지기 쉬운 부류였다. 나는 그들과 길고 친밀한 점심식사를 함께하면서 서로 해묵은 슬픔을 나누는 상상을 하곤 했다. 그런 식사는 일종의 자축 기분을 남겨주었으며 그것이 짧고 덧없었기에 더더욱 위로가 되었다.

아마도 어머니에게서 시작되었을 것이다. 왜냐하면 내가 사랑받지 못한다는 느낌, 더 정확히 말하면 아이가 사랑이라고 느낄 수 있는 방식으로 다루어지지 않았다는 느낌에서 시작했기 때문이다. 가져야 했던 것을 갖지 못했다는 이 정서적 박탈감은 매우 주관적인 느낌이다. 그저 우리 자신의 열띤 증언밖에는 구체적인 증거가 없어 입증하기 어렵다. 따라서 이런 종류의 회고적 해석은 필시 과다한 정신치료나 현실도피에서 비롯되었으며 비교적 최근에 나타난 방종한 현상이라고 믿는 사람들은 눈을 굴리며 한심하다는 반응을 보이기도 한다. 하지만 아주 많은 사람이 경험하는 느낌이므로 비록 그것이 부정적인 수사, 즉 모든 훗날의 실패와 부족함을 설명하는 원천이라는 맥락에서일지라도 검토되어야 할 필요가 있다고 본다. 그것은 전적으로 다른 결론들을 끌어내기도 하여 제프리 다머Jeffrey Dahmer 같은 연쇄살인범이 될 수도 커트 코베인Kurt Cobain 같은 예술가가 될 수도 있다(흥미롭게도 두 사람 다 끔찍한 죽음을 맞이했다). 물론 대부분의 사람들은 그 중간 어디쯤에 다다른다. 상실감의 언저리에 스스로를 부려놓고는 거기서 시작해본다. 자신의 아이에게는 더 나은 부모가 되기를, 또는 연인이나 배우자를 통해 필요한 것을 찾게 되기를 희망하는 것이니, 바로 어른이 된 후의 연애가 어린 시절의 상흔을 덮어주기를 꿈꾸는 것이다.

그런 상실감은 내게 상상 속에서는 연쇄살인범으로서의 삶을 살면서도 현실에서는 부모를 두려워하고(그들에게 분노하는 것은 물론이고) 글쓰기에서 피난처를 찾으며 마음속에 스스로를 작가로 확립시키려 노력하는 것으로 나타났다. 연쇄살인범이라고 해서 내가 사람들을 몰래 집으로 끌어들여 토막 낸 다음 내 아파트에서 풍겨 나오는 말할 수 없이 역한 냄새 때문에 나를 의심하는 이들이 없도록 시체에 샤넬 향수를 뿌려댔다는 뜻은 아니다. 그보다는 훨씬 절제된 의미인데, 나는 붉은 콧수염의 유능한 정신과 의사에게 부모를 살해할 가능성을 퍽 오랫동안 지속적으로 시사했던 것이다. 그는 당시 알려진 모든 종류의 항우울제를 처방해줌으로써(아직 프로작의 전성시대가 오기 전이었다) 나의 명백한 정신적 고통을 완화시키고자 했으며, 파업에 나선 박봉의 노동자처럼 '자식들에게 불공정한 머킨스 부부'라는 현수막을 들고 부모의 아파트 건물 앞에 찾아가 시위를 하면 어떻겠냐고 반농담조로 제안하기도 했다.

나는 미약하지만 분명히 존재하는 존속살인 충동에 불을 붙이고자, 아울러 그들의 분노에 대한 동일시 감정으로 연쇄살인범들에 관한 책을 많이 읽었다. 《제화공The Shoemaker》이라는 살인범 부자에 관한 책이 깊은 인상을 남겼는데, 가족을 제대로 통제하기 위해 망치를 사용하는 것을 포함한 살인의 잔혹성 때문이었다. 하지만 그 행위가 기나긴 징역형 외에 과연 무슨 이득을 가져올 수 있을지 의심스럽기도 했다. 지난 삶에서 알아온 모든 사람들과의 연루를 벗어나 조그만 감방 안에서 살다 보면 강하고 건강해질 것이라는 생각도 했던 것 같다. 하지만 내가 정말 알고 싶었던 것은 내 정신과 주치의가 법정에 나와 굳은 얼굴의 배심원들에게 내가 출생 이래 얼마나 학대받았는지를, 내 범행은 그로 인한 당연한 결과였다는 것을 제대로 증언해줄 것인가였다.

예의 정신과 주치의는 병이 재발하는 바람에 급사했다. 어쨌든 본론으로 들어가자면 지금 나는 내가 아주 오래 전부터 절망적인 인물이었다는 말을 하고 있는 것 같다. 지금보다 젊고 날씬했을 때조차 나는 절망적이었다. 현재 시점에서 보면 그토록 젊고 날씬했던 내가 절망적일 수 있었다는 것을 상상하기는 어렵지만 말이다. 하지만 실제로 그랬다. 그리고 어머니와 아버지를 살해하는 상상 외에 절망감에서 나 자신을 구하기 위해 사용했던 또 하나의 방법은, 다른 사람들(단순히 다른 사람들이 아니라 대중의 상상력을 사로잡았던 저 '다른 사람들')도 바로 나만큼 필사적으로 인정받기를 원한다고 상상하는 것이었다. 나는 아무것도 아니었다. 하지만 중요한 사람들('요람에서 충분히 사랑받지 못했던' 중요한 사람들)조차 내면 깊은 곳에서는 아무것도 아닌 사람으로 오해받는다고 느끼는 것 같았다. 숨바꼭질하듯 신비로운 목소리로 지저귀는 에밀리 디킨슨Emily Dickinson의 유명한 시가 싫다는 사실을 확신했던 것처럼, 나는 이것을 확신했다.

나는 아무도 아니에요! 당신은 누군가요?

당신도 아무도 아닌가요?

그러면 우리 둘은 같군요!

그녀는 완전히 틀렸다. 그도 그럴 것이, 뉴잉글랜드의 눈더미 속에 혼자 갇혀 지냈던 그녀가 뭘 알겠는가? 비결은 아무것도 아닌 사람에서 벗어나 중요한, 하지만 내면 깊은 곳에서는 마찬가지로 아무것도 아닌 어떤 사람에게 스스로를 부착시키는 것, 그럼으로써 자신의 상처에 일종의 위상을 제공하는 데 있다.

그래서 나는 20대 초반 어느 날 우디 앨런에게 편지를 썼다. 추문을 내기 전, 초창기의 지독하게 웃겼던 우디 앨런에게 말이다. 〈돈을 갖고 튀어라Take the Money and Run〉를 보고 《보복Getting Even》을 읽은 후 나는 아무렇지 않은 척 존재감을 발하는 그를 내 분신으로 삼았다. 그는 답지 않은 광팬인 내게 꼭 맞는 답지 않은 유명인이었다. 대학 창작 시간에 썼던 그건 사실 편지라기보다는 시였다. 시치고는 퍽 재미난 시였을 텐데 기억나는 것은 마지막 두 줄이다. "당신은 나를 웃겨주는 사람이에요." 나는 그렇게 썼다. "내 곁에서는 우울해도 괜찮답니다." 바로 그거였다. 나는 위대한 코미디언의 내면에 감추어진 고통을 이해하는 아무것도 아닌 사람이었다.

신기하게도 그가 낚였다. 내 시를 칭찬하고서 자신의 심장을 엑스레이로 찍는다면 꺼멓게 나올 거라는 답장을 보내왔던 것이다. 지금까지의 내 생각이 옳았던 것처럼 느껴졌다. 〈데설레이션 로우 Desolation Row〉(밥 딜런Bob Dylan의 노래 제목. '황폐한 거리'라는 뜻—옮긴이). 나는 어머니에게 달려가 편지를 보여줬다. 그리고 어머니를 살해하려는 계획까지 포함해 모든 것을 털어놓았다. 이제 마침내 어머니는 내가 누군지 알게 될 것이었다. 여러 해 동안 겸손하게 처신해왔던, 그래서 세 딸 중 하나일 뿐인 평범한 여자애로 오인해왔던 이 현자를 말이다. 이제 어머니는 알게 될 것이었다. 나는 나라는 것을. 아니, 사실인즉슨 나 이상이라는 것을. 대리인이 보여주었듯, 상처 입은 우상이라는 것을.

시간은 흘러갔다. 나는 〈바나드Barnard〉에 영화평을 쓰다가 〈코멘터리Commentary〉와 〈뉴 리퍼블릭The New Republic〉 등 여러 지면에 서평을 썼다. 심장을 두뇌 밑에 감추어야 하는, 언제나 세련된 문장으로 생각을 할 뿐 절대로 주방에 서서 손에 쥔 칼을 내려다보며 그것을 자신의 가슴팍에 꽂아야 할지 망설이는 사람처럼 보여서는 안 될 지면들이었다. 나는 컬럼비아 대학교 인근에 살았다. 브로드웨이와 웨스트엔드 애비뉴 사이의 106번 스트리트였다. 나는 파크 애비뉴의 집에 살면서 팬레터를 받았던 때와 똑같이 절망적이었다. 1970년대 후반이었다. 정교하게 천민적으로 정체되어 있던 시기였다. 우디 앨런은 마치 계란 샐러드 샌드위치 포장지처럼 보이는, 윗부분에 붉고 두꺼운 필체로 이름이 인쇄된 갈색 종이봉투로 〈뉴 리퍼블릭〉 서평 잘 읽었다는 편지를 보내왔다. 또 하나의 상처 입은 동물이었던 작가 제인 볼스Jane Bowles의 책에 대해 쓴 글이었다. 그리고 내가 왜 서평 같은 것에 재능을 낭비하는지 모르겠다고 덧붙였다. 나는 다소 새침을 떨며 서평은 나 따위에게는 과분한 예술 형태라고 생각한다는 답장을 보냈다.

그때나 지금이나 나는 그렇게 생각한다. 하지만 그의 말이 어떤 의

미였는지 안다. 존재감을 발휘하라는 거였다. 그가 다시 답장을 했고 나도 그렇게 했다. 본격적인 서신 왕래가 시작되었다는 생각이 들었다. 그는 비교적 늦지 않게 회신을 했다. 만나서 술이나 한잔 하자는 약속이 오갔으나 늘 연기됐고, 그는 계속해서 내 글에 대한 격려의 글을 보내왔지만 내가 그로부터 정말 원한 것이 무엇인지 그는 전혀 몰랐을 것이다. 대놓고 나를 구해달라고 말할 수는 없는 노릇이잖은가. 그 근처까지 가긴 했었던 모양이다. 그의 비서가 전화를 걸어 내게 정신과 의사를 하나 소개시켜준 일이 있었으니 말이다. 하지만 그게 무슨 소용이란 말인가. 나는 뉴욕 시내에서 이름난 정신과 의사는 거의 빠짐없이 만났었다. 그가 만난 정신과 의사 수에 필적할 것 같았다. 그들은 언제나 나 자신에게 도로 나를 던져버리곤 했다. 내가 원했던 것은 누군가가 내 방문을 두드리며 이렇게 말해주는 거였다. "대프니 머킨, 당신은 지금부터 영원히 내 어깨에 머리를 기대도 좋아요. 당신은 조그맣고 상처를 입었지만 나는 커다랗고 상처를 입었어요. 이제 우리는 함께 상처 입지 않는 우주를 창조할 거예요." 뭐 그 비슷하게 말이다. 말할 것도 없이 그런 일은 일어나지 않았다.

드디어 우디 앨런과 술을 마시게 됐다. 여러 해가 지난 후, 그러니까 내가 첫 장편소설을 쓰고 결혼을 하고 엄마가 되고 이혼을 하고 등등 삶이란 것이 그 옛날 불행했던 아이의 소망을 딱히 충족시켜주진 않지만 다른 대리 만족을 찾을 수도 있는 것임을 깨닫게 해주는 많은 일들을 거친 후였다. 그동안에도 연락이 완전히 끊긴 것은 아니었다. 특히나 덜떨어지고 비참한 편지를 받은 그가 오자에 줄을 긋고 수정액을 퍼부어 돌려보낸 후 긴 휴지기가 있기는 했었다(스미스 코로나 타자기 시절이었다). 그는 그 편지에 이렇게 갈겨썼다. "내게 뭘 원하는지 모르겠군요…. 내가 도울 길이 있다면 알려줘요."

내가 앤서니 레인Anthony Lane과 번갈아 격주로 〈뉴요커The New Yorker〉에 영화평을 쓰기 시작한 후, 우리는 조금 안정된 위치에서 만날 수 있게 되었던 것 같다. 그날 함께 술을 마셨고 또다시 만나 술을 마셨으며 이따금 점심도 같이 먹기 시작했다. 그 일이 내 삶을 변화시켰다고 말할 수는 없다. 안타깝지만, 심지어 늘 지각하는 버릇조차도 바꿔놓지 못했다. 나는 아직도 절망적인 캐릭터이다. 완전히 늙기 전까지 그럴 운명인 것 같다. 사실 얼마 전에야(정확히는 네댓 달 전) 나는 우디와 점심을 먹던 어퍼이스트사이드의 고급 식당에서 쾌활한 재잘거림과 정성껏 한 화장 아래로 내가 얼마나 절망감을 느끼고 있는지 식탁 너머의 그에게 털어놓을 수 있었다. 얼마나 절망적인데요? 우디는 즉각 알고 싶어 했다. 상당히 절망적이에요. 아침에 일어나기가 힘들어요? 아주 힘들어요. 하루 종일 침대에 누워 있기도 하고요? 아니에요, 하지만 정오가 되어서야 잠옷을 벗는 일이 많아요. 그래도 글은 계속 쓰죠? 여러 주째 한 글자도 쓰지 않았어요. 그가 심각한 표정으로 상냥하게 물었다. 충격요법을 받을 생각을 해본 적이 있어요? 충격요법이요? 그래요, 친구 하나가(유명한 친구였다) 효험을 봤거든요. 한번 해보면 어떨까요?

물론이라고, 고맙다고 나는 대답했다. 내가 무엇을 바랐던 것인지는 모르겠지만(어쩌면 "나와 함께 가요. 당신의 슬픔이 사라질 때까지 내가 꼭 껴안아줄게요" 비슷한 것이지 "한번 가서 전극들을 붙여보지 그래요"는 아니었을 듯) 나는 약간 어리벙벙해졌다. 약간이 아니라 많이 그랬다.

나름 도움이 되어주려는 시도였음을 이해하지만 결과는 그렇지 못했다. 우리는 늘 그랬듯 매디슨 애비뉴에서 악수를 했고 서로의 볼에 가볍게 입을 맞추었다. 햇볕이 좋고 서늘한 날이었다. 나는 밝은 색상의 여름 원피스들이 걸린 쇼윈도들을 들여다보며 집으로 갔다. 충격요법? 처음 듣는 것도 아니었고, 그걸 해보고 효험을 본 사람들을 모르는 것도 아니었다. 그렇지만, 도대체 그는 나를 뭘로 본 걸까? 얄팍한 병원 침상에 앉아 멍하니 허공을 노려보는 만성 정신질환자 정도로? 내가 장래성 있는 작가라는 걸, 스스로의 기분을 창조적으로 묘사하는 능력을 갖춘 사람이라는 걸 모르는 걸까? 충격요법이라니, 기막혀. 스파라면 몰라도. 매디슨 애비뉴를 걸어 가는데 불현듯 상처 입기 쉬우며 예민한 것이 고작 이런 결과나 가져온다면 차라리 강인해지는 것이 낫겠다는 생각이 들었다. 그럴 만한 가치가 없으면 사람들은 가던 길을 멈추고 타인의 상처를 안타까워해주지 않는다. 정말이지 바로 지금이 그 구원이란 걸 다시 생각해야 할 때 같았다. 어쩌면 나는 내가 판단한 만큼 절망적이거나 벼랑 끝에 서 있는 게 아니었는지도 모른다. 그것이야말로 새로운 가능성이었다.

백금빛 고통

마릴린 먼로

우리가 마릴린 먼로에 그토록 강하게 반응하는 것은 그녀의 미모나 육체 때문이라기보다 명성, 부, 그리고 유명한 남자들의 사랑에도 불구하고 해소할 수 없었던 그녀의 절망 때문이라는 생각을 가끔 한다. 서너 해마다 한 번씩 감춰진 사실을 밝혀준다며 출간되는 책들의 (현재까지 100권이 넘게 나왔다) 또는 새롭게 발견되는 사진들의 주인공으로 그녀는 다시 등장한다. 그녀가 출연한 영화들은 지속적으로 관람되고 재평가되며 그녀의 이미지는 마돈나Madonna에서 모니카 르윈스키Monica Lewinsky에 이르기까지 만인에 의해 도용된다. 먼로에 대한 우리의 관심은 그칠 줄을 모른다. 그 이유는 그녀의 영혼이 겪은 동요가 충분히 설명되지 않았기 때문이며, 광휘의 배후에 깔린 생래적인 슬픔은 아무리 들어도 지겹지가 않기 때문이다. 아름다운 핀업 걸 뒤의 상처 입은 동물, 시퀸으로 장식한 금발 미녀가 된 버려진 수양아. 그녀의 이야기는 전설의 영역에 진입했다. 그 불행한 종말은 그녀를 전형적인 동화의 여주인공보다는 교훈 속의 희생자로, 남성들의 스타 제조 시스템에 갇힌 여성의 상징으로 각인시켰다.

먼로는 물론 가슴과 엉덩이와 촉촉한 입술의 순응성으로 대표되는, 남성들의 가장 사춘기적인 판타지를 형상화한다. 그와 동시에 그녀의 이미지는 건전하고 솔직한 무엇인가를 겸비하여 사람들에게 수치심 없이 정신적인 응석을 부릴 수 있게 했다. 바로 이 같은 순수한 자질로 인해 그녀는 주한미군들의 최고 스타가 되었으며 노먼 메일러Norman Mailer는 자기도취적 몽상으로 쓴 전기 《마릴린Marilyn》의 첫 줄에 "달콤한 성의 천사"라고 적었던 것이다. 하지만 우리가 잘 알듯 그녀는 개인적으로도 직업적으로도 문제아 유형으로 간주된다. 잠깐 한눈을 팔면 곧바로 익숙한 해악을 붙드는, 그래서 부단한 관리가 버겁고 과연 그럴 가치가 있을까 의심케 하는 부류 말이다.

먼로의 짧은 생은(그녀는 1962년 8월 5일에 서른여섯의 나이로, 아마도 자살했다) 이를테면 진 할로Jean Harlow나 캐롤 롬바드Carole Lombard 같은 경우보다 훨씬 중대하고 많은 문학적 고찰을 유발했다. 메일러뿐 아니라 속물근성의 다이애나 트릴링Diana Trilling이 두 차례 뛰어들었고(그중 한번은 글로리아 스타이넘Gloria Steinem이 먼로에 대해 쓴 책의 서평이었다), 《여름의 소년들The Boys of Summer》의 작가 로저 칸Roger Kahn은 조 디마지오Joe DiMaggio와 먼로의 10년 관계에 대한 책을 썼다. 먼로는 또한 푸코Foucault와 보드리야르Baudrillard의 인용문이 각

주로 달린 난해한 학술 서적 《미국의 먼로―육체 정치의 탄생American Monroe: The Making of a Body Politic》의 제재가 되기도 했고, 솔 벨로Saul Bellow는 1997년 〈플레이보이Playboy〉 인터뷰에서 그녀를 가리켜 "피부 아래 뭔가 신기한 광채가 있다"고 묘사했다. (이복자매, 가정부, 이브 몽탕Yves Montand을 비롯한 옛 연인 등 그녀를 알았던 사람들이 남긴 말들도 수없이 많다.)

먼로는 작가들에 의해 인류학적 발견과 같이, 그러니까 트뤼포 Truffaut 식의 '야생의 아이'(프랑수아 트뤼포 감독의 영화 제목―옮긴이)로 취급 된다. 이 같은 매혹의 저변에는 먼로의 비극적인 죽음은 물론이고 그 녀가 보여줬던 것으로 알려진 영리한 기지도 있는데, 이런 것들을 통 해 지식인들은 대중적인 우상들에게 친근감을 느끼게 된다. 그리고 그녀는 묘하게 가공되지 않아 보인다는 사실이 있다. 통일성 있는 자 아를 구하는 다층적 성격. 먼로는 끊임없이 누군가의 인도를 찾았는 데 도스토예프스키Dostoyevsky, 예이츠Yeats, 마르크스Marx 같은 죽은 명사일 수도 있었고 액터스 스튜디오 관장 리 스트라스버그Lee Strasberg, 그녀의 정신과 주치의 랠프 그린슨Ralph Greenson 같은 현세의 권위자일 수도 있었다. 여기서도 일종의 상호 예찬적 측면이 발견된 다. 먼로는 머리가 좋은 남자들, 특히 작가들에게 끌린 몇 안 되는 미 녀 중 하나였다. 1961년 페인 휘트니 정신병원에 입원했을 때 그녀는 프로이트Sigmund Freud의 서간문들을 읽었으며(어니스트 존스Ernest Jones 가 쓴 프로이트 전기는 이미 읽은 후였다) 그녀 본인도 글을 곧잘 써서 자 신의 정신 상태에 대한 글을 적어내기도 했다. 아서 밀러Arthur Miller와 의 파경 이후 상당기간 더 생존했다면 누구와 맺어졌을지 상상하기는 어렵지만 적어도 에디 피셔Eddie Fisher(미국의 가수. 〈7년 만의 외출〉에서 먼로의 캐릭터가 좋아하는 가수로 언급했다―옮긴이)는 아니리라고 짐작해도 좋을 것이다.

마릴린 먼로의 삶을 둘러싼 미스터리는 친아버지가 누구였는지로 시작해서 죽음에 대한 논쟁으로 끝날 때까지 아주 많다. 하지만 중심을 이루는 미스터리는 그녀가 과연 무구한 희생자였는지 아니면 상대를 이용하는 계산적인 여자였는지가 될 것이다. 그녀는 솜털이었을까, 강철이었을까. 먼로 관련 서적에 최근 추가된 두 권의 책은 전기와 음모론이 뒤섞인 이 장르에 새 숨결을 불어넣어준다. 음모론은 먼로와 그녀의 가장 유명한 연인 잭 케네디Jack Kennedy와 같은 어두운 숙명의 인물들 주변에서 비롯된다. 바버라 리밍Barbara Leaming의 전기 《마릴린 먼로Marilyn Monroe》는 도널드 H. 울프Donald H. Wolfe가 먼로를 향한 계략에 관해 써낸 《마릴린 먼로의 마지막 날들The Last Days of Marilyn Monroe》에 비하면 주인공에 대해 양면적인 접근을 보여준다. 오슨 웰스Orson Welles와 캐서린 헵번Katharine Hepburn의 전기를 썼던 리밍은 자신의 상품화에 저항하는 동시에 그것을 철저히 활용하기도 한 여자를 그려내고 있다. 리밍의 마릴린은 만인의 연인이기보다는 자신의 행동이 스스로에게 초래할 불행보다 그것이 대중에게 남길 이미지를 중시하는 조작자형 인간이다. 리밍은 디마지오와 결별하기로 한 먼로의 결정에 대해 언급하며 "마릴린은 이혼 절차를 먼저 시작했으면서도 디마지오만큼 망연자실해 보여야 했다"고 쓰고 있다. 그녀는 또한 이혼 서류를 건넨 다음 집 밖에서 기다리는 기자들을 위해 변호사와 함께 교묘하게 구상한 계획을 자세히 들려준다. 여배우는 한손에 흰 장갑 한 켤레를 다른 손에는 손수건을 들고서 "한꺼번에 전구들이 폭발하기라도 한 듯 어리둥절해보였고" "현기증을 느끼는 듯했으며" "당장이라도 졸도할 것처럼 보였다."

리밍은 464페이지에 이르는 책의 여덟 페이지를 할애해 정서적으로 곤궁했던 먼로의 유년기를 보여준다. 아동복리 공무원 같은 상투어들을 쏟아내며 먼로가 스스로 "완전히 무가치하다는" 감정으로 가득한 "슬프고 외로운 소녀"였음을 인정하면서도, 그녀는 먼로의 성장에 영향을 미친 과정들을 파헤치기보다는 그 결과를 비난하는 데 더 열중하는 듯하다. "가련하고 학대받은 아이"는 자기현시 콤플렉스로 똘똘 뭉친 수줍으면서도 영악한 처녀로 빠르게 변해갔다. "그녀는 어떤 상황에서든, 모든 상황에서 포즈를 취하는 데 망설이지 않았다." 리밍은 성인이 된 먼로가 "조 맨키위츠Joe Mankiewicz(〈이브의 모든 것〉을 연출한 영화감독—옮긴이)가 '발라붙인 천진함'이라 묘사했던 자질을 취했다"고 쓰며 먼로의 불행한 성장기는 즉시 끊임없는 선전 자료로 차용되었다고 비판한다. "마릴린은 인터뷰란 인터뷰마다 스스로를 용감한 고아 소녀로, 이를테면 위탁 가정을 전전하며 어린 시절을 보낸 현대판 신데렐라로 그려냈다."

하지만 실제로 그렇지 않았는가? 마릴린에게 매혹되는 일부 작가들이 그렇듯 리밍도 마릴린의 이야기에 대한 반사적 역반응에 시달리고 있는 것 같다. 흥미롭게도, 먼로의 죽음을 둘러싼 자세한 정황을 다루고는 있지만 울프의 책이야말로 〈백만장자와 결혼하는 법How to Marry a Millionaire〉(1953)의 시나리오 작가 너널리 존슨Nunnally Johnson이 불렀듯 "길 잃은 여인"이 된 길 잃은 소녀의 보다 복잡한 그림을 보여준다고 해야겠다.

먼로는 존 디디온Joan Didion의 《순리대로 가야지Play It as It Lays》에 등장하는 마리아 와이어스Maria Wyeth처럼 "멀리 바라볼 준비가 되어 있지" 않은 몽상가들과 떠돌이들이 사랑한 캘리포니아 주에서 나고 죽었다. 먼로의 곤경은 본질적으로 제 자리를 잃었다는 데, 다시 말해서 정체성의 방향 상실에 있었다. 그녀는 로스앤젤레스 교외의 호손에서 진정한 가정 없이 사생아로 생을 시작하여, 새로 산 가구도 별로 없는 한적한 브렌트우드의 막다른 골목에 있는 벽토 목조 단층집에서 수화기를 붙들고 홀로 죽었다. 먼로는 일생 동안 정신질환의 망령에 시달렸다. 외조부모 내외가 모두 정신병원에서 죽었고 어머니 글래디스는 딸이 아주 어릴 적부터 간헐적인 정신병 발작으로 인해 주립 정신병원을 들락거렸다. 아버지는 주소미상의 에드워드 모텐슨으로 되어 있지만 실제 아버지는 스탠 기퍼드라는 남자였던 듯하다. 먼로는 여러 해 동안 그와 접촉을 시도했으나 번번이 거절당했다.

보건소에서 태어난 지 2주 만에, 노마 진 베이커Norma Jean Baker라는 이름의 갓난아기는 위탁 양육가정으로 이송됐다. 앨버트와 아이다 볼렌더 부부와 가장 오래(7년) 살았다. 독실한 신앙인이었던 이 부부는 집배원이던 앨버트의 수입을 보충하기 위해 아이들을 받아들였다. 1993년 꼼꼼한 조사 끝에 먼로의 전기를 출간한 도널드 스포토Donald Spoto를 포함하여 먼로의 어린 시절에 대한 가슴 아픈 묘사에 냉담한 시선을 보내는 이들도, 볼렌더 집안의 분위기가 엄격했다는 사실은 인정한다. 규율 기준이 높았고 동기는 아무 상관없었으며 항상 신이 중시되었다. 노마 진의 친어머니는 딸이 일곱 살일 때 가까스

로 둘만의 가정을 꾸렸다. 영화 일을 하던 영국인 키넬 부부의 집 이
층에 세를 얻었던 것이다. 울프가 말하듯, 성인이 된 먼로는 글래디스
가 다시 입원하기 전까지의 이 짧은 기간 동안 키넬로부터 성적 학대
를 받았다고 처음엔 벤 헥트Ben Hecht와의 인터뷰에서, 그리고 죽기 몇
주 전에 다시 회고한 바 있다. (다른 작가들은 이 주장을 사실로 인정하지
않거나 무시하는데, 나는 믿는 편이다. 왜냐하면 이 시기는 복원된 기억 증
후군이 도래하기 전이었기 때문이다.)

노마 진이 아홉 살도 채 되기 전 친어머니는 법적으로 금치산자 판
정을 받았고 글래디스와 필름 편집소에서 함께 일하다 친해졌던 그
레이스 맥키가 법적 보호자가 되었다. 이 아이를 진심으로 좋아한 맥
키는 그녀 안에 잠재된 스타성을 알아본 최초의 사람이었다. 하지만
1년도 못되어 그녀조차 노마 진을 돌볼 수 없게 되었다. 그래서 1935
년 9월 13일, 말수가 적고 예쁜 청록색 눈동자의 소녀는 로스앤젤레
스의 고아원으로 보내졌다. 맥키는 노마 진에게 선물을 사주었고(비
용은 글래디스에게 청구했다) 고아원을 떠난 뒤 그녀가 위탁될 가족 상
황을 점검하는 등 연락을 유지했다. 글래디스는 이따금 딸을 방문했
는데 그때마다 멍하니 냉담하게 행동했다. 노마 진의 가장 안정된 벗
은 찬란한 몽상이었다. 그 속에서 그녀는 "내가 지나갈 때면 너무나
아름다워서 사람들이 고개를 돌려 바라보는" 모습을 상상했다.

먼로 본인도 자신을 몰고 가는 힘을 상당히 어둡게 보았기에 이렇
게 썼다. "그래, 내게는 뭔가 특별한 게 있었다. 나는 그게 무엇인지
알았다. 나는 사람들이 한손에 빈 수면제 병을 들고 쪽방 침대에 누워
죽어 있는 걸 보게 되리라고 생각하는 그런 여자였다." 미래를 예지

하는 시나리오이지만 노마 진의 '먼로'로의 가파르고 눈부신 변신을 설명해주지는 못한다. 그렇다면 무엇이 그것을 설명해줄 수 있을까? 관련 서적을 조금만 읽어봐도 캐스팅 책임자들, 그녀와 동침한 멘토들(윌리엄 모리스 사의 에이전트 조니 하이드Johnny Hyde, 20세기 폭스사의 중역 조 셴크Joe Schenck, 20세기 폭스사의 재무 담당 스피로스 스쿠라스Spyros Skouras 등), 성형수술의 발전(코는 작게, 턱은 둥글게 수술했다), 그리고 강한 의지라고 추론하기 쉬울 것이다. 그녀는 남자들과 동침하여 정상에 올랐을까? 그렇다와 아니다 모두 대답이 될 것 같다. 그녀는 자신에게 도움이 될 수 있는 남자들이 마음에도 들면 동침했다. 하지만 컬럼비아 영화사의 음흉한 사장 해리 콘Harry Cohn을 비롯하여 자신이 혐오하는 권력가들과의 동침은 거부했다. 그러고 보면 그녀의 도덕관념은 상황에 따라 발동했던 듯하다. 그녀는 또한 병든 하이드가 제안했듯 돈을 상속받기 위해 그와 결혼하는 것도 거부했다. 돈이나 우려내는 요부가 되고 싶지 않아서이기도 했지만 그를 사랑하지 않아서이기도 했다.

물론 아무리 주목받으려고 몸부림친다고 해도 남자와 함께 자는 것으로는 대중의 관심을 얻을 수도, 어둠 속에 앉아 있는 관객들에게 자신의 존재를 지워지지 않게 각인시킬 수도 없다는 게 진실이다. 기껏해야 삼천 달러짜리 생명보험에 가입했고 천오백 달러어치 보석과 모피를 남겼을 뿐이지만 먼로의 박스오피스 가치는 수백만 달러에 달했다. 그녀가 죽자 좋은 영화를 "돈이 되는" 영화로 정의했던 콘은 혼비백산하여 "다른 금발 하나 데려와"라고 외쳤다고 전해진다(그리하여 킴 노박Kim Novak이 등장했다).

먼로의 비평가 리처드 시켈Richard Schickel의 표현을 빌리자면 "풍만한 신인 여배우"에서 메가톤급 스타로의 변화에는 라나 터너Lana Turner의 이야기에도 따라다니는 꿈의 실현이라는 성격이 배어 있다. 처음에는 그저 장래성 있는 예쁜 얼굴로 슈왑(1930년대에서 1950년대 사이 로스앤젤레스의 선셋 불러바드에서 성업했던 일종의 편의점으로 스타를 꿈꾸는 청춘들이 많이 이용했다—옮긴이) 판매대에서 소다수나 홀짝거리다가 눈 깜짝할 사이에 만인이 열망하는 스타가 되어버린 것이다. 또는 먼로가 〈버스 정류장Bus Stop〉(1956)에서 맡았으며 지극히 단순하게 설정된 캐릭터인 가수 지망생 셰리처럼 "발견되고, 선택권이 생기고, 약간의 존중을 받게" 되었다. 하지만 현실에서는 이런 일은 일어나지 않는다. 먼로의 경우 골빈 미녀의 육체 안에 진지한 연기자가 숨어 있다는 걸 대중이 납득하는 데 상당한 노력이 소요되었으며, 이는 오늘날까지 은근히 경멸적으로 다루어지는 개념이다. 《친밀한 타인—유명인 문화 Intimate Strangers: The Culture of Celebrity》에서 시켈은 "그녀의 얄팍하고 보잘것없는 자서전"이라는 표현과 함께 "고해는 그녀 성공의 중대한 요소였다"고 주장한다. 하지만 먼로의 초기 삶이야말로 빤한 미녀 서사에 통렬한 날을 세워주었고 그녀를 눈에 보이는 자산과 보이지 않는 결함의 흥미로운 융합체로 제시했다. 또한 나는, 특히 오늘날의 모든 걸 까발려 보여주는 문화에 비추어볼 때면 더더욱, 그녀가 고해 방법을 활용했다는 주장에 동의하기 어렵다. 그보다는 오히려 사생활을 퍽 중시하는 편이었던 것 같다. 밀러와의 파경에 대해 한 마디 해달라는 요청에 그녀는 이렇게 대답했다. "제가 그 문제를 논하는 것은 상스럽다고 생각해요. 사생활 침해가 될 거예요."

분명한 사실은, 먼로는 할리우드와의 관계보다 대중과의 친밀감을 더 신뢰했다는 것이다. 영화계에는 그녀를 대단히 매혹적인 존재로 보는 대신 그저 〈이브의 모든 것All About Eve〉(1950)에서 그녀가 연기했던 젊고 예쁜 애인쯤으로 치부한 이들이 늘 있었다. 먼로가 최초로 스튜디오 계약을 맺은 20세기 폭스사의 제작국장 대릴 F. 재넉Darryl F. Zanuck은 그녀를 "밀짚 머리"라 불렀다. (리밍에 따르면 폭스는 재넉이 "그녀가 매력적이지 않다고 생각했다"는 이유로 계약 체결 이듬해인 1947년 계약을 해지했다.) 〈아스팔트 정글The Asphalt Jungle〉(1950)과 〈야생마The Misfits〉(1961)를 연출한 존 휴스턴John Huston은 먼로가 "스크린 위에서 보다 밖에서 내게 깊은 인상을 남겼다"며 완곡하게 깎아내렸다. 도널드 스포토는 휴스턴이 자서전에서 먼로의 재능을 즉각적으로 알아보았다고 썼지만, 사실 원래는 〈아스팔트 정글〉에 그녀를 기용하는 데 반대했다가 루이스 B. 메이어Louis B. Mayer가 스크린 테스트를 좋게 본 다음에야 동의했다고 쓰고 있다.

먼로는 무엇보다도 카메라와 친해졌다. 직업인으로서의 처신은 거의 처음부터 몹시 불성실했다. 지각이 잦았으며 촬영장에 나타나서도 술이 덜 깨어 대사를 더듬거리기 일쑤여서 늘 연기 교사들의 지도가 필요했다. (결국 폴라 스트라스버그Paula Strasberg가 매주 3천 달러라는 거액을 받고 서비스를 제공했는데, 주로 한 장면을 찍으면 고개를 끄덕이거나 젓는 정도에 불과했다.) 〈7년 만의 외출The Seven Year Itch〉(1955)과 〈뜨거운 것이 좋아Some Like It Hot〉(1959)를 연출한 빌리 와일더Billy Wilder는 그녀의 사망 이후 이어진 신성화의 '컬트'에 반기를 들며 "마릴린 먼로는 시간을 지키는 일이 없었으며 대사를 외지 못했다"고 부루퉁하게 술회했으나 "스크린에서 보면 그럴 만한 가치가 있었다"고 시인하기도 했다. 토니 커티스Tony Curtis의 평가는 그보다도 짧다. 〈뜨거운 것이 좋아〉 촬영 당시 같은 장면들을 수없이 반복 촬영한 다음, 그는 먼로와 키스하는 것은 히틀러와 키스하는 것 같았다는 소감을 밝히며 화제가 되었다. 하지만 독불장군 오토 프레밍거Otto Preminger가 감독을 맡은 〈돌아오지 않는 강River of No Return〉(1954)에 먼로와 함께 출연했던 로버트 미첨Robert Mitchum은 그녀의 이런 문제들이 이른바 '무서운 요정'의 자아도취적 도발이기보다는 유아적 공포감에 기인한다고 생각했다. "감독이 '액션!' 하고 외칠 때마다 그녀는 진땀을 흘렸어요. 과장이 아니라 정말로요. 완전히 겁에 질려버린 거예요."

먼로 특유의 아기 같은 매력을 일찌감치 알아본 사람들이 있었다. 그루초 막스Groucho Marx는 스물한 살에 인터뷰를 하러 들어오며 엉덩이를 흔들던 그녀의 걸음걸이에 반해 〈러브 해피Love Happy〉(1950)에 카메오로 출연시켰다. "그녀는 메이 웨스트Mae West와 테다 바라Theda Bara, 그리고 보 핍Bo Peep(영국 동요의 주인공. 순진한 소녀의 상징―옮긴이)을 하나로 뭉쳐놓은 존재다"라고 부르짖었다. 그 전까지 먼로는 〈스쿠다 후 스쿠다 헤이Scudda Hoo! Scudda Hay!〉라는 영화에서 "안녕, 래드"라는 두 마디 대사만을 했던 터였다. 몇 달 후 그녀는 원피스 수영복 차림의 팝스트 맥주 포스터를 보고 연락해온 달력 회사와 계약을 하고 누드 사진을 찍었다. 사진작가 톰 켈리Tom Kelley는 침착한 모델을 세우고 진홍색 배경 앞에서의 수십 가지 포즈를 카메라에 담았다. 〈황금빛 꿈Golden Dreams〉이라는 제목이 붙은 가장 유명한 사진은 몇 년 후 〈플레이보이〉 최초의 중간 화보로 재등장했다. 1952년에 〈로스앤젤레스 헤럴드 이그재미너Los Angeles Herald Examiner〉가 이 사실을 전해 들었을 당시, 대단한 장래랄 것이 엿보이지 않았던 여배우는 이제 위대한 스타 야구선수와 데이트를 했으며 매주 수천 통의 팬레터를 받고 있었다. 〈러브 해피〉, 그리고 최초의 주연 작품으로 미묘하고 뉘앙스 있는 연기를 보여주며 섹스뿐만 아니라 감정 전달 능력을 입증했던 〈노크는 필요 없어Don't Bother to Knock〉(1952) 사이 어느 지점에선가 먼로의 맹렬한 야심은 마침내 그녀의 불안이 쌓아올린 장벽들을 뛰어넘었다. 적어도 얼마 동안은 그랬다.

먼로가 스타가 되기까지의 이야기가 서로 다르듯 사생활의 혼란과 배우로서의 실패 등 급속한 추락에 대한 설명도 제각각이다. (그녀는 흥미롭게도 〈이대로 계속 갈 순 없어Something's Got to Give〉라는 제목의 마지막 영화 촬영 중 해고됐다.) 누구 말을 믿는가에 따라 다르겠지만, 그녀는 처음부터 자살할 운명이었거나(이전에 이미 네 차례 시도했다) 혹은 주변 모든 사람들이 교사 방조한 결과였다. 양쪽 다 만족스런 시각은 못된다. 전자는 지나치게 경멸적이고 후자는 지나치게 신파적이다. 먼로가 허구의 인물이었다면 그녀를 죽음으로 몰고 간 것은 극심한 불면증과 회복력 결핍으로 인한 피로였다고 나는 추측할 것이다. 새뮤얼 버틀러Samuel Butler가 시무룩하게 말했듯 "삶은 지쳐가는 긴 과정"이고 먼로의 경우 그 과정은 급속히 진행됐다. 결국 〈야생마〉 촬영 당시에는 아무런 기운이 남지 않아 침대에 누운 채 메이크업 담당으로부터 화장을 받기에 이르렀다.

《마릴린 먼로의 마지막 날들》에서 울프는 그녀가 비겁한 범죄의 희생자였다고 주장한다. 먼로의 죽음은 "계획된 살인"이었다는 것이다. 이런 음모론은 웃어넘기기 쉽다. 열혈 팬이나 완전한 망상가가 아니면 다채로운 추측의 향연을 받아들이기가 어렵다. 하지만 '화성인 손님'과 같은 지독하게 엉뚱한 종류를 빼면 음모론은 정당한 논리들을 갖추고 있는 경우가 많다. 먼로의 죽음에 대해서도 흥미로운 실마리들이 몇 가지 있다. 이를테면 시간상의 문제가 있고(그녀가 죽은 순간과 경찰에 신고가 접수된 순간 사이에 설명되지 않는 몇 시간의 공백이 있고 바로 그때 누군가가 집 안을 뒤졌다), 사체에 멍든 자국이 여러 개 있으며, 혈액에서 '핫 샷hot shot'으로 알려진 엄청난 양의 약물이 검출된 점 등 이해되지 않는 법의학적 현상들도 있다.

저널리스트 앤서니 서머스Anthony Summers는 흥미진진한 이야기 《여신-마릴린 먼로의 비밀의 삶Goddess: The Secret Lives of Marilyn Monroe》(1985)에서 먼로가 죽던 날 바비 케네디Bobby Kennedy가 그녀의 집을 찾아왔다고 주장하지만, 범법 행위가 발생했는지는 확실치 않다고 덧붙인다. 울프는 서머스의 책을 바탕으로 하고 중요한 인터뷰를 몇 개 추가하는데, 특히 먼로의 주치의 하이먼 엥겔버그Hyman Engelberg가 그녀의 자살을 신고한 후 가장 먼저 현장을 방문한 로스앤젤레스 경찰국 소속 경관 잭 클레먼스Jack Clemmons와의 인터뷰가 흥미롭다. 울프는 서머스보다 한발 더 나아가면서도 어떤 목적성을 보여줌으로써 미치광이의 헛소리가 아닌 진지한 저작 같은 느낌을 준다. 울프를 비롯한 음모론자들이 제시하는 주된 세부 사실은, 먼로와 짧은 기간 동안 결혼한 사이였다고 주장하는 저널리스트 로버트 슬래처Robert Slatzer에 따르면 그녀가 잭과 바비 케네디 형제로부터 버림받은 뒤 기자회견을 열어 모든 사실을 까발리겠다고 협박했었다는 점이다. 슬래처의 주장을 믿든 아니든(스포토는 믿지 않는다), 현장을 반복적으로 가리키는 고발의 손가락질과 어둡고 의미심장한 일화들의 뒤범벅은 결국 일단의 음험한 가능성으로 융합되기 시작한다.

사망 전의 주말, 겁에 질린 먼로는 프랭크 시나트라Frank Sinatra와 폭군 샘 지앙카나Sam Giancana 공동 소유의 레이크 타호 산장에 초대받아 약물을 투입 받고 성폭행을 당했을까? 그것도 카메라가 돌아가는 앞에서? 케네디 형제에 대해 침묵하라는 협박으로? 먼로의 삶에 과도하게 간섭하고 섬뜩하다 싶게 그녀를 통제하려 들었던 정신분석가 랠프 그린슨Ralph Greenson이 그녀를 살리겠다고 심장이 아닌 갈비뼈에 아드레날린을 투입한 실수가 그녀를 죽인 것일까? 먼로를 처리하고 그녀가 주워들은 특급 정치 정보를 죄다 적어둔 빨간 수첩을 훔치라고 바비 케네디가 보낸 심복의 짓이었을까? 아니면 먼로가 바로 얼마 전 해고 통지를 한 기괴하고 어슬렁거리는 가정부 유니스 머리Eunice Murray의 짓이었을까? 수많은 자료들은 독자를 혼란시킬 뿐이지만, 먼로의 경우 이 같은 이론들은 문서 내용을 넘어서는 정서적 논리를 보유한다. 울프가 보여주는 먼로는, 만인이 자신만의 것으로 바라보는 주인 없지만 진귀한 사물이다. 자존감의 결핍과 타인에 대한 카리스마적 의존 사이의 간극에는, 서서히 매우 현실적인 위험이 되어가는 착취를 위한 넓은 공간이 존재한다.

마지막으로, 리밍의 전기에 엘리아 카잔Elia Kazan이 "그녀를 자신이 아는 가장 명랑한 여자라고 했다"는 대목이 있는 반면 울프의 책에는 아서 밀러가 "내가 아는 가장 슬픈 여자"에게 매혹되었다고 묘사하는 대목이 있는데, 이는 당연한 일이다. 먼로는 둘 다였다. 그리고 아마 먼로 인생의 최대 비극은 그녀가 갖고 있던 우울증 경향이 심각하게 다뤄지지 않았다는 점일 것이다. 페인 휘트니 정신병원의 의사들에 따르면 그것은 조울증 감정질환의 증상으로 진찰되고 치료되었어야 했다. 그녀는 대신 정신역학적으로, 다시 말해서 매주 다섯 차례의 상담치료와 넴부탈, 아미탈, 포수 클로랄 등의 진정제 및 수면제의 상습적 투여로 치료 가능한 중상층의 신경증 환자로 치부되었을 따름이다. 안타까운 일이다. 특히 먼로가 우울증에 대해 보였던 자기연민이 배제된 자세를 고려하면 더욱 그렇다. 그녀는 그린슨에게 보낸 편지에 페인 휘트니의 의사에 대해서 이렇게 썼다. "그는 내게 우울할 때 대체 어떻게 일을 하냐고 질문했어요…. 질문이기보다는 사실 선언에 가까웠죠. 그래서 나는 '그레타 가르보Greta Garbo와 찰리 채플린 Charlie Chaplin, 잉그리드 버그먼Ingrid Bergman은 우울할 때도 일을 하지 않았을까요?' 하고 대답했어요. 디마지오 같은 야구선수가 우울하면 공을 칠 수 없다는 거나 마찬가지잖아요. 얼마나 바보 같은 말이에요."

그린슨이나 뉴욕의 정신분석가 매리앤 크리스Marianne Kris 정도가 선의를 갖고 있었을 것이다. 특히 어떻게 하면 먼로를 제대로 상담할 수 있을지 안나 프로이트Anna Freud와 의논하기도 했던 그린슨은 한밤중에도 먼로의 전화를 받아주었고 예약 없이 대면상담도 해주곤 했다. 하지만 먼로의 삶에 나타났던 이들은 하나같이 자신의 경계선을 양도하고 말았다. 마치 자신을 보다 많이 제공함으로써 먼로의 자존감이 높아질 것이라는 듯이. 그것은 통하지 않았다. 그녀가 '야경증夜 驚症'으로 인해 허물어지는 것을 막지 못했다. "어젯밤에도 밤새도록 깨어 있었어요." 그녀는 사망 1년 전 그린슨에게 이렇게 써 보냈다. "어떤 때는 밤이 왜 있는 건지 궁금해져요. 이제 내게는 존재하지 않으니까요. 그냥 길고 긴 끔찍한 낮이 계속되는 것만 같아요."

존 크로포드Joan Crawford를 비롯하여 힘든 어린 시절을 이겨낸 다른 사람들과 달리 먼로는 그 경험을 통해 더 강해진 것 같지 않았고 여전히 상실에 극도로 취약했다. (그녀는 밀러와의 파경, 그리고 그와의 결혼 생활 동안 겪었던 두 차례의 유산을 극복하지 못했다.) 하지만 자신을 전문가들보다도 더 잘 이해하는 모습을 보여주기도 했다. 1955년 그녀는 스스로에게 보낸 편지에서 이렇게 썼다. "내 일과 삶 속의 절망이란 문제를 나는 지속적으로 직면하기 시작해야 한다. 일을 더욱 지속성 있게, 내 절망보다 더욱 중요하게 만들어야 한다." 할리우드가 먼로를 파괴했다고 의례적으로 말들 하지만, 유명인이라는 의상을 멀찌감치 들고 바라보며 숭숭 뚫린 구멍을 찾아내는 대신 엘리자베스 테일러 Elizabeth Taylor가 그랬듯 자신의 커리어를 포용하고 편안하게 스타덤을 즐겼다면 그녀는 더 행복했을지 모른다. 〈라이프Life〉지의 리처드 메리먼Richard Meryman과 가졌던 마지막 인터뷰에서 그녀는 명성은 캐비아처럼 "매일 먹어 배를 불려줄 음식은 아니다"라고 지적했다.

먼로는 표류자의 자세를 끝까지 버리지 않고 아이가 부모에게서만 받을 수 있는 일종의 무조건적인 포용을 남자들에게서 기대했다. 물론 섹스에서 손쉬운 위안을 찾았던 것이 사실이지만 그녀가 진정 필요로 했던 것은 그보다 중대한 무엇이었다. 바로 잘못된 것들을 영구적으로 바로잡아주는, 지나간 역사를 고쳐주는 것이었다. 그녀가 '슬러거(강타자—옮긴이)'라는 별명으로 부르던 건장한 디마지오는 그녀가 받아들일 수만 있었다면(그리고 그가 그녀의 화려한 겉치장에 격분하기보다는 그것마저도 포함하여 온전히 받아들일 수만 있었다면) 강해졌을지도 모를 투박한 사랑을 주었다. "전깃불과의 결혼 생활은 재미없다"고 그는 투덜거렸다. 그런데 먼로의 삶에 관해 이야기할 때 좋지 않게 언급되는 경우가 많으며 특히 리밍의 전기에서는 독실하고 자의식 없는 출세주의자로 그려지는 아서 밀러야말로 먼로를 몰아붙인 황폐함을, 그의 표현에 따르자면 그녀의 "괴리되고 중심 없는 침해된 삶"으로부터 그녀가 얻고자 했던 '위안'을 이해한 사람이라는 생각이 든다. 밀러가 〈야생마〉를 순수한 예술적 충동에서 썼든, 아내를 위한 매체를 창조하여 자신의 꺼져가는 명성을 끌어올리려는 목적으로 썼든 로슬린이라는 역할은 싱싱한 페르소나의 이면에서 황량함을 포착해내고 있다. 영화 첫 대목에서 먼로는 동정적인 셀마 리터Thelma Ritter에게 이렇게 말한다. "내 문제는 늘 출발 지점으로 되돌아오고 만다는 거예요. 누구든 제대로 가져본 적이 없거든요."

나는 왜 먼로의 천재성이(적어도 남자들의 의견으로는) 스틸 사진에 존재한다고들 하는지 알 것 같다. 정지된 화면 속에서 그녀는 불안해 보이지 않으며 돈 주고 사지 않아도 요구만 하면 얻을 수 있는 성적 만족을 약속하기 때문이다. 그녀는 또한 〈7년 만의 외출〉과 〈백만장자와 결혼하는 법〉 같은 영화들에서 보여준 능숙한 코믹 연기로도 널리 인정받아왔다. 먼로가 환기시키는 인지적 부조화는 확실히 본질적으로 유머러스한 데가 있다. 강렬한 육체적 매력이 수줍고 겸손한 측면과 맞물리고, 그것은 큐피 인형 같은 목소리와, 영화에 함께 출연한 동료 배우의 표현대로 "그 유명한 불안한 눈동자"에 반영된다. 하지만 나는 〈노크는 필요 없어〉〈버스 정류장〉〈야생마〉처럼 우습지 않은 영화에 나온 그녀를 보는 것이 가장 흥미롭다. 그런 영화들에서 부조화는 거의 사라지고, 그 자리에 고통의 빛이 반음영처럼 깜박거리며 금발머리 위에서 불행의 후광을 빚어낸다. 그녀는 말한다. "주세요. 난 당신이 필요해요." 그녀의 눈이 커지고 치아가 반짝거리며, 무의식 속에서 뻐끔한 구멍을 연상시키는 입술은 남성 관객을 자신의 안으로 받아들이기를 갈망한다는 듯이 묘하게 떨린다. 여성 관객은? 우리는 그녀의 공황을 감지한다. 〈버스 정류장〉에서 그녀를 처음 본 돈 머리Don Murray가 "거기서 번쩍이고 있었죠, 그토록 창백하고 희게"라고 찬탄해마지 않았을 만큼 이렇게 아름다운 사람이, 이렇게 많은 외로움을 나타낸 적이 있었을지 자문한다. 그 커다란, 기쁨에 찬, 기쁨을 주는 미소를 짓고 있지 않을 때, 그녀는 너무도 슬프게 보인다.

다이애나 뒤쫓기

다이애나 왕세자비

아이들에게 동화가 그러하듯, 맹렬한 도덕적 에너지로 우리 성인들의 상상력을 사로잡는 이야기들이 있다. 그것들은 아직 봉인되어 있지 않은, 인생이라는 것의 부침에 대한 경이에 찬 시선에 열려 있는 우리 뇌 속의 어느 지점에 자리 잡는다. 이런 집단적 서사들은 영원히 원초적인 소망과 욕구 들을 보여주는 동시에, 무시무시하고 비합리적인 세계 속에서 단단한 정체성을 확립해야 한다는 중대한 교훈을 제공한다.

다이애나 왕세자비의 삶과 시대는(그리고 어쩌면 가장 중요하다고 할 수 있을, 때 이른 종말은) 바로 그런 이야기 중 하나다. 그것은 특정한 사실들을 넘어서, 우리가 깃들어 우리 자신에 대해 근사한 꿈을 꾸는,

영원히 지속될 열정적인 포옹 속에 붙들려 결코 잘못될 리 없을 대모험에 뛰어드는 상상의 공간 속으로 이어진다. 그 중심에는 본질적인 미스터리가 놓여 있다. 바로 인성에 대한 미스터리로, 이를테면 왜 그녀는 카리스마가 넘쳤는데(다이애나) 그는 지독히 따분한가(찰스) 또는 왜 그녀는 사랑스럽게 외로웠던 반면(다이애나) 그는 가련할 뿐인가(찰스), 이런 것이다. 그것은 또한 우리의 눈을 피해 문턱을 넘어오는 숙명이라는 지독한 요소의 예측불가능성과 연관이 있다. 왜 그녀와 그는, 왜 그녀의 두 다리와 그의 두 귀는, 맺어졌던 것일까, 우리는 의아하다. 왜 그는 그러지 못했을까, 왜 그녀는 그러지 않았을까, 그리고 왜 그는 그랬으며 어떻게 그녀는 그럴 수 있었을까. 무엇보다도 우리는(그들이 우리의 형제자매나 친구라도 되는 것처럼) 왜 그들은, 마치 우리에게 그럴 권리가 없다는 것처럼, 우리의 충고를 구하지 않았는지 의아하다.

이 파란만장한 이야기의 중심에 놓인 젊은 여인은 한 전기 작가의 묘사에 따르면 "고르디우스의 매듭처럼 모순으로 가득하여, 한없이 화려하면서도 의외로 겸손하고 대담하면서도 머뭇거리며 세속적이면서도 천진하다." 다이애나는 스스로를 "나무판처럼 아둔하다"고 평가했으며, 그녀의 머리는 대중 심리학이나 유행엔 어울리지만 정치적 인식은 결핍된 종류의 선행 외에 다른 것을 담아보지 못했을 것이라고 야유하는 반대파들도 늘 있어왔다. (이들 비방꾼들은 주로 크리스토퍼 히친스Christopher Hitchens, 마틴 에이미스Martin Amis 같은 잘난 체하는 영국인들이었다.)

하지만 우리처럼 상황을 지켜보아온 사람들에게는, 처음엔 독서량

이 부족한(그녀는 대학 교육을 받지 않았으며 의붓할머니 바버라 카틀랜드가 쓴 싸구려 로맨스 소설의 팬이었다) 쇼핑광쯤으로 보였던 그녀가 높은 감정지능과 때 묻지 않은 기지를 갖춘(그녀에 대한 어떤 전기든 한 권만 읽어봐도 수많은 예를 찾을 수 있다) 상당히 복잡한 사람이라는 것이 분명해졌다. 그녀는 찰스의 사냥여행 애호를 가리켜 "생명을 죽이는 윈저 왕가의 장려한 취미"라고 표현했다. 또한, 상당한 자기인식을 보여주며 수행직원들에게 "다들 기분 변화에 대비하세요"라고 경고함으로써 스스로의 변덕스러운 성격을 비꼰 일도 있다. 그녀는 화가 나면 대단히 심술궂은 면을 보여주기도 했다. 결혼 3개월 만에 찰스가 신임하던 시종을 권고 사직하게 만들고, 시종이 다른 일자리를 알아봐줄 수 있는지 거론하자 "날씨나 살펴보지 그래요? 하루에 2분이면 돼요"라고 매몰차게 대꾸한 것이다.

그녀의 사망 10주기가 다가오는 가운데, 다이애나 열풍이 그 어느 때보다도 더욱 거세게 되살아나고 있다. 끝없이 제기되는 음모론들에 대한 호기심이 보여주듯(운전기사는 왜 리츠 호텔에서 사고가 잦은 터널까지 꼬불꼬불 돌아가야 하는 우회로를 택했을까? 사고 10개월 전에 "남편이 내 차의 '사고'를 계획하고 있어요. 브레이크 고장과 심각한 머리 부상 같은 것을요"라며 자신의 죽음을 예견했던 것은 어떤가?) 압도적인 몸매와 매혹적인 푸른 눈동자의 연약한 금발 미녀에 대한 사람들의 열렬한 애정은 물론 그녀의 사망 후에도 완전히 잦아들지 않았다. 이 세부 사실들을 가장 음산하게 제시하는 《다이애나 왕세자비 살인사건The Murder of Princess Diana》에서 노엘 보텀Noel Botham은 다이애나가 세계 곳곳에 나타나는 인도주의자와 정신적으로 불안정한 전 왕실 일원의 결합체이며, 지뢰 반대 운동으로 강력한 무기 로비를, 잦은 매체 등장과 기이한 로맨스로 왕좌를 위협했다고 주장한다. 프랑스와 영국 정부의 수사 결과 범죄 사실이 발견되지 않았음에도, 6월에 영국 텔레비전은 다큐멘터리 〈다이애나―터널 속의 목격자들Diana: The Witnesses in the Tunnel〉을 방영했고 10월에는 사건에 대한 배심원 심리가 시작될 예정이다.

이처럼 어두운 사실들 외에도, 올 여름은 다이애나를 기리는 온갖 것들로 성황을 이루고 있다. 그녀의 아들들인 스물다섯 살의 윌리엄William과 스물두 살의 해리Harry는 7월에 어머니의 생일을 기념하는 스타 총출동 콘서트를, 그리고 8월에는 추도회를 열기로 했다. 다이애나의 모습이 다시 한 번 잡지 표지들을 장식하고 있으며, 회고록과 반反회고록들, 그녀를 성인화하다시피 하거나 치부를 들춰내는 책들이 이미 차고 넘치는 가운데 신간도 몇 권 출간될 예정이다. 이들 중 단연 화제를 모으는 책은 〈뉴요커〉의 편집인 출신인 티나 브라운Tina Brown의 만화경 같은 《다이애나 연대기The Diana Chronicles》이다. 탁월한 조사와 능란한 구성을 겸비한 이 책은 각 장들이 긴장감을 주며 끝나는 덕택에 흥미진진하게 읽히기까지 한다. 한 금발의 영국 우상을 또 다른 금발의 영국 반半우상이 심층적으로 다루는 이 책은 '수줍은 다이애나'의 서사를 타블로이드 1면에 찍힌 굵은 제목들 대신 셰익스피어Shakespeare 비극의 뉘앙스를 갖춘 이야기로 고양시키는 데 대체로 성공하였다. 종종 나오는 쓸데없는 여담들(이를테면 찰스의 잠자리 기술 부족, 또는 모성 결핍에 시달리는 연인에게 "나를 회전목마라고 생각해요"라며 다독였다는 카밀라Camilla의 일화)과 사망 당시 3,500만 달러의 재산을 갖고 있었던 여인에게 돈이 얼마나 중요했는지를 다소 피곤하게 강조하는 점(브라운은 다이애나가 서른일곱 살 되던 해에 찾았던 것은 사랑보다는 "걸프스트림 제트기를 가진 남자"였다고 주장한다) 등의 결함에도 불구하고 그럴 수 있었던 것은 바로 저자가 주제를 정확히 이해하고 있기 때문이다. 이 책은 또 그녀가 내비쳤던 상류층의 속물근성과 심리적 손상(찰스와 다이애나는 둘 다 쓸쓸한 어린 시절을 보냈다), 그리고 소용돌이치는 음험한 간계들에 관해서도 다루고 있다.

그 화려했던 시작부터 다이애나의 이야기에 사로잡혔던 사람으로서, 나는(그녀보다 아주 조금 연상이었을 뿐이었기에 그녀라는 백지에 나 자신을 투영하기가 더욱 쉬웠다) 그녀가 텔레비전으로 생중계된 영화로운 결혼식을 올렸던 순간 내가 어디 있었는지 정확히 기억한다. 나는 업스테이트 뉴욕의 예술가 마을 야도에 살고 있었다. 더 정확히 말하자면 이제는 고인이 된, 나를 빼고 그 마을에서 그 결혼식에 관심을 가진 유일한 사람이었던 수필가 바버라 그리주티 해리슨Barbara Grizzuti Harrison의 친구가 소유한 텔레비전 딸린 빈집에 얹혀살고 있었다. 바버라와 나는 레이디 다이애나 스펜서가, 당혹스러울 만큼 수줍어하고 사람들의 말로는 숫처녀라는(《다이애나 연대기》에서 브라운은 "어쩌면 처녀일지 모를"이라는 표현을 쓴다) 스무 살 처녀가 25피트 길이의 웨딩드레스 차림으로 장엄한 역사적 행사에 파묻혀 있는 모습을 넋 놓고 바라보았다. 당시 영국의 권위 있는 풍자지 〈태틀러Tatler〉의 편집자였으며 〈투데이Today 쇼〉에 '왕실 전문가'로 출연했던 브라운은 책에서 '그 드레스'를 만든 이매뉴얼Emanuel 부부가 드레스의 끝자락 길이를 잘못 계산하여 다이애나가 아버지 얼 스펜서와 함께 탄 18

세기 유리 마차 안에 그것을 올려놓을 공간이 부족했다고 지적한다. 이 실수로 인해, 예비 웨일즈 왕세자비가 마차에서 내릴 때 우스꽝스런 장면이 연출되고 말았다. 브라운의 말이다. "첫눈에는 빨랫감이 둘둘 말려 있는 것처럼 보이던 것을 두 사람의 디자이너가 뛰어내려 굽이치는 크림빛 깃발처럼 펼쳐냈다."

다이애나가 무시무시한 자동차 사고를 당했다는 뉴스가 터졌을 때 내가 어디 있었는지도 상세히 기억한다. 나는 부모님의 해변 집에서 여름의 마지막 주말을 한가로이 즐기고 있었다. 열일곱 살 딸은 다이애나가 사망했다는 소식에 울음을 터뜨렸던 내 모습을 아직도 기억한다. 이후로 쏟아졌던, 그리고 엘리자베스Elizabeth 여왕이(며느리는 이상하게도 그녀를 '마마'라고 불렀다) 비난했던(영화 〈더 퀸The Queen〉에서는 "꼴사나운 감상적인 행동"이라고 평한) 그 놀라운 비탄의 물결은 내게는 조금도 놀랍지 않았다. 나도 다이애나를 보호해주고 싶은 똑같은 감정을 느꼈기 때문이다. 그녀는 언제나 폭풍 속에서 부두를 찾고 있는 것 같아 보였다. 처음에는 무뚝뚝하고 폐쇄적인 시댁 사람들과의 친화를 원했다가 이후에는 온갖 부적당한 곳에서 사랑을 찾아 헤맸다.

5월의 어느 화창한 금요일, 나는 《다이애나 연대기》에 관한 대담을 위해 티나 브라운(〈뉴요커〉에서 5년간 내 '상사'였던)과 점심 약속을 잡았다. 사람들의 흥미를 고조시키려는 속셈으로 출판사는 내용 유출을 금지시켰고 〈엘르Elle〉는 기밀유지 동의서에 서명한 후에 제본된 원고를 얻어 내게 줄 수 있었다. 나는 즉시 수많은 페이지들을 읽어 내려갔다. 주요 플롯이 정교했으며 흥미로운 여담들도 좋았다.

브라운은 다이애나의 비상, 공허한 승리, 돌연한 추락, 그리고 점차 그녀 자신으로서의 한 인물로 재생하는 과정을 짚어가는 중에 복잡한 궁중 의례, 찰스의 합당한 배우자이자 '씨받이'로서 다이애나를 선발한 왕실의 짝짓기 놀이 절차, 그리고 아직 분석되지 않은 카밀라의 매력 같은 이야기들을 끼워 넣는다. ("그녀의 매력은 즉각적인 솔직성을 특징으로 하는 직선적이고 소탈한 성격이다.") 브라운은 다이애나를 배출한 슬론 레인저Sloane Ranger(영국의 상류층—옮긴이) 계층의 퇴락을 예리하게 분석한다. "레이디 다이애나 스펜서는 엄격하지 않은 학교에서 합당한 남편을 찾는 일 외에 다른 아무런 자격도 갖추지 못한 채 교육을 마친 영국 특권층 처녀들의 마지막 세대이다… 상류층 처녀들이 1970년대의 다이애나처럼 삶에 있어 방향성을 갖지 못한 것은 이제 더이상 근사한 일이 못된다."

책은 자동차 사고 전의 순간들에서 시작한다. 다이애나는 불쾌감 어린 "딱딱한 표정"으로 파리의 리츠 호텔 뒤편에 나타난다. 이혼과 함께 "그녀가 왕실의 보호를 받는 왕세자비에서 자유로이 떠도는 세계적 유명인사로 바뀐" 이후 파파라치들은 한층 대담하게 그녀를 쫓았다고 브라운은 쓰고 있다. 그리고 거의 300페이지 뒤에서 책은 사고 후 피티에 살페트리에르 병원에서 침대보에 싸인 다이애나의 시체가 회수되기를 기다리는 장면으로 돌아간다. 브라운은 이렇게 썼다. "그녀의 눈은 감겨 있으나 흠결 없는 얼굴은 너무나 아름답다. 살아 있을 때처럼 그녀는 표면상으로 보이지 않는 상처만을 입었다." 티나와 만나기로 한 날의 이른 아침, 나는 책을 놓기를 아쉬워하면서 눈물을 흘리며 책읽기를 마쳤다.

티나가 〈뉴요커〉를 떠난 후에도 그녀와 마주치곤 했지만, 그날 그녀가 보여준 팔팔하고 명료한 에너지에 나는 새삼 깊은 인상을 받았다. 샤넬 선글라스를 끼고 가죽 재킷을 걸친 그녀는 '골든 도어 스파'에서의, 그녀의 표현에 따르면 "참선 주간"을 마치고 돌아온 참이었다. 책 홍보를 위한 순회행사를 앞두고 엄격한 다이어트에 돌입한 티나는 심사숙고해서 주문한 음식을 조금씩 먹었다. 단 2주 만에 이미 8파운드를 뺐고 앞으로 12파운드를 더 뺄 작정이라고 그녀는 설명했다.

티나와 서로 어떻게 살아왔는지 이야기를 나누다보니 왜 언론이 그녀와 다이애나 왕세자비를 비교하곤 했는지, 무엇이 두 사람을 카리스마 넘치고 본질적으로 새롱거리는 기질을 가진 영국인으로 묶어놓곤 했는지 비로소 이해가 됐다. 물론 두 사람 사이에는 비슷한 점보다 다른 점들이 더 많다. 각자가 지닌 지적 자산에서 시작하여 심리적 단면까지 그렇다. 티나는 옥스퍼드에서 공부했고 기민한 이성의 소유자로, 어느 정도 매혹적으로 제시되기만 하면 거의 어떤 주제에든 흥미를 느낄 수 있다. 티나가 다소 짓궂게 말하듯 다이애나는 "책에 대한 반감"을 갖고 있었고, 치유력 있는 미술이나 이를테면 마이클 잭슨 같은 대중적 음유시인들에게 끌렸다. 그리고 다이애나는 양성 모두에게 매력을 발산했던 반면 내가 보기에 티나는 항상 주로 남성들에게 따뜻한 것처럼 보였다.

더 깊은 차원에서 다이애나의 성격은 부모와 떨어져 지낸 어린 시절로 인해 내면에 생겨난 주저의 흔적을 갖고 있었다. 브라운이 "재난에 대한 레이더에 민감하게 동조된"이라고 묘사하듯, 다이애나는 다섯 살 때부터 호화로운 노퍼크의 파크 하우스 응접실 문 뒤에서 고

성이 오가는 부모의 말다툼 소리에 귀를 기울이며 자랐다. 브라운은 이 끈질긴 버릇에 대해 "그녀는 아이 적에 그랬듯 언제나 문간에 선 채 최악의 확증을 기다리며 귀를 기울였다"고 썼다. 다이애나의 아버지가 교활한 장모 레이디 퍼모이로부터 임차했던 회색빛 석조 저택 파크 하우스는 여왕의 영지들 중 하나에 세워진 영빈관이었다. (레이디 퍼모이는 왕대비의 궁녀였으며 훗날 다이애나의 결혼을 성사시킨 주요 인물 중 하나가 됐다.) 다이애나가 특히 그 매혹적인 눈을 비롯해 쏙 빼닮은 어머니 프랜시스 퍼모이는, 다이애나가 여섯 살일 때 조니 스펜서와의 철저하게 잘못된 결혼을 포기하고 다른 남자와 "달아났다." 그럼으로써 어떤 환락을 얻었을지 모르나, 네 아이의 양육권은 결국 남편에게 빼앗겼다.

그와 반대로 티나는 많은 격려와 사랑을 받고 성장한 사람들 특유의 자신감 넘치는 태도와 만만찮은 스타일을 갖고 있다. 다이애나가 그랬듯 티나 또한 유명인들에 매료되었고 언론 플레이에 능했지만(그녀는 다이애나야말로 "가장 능란한 선수"라고 선언한다) 티나에게는 전쟁 전 세대 상류층 여자들의, 그녀 스스로 "낡은 장화마냥 질기다"고 표현하는 측면이 있는 반면 다이애나는 자기 변화에서 구원을 찾고 머리보다는 가슴을 믿는 불안하고 아주 현대적인 성격을 갖고 있었다. 브라운의 책은 동정적이고 미묘한 뉘앙스를 지니고 있는 것이 사실이지만, 자신이 찰스에게 가했던 매혹의 영향력을(알고 보니 그가 레이디 '캉가' 트라이언과 카밀라 파커 볼스라는 두 명의 정부를 갖고 있었음에도 불구하고) 알 수 없는 이유로 실현하지 못한 젊은 여인의 불안에 대한 분노가 감지되기도 한다. 브라운은 이렇게 쓴다. "다이애나가 조금만 더 자신에 찬 여자였다면 이 경쟁에서 모든 카드를 쥐고 있는 건 자신이라는 것을 알았을 것이다. 눈물보다는 간계를, 성적 질투심보다는 성적 기교를 사용했다면 카밀라를 떠나보낼 수 있었을 것이었다. 하지만 안타깝게도 그녀는 방법을 알기에는 너무 어렸다." 어쩌면 너무 어렸던 것뿐 아니라 그녀의 전기 작가나 연적들보다 부서지기 쉽게 만들어진 것이었다고 할 수도 있으리라.

티나는 내게 말한다. "다이애나는 자신을 위협하는 여자들을 잘 다루지 못했어요. 그들이 자신에게 어머니 같은 충고를 제공할 수 있는 경우만 제외하고 말이죠." 웨이터가 테이블 주위를 맴도는 동안 티나와 나는 다이애나가 아직 살아 있는 것처럼, 그녀가 조금만 덜 '연약'했고 조금만 덜 '손상'됐다면 그녀 자신의 운명에서 구제될 수도 있는 친구라도 되는 것처럼 열에 들떠 그녀를 분석한다. 브라운은 말한다. "그 자리에 있으려면 말할 수 없이 강인해야 해요. 코끼리 가죽처럼 얼굴이 질겨야 된다고요." 우리는 이어서 그녀의 치료되지 않은 산후 우울증과, '무모한 용기'와 집요한 자기도취적 상처 사이를 오가던 그녀의 '기이한 동요'를 이야기한다. 브라운은 생각에 잠겨 말한다. "찰스가 그녀를 밀어내자 그녀는 그것을 모욕으로 받아들였어요. 늘 자기만 비참한 처지가 되는 거였죠. 그런 여자들은 우리도 다 알잖아요. 남자들에 관한 한…" 문장은 완성되지 않는다. 굳이 완성할 필요가 없다. 왜냐하면 다이애나는 《마담 보바리Madame Bovary》 같은 소설들을 통해 우리가 이해한다고 생각하는, 지루한 고독에 파묻힌 유형의 여자이기 때문이다. 그들에 대한 우리의 은밀한 동일시는 말할 것도 없다.

브라운은 이 책의 주인공이 '양면적'임을 기꺼이 시인한다. "그녀는 조롱하기 쉬운 사람이었어요. 엉뚱한 면이 있었고요. 하지만 동시에 그보다 더 중요한 존재였어요. 점차 절제를 배우기도 했고요. 앙골라를 방문해 지뢰밭을 둘러본 것을 보면 그녀가 어떤 사람이 되었을지 어느 정도 알 수 있죠."

우리는 이 이야기에 얽힌 "기괴한 이류들의 행렬"이라 할 각종 인간상들을 잠시 둘러본다. 너무나 많은 것이 잘못 풀렸지만 누군가를 책망하기란 희한할 만큼 어렵고(아마도 그 때문에 나는 음모론을 믿고 싶은 유혹을 느끼는지 모른다) 좋은 편과 나쁜 편을 가르기조차 쉽지 않다. 다이애나의 어머니 프랜시스는 그중에도 가장 흥미로운 인물로(브라운은 그녀를 "재미있고 강인하고 낭만적이고 이기적"이라고 묘사한다) 딸과 아주 이따금씩만 모녀다운 관계를 유지했다. 딸과 손녀에 대한 충절 따윈 전혀 없었던(양육권 재판에서 딸에게 해로운 증언을 했고, 전국 최고의 총각에게 시집보낸 손녀가 결혼생활에 실패하려는 조짐을 보이자마자 단숨에 내쳤다) 다이애나의 외조모 레이디 퍼모이는 무대 뒤의 사악한 인물에 속하겠다. 아버지 쪽의 친척들도 별반 나아 보이지 않는다. 브라운의 말이다. "스펜서 가 사람들은 다들 어두운 편이어서 가족 간에 불화가 끊이지 않았어요." 신부 입장에 함께하며 감동적인 모습을 보여줬던 다이애나의 아버지는 사냥터지기에게 성깔이나 부리는 '어수룩한' 사람이었다.

책속에서나 나와의 대화에서나 브라운이 제시한 가장 뜻밖의 암시는, 필립공이 다이애나의 시아버지만 아니었다면 낭만적으로 그리고 성적으로 그녀의 구조자가 되었을지도 모른다는 것이다. 그녀는 이렇게 말한다. "필립은 그녀가 필요로 했던 연인이었어요. 그는 진짜 배기였고 어떤 품격이 있었어요." (나로서는 티나가 말한 대로 그를 '멋진 남자'로 보기가 어려운데, 사실 그녀는 언제나 나이 들고 권력 있는 남자를 좋아하는 취향이었다.)

우리의 대담이 끝나갈 무렵 티나와 나는 다이애나의 정신과 진단은 어떠했을지 생각해본다. '경계성'으로 분류되었을 것 같은지 그녀가 내게 묻는다. 하지만 이내 우리는 이런 생각을 접기로 한다. 죽음으로 귀결된 다이애나의 역경이 남긴 공백을 이해하는 데 유익할 것 같지 않다는 이유에서다. 브라운은 말한다. "정말 진부한 방식의 죽음이었어요. 자동차 사고처럼 헛되고 조야하고 실없이 죽는다는 건 아무도 상상하기 싫을 거예요."

티나가 그녀를 햄프턴스의 주말 별장으로 데려가기 위해 대기 중인 차에 타고 가버린 후, 내게는 형언할 수 없는 슬픔만이 남는다. 티나는 다이애나가 "오두막에서도 충분히 살 수 있을" 사람이었다고, "그녀는 우쭐대거나 허세를 부리지도 않았다. 그녀는 배경이 없는 여자였다"고 결론지었다. 돈이 그녀를 파파라치들로부터 보호해줄 수 있었을지는 모른다. 하지만 어떤 액수의 돈도 그녀가 가장 보호받아야 했을, 바로 그녀 자신의 타협 없는 분노로부터 그녀를 보호해주지는 못했을 것만 같다. 그런 점에서 도디 파예드Dodi Fayed(다이애나의 이혼 후 연인으로 추정되던 부호로, 교통사고로 다이애나와 함께 숨졌다—옮긴이)가 아리스토틀 오나시스Aristotle Onassis(재클린 케네디가 재혼한 그리스의 선박왕—옮긴이)와 같은 역할이었다는 시나리오는 브라운에겐 설득력이 있다 해도 내게는 그렇지 않다. 다이애나가 재키 오Jackie O처럼 당당하고 자립적인 여자였다면 그것이 해결책이 될 수 있었을지 모른다. 하지만 다이애나는 어디에서건 사랑을 찾는 모성에 굶주린 소녀에 지나지 않았다.

사실을 말하자면 《다이애나 연대기》는 더 많은 질문을 유발했고 나로 하여금 더 많은 해답을 찾아 헤매게 했으며, 그러나 해답은 없으므로 더 많은 추측만을 낳았을 뿐이다. 57번 애비뉴를 걷다가 다이애나와 찰스가 모성 결핍이라는, 아이 적부터 사실상 버려졌다는 공통점을 근거로 유대를 형성했다면 그녀의 삶이 어떻게 달라졌을지 잠시 궁금해진다. 두 사람 다 어린 시절의 '과도적 대상', 즉 각자 특별히 아끼는 동물 봉제인형들을 갖고 결혼했으니, 찰스의 경우 누더기 곰 인형이었고 다이애나의 경우 닳아 해진 여러 개의 인형이었다. 그들이 참을성(찰스)과 지구력(다이애나)을 가지고 사랑과 양육에 대한 공통의 동경을 서로를 통해서 충족시킬 수 있었다면 어떻게 되었을까? 그 순간 나는 깨닫는다, 내가 멋대로 동화를 지어내고 있다는 것을. 각본을 비극으로부터 끌어내어, 금발머리와 평민적 분위기를 지녔던 왕세자비의 매혹적인 동화를 운명이 허락한 것보다 오래 지속시키려고 안간힘을 쓰고 있다는 것을.

따뜻한 피

트루먼 커포티

트루먼 커포티의 《인 콜드 블러드In Cold Blood》(1959년 11월 15일 이른 새벽, 인구 270명에 불과한 캔자스 주 홀컴의 작은 마을에 있는 외딴 농가에서 네 명이 살해됐던 사건의 전후를 커포티 자신의 표현에 따르면 "완벽히 사실적으로" 묘사한)를 읽기 훨씬 전부터, 클러터Clutter 일가의 유혈 낭자한 이미지들은 사춘기 시절 내 꿈에 자주 나타났다. 내가 열한 살이던 1965년 가을 〈뉴요커〉에 네 차례에 걸쳐 연재된 커포티의 기고를 어머니가 사로잡힌 듯 읽은 덕분에 나는 단행본으로 출간되기 전부터 그 책에 대해 알았고 어머니를 졸라 그 끔찍한 세부 사실들을 들어온 터였다. 밤이면 침대에 누워, 살해당할 때 나보다 불과 다섯 살 많았던 낸시 클러터Nancy Clutter(상냥하고 일기를 썼고 열여섯이지만 아직 키스를 안 해봤던)가 손발이 묶인 채 자신의 분홍색과 흰색 침대에 누워 어둠 속에서 페리 스미스Perry Smith와 딕 히콕Dick Hickock이 장화를 신고 계단을 올라오는 소리를 듣는 모습을 나는 상상하곤 했다. 남동생과 부모처럼 낸시도 머리에 엽총 한 발을 맞았다(아버지 클러터 씨는 먼저 목을 베인 후 총에 맞았다). 오토바이 사고로 인해 페리가 다리를 절었다는 사실을 내가 정확히 언제 알았는지 모르지만, 그 사실에 흥미를 느낀 나머지 낸시의 생전 마지막 몇 분을 재구성하는 데 활용했다는 것만큼은 기억한다.

그것이야말로《인 콜드 블러드》의, 그리고 사실의 설득력과 픽션의 시적 지위를 동시에 활용하는 혁신적인 서사 형태로 커포티가 주창한 이른바 '논픽션 소설'의 정수였다. 그것은 의심의 여지없이 문학의 경계를 확장시켰다. 미국 중부지대의 보수적 가치관을 지닌 목가적으로 보이는 가족에서부터 호기와 문신과 껌을 씹는 습관을 빼면 공통점이라곤 거의 없는 두 사람의 불량배에 이르기까지, 클러터 사건의 모든 사실들은 오싹하고도 삶을 뒤바꿔놓을 가능성이 있어보였다. 더 많은 세부 사실들을 파악할수록(살인자들이 허브 클러터Herb Clutter의 금고에서 수만 달러를 찾을 수 있을 거라고 히콕의 감옥 동료가 귀띔해준 바와는 달리 고작 43달러와 망원경과 트랜지스터라디오를 훔쳐 튀었던 사실, 클러터 부인이 산후우울증에 시달렸다는 사실, 페리 스미스가 내밀한 뜻을 지닌 거창한 어휘들을 좋아했다는 사실) 선악에 대한 예로부터의 질문뿐만 아니라 운명 자체의 우연성을 더 이해할 수 있을지 모른다. 마치 그 사실들이, 문을 잠그지 않고 자도 안전하다는 시골 마을의 추정이 여전히 유효한 듯하던 순간에 최악의 사건이 일어나면서 이웃들이 갑자기 살인자로 비치는 것이 어떻게 가능한지를 설명해주는 것도 같다.

《인 콜드 블러드》로 인해 관찰하고 쓰는 대부분의 수동적인 행위가 새삼스럽게 강력한 것으로 보이게 되었다. 영화가 문화의 산소를 죄다 흡입해버리지는 않은 것 같았다. 이 책으로 커포티는 그 자신의 표현을 빌리면 "미국에서 가장 유명한 작가"가 되었다. 조지 플림턴George Plimpton은 새롭게 명사가 된 이 작가를 일컬어 "하도 엄청나게 유명한 나머지 거리의 평범한 사람들까지 알아보는" 인물이 되었다고 평했다. 스스로에 대한 커포티의 부풀려진 평가며 자신이 열었다고 주장하는 예술적 지평을 어떻게 평가하건, 보다 친밀하고 예술적 기교가 가미된 저널리즘을 창조하는 데 그가 일조했다는 사실을 부인하긴 어렵다. 그의 인류학적 방법은, 히콕과 스미스의 목적 없이 허비된 인생에 신을 두려워하고 체리파이를 굽던 희생자들의 삶만큼이나 질감 있는 현실성을 부여했다. 커포티는 장시간 유지되는 주의와 천재적 기억력만을 갖고, 결국 발생한 이 두 세계의 충돌을 이후 오래도록 반향을 일으키는 예증적(그리고 알고 보면 심리적으로 개연성 있는) 비극으로 만드는 데 성공했다. 그 과정에서 그는 문학 분야에 에너지와 매혹을, 중대한 드라마가 벌어지고 있다는 느낌을 불러왔는데, 그것은 빅토리아 시대 독자들이 디킨스Dickens의 리틀 넬Little Nell의 죽음을 기다렸던 시절 이후 부재했던 것이었다.

지난 주 개봉한 영화 〈커포티Capote〉는 섬세하고 문학적인 시나리오와 고요하고도 인상적인 촬영에서부터 거슬리지 않게 효과적인 음악과 출연자들의 훌륭한 연기에 이르기까지 모든 면에서 합당한 찬사를 받고 있다. 그중에서도 가장 놀라운 것은 신인답지 않은 자신감일 것이다. 이 영화는 감독 베넷 밀러Bennett Miller(전작으로는 200여 편의 광고와 1인 제작 디지털 다큐멘터리 〈돌아다니기The Cruise〉가 있다)와 시나리오 작가 댄 퍼터먼Dan Futterman(이 작품이 최초로 영화화된 시나리오다) 모두에게 최초의 작품임에도, 한두 개의 예외를 빼면 엉뚱한 선택이나 아마추어적 시도 같은 것이 눈에 띄지 않는다. 카메라가 평평한 밀밭과 중서부의 너른 하늘을 파노라마로 보여주는 순간부터 영화는 평행우주의 분위기를 조성한다. 낸시 클러터가 죽어 누워 있는 농가의 문을 단짝 친구가 두드리는 인적 드문 캔자스 주 '저 먼 곳'의 장면에서, 한 손에 담배를 다른 손에 술잔을 든 커포티가 화려하고 종종 비정한 일화들로 일군의 문학인들을 홀리는 담배 연기 자욱한 맨해튼의 모임으로 능란하게 화면이 전환된다. 연기 폭이 넓은 필립 시모어 호프먼Pilip Seymour Hoffman은 희화화를 막아주는 약간의 공감을 바탕으로 하고 그의 그다지 매력적이지 않은 측면에는 신랄함을 가미하며 마치 친형제라도 되듯 커포티에 빙의한다.

트루먼 커포티에 대해, 우리 대부분은 그가 성공가도를 달리며 가꾼 선정주의적 이미지(〈뉴요커〉의 브렌던 길Brendan Gill은 젊은 시절의 커포티를 "복도를 하늘하늘 오가며 나풀대던 매혹적인 환영"이라고 묘사했다) 또는 그가 뮤즈로부터 버림받고 추락하던 시기 이른바 5피트 3인치의 '조그만 공포'에 관해 나돌던 추문만을 통해 안다. 그 추락의 시기에, 거대한 매력과 잔혹한 의견도 차츰 위력을 잃어가던 영원한 동안의 남자는 술이나 마약에 취해 아직도 아이 같은 거동과 삐걱대는 비음으로(커포티의 목소리는 물개에 비유된 바 있다) 토크쇼 등지에서 비틀

거리다 서른아홉 나이에 사망했다. 하지만 처음부터, 그가 '백조들'이라 부른 부유하고 아름다운 여자들에 휩싸여 사교계의 핵심에 진입하기 전부터 그에게는 덧없는 듯 현세를 뛰어넘는 것 같은 분위기가 있었다. 《다른 목소리, 다른 방Other Voices, Other Rooms》 뒤표지에 실린 목신과도 같은 초창기의 사진을 보면 스물세 살 작가가 최대한 매혹적으로 보이기 위해 마치 소년원 가는 길에 길을 잃은 미소년처럼 소파에 축 늘어져 포즈를 취하고 있다.

〈커포티〉는 《인 콜드 블러드》가 취재되고 집필되던 6년 세월에 거의 온전히 초점을 맞추고 있는데, 이 어쩐지 사로잡힌 것 같은 느낌은 의도적인 것이며 전반적으로 영감에 따른 예술적 결정의 결과다. (영화 제작자들이 영화의 범위를 작게 가져가려는 본래의 결정을 고수했다면, 그래서 영화 말미에 커포티의 쇠퇴를 삽입함으로써 보다 본격적인 전기 영화로 만들려는 시도를 하지 않았다면 좋았으리라고 생각한다.) 커포티의 자기과시 경향과 자기도취증에 대한 증거는 허다하지만, 우리가 혹시 알아차리지 못할 줄 알고 그러는지 그의 친구 넬Nelle(캐서린 키너 Catherine Keener가 대단히 유연하고 의외로 부드럽게 연기한 작가 하퍼 리 Harper Lee)이 항상 그 점을 강조해주고 있다. 넬은 캔자스로의 첫 여행에 커포티와 동행하여 그의 경박한 유머와 미끄러져 나가는 청년 같은 태도를 마뜩찮아 한 모범시민 부류의 사람들과의 대화를 도와주었다. 그녀는 살인자들의 사형 항소를 돕는 친구를 특히 안타까워한다. (그는 그들을 대신하여 중재에 나섰다가 결국 손을 뗐다.) 이를테면 영화 말미에 커포티는 넬과 통화하면서 책을 쓰면서 겪은 기나긴 시련, 그리고 판결을 받은 6년 후 집행된 페리와 딕의 처형을 지켜본 최근의 시련에 대한 동정심을 얻어내려고 한다. 이때 넬은 그의 자기도취적 몽상을 단호히 잘라낸다. "그들은 죽었어요, 트루먼." 그녀는 지적한다. "당신은 살아 있고요."

영화가 커포티의 보다 터무니없는 측면들을(예컨대 그가 살인자들과 형성했던 유대를 배반한 점, 또는 책의 결말을 위해 그들이 교수형 당하는 장면을 굳이 목격하고자 했던 점) 제대로 부각시키지 않았다고 비판하는 평자들도 있지만, 제작자들은 커포티의 도덕적 타협과 기만적인 저널리즘 방법론에 보다 초점을 맞추고 있다. 그는 페리(클리프턴 콜린스 주니어Clifton Collins, Jr.가 연기한다)에게 책을 별로 쓰지 못했다고 말하고(사실 거의 마쳤으면서) 페리의 미적 감수성과 고귀한 부적응자라는 자의식을 교묘히 자극하면서 제목을 《인 콜드 블러드》로 잡지 않을 거라고 고집한다. 하지만 커포티의 캐릭터를 관통하는 어둡고 부도덕한 요소는(마감에 맞추느라 신의를 저버렸다는 끈질긴 암시) 이야기의 가장 흥미롭지 않은 부분으로 느껴진다. 커포티는 이 같은 결함, 유혹과 모호한 애착의 힘에 시달렸을지도, 그리하여 한때 노먼 메일러가 "어휘면 어휘, 운율이면 운율" 면에서 당대 최고라 판단했던 걸작 산문을 쓰지 않았는지도 모른다. 커포티는 성실한 현실범죄 장르를 지극히 사실적인 동시에 서정적인 예술작품으로 뒤바꿔놓은, 그리하여 문학 저널리즘 세계를 좋건 나쁘건 변혁시킨 책을 쓴 것이 아니라 이류 스릴러, 또는 탄탄한 저널리즘 기사를 쓴 것일지도 모른다.

이제 우리는 저널리스트들이 못된 종자들임을, 누군가를 배반하려 드는 "도덕적으로 변호가 불가능한" 사기꾼들임을 안다. 그중 최고인 사람들이(재닛 맬콤Janet Malcolm과 존 디디온Joan Didion) 언제나 사기꾼들을 밀고해주기 때문이다. 사실을 말하자면, 가십에 집착하고 고무줄처럼 유연한 오늘날 저널리즘의 표준에 비춰보면 커포티는 양반이었다. 최소한 그는 책을 쓰기 위해 맺었던 악마와의 거래에 갈등하다 《인 콜드 블러드》가 출간된 6년 후에는 페리 스미스의 환영을 끌어 모아 〈자화상Self-Portrait〉이라는 에세이를 쓸 양심은 있었다. "곧추선 검은 머리의 청년. 그의 양팔은 가죽 보호대에 묶여 옆구리에 얌전히 붙어 있다. 그는 몸을 떨고 있지만 내게 웃으며 말을 건다. 내게 들리는 것이라곤 귓속의 피가 들끓는 소리뿐이다. 20분 후, 그는 죽어 밧줄 한쪽 끝에 매달려 있다."

《커포티와의 대화Conversations with Capote》는 로렌스 그로벨Lawrence Grobel이 커포티의 마지막 2년 동안 그와 나눈 대담을 옮겨놓은 책이다. 거기서 커포티는 《인 콜드 블러드》 집필을 "내 창작 인생에서 가장 감정적인 경험"으로 묘사하고 사형에 대한 반대 입장을 편다. 그가 진정으로 살인자들에게 애착했거나(그리고 특히 페리 스미스에게 깊이 공감했으며 어쩌면 성적 매혹까지 느꼈거나) 사형 문제에 반대한 것은 아니라는 케네스 타이넌Kenneth Tynan을 비롯한 사람들의 주장은 전적으로 부당해 보인다. 확신컨대 이 사건은 커포티가 죽을 때까지 그를 떠나지 않았으며 궁극적으로 그의 일탈을 불러왔다.

사실 〈커포티〉가 담은 통찰은 영화의 교훈담 측면과는 별 관계가 없다. 영화가 커포티의 길을 수월하게 해준 거래나 타협 같은 것들을 강조함으로써 관객들이 그를 교활한 자기중심주의자로, 자신들과 비슷하지만 좀 더 괴상한 누군가로 규정해버리기 쉽게 하지 않았더라면 창작을 위한 강박, 병적 집착에 의해 영혼이 타버릴 수 있다는 진리를 설득력 있게 제시할 수 있었을 것이라고 나는 믿는다. 호프먼의 연기가 진정 놀라운 것은 정상에 서서 끊임없이 자신의 패를 검토하고 바라보고 말하고 생각하고, 머릿속에서 방황하고, 타인들의 머릿속에 들어가고, 좀 더 생각하고 낯선 세상으로 들어가는 길을 상상하는 커포티를 보여준다는 점이다. 영화 초반 자신이 사건 담당 경찰관이자 허브 클러터의 친한 친구였던 앨빈 듀이Alvin Dewey에게 실언을 했음을 깨닫는 장면에서 무엇인가가 호프먼의 눈을 가로질러 휙 지나간다. 불과 수 초 사이에 내면에서 조정이 이루어지고 결정이 내려지며 그럼으로써 두 남자의 제휴가 맺어진다.

영화는 글쓰기라는 정적인 작업을 두 가지 판에 박힌 모습으로 제시해왔다. 하나는 골방에 처박힌 채 골몰해야만 하는 불안정한 직업이라는 것(〈줄리아Julia〉에서 피신한 채 핏발이 선 눈으로 담배를 뻑뻑 피워대는 제인 폰다Jane Fonda를 상상해보라), 다른 하나는 말하자면 보다 덜 역동적인 실내장식 일과 비슷한 안락한 책상머리 직업이라는 것이다 (〈사랑할 때 버려야 할 아까운 것들Something's Gotta Give〉에서 노트북 컴퓨터 앞에 앉아 있는 다이앤 키튼Diane Keaton을 상상해보라). 〈커포티〉는 작가가 글을 쓴다고 할 때 도대체 무엇을 하는 것인지, 관찰이 인식으로 그리고 문장으로 어떻게 이어지는 것인지를 내가 본 이 주제에 관한 영화들 중에서 가장 정확하게 이해할 수 있게 해준다. 그럼으로써 지금까지 나온 그 어떤 영화의 묘사보다 이 이상한 소명의 복잡하고 이해하기 어려운 본질에, 그것이 명백히 사적이면서도 은연중에 공적인 행위이고 자아와 조우하기 위한 것이면서도 자아를 내보이기 위한 수단이라는 사실에 훨씬 더 근접한다.

영화 속에서 커포티는 거의 지나가는 말처럼 자신과 페리가 마치 같은 집에서 자란 것 같다고, 단지 하나는 앞문으로 다른 하나는 뒷문으로 그 집을 떠난 것 같다고 말한다. 감방 안의 페리를 만나고 온 후 커포티는 침대에 누워 천장 위에 마치 감방의 창살 같은 형체로 움직이는 몇 개의 빛줄기를 지켜본다. 이 장면은 눈 깜짝할 사이에 입에 담을 수 없는 행위를 상상하다가 무구한 순수의 순간을 포착하는 장면, 그레이트 벤드의 식당에서 끔찍한 폭력을 계획하며 스테이크로 저녁을 먹는 두 건달로부터 곧바로 100마일 떨어진, 무감한 보름달 아래 클러터 일가가 아무것도 모르고 잠들어 있는 깔끔한 농가로 화면이 전환되는 장면과 함께, 훌륭한 글쓰기의 중심에 존재하는 시냅스적 트릭의 좋은 사례다.

끝없는 사랑

코트니 러브

어떤 시대나 그에 합당한 우상을 만난다. 또는 그렇다고들 한다. 예리하면서도 냉소적인 관찰인데, 과연 이 시대는 가공되지 않은 야망과 놀라운 회복력으로 뭉친 코트니 러브라는 인물을 갖기에 합당한지 물어볼 만도 하다. 그녀가 할리우드 불러바드의 조그만 스트립 클럽인 '점보스 클라운 룸'에서 최소한만 가린 T팬티와 유두가리개 차림으로 빙글빙글 돌던 시절에서 10년도 채 지나지 않았다. 그녀만큼이나 세인의 주목을 원하고 또 그녀 스스로 자신의 '내 멋대로 사는' 스타일의 원형으로서 인정한 마돈나Madonna와 비슷하게, 러브는 언제나 유명해지기를 원해왔다고 말한다. 그리고 마침내 그늘에서 벗어난 지금, 그녀는 반짝하고 말 것이 아니라 오래도록 조명을 받을 가능성을 지니고 있다.

하지만 그녀가 우리의 문화적 순간에 대한 정당한 화신인가를 묻기 전에 먼저 확실히 짚고 넘어갈 것이 있으니, 바로 정확히 어떤 코트니 러브를 말하고 있는가이다. 변호사, 홍보 담당, 어시스턴트 들에 둘러싸인 깨끗하게 단장된 할리우드 유명인이자 지난 2년간 〈보그 Vogue〉에 게재됐고 〈하퍼스 바자Harper's Bazaar〉 표지 모델로 등장했으며 〈뉴요커〉에는 리처드 애버던Richard Avedon이 찍은 10페이지짜리 베르사체 화보가 실린 그 러브인가? 아니면 우리를 전율케 하는 비속한 행위들을 일삼던 1995년 이전의 못된 러브인가? 이 코트니는 공공연하게 마약을 했고, 사람들에게 주먹을 날렸고, 마음에 들지 않는 기자들에게는 협박성 전화를 걸어 괴롭혔으며, 자신의 내면 상태를 생생하게 묘사하는 포스팅으로 인터넷을 어지럽혔다.

열렬히 옹호하는 사람만큼이나 열렬히 비난하는 사람도 많은 러브는 자신을 '바퀴벌레'로 표현한 바 있다. 그녀는 비참하고 유별난 성장기를 겪었다. 어린 시절은 부유한 가문의 상속녀인 어머니가 자아를 찾기 위해 들어간 히피 공동체에서 보냈고 사춘기는 소년원을 거쳐 알래스카, 대만, 그리고 그 사이 여러 곳에 들어선 스트립 클럽들에서 보냈다. 러브는 심리치료사가 된 어머니를 일컬어 '무심'했다고 표현했다. 아버지와의 관계는 그보다도 더 부실했다. 그는 '로큰롤의 제인 구달Jane Goodall'로 자칭하지만, 러브는 아버지가 그녀를 때렸을 뿐 아니라 유아기의 딸에게 환각제 LSD를 주었다며 '정신이상'이라고 말한다. 올해 서른두 살인 러브는 보통의 젊은 사람이라면 장래 무엇이 되고 싶은지 결정하는 데 걸릴 정도의 시간에 이미 스트리퍼, 마약 중독자, 그루피, 단역배우, 펑크로커, 아내, 어머니, 과부, 그리고 영화스타(〈래리 플린트People vs. Larry Flynt〉)를 모두 거쳤다. 그녀는 1990년대에 유행한 '탈바꿈'이라는 용어가 꼭 들어맞는 사람이다.

2년간 부부로 살아온 커트 코베인이 스물다섯 나이에 세 사람을 죽이기에 충분한 양의 헤로인을 흡입하고 입에 권총을 물고 쏘아서 자살한 1994년 4월 초의 그날, 러브의 가장 불명예스러운 변화가 일어났다고 주장할 수도 있을 것이다. 알다시피 코베인은 시애틀 출신의 엄청나게 성공한 그런지 록 밴드 너바나Nirvana의 리드싱어로, 밴드에게는 쉽지 않은 가사와 강렬한 비트, 의외로 기억에 남는 멜로디가 특징인 노래들을 만들었다. 두 번째 음반 〈Nevermind〉가 대대적인 판매를 기록하며 너바나는 하루아침에 슈퍼스타로 떠올랐고 그들의 노래는(특히 〈Smells Like Teen Spirit〉을 비롯하여) 베짱이들의 송가로 자리잡았다. 하지만 항상 쓸쓸하기만 했던 코베인에게 성공은 행복보다 고뇌를 가져다주었다. 그는 팬들 중 "BMW를 모는 여피들"을 경멸했고 상습적인 헤로인 투여에서 도피처를 찾았다. 러브와의 결혼(코베인이 그들의 관계를 가리켜 "에비앙 생수와 커피"의 결합이라 표현한 반면 러브는 "우리는 약물을 통해 유대를 형성했죠"라며 빈정댔다) 그리고 딸의 출생 이후 그는 한동안 안정을 찾은 듯했다. 하지만 자살 당시 커트가 러브와의 결혼생활을 몹시 불행히 여겼고 이혼을 거론했다는 소문이 돌고 있었다.

덥수룩한 성가대 소년 같은 잘생긴 외모와 우울하고 반물질주의적인 스타일로 대변되는 코베인의 이미지가 그의 생전에 이상화되었다면, 그의 죽음과 함께 그것은 성화聖化되기에 이르렀다. 여러 전기 작가들이 지적했듯 코베인이 청소년기에 친구를 괴롭힌 바 있었다는, 그리고 초연한 듯하지만 젊은 로커 지망생들이 다들 그렇듯 성공을 향해 매진했다는 사실은 그가 살아 있을 때는 쉽게 무시되었다. 세상을 떠난 그는 거리의 귀공자로 시성되었다. 경솔하고 솔직한 러브는 욕먹는 미망인, 순수한 백일몽에서 그를 끌어내어 돈과 스타덤의 시궁창으로 몰아넣은 장본인, 예술적인 존 레넌John Lennon에 대한 비겁자 오노 요코Ono Yoko 같은 존재가 되었다.

러브의 두 번째 음반(돌아보면 아이러니가 느껴지는 'Live Through This'라는 제목이었다)은 호평을 받는데 코베인이 죽은 지 수일 만에 발매되었다. 그녀는 남편의 죽음을 요란하게 애도했고 어떤 이들이 보기에는 이 비극을 비상하게 이용했다. 코베인의 자살 이튿날 MTV와 인터뷰를 한 것도 좋게 보일 리 없었다. 그녀는 쇼핑에 열을 올리고 있을 때, 옛 애인들과 함께 헬스 스파에 들를 때, R.E.M의 마이클 스타이프Michael Stipe와 함께 MTV 영화상에 참석할 때, 또는 월 만오천 달러를 주고 홍보회사 PMK를 고용하거나 성형수술을 통해 이미지 쇄신 작업에 나설 때를 빼고 기회만 있으면 죽은 남편 이야기를 했다. 자신의 외모에 대한 러브의 본래 감정은 반은 쓸쓸하고 반은 냉소적인 홀의 데뷔 음반 제목 'Pretty on the Inside'(내면은 예쁜—옮긴이)로 요약되었다. 여러 해에 걸쳐 그녀는 코를 세우고 다시 세웠고 치아에 손을 댔으며 가슴을 키우고 높였다. 체중 40파운드를 감량하고 트레이너와 지방흡입술의 도움으로 통통했던 몸매를 바꾸었다. 변하지 않은 한 가지는 아름다운 초록빛 눈으로, 그것은 아직도 그녀 외모 가운데 최고라 할 수 있다.

이 기나긴 육체적 개조와 함께 찾아온 것은 보다 친절하고 온유한 코트니 러브이다. 얼마 전까지만 해도 노래 가사들("난 설거지를 안 해 /그냥 시궁창에 던져")과 인생 전반에 있어 으르렁거리는 고약한 여자 페르소나에 탐닉하던 그녀가 차츰 자신에 대한 대중의 인식을 바꿔 놓기 시작했다. 지난해 런던의 〈인디펜던트Independent〉 기자 하나는, 그녀가 옛날에 그랬듯이 되는 대로 지껄여대지 못하도록 홍보 담당 이 동석하여 진행된 인터뷰에서 "대단히 매력적으로 보였다"고 썼다. 뿐만 아니라 '메인스트림'에 편입된다는 전망을 전혀 불편해하지 않 았다고 덧붙였다. "얼마나 오래 쿨해야 하는데요?" 그녀의 반문이다. "얼마나 오래, 결혼하여 아기를 낳고 가족을 꾸리고 정착하기를 원하 지 않아야 하냐고요?" 그로부터 넉 달 전 〈로스앤젤레스 타임스Los Angeles Times〉 기자에게 그녀는 자신을 "무척 보수적인, 진정한 전통 주의자"로 간주한다고 말한 바도 있다.

이 티퍼 고어Tipper Gore 비슷한 감상을, 불과 1년 반 전 연기를 하겠 다고 선언하며 보여준 방자한 태도(멜리사 로시Melissa Rossi가 러브의 승인을 받지 않고 쓴 전기 《코트니 러브−소음의 여왕Courtney Love: Queen of Noise》에 따르면 그녀는 연기를 "신나게 사는 또 하나의 방법" 이라고 표현했다) 또는 주변 사람을 못살게 군다는 일반적 평판과 연 결시키기는 쉽지 않다. 1995년 여름에는 순회 음악 행사인 롤라팔루 자Lollapalooza 공연에서 관객들에게 붕대를 감은 손을 보여주며 "어떤 년의 주둥이에 주먹을 날려서 강냉이를 털어줬어요"라고 설명했다. 사람이 변할 수 있음을 인정한다고 해도 러브가 보여주는 폭력배에 서 조신한 숙녀로의, 이를테면 〈제리 스프링어Jerry Springer〉 출연자에서 〈찰리 로즈Charlie Rose〉 출연자로의 변화는 어딘지 석연찮다. 자신의 페르소나를 "추하고 징그럽고 정신이상"이라고 표현했던 러브가 사람들이 해진 운동화를 버리듯 자신의 옛 모습을 벗어버릴 수 있었는지 몰라도, 심각한 행동문제에 대한 소문을 잠재우는 데는 어려움을 겪었다. 1992년 〈배니티 페어Vanity Fair〉에 실린 그녀에 대한 소개 기사는 그녀가 임신 중에도 헤로인을 계속 사용했다고 주장했다. 이 기사는 커트와 코트니의 분노를 사는 데서 그치지 않고 로스앤젤레스 아동보호국의 주의를 끌어, 태어난 지 2주째였던 프랜시스 빈이 두 달간 코트니의 의붓 자매에게 맡겨져야 했다. 러브는 기사를 쓴 기자가 자신의 말에서 맥락을 빼고 옮겼다며 맹비난했다. 그리고 앞으로 이런 식의 기사를 쓸 기자들을 대상으로 협박을 했고("기억해요. 나에 대해 비열한 기사를 쓰면 나는 당신 집의 변기를 폭파해버릴 거예요.") 기자들의 접근을 더욱 어렵게 했다. "팻 킹슬리Pat Kingsley가 홍보 담당이었으므로 언론에 대한 그녀의 이해는 상당했다." 로시의 글이다. "그녀는 언론의 공주로서 정부기관이나 폭력조직보다 더 효과적으로 자신에 대한 기사를 탐지하고 억누르거나, 최소한 약화시킬 능력이 있었다."

러브를 계속해서 괴롭히는 이야기 하나가 있는데, 그녀가 불행하고 성난 아이 시절에 꿈꿨던 반짝이고 화려한 곳에 막 다다른 지금 또다시 떠올랐다. 그것은 코베인이 죽고 난 지 한 달 후 〈시애틀 타임스The Seattle Times〉에 실린 기사가 발단이 되어 이후 인터넷과 각종 대안 매체에 떠돌아왔다. 이야기인즉 코베인이 죽음에 이른 정황이 무척 모호하여 어쩌면 자살이 아니라 살인일지 모른다는 것이다. 짐작했겠지만 이 이야기의 중앙에는 코트니 러브가 악마 같은 블랙 위도우로 등장한다. 남편을 없애고 돈을 차지하려는 이를테면 〈이중배상Double Indemnity〉의 바버러 스탠윅Barbara Stanwyck이나 〈포스트맨은 언제나 벨을 두 번 울린다The Postman Always Rings Twice〉의 라나 터너의 약간 초라한 버전이라 해도 좋겠다.

　이것은 끈질긴 음모론자들의, 다시 말해서 인터넷을 떠나지 않는 분열병적인 사람들이 갖고 노는 살짝 이국적이면서도 약간의 가능성은 있어 뵈는 시나리오처럼 들린다. 그리고 이 같은 추측들은 근래 출간된《누가 커트 코베인을 죽였나―어느 우상의 미스터리한 죽음Who Killed Kurt Cobain? The Mysterious Death of an Icon》에 이어 발표된 브룸스필드의 다큐멘터리가 아니었다면 그저 변경에서나 떠돌고 말았을 것이다. 이언 핼퍼린Ian Halperin과 맥스 월리스Max Wallace의 이 책은 논쟁을 낳을 소재를 비교적 신중하게 다루고 있다. 그리고 제목이 암시하듯 4년에 걸친 저자들의 연구는 해답보다는 더 많은 질문을 낳았을 뿐이다. 그들은 코베인의 죽음과 관련한 여러 가지 풀리지 않은 문제들을 지적한다. 권총에 지문이 없다는 점과 혈액에서 많은 양의 헤로인이 검출되었다는 점에 근거하여 그가 총을 사용하기에는 마약에 너무 취해 있었을 것이라는 주장이 있다. 러브가 이미 해지했던 코베인의 신용카드가 그의 사망 후 사용되었다는 사실이 있다. 러브를 제외시킨 미완성 유언장이 있었다는 주장이 있다. 그리고 코베인이 쓴 것이라는 유서에 서로 다른 필적이 사용됐다는 증거는 그것이 자살 의도의 선언이기보다는 음악계에서 은퇴하려는 소망의 표현이었을지 모른다는 주장의 근거로 제시된다.

코트니가 코베인의 살해를 교사했다는 이론의 가장 대표적인 주창자들은 그녀와 소원해진 아버지 행크 해리슨Hank Harrison, 그리고 코베인이 죽기 나흘 전 로스앤젤레스의 해독시설에서 빠져나간 후 그를 찾기 위해 코트니가 고용했던 사설탐정 톰 그랜트Tom Grant이다. 로스앤젤레스 카운티 치안국 소속 비밀요원 출신의 그랜트는 러브가 전화번호부에서 자신의 이름을 처음 찾은 순간부터 그녀에 대한 의심을 키워왔다. 핼퍼린과 윌리스는 그랜트가 "진지하게 일을 추진한다"고 확신하면서도 그가 러브의 유죄를 입증할 명백한 증거를 제시하지 못했다는 점을 지적한다. 한편 해리슨에 관해서는 주장들에 허점이 많을 뿐만 아니라 '주관적'이라며 한결 유보적인 입장을 취하는데, 그러면서도 그가 딸에 대해 남긴 배심원들이나 움직일 선동적인 발언을 인용하고 있다. ("인정해요." 그는 그들에게 말한다. "그녀는 사이코예요. 집안내림이죠. 그런 일쯤은 충분히 하고도 남아요.") 저자들은 러브를 범인으로 지목하려는 것이 아니라 경찰이 사건을 재수사하도록 하는 것이 자신들의 목적이라고 주장하는 동시에 코베인이 아내와 맺었던, 그 자신이 노랫말에 '탯줄 올가미'라고 표현했던 치열하게 공생적인 관계는 풀어내기 어렵다는 사실을 인정한다. 그녀는 그에게 그가 필요로 했던 모성을 제공했을 뿐만 아니라 권력을 장악하려는 과정에서 주변 사람들을 통제하려는 그의 감추어진 욕망을 표출하기도 했다고 할 수 있다는 것이다. 러브가 변호사들을 동원하여 그들을 협박하고 뇌물을 제공하여 포기시키려는 시도를 계속했음에도, 그들 이전과 이후의 많은 사람들도 분명 그럴 것처럼 그들이 '한 세대의 목소리'라고 부르는 코베인에 대한 애정 때문에 핼퍼린과 월리스는 이 프로젝트를 추진해온 것이 틀림없다.

코트니 러브를 좋아하는 사람들이 있다 해도(당연히 있겠지만) 닉 브룸필드는 그들을 발견하지 못했다. 이 영국인 감독은 불미스러운 주제들을 즐겨 다룬다. 그의 〈커트와 코트니〉는 어찌나 악의로 가득했는지 러브의 변호사들이 나서서 올해 초에 열렸던 선댄스 영화제에서의 상영을 금지시키는 데 성공했다. (그들의 주장인즉 브룸필드는 영화 속 두 곡을 사용할 법적 승인을 받지 못했다는 것이었다.) 영화는 기본적으로 핼퍼린과 월리스의 책과 동일한 영역을 다루지만 훨씬 강력한 여운을 남겨준다. 워싱턴 주의 나른한 마을, 비틀즈Beatles의 노래를 즐겨 부르는 어린 금발 소년에게서 출발하여 출구가 없는 숲속에서 길을 잃고 끝난다.

브룸필드는 다소 억지스런 면도 있으나 재능 있는 인터뷰어다. 그는 우스꽝스럽게 커다란 헤드폰을 낀 채 음향장비들을 들고 다닌다. 영화에는 따스한 순간도 있다. 이를테면 코베인에게 첫 기타를 주었던 이모 메리는 두 살배기 커트가 노래를 부르는 녹음테이프를 들려주며 "꽤 시끄러운 꼬마였어요"라고 말한다. 커트의 옛 친구와 애인들은 그를 철저히 예민하고 겸손했던 사람으로 묘사한다(한 젊은 여자는 렉서스를 산 코트니와 말다툼하던 커트를 회상한다. 그는 그녀가 그 차를 반환하게 했다). 하지만 코트니의 아버지 해리슨이 등장하면서 영화의 분위기가 바뀐다. 예전의 손대지 않은 코트니가 그랬듯 통통한 몸집의 해리슨은 처음에는 대단히 자기과시적인 사람으로 느껴지지만 악의는 없어 보인다. 그는 햇살이 밝은 거리 브룸필드의 차 옆에 서서 딸 이야기를 하다가 자신이 쓴 《커트 코베인, 너바나를 넘어서Kurt Cobain, Beyond Nirvana》라는 제목의 책이 화면에 잘 나오도록 각도를 잡아 보여준다. 그리고 러브의 "거의 미친 사고 과정"과 "무슨 일이 있어도 성공하겠다는 강박", "문서로 뒷받침되는 광포한 행동 패턴"에 관해 이야기한다. 그는 처음에는 기이하게나마 아버지다워 보인다. 딸의 안 좋은 면을 오직 아버지만이 할 수 있는 방식으로 이야기하는 듯 보이는데, 다만 왜 그토록 기꺼이 딸을 비난할 준비가 되어 있는지 의아하지 않을 수 없다.

하지만 이후, 특히 러브가 감독과의 인터뷰를 거부하고 영화를 봉쇄하기 위해 온갖 방안을 동원하면서부터 영화의 부정적인 패턴이 자리 잡는다. (다큐멘터리가 진행되면서 아마도 바이어콤 계열사인 MTV를 통해 러브가 압력을 행사한 탓에 역시 바이어콤 소속 방송국인 쇼타임이 후원을 취소했다는 사실이 밝혀진다.) 영화는 코트니에게 불리한 정황의 폭로와 코베인의 과거 인터뷰를 오가는데, 인터뷰 영상에서 그는 평소에 비해 침착한 모습이다. "전에는 훨씬 부정적이고 화를 잘 냈죠." 그는 자신의 고립적이고 반사회적인 태도에 관해 술회한다. "하지만 그건 친구가 없었기 때문이에요." 한편 코트니의 전 남자친구인 펑크 로커 출신 로즈 레자벡Rozz Rezabek이 등장해 코트니의 표독한 측면을 흥미롭게 보여준다. 첫 만남에서 로즈의 공연에 대한 '신랄한 비평'을 제공하며 영국식 억양으로 "초록색 체크무늬 바지를 벗어던지고 로드 스튜어트Rod Stewart 흉내도 그만 내라"고 소리를 질렀다는 것이다. 브룸필드는 레자벡을 따라 그의 지하실로 내려간다. 코트니의 기념물들이 여러 상자 놓여 있는데 일기장, 편지, 각종 서류들이다. 그 중에는 '코트니의 성공전략'을 자세히 열거한 꾸깃꾸깃한 종잇장들도 있다. 레자벡이 몇 줄 읽는다. "일은 그만할 것. 재정지원을 받을 것. 각종 신구 연고를 이용해 거래를 틀 것. 마이클 스타이프와 친해질 것." 러브의 주위를 배회하는 다른 많은 사람들보다 좀 더 자신의 적의를 통찰할 수 있는 듯한 레자벡은 이렇게 말한다. "그녀는 상대방의 결함과 약점 들을 발견해 줄줄이 주워섬기는 여자예요." 그리고 카메라를 정면으로 바라보며 최종선고를 내린다. "나도 커트처럼 되었을 거예요…. 내 목구멍에 망할 놈의 총을 끼워 넣고 말이죠…."

다큐멘터리 말미에 감독은 드디어 러브와 마주친다. 새로운, 반짝이는, 실크로 단장한 러브를. 그녀는 ACLU 연회에 언론자유상 시상자로 막 도착했다. 자신의 이미지를 조작하려는, 그리고 자신에 반하는 의견은 어떻게든 억누르려는 러브의 작태에 관한 기록영화를 제작 중인 브룸필드는 이 아이러니가 너무 기가 막혀서 러브의 말이 끝나자마자 마이크를 빼앗아 그녀를 고발하려 하지만, 결국 남캘리포니아 ACLU 재단 이사장을 맡은 머큐리레코드사의 대니 골드버그 Danny Goldberg에 의해 무대에서 쫓겨 내려온다. 가장 감동적인 증언은 아마도 프랜시스 빈의 유모가 한 말일 것이다. 길게 늘어뜨린 머리에 온유하고 겁먹은 듯 보이는 그녀는 코베인의 자살 1주일 전에 일을 그만뒀다. 그녀는 "견딜 수가 없었다"고 말한다. 커트의 유언장에 관해 "너무나… 말들이 많았기 때문이다." 그리고 코트니가 커트를 "완전히 조종했다"고, 그는 그녀로부터 "달아나고 싶어했다"고 생각한다고 덧붙인다. 그녀는 거의 속삭이듯 말한다. "그가 살해당한 것이 아니라면 자살하도록 몰아붙여진 거예요."

닉 브룸필드는 커트가 살해당했다는 이론을 믿지 않는다고 말한다. "코트니의 행동을 보면 충분히 그럴 수 있는 여자임을 알 수 있어요. 물리적 폭력을 서슴지 않으니까요. 하지만 누군가의 머리를 부숴놓는다는 건 한발 더 나아가는 것이죠"라고 그는 내게 말한다. 도대체 누구의 말을 믿느냐고 내가 묻자 그는 유모라고 대답한다. 브룸필드는 억지 수단을 썼고 낙오자나 괴짜 들과만 수많은 인터뷰를 했을 뿐 러브를 대변해줄 사람과는 마주앉지 않았다는 비난을 받아왔다. 그는 러브를 망가뜨리기 위해서가 아니라 열 살배기 아들에게서 〈Nevermind〉 음반을 받은 이래로 팬이었던 코베인을 추모하기 위해 이 일을 시작했다고, 그리고 "그녀가 이 영화를 긍정적으로 활용하고자 했다면 영화가 달라졌을 거예요. 나는 그녀에게 이 모든 것들이 부정확하다고 설득당할 준비가 되어 있었어요"라고 주장한다. 그렇다면 그가 만난 사람들은 왜 하나같이 러브를 증오하거나 두려워하는 것일까? "그녀에 관해 좋은 기억을 가진 사람은 하나도 보지 못했어요." 그의 대답이다.

행크 해리슨, 또는 인터넷에서 그가 스스로를 칭하듯 '생물학적 아버지'는 〈커트와 코트니〉에 등장하는 기괴한 인물들 중 가장 무서운 캐릭터다. 윌리엄 칼로스 윌리엄스William Carlos Williams가 썼듯, 미국의 순수한 산물들이 미쳐버린다면 불순한 산물들은 그보다 더 미쳐버리고 만다. 그들은 나름의 혼란스러운 논리로 불 밝힌 방들에서 사는 사람들로서는 궁극적으로 뚫고 들어갈 수 없는 그림자 세계에서 산다. 코베인의 죽음에 대한 진짜 정황은 헤로인과 괴상함의 안개에 파묻혀버려 헤아릴 수 없어 보인다. 그러나 커트와 코트니의 넌더리 나는 일화에 바쳐진 어떤 증언도, 심지어 범죄 여부에 대한 엇갈리는 암시들조차 코트니 러브의 아버지라는 기생충 두목 같은 자만큼 깊은 인상을 남기지는 못한다. 브룸필드는 해리슨을 세 차례 인터뷰하는데, 영화 끝에 이르면 그가 얼마나 악의에 찬 존재인지가 확실해지며 사춘기 딸을 훈계한다는 명목으로 사나운 핏불 개들을 들여왔었다는 사실이 설명된다. 딸과의 관계를 '대전大戰'이라 표현하면서 그는 덧붙인다. "이제 전화번호를 알아냈으니… 다 잡은 거죠." 그러더니 점점 목소리가 커지며 이렇게 선언한다. "이건 여전히 힘든 관계고, 나는 아직도 그 아이의 아버지예요…. 계속 내 욕을 해보라고 그래요. 나도 계속 그 애를 혼내줄 거니까." 이제 바야흐로 테러의 영역에 진입한 그는 제 머리에 손가락을 갖다 댄다. "그 아이 머릿속이 어떻게 움직이는지 난 알거든요." 그는 뇌까린다. "다음엔 무슨 생각을 할지도 다 알아요."

브룸필드의 영화에서 그녀에 대해 던져지는 온갖 쓰레기에도 불구하고 우리는 이 남자의 음험한 궤도 안에서 성장했으며 그 유전자를 물려받은 여자에 대한 동정심을, 그녀가 감내해야 했을 상처에 대한 동정과 스스로 껴입었을 강인함의 갑옷에 대한 슬픔을 느끼며 영화관을 나오게 된다. 하지만 우리는 또 격심한 두려움을 느끼게도 되는데, 이 지점에서 코트니 러브가 출발했고 그곳으로부터 도망치고 있는 거라면 그곳이 또한 그녀가 다다를 운명의 지점이기도 할 것이기 때문이다.

  우상이란 참 희한한 것이다. 가수로서 전성기를 한참 지나고 뚱보가 되어 변기에 앉아 죽은 엘비스가 당시 아직 태어나지도 않은 팬들의 상상력 속에 영원히 한 자리를 차지할 줄 누가 예측할 수 있었겠는가. (이전 여자친구 하나의 증언에 따르면 코베인은 "엘비스와 그레이스랜드 자체"에 매료되어 있었다.) 하지만 최근까지 우리의 지속적인 관심을 얻을 자격이 있다고 인정받은 여성들은 대부분 아름다움, 성품, 또는 비극적인 위엄 같은 것들로 휩싸여 있었다. 이를테면 그레타 가르보Greta Garbo, 엘리너 루즈벨트Eleanor Roosevelt, 인디라 간디Indira Gandhi, 마릴린 먼로, 마더 테레사 같은 사람들이다. 물론 테다 바라Theda Bara나 진 할로Jean Harlow처럼 은막의 요부, 또는 입이 거친 여장부들도 있었지만 아무도 그들을 모방의 원형으로 오해하지 않았다. 그런데 지난 10~20년 사이에, 미시건 주 출신의 대담한 가톨릭교도 처녀 마돈나의 부상을 기점으로 여성 우상에 대한 우리의 기호가 바뀌었다. 우리는 이제 그녀들이 덜 고상하고 더 훼손됐기를, 인생에 시달려보았기를 원한다. 우리는 이상화와 그에 수반되는 시기에 바탕을 둔 위계적 형태의 관음증 대신 우리 모두가 공히 갖고 있다고 추정되는 중독, 울화, 체중, 치정 같은 지저분한 비밀들의 수준으로 똑같이 내려온 보다 민주적인(또는 보다 저열할 뿐인) 형태의 관음증으로 옮겨왔다.

  코트니 러브가 우리의 관심을 끄는 이유 하나는 그녀가 현실의 비루한 분위기를 '나쁜 여자'의 그것으로 뒤바꿔놓았다는 점이며, 그보다 신중하고 인습적인 (또는 그저 덜 필사적인) 다른 여자들은 착한 여자 노릇이 지긋지긋해질 때 그녀를 보며 숨통을 틔울 수 있었다. 그녀는 예의를 지키려는, 다른 사람들에게 양보하려는, 자신의 거대한 탐욕을 억제하려는 시늉조차 하지 않았다. "나는 가장 큰 케이크를 가진 여자가 되고 싶어"라고 그녀는 특유의 강력한 허스키 보이스로 노래했다. 하지만 그뿐만 아니라 반항적인 외양 아래 찾을 수 있는 고통 때문에 여자들은 그녀에게 끌린다. 화려한 외양 아래 찾을 수 있던 고통 때문에 그들이 다이애나 왕세자비에게 끌렸던 것과 같다. "언젠가 너도 나처럼 아플 거야." 러브는 울부짖는다.

그 같은 절망과 슬픔으로부터 복수심에 불타는 자아가 싹튼다고, 그리하여 다른 사람들에게 아픔을 강요한다고 할 수 있다. 하지만 개인의 고통을 예술로 승화시키는 데는 개성의 힘뿐 아니라 재능도 필요한 것이 사실이다. 러브의 자신만만한 카리스마에 어떤 이들은 매혹되었고 다른 이들은 등을 돌린 것이 틀림없다. 쉬지 않고 자신을 갱신하고 이미지와 현실 사이에 불안하게 다리를 벌리고 선 그녀의 끝없는 탈바꿈을 볼 때 러브는 진정한 밀레니엄 세대인 것도 같다. 그럼에도, 어떤 해악을 끼쳤든 간에 그녀가 이제 허식의 길에 들어서서 가지런한 세상을 향해 주먹을 날리던 광란의 아이를 길들이고 겉만 예쁜 또 하나의 영화스타라는, 우리에게 전혀 필요치 않은 존재가 되어 다가온 것은 안타까운 일이다.

빛나는 명료함의 날들

리처드 버튼

브란젤리나Brangelina(브래드 피트Brad Pitt와 안젤리나 졸리Angelina Jolie─옮긴이), 톰캣TomKat(톰 크루즈Tom Cruise와 케이티 홈즈Katie Holmes─옮긴이), 그리고 (맙소사) 키메Kimye(킴 카다시언Kim Kardashian과 카네 웨스트Kanye West─옮긴이) 이전, 유명인 문화가 오늘날의 즉석 태엽장난감 같은 것이 되기 전, 그들의 이름이 차마 입에 올리기도 황송한 마술 같은 스타 파워와 동의어였던 배우 커플이 하나 있었다. 바로 리처드 버튼과 엘리자베스 테일러였다. 두 사람은 리즈앤딕LizandDick으로 더 잘 알려져 있었는데, 어쩌면 그들의 매혹적인 관계와 결합을 보다 효과적으로 강조하기 위해 되도록 한 호흡에 발음되곤 했다.

영화 〈클레오파트라Cleopatra〉에 함께 출연하고 스캔들을 일으키며

(두 사람 다 이미 결혼한 몸이었다) 사랑에 빠졌던 1960년대 초반을 시작으로 10년간의 결혼을 거쳐 1974년 이혼했다가 재혼하고 얼마 안 되어 두 번째로 이혼했던 1976년까지, 두 사람은 세간의 이목을 집중시킨 커플이었다. 그들이 가는 곳마다 파파라치들이 따라붙었고 사람들은 그들을 잠깐이라도 보고 싶어 안달했다. 두 사람은 당당하게 최상류의 삶을 누렸고, 언제나 아름답게 그을린 피부로 요트와 최고급 호텔들을 오가며 황홀한 자태를 과시했고, 그레이스 켈리Grace Kelly나 바비 케네디 같은 이들과 교제했으며, 보석과 비행기와 미술품과 집들을 사들였다. 다른 사람들이었다면 역겹도록 허영에 차 보였을지 모르지만 이 두 사람이 하나가 되어 뿜는 매력에는 특별한 것이 있었다. 또한 그들은 언제나 자신들에 대한 유머 감각을 갖고 있었기에 그 매혹과 미스터리가 보호받을 수 있었다.

그들이 우리에게 행사했던 위력의 진정한 원천은 그 결합의 화려한 표면 아래 서로에 대한 엄청난 열정이 깔려 있었다는 사실에 있었다. 그 열정은 사진들 속에서 분명히 드러나고 버튼이 테일러에게 보낸 잊히지 않는 편지들에도 잘 나타나는데 2010년 출간된 전기《격렬한 사랑Furious Love》에 그 일부가 실려 있다. 이 편지들, 그리고 그가 쓴 일기의 단편들을 통해 우리는 버튼이 사랑만큼 어휘에도 빠진 남자였음을, 테일러만큼 언어에 대해서도 열정을 갖고 있었음을 알게 된다. 그는 테일러의 가슴을 '묵시록적'이라 불렀고 그녀의 아름다움을 '포르노그래픽'하다고 묘사했다. 최근 출간된 버튼의 일기들을 보면 날카롭고 치열하고 호기심 많은 이성과 함께 상당한 문학적 재능까지 갖춘 남자였다는 생각을 갖게 된다. 버튼이 죽고 몇 년 후 바버라 월터스와 가진 인터뷰에서 테일러는 버튼을 가리켜 '천재'라 불렀는데, 장담컨대 이 황홀한 일기에 파묻혀본 사람이라면 아무도 그것을 과장이라 여기지 않을 것이다.

버튼의 일기는 그가 성당에 나가고 시험공부에 "열을 올리는" 학생이던 1939년과 1940년에 씌어진 40여 페이지의 엉성한 메모들에서 공식적으로 시작되어 1960년으로 건너뛴다. 여기서 짧지만 흥미로운 내용들이 나타난다("나는 나 자신을, 특히 내 얼굴을 증오한다"와 스키가 "이국적이고 낭만적이며 속물적인 스포츠"라는 묘사). 하지만 진짜배기는 1965년부터의 보다 긴 글들에서 시작된다. 바로 버튼이 테일러와 결혼하여 그슈타드 궁전이며 생트로페 따위의 호사스런 장소에서 유명한 사람들과 빈들거리던 시절이다. 1월 3일을 예로 들면 그는 내털리 우드Natalie Wood와 데이비드 니븐 주니어David Niven, Jr.와 식사를 함께 한다. "그녀는 너무 말라 결핵 환자처럼 보인다. 페키니즈 강아지 같은 눈. 가련한 여자." 그리고 6월 8일 버튼은 생각에 잠긴다. "또 한편 이상한 것은 내가 언제나, 경멸의 의도 없이, 미국인들을 재능 있고 용감하지만 거의 항상 아이 같다고 생각한다는 사실이다." 최상의 일기다운 친밀한 목소리에, 왕성한 관찰과 작가다운 기록이 넘쳐난다. 오래지 않아 독자는 독특한 흥미를 불러일으키는 인물과 장소에 접근 가능한, 비상한 감각을 지닌 누군가의 이야기에 귀 기울이는 느낌을 갖게 된다. 그리고 그 인물과 장소에 대해 그는 비판적이다. 존 휴스턴John Huston은 "숙맥"에 "자기를 부풀리는 거짓말쟁이"로, 프랭크 시나트라는 "성마르고 꼴 보기 싫은 놈"으로 기각되고, 푸에르토 바야르타의 호사스럽고 "훌륭하게 설비된" 호텔은 퇴락의 징후가 엿보인다고 날카롭게 평가된다. "희한하게도 손님들은 이런 곳에 올 만한 돈이 없어보였고 바텐더들은 동작이 느렸을 뿐 아니라 흰 재킷에 얼룩이 묻었고 겨드랑이는 땀에 젖어 있었다." 동료들을 대부분 깎아내리는 그의 태도에 희생되지 않은 연예계 인사는 노엘 카워드Noël Coward와 마이크 니콜스Mike Nichols 둘뿐으로 그는 이들이 "본능적이고 애쓰지 않으며 악의 없이 기지가 있다"고 인정한다.

버튼은 일찌감치 자신의 주된 영역을 정해두었는데 바로 술, 음식, 유대인들의 매력, 돈, 정치, 명성과 그 위험(파파라치를 "이 시궁창의 나비들"이라 묘사한다), 권태의 발작, 우울("만가처럼 어둡다"), 그리고 혹독한 자기평가("기계가 아니고 인간으로서 가능한 최대치로 나는 냉정하다") 등이다. 사랑하는 '둥실이'(그가 테일러에게 붙인 수많은 별명 중 하나)의 매력과 이따금 드러나는 결점들도 꾸준히 기록되어 있다. 그와 테일러는 닥치는 대로 서로를 모욕하는 대대적인 말다툼과("나는 그녀가 '여자가 아니라 남자'라고 했다…. 그녀는 나를 '어린 계집애'라고 불렀다.") 화해의 섹스로 이루어진 모종의 신랄한 열정을 즐겼던 것 같다. (혹시 기대하는 독자가 있을지 몰라 밝혀두건대, 특별히 에로틱한 내용은 들어 있지 않다. 여자를 밝히고 말 잘하는 버튼이었지만 침실에서 일어나는 일들에 대해서는 귀여울 만큼 수줍은 데가 있었다.)

당연히 배우들과 연기에 대한 내용도 있다. "워렌 비티Warren Beatty는 자신을 많이 의식하고 애써 배우처럼 행동한다…. 렉스Rex Harrison의 생기 넘치는 에너지나 말런Marlon Brando의 나른한 박력이 느껴지지 않는다." 뜻밖인 것은 문학 강연이 계속된다는 것인데 버튼은 알고 보니 식별력을 갖추고 빠른 속도로 다독하는 독자였다. "어젯밤 아주 잘 읽히는《무솔리니의 생애Life of Mussolini》를 읽고 기분이 너무 가라 앉아서, 편안한 잠을 잘 수 있는 마음자세를 갖기 위해 워Evelyn Waugh의《사악한 육신Vile Bodies》을 서둘러 다시 읽었다.” 비아 베네 토의 책방에 가서 한번에 페이퍼백을 스무 권 또는 서른 권 사고(“여 섯 권의 추리소설”과 해리 트루먼Harry Truman 전기를 포함하여) 전속 미용 사 알렉산더가 다음 장면을 위해 아내의 머리를 만지는 동안 오든W. H. Auden의 “신작 시선집”을 읽는 것쯤은 그에게 아무 일도 아닌 것 같 다. 그것은 퍽 황량한 환경에서 자란 유년기부터 들인 버릇이었다. “작은 방 촛불 옆에서 내가 읽은 모든 책, 내가 배운 모든 것, 내 모든 내밀한 수치심.” (그는 웨일스의 광산촌에서 열세 아이 중 열두 번째로 태 어났으며 두 살 때 어머니가 죽자 결혼한 누나네 집으로 보내져서 자랐다. 그는 이 누나의 남편을 혐오했다.)

독서는 그의 평생 동안 변하지 않은 여가 활동이었다. 포르토피노 의 햇살 내리쬐는 요트 위에서 빈둥거릴 때도, 유고슬라비아에서 티 토의 전기 영화를 찍을 때도 마찬가지였다. 1968년 12월 31일, 테일 러와 그녀의 아이들을 데리고 스위스의 산장에서 쉬며 그는 이렇게 썼다. “어제는 하루 종일 침실에 처박혀 JFK에 대한 슐레징어Arthur Schlesinger, Jr.의 대작을 재독했다. 열여섯 시간 동안 밥 먹을 때도 화장 실에 갈 때도 멈추지 않고 계속 읽었을 것이다.” 1969년 1월 파리의 플라자 아테네 호텔에 묵으면서는 “참고도서를 빼고 약 200여 권의 책으로 구성된… 하나의 작은 도서관”을 짓는다. 이언 플레밍Ian Fleming의《두 번 산다You Only Live Twice》와 너새니얼 웨스트Nathanael West의《미스 론리하츠Miss Lonelyhearts》에 대한 비교는 전문적으로 서평을 써서 먹고 사는 사람의 솜씨 못지않다. "웨스트의 책은 엄격하고 간결하고 고뇌에 차 있는 반면 플레밍의 책은 산만하고 세련되고 공허하다. 스스로를 혐오하는 웨스트는 우리가 사랑하는 것들에 의해 죽는다는 이론을 내세운다. 반면 플레밍은 오직 자신을, 여자들에 대한 자신의 매력을, 성적 능력을, '입가에 내비치는 잔인함의 기미' 식의 가학취미를, 음식과 칵테일에 대한 자신의 어처구니없고 희극적일 만큼 젠체하는 태도를 사랑한다."

이 복잡하고 능란한 숙고의 산물들을 읽으며 버튼이 좀 더 오래 살았더라면, 그리고 (그에 필요한 집중력이 있어서) 고려했던 대로 일기를 바탕으로 제대로 된 회고록을 썼다면 어떻게 되었을까 궁금하지 않을 수 없다. 테일러를 만나기 훨씬 전부터 글쓰기에 대한 욕구가 있었음이 틀림없다. 하지만 그가 (자신에게 일기 쓰기란 순전히 개인적인 것이며 습관적인 나태를 경계하기 위한 방책이라고 수차례 주장하기는 했으나) 책을 쓰는 일을 진지하게 고려했음도 분명한 사실이다. 이를테면 윈저 공작 내외나(고국을 떠나 사는 이 커플에 대한 버튼의 애정을 생각할 때, 그들에게 내가 그동안 생각해온 것 이상의 무엇인가가 있었던 걸까 궁금해진다) 로스차일드Rothschild 가문 사람들과의 식사 등 계제에 따라 필요하면 최대한 쾌활할 수도 있었지만, 그의 천성은 사람을 싫어하는 외톨이로서 고독한 저술가에 꼭 맞아떨어졌다. 하지만 버튼을 작가로서 또는 연기자로서 엄청난, 그러나 실현되지 못한 잠재력을 지녔던 인물로 간주하기란 지나치게 쉬운 일이다. 이런 시각을 그는 아주 잘 알고 있었으며 인정하지 않았다. "언론은 여러 해 동안, 사실 1950년대 초반에 내가 할리우드에 진출했을 때부터, 내가 어쩌면 세계 최고의 배우로서 길거드John Gielgud와 올리비에Laurence Olivier의 후계자이지만 천부적 재능을 낭비했다느니 영화와 술과 여자에 '팔아넘겼다'느니 하는 말을 계속해왔다. 흥미로운 평판이고 절대 따분한 얘기는 아니지만 전적으로 틀린 말이다." 이 말은 진심이었을까, 아니면 광부의 아들에 걸맞게 자기연민 따위는 없는 진짜 사내로서 그렇게 믿고 싶었던 것일 뿐일까? 어쩌면 여러 면에서 그는 자신이 살고 싶었던 방식대로 살았다고 추정하는 것이 더 공평하고 분명 더 친절한 일이리라. "하지만 늘 마약에 취해 살지는 말자." 1969년 1월 그는 이렇게 썼다. "맑고 선명한, 침착하고 냉정한, 빛나는 명료함의 날들을 갖자." 이 일기를 증거로 볼 때 술과 나태의 날들 중간 중간에 이런 날들이 충분히 있었으며, 그런 날이면 그는 능변의 마술사였다.

제 2 부

얄팍한 이야기들

립글로스에 맞서,
또는 캠프에 관한 새로운 단상

이제 지금 이 순간을 애도하고, 이 위태로워진 사회조직 안에서 우리가 지나친 자극 하에 굶주린 영혼으로 살아가는 동안 잃어버린 모든 것들을 한탄해보자. 먼저 물어야 할 질문은 어디서 잘못된 것인가, 어디서 이토록 끔찍하게 잘못된 것인가이다. 많은 이들이 뻔한 것들을 책망하리라. 매체의 만족할 줄 모르는 식욕, 또는 그보다 큰 차원에서 미친 듯이 날뛰는 무정형의 세력들, 이를테면 이라크 침공이나 발전과 자본가들의 이윤 창출을 구실로 자행되는 인간의 지구 파괴 말이다. 하지만 나는 이 모든 것의 책임이 립글로스에 있다고 생각한다. 모든 여자들이 항상 완벽하게 반짝이는 입술을, 성적 수용성을 상징하는 유명한 마릴린 먼로의 촉촉하게 빛나는 입술을 하고 마치 자신도 먼로처럼 매혹적이게 알몸으로 자고 있을지 모른다고 암시하듯이 살아야 하는 문화에는 손쓸 수 없게 황폐한 무엇인가가 있다고 믿는다. 근래의 어느 토요일, 지하철을 기다리다가 이 생각을 떠올린 직후 나는 대학생쯤 되었을 두 여자 옆에 앉아 있었다. 그런데 정말이지 어떤 동시성에 의한 것인지 아니면 사르트르Jean Paul Sartre가 말한 지옥을 보여주는 것이었는지 그들은 바로 립글로스에 대해, 키엘, 랑콤, 트리시 매커보이 등을 비교해가며 어떤 브랜드가 가장 지속력이 높으며 그 이유는 무엇인지 논의에 한창이었다.

나는 그들의 이야기에 정신이 팔려 엿들었다. 나 또한 블리스텍스와 챕스틱 같은 싸구려에서 개당 50달러에 달하는 디자이너 브랜드까지 수많은 립글로스를 써본, 그리고 언제나 바짝 마르는 고집스런 입술을 가진 불만 소비자였기 때문이다. 화장품의 지속력이란 비아그라와 비슷한 맥락에서 여성의 기능 향상을, 그리고 더 나아가 어쩌면 오늘날 세상의 모든 (참을 수 없는) 문제의 중심에 존재하는 현실의 각종 규범들과 극장에서의 부자연스러움들 사이의 핵심적 혼란을 암시한다는 점에 있어 근본적으로 불안한 개념이다. 그것은 또한 화장품 '픽서티브fixative'의 필요성을 신봉하는 E! 채널의 게이 출연자가 기민하게 전달하는 개념이기도 하다.

운 좋게도 아직 그것을 모르는 독자들을 위해 안내하자면, E! 채널은 유명인들의 레드카펫 행차는 물론 유명인처럼 보이고 싶은, 적어도 제시카 알바Jessica Alba로 오해받고 싶은 시청자에게 유명인들이 착용한 옷, 보석, 장신구에 얽힌 비화를 들려주기 위해 존재하는 케이블 TV 채널이다. 레드카펫을 밟을 만한 사람을 닮고 싶다면 화장이 지워지며 맨얼굴이 드러나서는 절대로 안 되는 모양이다. 미용상품을 열심히 사용하는 서구 세계의 한 시민으로서 나는 안색을 아름답게 해주는 상품들을 당연히 잘 알고 있으며 집에는 몇 번 쓰지도 않은 프라이머primer, 루미나이저luminizer, 코렉터corrector, 컨실러concealer 튜브와 통 들이 널려 있지만, 두텁고 흰 코팅 아래 얼굴을 고정시키는 상품인 듯한 픽서티브는 처음 들었다.

그럼에도 시대정신을 도매금으로 비난하려 든다면, 어디서부터 하향곡선이 시작되었는지 추적해야 한다. 물론 출발점에 모두가 동의하기란 본래 어려운 데다 '패러다임 변화'라는 용어가 사용되기 시작하면서부터는 더욱 어려워졌지만 한번 시도해보자. 사실 그리 오래전이 아니지만, 당신이 스물다섯 살 미만으로 한때 타자기라는 것이 지구상에 존재했고 아이튠스 없이도 세상을 살아갈 수 있었으며 회색이며 감청색이 새로운 검정의 전조가 아니라 그냥 그 자체로서의 색이었다는 것을 믿기 어렵다면 상당히 오래 전일 언젠가, 이제 사라진 지식인용 간행물 〈파티전 리뷰Partisan Review〉에 실린 에세이 한 편이 있다. 때는 1964년이었고, 저자는 내가 비교적 자신 있게 미국이 낳은 최초이자 최후의 지식인 유명인이라고 말할 수 있는 수전 손택Susan Sontag이었다. (정신의 매력을 믿는 나라이며 손택이 자신이 묻힐 곳으로 선택했던 프랑스에서는 지식인 유명인이 드물지 않다. 손택이나 베르나르 앙리 레비Bernard-Henri Lévy처럼 머리카락이 풍성한 경우 더욱 그렇다.)

〈'캠프Camp'에 관한 단상〉이란 제목의 이 에세이는 동성애에서 파생된 신흥 문화적 태도를 규정하고자 시도하는데, 손택은 그것을 "소규모 도시 파벌 사이의 개인적 코드, 심지어는 정체성의 표지 같은 것"이라고 묘사했다. 손택에 따르면 캠프는 "진지한 것을 시시한 것으로 변환시킨다." 그것은 위계적 가치판단의 우주에, '고급문화'의 지겨운 "진실, 아름다움, 진지함" 같은 유산 위계적 우주에 결연히 반대하고 대신 "모든 대상들의 등가성"을 주장한다.

달리 말해서 캠프는 문화적 표현의 높고 낮은 차원 사이의, 이를테면 로베르트 무질Robert Musil이나 W. G. 제발트Sebald 같은 작가들의 우울한 묵상과 재클린 수잔Jacqueline Susann이나 다니엘 스틸Danielle Steel의 대중소설 사이의 미묘한 차별을 없애는데, 사실 그것이 비평담론이 주로 하는 일이며 애당초 예리한 관찰자로서 손택의 명성을 확립시켜준 것이었다. 하지만 그럼에도 그녀는 힘차고 도도하게 "멍청이들아, 알아듣겠어?"라는 태도로 그것을 주창했다. 한때 손택이 '비의적'이라 불렀던 캠프적 감수성은 이후 우리가 숨 쉬는 공기의 일부가 되어(브란젤리나 또는 '부시 때리기'처럼) 한때 사람들이 자신의 '삶'을 '산다'는 것에 대한 날카로운 의식 없이 살았다는 것을 상상하기 어렵다. 다시 말해서 자아에 대한 개인의 내적 경험과 개인의 양식화된 자아의 철저한 괴리감이 전국의 스타벅스에서 오가는 대화의 절반쯤을 점유할 만큼 표준이 되지 않았었다는 것을 상상하기 어렵다. 이 괴리는 마치 우리 모두가 의견과 확신 들을 인용하고 녹음테이프인 것이 확실한 웃음소리를 찾는 〈윌과 그레이스Will & Grace〉의 캐릭터가 된 것처럼 모든 서술적 발언을 보이지 않는 따옴표 안에 집어넣는 일종의 괄호 치기 행위를 가리키는, 너무 자주 보이고 짜증을 일으키는 이른바 '허공 인용부호'(미국 영화나 드라마에서 양손을 들어 검지와 중지를 까딱여 따옴표를 그려 보이는 행동. 강조를 가장한 냉소나 반어적 의미를 띤다─옮긴이)

가 가장 잘 보여준다. 손택은 캠프를 가리켜 "세계에 대한 일관된 미적 경험이다. 그것은 '콘텐트'에 대한 '스타일'의, '도덕'에 대한 '미학'의 승리를 대표한다"고 썼다. 잘 가요, 매튜 아놀드Matthew Arnold. 어서 와요, 앤디 워홀Andy Warhol. 잘 가요, 외형 너머의 알 수 없는 본질을 가리키는Ding an sich(물자체─옮긴이)에 대한 불안을 연구했던 임마누엘 칸트Immanuel Kant 같은 무거운 독일 형이상학자들이여. 어서 와요, 경쾌하게 가짜를 성화聖化하는 장 보드리야르Jean Baudrillard 같은 허무주의적 프랑스 철학자들이여. 차용된 분위기와 모방된 정체성의 세계에 오신 것을 환영합니다. 이곳에서 우리는 손택이 "복제의 역겨움"이라 표현한 반응을 성공적으로 극복했답니다.

모조품의 승리는(다시 말해서 재생산된 이미지들의 끝없는 퇴행과 시각적 연속성 자체에서 우리가 얻는 것 같아 보이는 쾌락은) 물론 캠프의 승리이기도 하다. 정신 상태로서는 딱히 새롭지 않고, 우리는 전통적 가치들을 그대로 받아들이지 않는 태도에 너무 익숙해져 있어서 최근 다시 부각된 동성애공포증을 오히려 이성애공포증(세련되지 않은 이성애자라는 혐의)이라 해도 좋을 것 같지만, 사실 캠프적 감수성이 부상하는 데는 상당한 시간이 걸렸다.

그것은 19세기 초 역사학자 대니얼 J. 부어스틴Daniel J. Boorstin이 《이미지─미국의 가짜 사건들에 대한 안내서The Image: A Guide to Pseudo-Events in America》(1961년)에서 그래픽 혁명이라 부른 기술 발전과 함께 시작되어, 19세기 후반 건판 사진술과 사진기가 잇달아 발명되면서 가속도가 붙었고, 크리스토퍼 이셔우드Christopher Isherwood가 묘사한 샐리 볼스의 구슬프지만 무정한 기분과 발터 벤야민Walter Benjamin

의 1936년 작 에세이 《기계적 복제 시대에서의 예술 작품》 이후의 철학적 중량감을 확보했다. 거기서부터 청년 이브 생로랑Yves Saint Laurent과 칼 라거펠트의 에고가 경쟁하던 리브 고슈(파리의 센 강 좌안—옮긴이)의 클럽으로 건너뛰는데, 알리시아 드레이크Alicia Drake는 이 두 디자이너의 라이벌 관계를 《아름다운 추락The Beautiful Fall》에 매혹적으로 담고 있다. "파리 전역에 동성애자들이 모이는 구역과 상대를 찾는 남자들이 있었지만, 1950년대의 생제르맹은 엉덩이를 흔들며 걷고 새된 소리로 과장스럽게 말을 하는 등 의도적으로 여성적인 태도를 지닌 당대의 캠프 게이들을 가리키는 용어 '폴folles'로 잘 알려져 있었다."

1980년대 후반과 1990년 초반에 이르러서는, 기후변화에 주시하고 한 호 안에서 '가벼운 캠프'(워홀 경매에 참석)와 '진정한 캠프'(워홀 장례식에 참석) 양쪽을 오갔으며 거의 3년 후에는 '완전한 캠프'(로버트 굴레Robert Goulet), '대체로 캠프'(헨리 키신저Henry Kissinger), '간신히 캠프'(프리실라 프레슬리Priscilla Presley), '한심한 캠프'(수크리트 가벨 Sukhreet Gabel) 등의 분류를 통해 캠프 우상들의 그래프를 그려낸 바도 있는 유머 잡지 〈스파이Spy〉가 맹활약을 펼쳤다. 윤리가 비극의 가능성을 용인하지 않는다는 손택의 언명에 따라 〈스파이〉는 윤리를 전혀 용인하지 않았다.

아이러니한 전유, 다시 말해서 존 커린John Currin과 비크 무니즈Vik Muniz 이전의 시대가 있었다는 것을 이제는 믿기 어려워 보인다. 렘브란트Rembrandt는 "렘브란트"와 같은 인용부호 속의 자신을 생각해보았을까? 그리고 포스트모더니즘의 수사 더미 아래에 파묻힌, 독설가

블로거와 잘난 척하며 거드름 피우는 토크쇼 호스트들의 다람쥐 재잘거리는 소리에 길든 우리가 그것을 알 수나 있을까? 어떻게 세상이 이처럼 유동적인 탈성별 사회와 완고한 남성 위주 사회에 동시에 이르렀을까? 그리고 존베네JonBenet(어린이 미인대회에서 1위를 한 6세 미국 소녀로, 실종되었다가 자기 집 지하실에서 시체로 발견되었다—옮긴이)사건은 비극일까, (의도적으로) 캠프적인 이야기일까, 아니면 (부지불식간의) 키치의 한 사례일까?

생각해보면 내게는 확실한 답변을 원하는 질문이 너무 많다. 사실을 말하자면 나는 옛날의 방향성에, 임시적인 가설과 변명의 태도에 상석을 빼앗겨버린 옛날의 제국주의적 진리에 굶주려 있다. 지금은 편협하고 무지한 자들 편에 서고 싶지 않은 이들이 지식의 사회적 구축의 근간이 되는 동등한 정당성의 이념에 의해, 뉴욕 대학교 철학 교수인 폴 보고시안Paul Boghossian이 《지식에의 두려움—상대주의와 구성주의에 맞서Fear of Knowledge: Against Relativism and Constructivism》에서 "우월한 지식이란 없다. 다만 각자의 환경에 적합한 상이한 지식들이 있을 뿐이다"라고 묘사한 신념에 의해 집단적으로 압제받는 시대다. 바로 이것이 내가 아는 모든 이들이 자신의 '라이프스타일'에 의해 무시되는, 포부가 충분히 새롭거나 독창적이지 않다고 까발려질 위기에 처한 것 같은 느낌을 갖는 이유를 설명해줄 수 있을지 모른다. 그리고 내가 워홀에 의해 교묘하게 활용된 대량 주문제작의 망령에, 활자체에서부터(3만여 개) 서랍 손잡이(1500개)까지 넘쳐나는 디자인 옵션에 기가 질리는 이유도 설명해줄 수 있을지 모른다. 버지니아 포스트렐Virginia Postrel은 오늘날의 디자인 강박 사회를 변호하는 《스타일의 실체The Substance of Style》에서 "비실용적인 장식과 무의미한 패션"에 대한 집중이 사실은 좋은 것이며 "매혹적이고 자극이 되며 다양하고 아름다운 세계"를 창조하려는 우리의 욕망과 능력의 표시라고 확언한다. 그녀는 우리가 "우리의 진공청소기와 휴대전화가 반짝거리기를, 우리의 화장실 수도꼭지와 책상 소품들이 우리의 개성을 표현해주기를 바라고… 나무가 있는 주차장을, 지붕이 뾰족하고 정면이 아름답게 장식된 슈퍼마켓을, 자동차만큼이나 매력적이고 우아한 자동차 대리점을 요구한다"고 부르짖는다. 우리가 정말 그런가?

하기야 책략의 불안, 감지되는 것들의 견고함에 대한 근본적인 불확실성은 산둥성이나 플라톤의 동굴만큼 오래된 것이라고 주장할 수도 있다. 캠프의 문제점은 그것이 실생활의 내러티브를 잘라낸 필름처럼 표현하기를 고집함으로써 모호성의 가치를 안정시킨다는 데, 그리고 그럼으로써 우리에게 거울 말고는 확증을 찾을 곳을 남겨주지 않고 많이 보고 또 본 가짜의 이미지를 벗어나서는 어떤 기쁨도 허용치 않는다는 데 있다. 오늘날 인공적인 것의 위협은 유혹으로 전환되었다. 워홀의 실크스크린으로서의 삶 같은 것이다. 가고시안 갤러리에서의 회고전과 신간 몇 권을 통해 앤디는 올 가을 대대적으로 컴백했다. 물론 그를 따라다니던, 불행하게 죽거나 완전히 잊혀버린 많은 사람들과는 달리 그는 결코 사라진 적이 없었다고 주장할 만도 하다. 최근 방영된 워홀과 그의 영향력에 대한 릭 번Ric Burn의 우상화에 가까운 다큐멘터리는, 서로 질세라 명성과 아름다움을 신으로 섬겼던 이 세련되게 냉담한 "엄청난 괴짜"에게 그 어느 때보다도 광범위한 중요성을 부여하는 수많은 관찰자들과의 네 시간에 달하는 인터뷰를 포함하고 있다. 번의 영화를 자세히 보면 검은 머리의 젊은 손택이 워홀의 카메라를 향해 사진이 잘 받도록 흰 치아를 드러내며 웃고 있는 모습을 찾을 수 있다. 워홀이 그녀에게 다가가는 동안 그녀의 미소에는 불안한, 으르렁거리는 듯한, 거의 음산하다고 할 무엇인가가 나타난다. 그녀에게 필요한 것은 어쩌면 립글로스인지 모른다.

내 머릿속에서
나는 언제나 날씬하다

이상한 점은 이거다. 내 머릿속에서 나는 언제나 날씬하다. 체중계는 실로 걱정스런 숫자를 보여주는데도 이 내면의 자화상은 고약하게 집요해서, 나는 이따금 내가 신체이형질환과 반대되며 주요 증상이 자기 외모에 대한 지나치게 '긍정적인' 시각인 아직 명명되지 않은 정신질환에 시달리는 게 아닌지 의심한다. 어쩌면 이 변하지 않는 (솔직하게 말해서 왜곡된) 시각은 어린 시절 거울을 통해서 본 내 최초의 이미지에서 찾을 수 있을지도 모른다.

나는 본래 깡마른 소녀였다가 비교적 날씬한 젊은 여인으로 성장했다. 잘록한 허리와 탄탄한 엉덩이, 길고 늘씬한 다리, 풍만한 가슴, 남자들이 반사적으로 바라볼 그런 종류의 몸, 아주 여러 해 전의 봄날

웨스트 72번 스트리트에서 한 사진사가 나를 불러 세워 〈플레이보이 Playboy〉 모델을 해볼 생각이 없느냐고 물어보았을 정도의 맵시. 그것도 엄청난 고난의 결과일 뼈만 남은 날씬함이 아니라는, 즉 사이즈 2나 4가 아닌 8이나 10일 균형 잡힌 날씬함이라는 사실. 나는 식습관을 지나치게 절제하지도 않았고, 체중이 차츰 불어 좀 줄여야 할 것 같을 때 조깅을 열심히 하거나 헬스클럽에 간 것을 빼고는 운동도 불규칙하게 했다.

20대 전체와 30대 중반까지만 해도 10~15파운드 정도 왔다 갔다 하기는 했으나 대체로 이런 상태가 계속됐다. 하지만 결혼에 이어 임신을 하며 곧장 무려 50파운드가 불었다. 제시카 알바만큼 빨리는 아니었지만 결국 체중을 줄이고 본래 사이즈로 돌아갔다. 30대 후반 어느 지점에서 나는 본래 컸던 가슴이 임신과 함께 더 커진 이래로 줄곧 고려했던 가슴축소수술을 감행했고, 그럼으로써 아줌마임을 광고하는 몸매에서 벗어나 보다 적절한 비례의 몸매를 되찾았다. 40대 초반의 어느 여름날 친구 집에서 남자친구와(이혼한 상태였다) 찍은 사진이 하나 있다. 폴로셔츠와 반바지를 입은 사진속의 나는 상당히 날씬하다. 팔다리가 팽팽하며 얼굴은 광대뼈가 도드라지고 적당히 각이 져서 아주 좋아 보인다. 남자친구는 바람기가 다분하고 체중에 민감한 사람이었기에 그와 함께하는 동안 예전보다 한결 더 몸매관리에 유의했던 게 기억난다. 그렇다고 해서 칼로리 섭취량을 잰 것은 아니다. 그럴 생각만으로 따분해졌고, 마치 순종적인 게이샤마냥 단지 남자를 만족시키기 위해 그러는 듯한 느낌이었을 것이기 때문이었다. 하지만 살이 특히 많이 찌는 음식만큼은 자제하고자 더 노력했다.

그러다 어디선가, 어쩌다가, 틀림없이 노화와 함께 불가피하게 찾아오는 신진대사의 속도 저하, 그 일부는 체중증가의 부작용이 있다고 알려진 다량의 항우울제 복용, 그리고 가장 치명적으로 새벽 세 시에 먹는 고칼로리 야식으로 인해 나는 항변 불가능하게 과체중이 되었다. 다른 말로는 무거워졌다. 또 다른 말로는 (아 맙소사, 내가 정말로 온갖 자기혐오의 행태를 까발려 보여주며 수치스런 용어를 입에 담아야 한단 말인가) '뚱뚱'해졌다. 그래, 다시 해보자. 이번에는 강조 인용부호 없이 담담하게. 뚱뚱해졌다. 육안으로 보자면 비만까지는 아닌데, 아직 가느다란 다리와 군살 없는 엉덩이 덕분에 전반적으로 조금 덜 뚱뚱해보일 뿐이다. 하지만 바니스Barneys New York는 물론, 주로 허리선과 좁은 등과 가느다란 팔등의 존재를 전제하는 내가 원하는 옷들 대부분을 맞는 사이즈가 없어서 입지 못하게 된 것은 분명하다. 허리와 등이 하도 불어난 탓에 상의를 하의 속에 집어넣지 못했고 허리에 신축성이 있는 바지만을 찾아 입었다. 팔등은 우람하다고는 할 수 없지만 그렇다고 주디스 무어Judith Moore가 《뚱뚱한 여자Fat Girl》라는 통렬한 회고록에서 자신의 팔을 묘사했듯 "푸줏간 천장에 매달린 적갈색 볼로냐소시지만큼 굵지" 않다고도 할 수 없는데, 하도 윤곽이 망가진 나머지 이제 민소매는 입지 않는다. 그뿐만 아니라 특히 여름날에는, 밖에 좀 나가서 걷다 보면 칙칙폭폭 기차처럼 숨이 차기 일쑤다.

이런 이야기들을 글로 쓰는 것이, 아무나 읽고 평가할 수 있도록 내 곤경을 선명한 활자로 기록한다는 것이 불편하다는 사실을 시인해야겠다. 이 불편함에는 여러 가지 이유가 있지만 그중 두 가지가 대표적이다. 첫째, 나이가 들면서 문화적으로 수용되거나 스스로 받아들일 수 있는 수준 이상으로 체중이 늘어난 많은 여자들과 마찬가지로 나는 자신을 보호하는 베일을 제2의 본능이라고 해도 될 만큼 무의식적으로 쓰고 다닌다. 나는 나 자신을 다른 사람을 볼 때와 같이 날카롭도록 명료하고 객관적인 시선으로 바라보지 않는다. 왜냐하면 그랬다간 너무 고통스러울 것이며 극단적인 경우엔 사람들의 눈길이 무서워 집밖으로 나서지 못하게 될 것이기 때문이다.

둘째, 오늘날 서구세계에서 뚱뚱하다는 것이 뜻하는 낙인은 결코 간과할 수가 없다. 수많은 전문가들이 지적했듯 우리는 비만 문제를 의학이 입증하는 수준을 넘어 병리화했다. 폴 캄포스Paul Campos는 《다이어트라는 미신The Diet Myth》에서 "의생태학적 증거의 대다수가 75파운드 '과체중'인 것보다 5파운드 '저체중'인 것이 더 위험하다는 사실을 암시한다"고 쓰고 있다. 그뿐 아니라 우리는 이 문제에 반사적으로 도덕적 심판의 측면을 부과했다. J. 에릭 올리버Eric Oliver는 《비만 정치학―미국의 비만병 배후의 진짜 이야기Fat Politics: The Real Story Behind America's Obesity Epidemic》에서 뚱뚱하다는 것은 "우리의 질환들의 희생양"이 되었다고, 또한 신체는 우리 "자신의 만성적 무력감"에 맞서 "우리가 얼마간 자치권을 행사할 수 있어야 할 것 같은 최후의 영역이 되었다"고 주장한다. 날씬하다는 것은 신뢰할 만한 성품의 반영으로 간주되는 반면 뚱뚱하다는 것은 내면의 부조화와 자기 절제의 결핍을 암시한다고 의심된다. 과체중임을 시인할 때 나는 진정으로 끔찍한, 내 인격의 보다 긍정적인 면들을 묵살해버릴 무엇인가를 시인하는 것 같은 느낌이 된다.

당연히 나는 내 사이즈가 맘에 안 든다. 지난 2년간 다양한 방식으로 체중감량을 시도해보았을 만큼 속상하다. 마이애미의 프리티킨 센터에 들어가 한 작가가 '입 속의 열망'이라 표현한, 끊임없이 과일과 야채 외에 다른 먹을 것을 탐하는 상태로 오가며 닷새를 보냈다. 내가 사랑해마지않는 탄수화물은 식단에서 제외되어 있었기에, 에어로빅 강좌에서 식품포장 정보를 해독하는 법에 대한 강좌로 옮겨갈 때 내 머릿속에는 푸짐하게 퍼 담은 파스타와 쌀밥 외에는 아무것도 없었다. 그곳 프리티킨에서 나는, 비록 한자리에서 여러 개를 먹는다 해도(그래도 된다는 것이 조금 위안이 됐다) 바나나만 먹고서 살찐 사람은 없다는 사실을 배웠다. 역시 프리티킨에서 나는 그저 단걸 귀엽게 조금 밝히는 거라 생각했던 습관이 근래, 그러니까 다시 날씬해지겠다는 희망을 사실상 포기한 이래, 온전한 설탕중독으로 확대되어 있었음을 깨달았다. 내가 중독 패러다임의 남용을 싫어하긴 하지만, 디저트를 위해 살고 오후에는 딘 앤드 델루카에 들러 설탕범벅의 사과튀김을 사며 폭신폭신한 말로마 초코파이 한 상자를 불과 몇 시간 만에 비워내는 나 같은 사람을 달리 무슨 말로 규정할 수 있겠는가.

커시와의 첫 약속 직전 주말에 일종의 식사일기로서 내 자신에게 써 보냈던 이메일을 열어보면서 문제는 과연 더욱 중대해졌다.

두려운 약속 날짜가 아직 며칠 더 남아 다행이다. 모든 음식 덩이가 내가 먹는 마지막이 될 거라는 확신에 그 어느 때보다 자포자기적인 심정으로 먹기를 시작한다. 이틀 밤 연속 침대에서 빠져나와 주방으로 향한다. 그리고 설탕이 덜 들어간 네스퀵을 서너 숟갈 수북이 퍼서 초코우유를 한 잔 만든다. 초콜릿에 관한 한 제법 까다로운 편이지만 나는 네스퀵이 정말 좋다. 한 잔 마시고 또 한 잔을 마신다. 세 번째 잔을 행복하게 들이키다가 네스퀵에는 스키피 땅콩버터만큼 잘 어울리는 게 없다는 사실을 떠올린다. 그래서 이제 땅콩버터를 큰 숟갈로 떠먹기 시작하다가 통째로 침대로 가져온다. 숟갈을 주방에 두고 와서 먼저 손가락으로 퍼먹다가 손톱 다듬개를 사용해 한 병을 다 먹는다. 게걸스러운 느낌과 만족감이 동시에 느껴진다. 최고의 섹스보다 더 낫다는 느낌이다. 나와 내 맛봉오리와 목구멍을 타고 넘어가는 스키피!

나도 모르는 사이에 배가 고파서가 아니라 감정조절이 안 돼서 마구 먹는 행위에 대해 지닌 로스Genene Roth가 쓴 책 속의 인물들, 이를테면 유혹을 멀찌감치 한다는 요량으로 버렸던 쿠키를 쓰레기통을 뒤져 끄집어내는 그런 자기파괴적인 여자들 중 하나가 되어버린 것 같았다. 나는 로스가 묘사한 여자들 그대로다. 음식을 사랑으로 착각하고, 제한된(다른 사람들이 보기엔 '건강한') 선택 앞에서 절망을 느끼고 지금 당장 내가 좋아하는 음식을 필요로 한다. 앞서의 '스키피와 나' 같은 황홀경에 빠져 있을 때는 죄책감과 자학의 미래가 보이지 않는다. 아니, 살짝 보이더라도 못 본 체한다.

그럼에도 나는 어떻게든 몸매를 되찾고자 하는 노력을 포기하지 못한다. 아침에 일어나 점점 입을 것이 줄어드는 옷장을 마주하고 어퍼 맨해튼의 잔혹하고 비쩍 마른 세계로 향해야 할 때면, 요컨대 내 부풀어 오른 몸 안에 갇힌 느낌이 들어서다. 제아무리 통 좁은 바지와 오버사이즈 윗도리로 '나 자신'으로부터 위장하려 해봐도, 내가 과체중임을 의식하지 않는 순간은 하나도 없다. 잘 아는 사람들과 함께하고 있는지, 아니면 한 번도 만난 적 없는 사람들과 디너파티나 인터뷰 같은 낯선 상황에 들어가는 참인지 등에 따라 얼마나 더 또는 덜 의식하는지만 차이가 날 따름이다. 후자의 상황에서, 특히 이제 나가기 직전 보잘것없는 나 자신을 최대한 낫게 보이려고 애쓰다(검정색 레깅스를 입을까? 아니면 검정색 바지? 검정색 스웨터? 아니면 검정색 긴소매 티셔츠에 검정색 카디건을 걸칠까?) 골격이라곤 찾아볼 수 없게 된 거울 속 내 얼굴과 맞부딪치는 순간, 이토록 많은 여분의 살을 누적시킴으로써 내가 잃어버린 모든 것에 대한 깊은 비애에 휩쓸리며 처절히 무너지는 느낌이 든다.

이런 느낌이 지속된다면, 휙 지나가지 않는다면, 내 몸을 되찾는 데 필요한 일을 기꺼이 하게 될 것이다. 다시 말해서 날씬함이 주는 보다 복잡하고 형태가 없는 만족감을 위해 고칼로리 음식이 주는 즉각적이고 확실한 만족감을 포기할 것이다. 하지만 나는 올바른 식습관을 결심하고서도, 누가 더 먹을 것인지에 대해 형제자매와 다투고 버터를 듬뿍 바른 뒤 초콜릿을 뿌린 흰 빵을 도시락으로 싸서 등교했던 어린 시절(파크 애비뉴에 살았지만 먹을 것은 늘 부족했다)로 거슬러 올라가는 현기증이 날 만큼 심각한 박탈감에 사로잡혀 금세 뒷걸음질치곤 하는 것이다.

예를 들면, 나는 비행기로 대륙을 가로질러 캘리포니아 주 라구나 비치의 '펄 라구나'라는 보석 같은 스파를 찾아가 엿새를 보낸다. 숨을 헐떡이면서 산을 올라갔다 내려오는데 정확히 여섯 명의 여자들로 구성된 그룹에서 늘 제일 느리고 몸 상태가 안 좋다. 다시 요가를 해보지만 내가 그것을 싫어한다는 사실만 재확인할 뿐이다. 예쁘게 만들어진 맛있을 뿐 아니라 놀랄 만큼 포만감을 주는 음식을 아주 조금씩 먹어본다. 엿새가 끝날 즈음 체중은 9파운드가, 허리 사이즈는 몇 인치가 줄었다. 이 정도면 내가 비로소 흥미를 느낄 수 있는 목표를 향해 여정을 시작했다는 느낌을 주기에 충분할 독려가 되어야 옳을 것이다. 하지만 나는 사명감을 지니고 뉴욕으로 돌아오지 못한다. 비행기 안에서 새로운 전념에의 각오는 죄다 버리고 비즈니스석 식사에 딸려 나오는 진짜 휘핑크림을 얹은 핫 퍼지 선디 아이스크림에 뛰어들고 마는 것이다. 견과류, 달걀 흰자위, 각종 열매들로 이루어진 정결한 스파 식단으로 엿새를 보낸 나는 마침내 열반의 맛을 만끽하지만 이처럼 쉽게 의지가 무너지는 것이 섬뜩하기도 하고 어리둥절하기도 하다. 생의 모든 영역에서 자제력이 없는 사람은 아님에도(그렇다고 아주 강하다고도 할 수 없지만) 입속에 집어넣는 것에 통제력을 발휘해야 할 때면 저항 없이 단번에 무너지기 일쑤다. 왜 이래야만 할까?

"쿠, 쿠, 쿠, 쿠……키, 당신 쿠, 쿠, 쿠, 쿠……키 좋아하지, 맞지?"

수십 년 지기가 일부러 말더듬이 흉내를 내며 내 속을 긁어댄다. 한때 연애 상대이기도 했던, 한때 내게 미치도록 빠져 있었던 남자다. 이 남자는 매일 자신의 체중을 확인하며 반 파운드 안팎의 변화도 꼼꼼하게 챙길 뿐만 아니라 사귀는 여자의 체중에도 관심이 많다. 나는 그의 이런 습관을 끔찍하고 뿌리 깊은 자기도취증의 증거로 여긴다. 하지만 그럼에도 그의 의견을 무시하지 못한다. 그는 내가 뚱뚱해지는 과정을 당혹과 어쩌면 적대감에 가까운 약간의 의혹 어린 태도로 지켜봐왔다. 우리가 처음 만났을 때 나는 120파운드였고(118이라고 쓰려다가 그게 이 남자를 연상시키는 편집증 같아서 바꿔 쓴다) 그가 다녔던 헬스클럽에 매주 세 번 나가 운동을 했다. 그는 처음부터 나를 침대로 끌어들이는 것에 속셈이 있었고, 그래서 이미 말한 대로 몇 년 후 우리는 그렇게 됐다. 아직도 그는 내게 길게 입 맞추며 인사하지만 진짜 생각을 말하지는 않는다. 몇 년 전인가 내 집 거실에서 이야기를 나누다 그는 다짜고짜 현재 체중으로는 내가 "섹스할 마음이 나지 않는" 지경이 되었다고 말했다. 나는 스스로를 그런 차원에서(본질적으로 섹스할 마음을 일으키는지 아닌지) 생각해본 적이 없었고 내가 그렇게 난폭하게 범주화될 수 있다는 사실에 꽁꽁 얼어붙어버렸다. 친구의 뻔뻔스러움에 화가 치밀면서도, 그 신랄한 굴욕에 마치 뺨을 세게 얻어맞은 것 같은 무력감을 느꼈다. 나는 그의 말을 결코 잊지도 용서하지도 않았다. 그러나 그 말이 문자 그대로 사실이지는 않다는 게 입증되었지만 결정적인, 여성차별적인 진실이 묻어 있는 말이긴 했다.

나는 지난날을 돌아보며 티핑 포인트를, 음식과 체중과 다이어트에 대한 강박을 멈추고 지금처럼 그냥 살기 시작했던 순간을 찾아보려고 한다. "우리가 사랑의 세계에서 물러날 때 그렇게 되듯 그녀는 스스로를 풀어주었다." J. M. 쿳시Coetzee의 장편소설 《추락Disgrace》에 나오는 이 문장은 불을 끄고도 잠들지 못하는 밤이면 내게 다가와 떨어지지 않는다. 임신 때보다 체중이 많이 나가는 지금에 이르기까지 나를 이끌어온 요소들 중에는 내 인생의 남자들(또는 현재 상황으론 그들의 부재)과 관련된 무엇인가가 분명히 존재한다. 한편으로 나는 그들을 정말 그리워한다. 그러나 다른 한편으로 내 체중이 부분적으로 이성애적 정교의 도상에, 즐거울 뿐 아니라 골칫거리가 되기도 하는 춤에 뛰어들지 않아도 되도록 내가 일부러 갖다 놓은 하나의 장애물은 아닐까 의심하지 않을 수 없다. 혹시 나는 사람들이 낡은 잠옷에 애착하듯 내 체중에, 그 닳아 해진 고집스러움에 애착하고 있는 것일까? 내가 만일 레즈비언이었다면, 조그만 시골 마을에 살았다면, 패션에 관심이 없었다면, …라면, …라면, 이만큼 신경을 썼을지 궁금하다.

내 머릿속에서 나는 언제나 날씬한데 왜냐하면, 이렇게 단순할 수 있는 것인지 모르지만, 내가 살아온 생의 대부분 그랬기 때문이다. 어느 날, 그럴 준비가 되었을 때, 나는 어쩌면 옛날의 날씬한 자신으로 돌아갈지 모른다. 우선은, 다시 운동을 시작할 계획을 세우고 트레이너와의 약속을 잡았다 깨기를 반복해오고 있다. 전에 한 번 고용했었던 이 트레이너는 야심찬 트레이너들이 다 그렇듯, 내가 버스 정류장까지 걸어갔다 돌아오는 것 외에 내 몸을 위한 일이라고는 전혀 하고 있지 않고 있을 때 자신의 헬스클럽을 차린다는 계획에 착수했다. 우선은 정크 푸드와 쿠, 쿠, 쿠, 쿠키를, 때로는 아이스크림과 물론 핫 퍼지 소스를, 그리고 때로는 밤에 먹으려고 화학성분으로 뒤범벅된 쿨휩을 계속 구매한다. 마치 열 살배기 나 자신에게 단지 그럴 수 있다는 이유 말고는 다른 아무런 이유도 없이 생일 파티를 계속 열어주는 것 같다. 딸아이는 내가 이렇게 스스로를 제대로 건사하지 못하다가는 얼마 못가 쓰러질까봐 걱정이 태산이다. 아이의 마음은 이해하지만 우리 둘을 다 만족시킬 방법을 나는 모른다. 내 나이 또래의 여자들 중 칼로리 섭취량을 빈틈없이 따지지 않는 이는 아무도 없다. 그리고 정말이지 나는 그렇게 살고 싶지 않다.

또 하나 이상한 점이 있다. 아무도 깨닫지 못하는 듯한 것은 현재의 내 체중도 스스로를 통제한 결과라는 점이다. 그러지 않았다면 나는 제이미 애턴버그Jami Attenberg의 지혜롭고 재미있는 장편소설《미들스타인 가 사람들The Middlesteins》의 332파운드 나가는 불운한 여주인공 이디 미들스타인처럼 되어 있을 것이다. 말할 것도 없이, 이디는 먹는 걸 좋아하여 주위 사람들을 실망시킨다. 뚱뚱한 소녀였던 딸 로빈과 중국 음식점에 간 그녀는 아무도 말릴 수가 없다.

이디는 테이블 건너편에 딸이 앉아 있다는 사실을 무시하는 것 같았다. 아니, 최소한 아주 훌륭하게 혼자 있는 척을 해냈다. 그녀는 접시 위의 음식을 모두 먹었다. 한입 먹을 때마다 반드시 흰 쌀밥을 한 숟갈 수북이 떠 삼켰다. 이디는 왔고, 정복했다. 한 점의 음식도 남기지 않고 초토화시켰다. 어머니가 식사를 다 하고 나면 어떤 느낌일지 로빈은 궁금했다. 승리감일까? 해물만두 열한 개, 파전 여섯 개, 돼지고기 찐빵 다섯 개, 수 파운드의 국수와 새우와 조개와 브로콜리와 닭고기. 뭐, 누가 세고 있는 것은 아니었지만. 죄의식일까? 아니면 그저 나가떨어져 방금 일어난 일을 잊고 싶을까?

이디가 어떻게 되는지는 말해주지 않겠다. 단지 어디쯤에선가 그녀는 수용을 발견하고, 또 어디쯤에선가 전남편 리처드는 음식에 대한 그녀의 자기 파괴적인 연애를 "조금이나마 이해"할 것 같다고 믿게 된다. "음식은 숨기 좋은 곳이기 때문이지." 리처드는 생각한다. 이 문장을 읽는 순간 내 머릿속에서 찰칵 하는 소리가 들린다. 과식의 수수께끼를 풀 단서를 찾은 것이다. 그것은 남의 눈에 보이는 것의 시련과, 나로서나 이디로서나 마찬가지로 사라지고 싶은 욕망과 관련되어 있으며, 실존주의적인 이야기를 계속하자면 의식이라는 짐과 그것을 벗어던지고 둔감해지고 싶은 소망과 관련되어 있다. 우리들 중 많은 사람에게 먹는다는 것은 자신을 보살피는 지극히 만족스런 행위임이 분명하다. 한밤중에 먹을 것을 뒤지는 방종을 말하는 것이 아니다. 아름다운 불빛이 얼굴을 발그레하게 비춰주는 레스토랑에서 오랫동안 맛있는 저녁을 먹으며 남자건 여자건 상대방과 교감하는 데서 오는 웅숭깊은 즐거움을 말하는 것이다. 어떤 각도로 보나 음식이란 책임이 참 많다.

속죄일의 페디큐어

대체 어떻게 이런 기막힌 일이 일어났을까 하고 물어볼 수도 있다. 그러니까 거만한 독일계 정통파 유대인 가문에서 태어나 양육된 나 같은 여자가 어떻게 2년 전의 어느 날 저녁, 성일 중의 성일이라는 속죄일을 상상할 수 있는 가장 불성실한 방식으로, 그러니까 어퍼 이스트사이드의 '아이리스 네일스'에서 매니큐어와 페디큐어를 받으며 맞이했는가 이 말이다.

혹시 이것이 신성한 동기는 고사하고 그 어떤 의미조차 없애버리는 불경한 최신 문학 사조에 노출되어본 적 없는, 이를테면 숄렘 알레이헴Sholem Aleichem의 케케묵은 이야기의 시작인지 궁금할지도 모르겠다. 행상들의 외침과 닭들의 꽥꽥거리는 소리로 소란스런 마을 광장 주위에 서서 아낙네들의 귀가 쫑긋 서게 할 소식을 수군거리는 서사적 목적을 부여받은 오지랖 넓은 인물 한둘이 꼭 나오는 이야기 말이다. 만일 내가 하려는 말을 듣는다면, 그들은 그런 슬픔이 그렇게 고귀한 신분의 가문에는 말할 것 없고 개한테도 일어나서는 안 된다고 쭝알거릴 것이다. 한순간의 실수로 그토록 높은 곳에서 그토록 깊은 나락으로 떨어지다니! 더 읽지 말고 이쯤에서 그만두는 게 나을지도 모른다.

나의 추악한 이야기는 마을의 소문이 영향력을 떨치던 19세기의 유대인 촌락이 아니라 익명성이 보장되고 교통 혼잡이 끔찍한 21세기의 도시를 배경으로 한다. 속죄일을 보내는 새로운 방식으로서 그것을 지금 이렇게 털어놓아야 할 것 같은 기분만 아니라면, 내가 종교 예절을 그리도 낯 두껍게 뭉개버린 사실은 아무도 알지 못할 것이다. 모쪼록 후안무치한 고해성사로 가장한 뒤늦은 속죄의 형태로 받아들여주시길. 용서하옵소서, 죄를 사하여 주옵소서, 속죄케 하옵소서.

추측건대 그것은 그동안 준비되어온 근사한 포스트모더니즘적인 아이러니의 한 조각으로, 러시아의 황제들이 사라지고 바야흐로 여자들이 배꼽을 드러내고 돌아다니는 시대에 그 같은 유대문화의 틀에 내가 어떻게 해당되는지 또는 과연 해당되기나 하는지를 놓고 여러 해 고민한 끝에 다다른 예견하지 못한 요령부득의 결론이지 않았나 싶다.

어쨌거나 내 영혼을 불태울 기회를 마다하고 발톱에 광을 내기로 결심한 것을 보면 내가 얼마나 가망 없이 타락한 영혼을 데리고 다니는지 알 수 있을 법도 하다. 아니, 더 나쁘게는 무슨 행사를 위해서든 정확히 준비하여 제 시간에 맞춰 나타나지 못하는 나란 사람에 대한 증언일 수도 있다. 시간 안배만 적절히 하면 몸과 영혼의 어느 쪽도 소홀히 하지 않고 그 욕구를 충족시키는 것이 이론적으로 가능한 일이 아니겠는가. 모든 유대인 여자들이 턱에 수염이 나고 블라우스에 얼룩이 묻는 것은 아니듯 말이다. 하지만 나는 항상 늦는다. 항상 세 가지 계획을 두 가지로 뭉뚱그린다. 유월절 전설에 나오는 욘티프 yontiv 메타포를 차용하자면, 왜 이 밤이라고 다른 밤과 다르겠는가. 아무리 에레프 욤 키푸르Erv Yom Kippur가 영혼의 싸움이 벌어지는 시원의 밤이자 모든 아첨과 감언과 신의 장부에 좋은 자리를 차지하기 위한 속임수들을 위해 지정된 연례적인 순간이라고 해도, 무엇이 다르겠는가.

그래서 9월의 금요일 저녁 벽시계의 두 바늘이 무정하게 전진하고 밖에는 어둠이 깔리는 가운데, 나는 아이리스 네일스에 앉아 철지난 〈보그〉를 훑어보며 연분홍을 거의 분간할 수 없이 조금씩 바꿔놓고 '얼루어' 또는 '델리커시' 같은 다소곳한 이름을 붙인 은은한 색조의 광택제를 바른 내 발톱들이 마르기를 기다리고 있었다.

지난 두 시간 동안 비슷비슷하게 독실한 유대인 고객들이, 잘 정돈된 몸매와 성형수술로 변형된 얼굴을 지닌 여자들이, 몇 분 전까지만 해도 다가오는 단식이 끝난 후의 계획을 휴대폰으로 논의하느라 바쁘던 그녀들이 하나 둘 빠져나가면서 살롱은 차츰 비어가고 있었다. 두건을 쓴 어떤 여자는 다음 날 밤 40명을 초대했다며 디저트용 접시가 모자라지 않을까 걱정했고, 다른 여자는 가족들과 테이크아웃 음식으로 저녁을 먹을 거라는 소박한 계획을 공유했다. 나는 그곳에 앉아 불만스럽게 그들의 말에 귀 기울였다. 아이리스 네일스의 스파이가 되어 이 여자들 중 진정한 유대인이 하나라도 있는지(나처럼 교육받은 유대인), 유대교회에 루부탱이나 마놀로를 신고 가서는 안 된다는 걸 알기나 하는지(가죽 제품 착용은 축일 동안 엄격히 금지된다), 근래의 민족문화 유행 조류에 뛰어들어 속죄일을 무슨 디너파티의 핑계 쯤으로 여기는 건 아닌지 의심했다.

그들은 이를테면 콜 니드레에는 반드시 정각에 참석해야 한다는 것을, 종교적으로 무지한 자들이나 습관적으로 늦는 사람들만이 예배가 시작된 후 슬쩍 시나고그 안으로 들어온다는 것을 알고 있을까? 나는 지난 이틀간 어릴 적에 전해들은 이 교훈의 중요성을 사춘기 딸아이에게 반복해 주입시키며 운동화와 교회용 복장을 하고 여섯시 십분 정각에 떠날 준비를 하라고 일러두었던, "콜 니드레에 늦어선 안 되니까" 하며 딸아이에게 경고해두었던 참이었다. "그때까지 네 준비가 안 끝나면 나 혼자 간다."

이제 여섯시 십분이었다. 15년 전 추파chuppah(태피스트리 같은 장식―옮긴이) 아래 서 있는 내게 세레나데를 들려주었던(내 결혼이 몇 년 못가 깨지리라는 것을, 그리하여 계속 집전해준 우리 가족들의 결혼이 지니고 있는 자랑스러운 기록에 작은 오점을 남기리라는 것을 그가 어찌 알 수 있었을까) 바로 그 카젠chazzan(성가대의 선창자―옮긴이)이 스무 블록 떨어진 곳에서 24시간의 단식 시작을 선언하는 장엄한 기도문을 암송하기 시작할 순간이었다. 대체 나는 무슨 생각이었던가. 딸아이에게 유대인을 규정하는 이 순간에 대해서 마치 그것이 내게, 따라서 아이에게도 무슨 의미가 있다는 듯 얘기해댔던 내가 여기 주저앉아 감탄의 눈으로 발가락이나 들여다보며 아이는 운동화를 신은 채 기다리게 하고 있다니.

나는 거기서, 빨리, 나와야 했다. 지난 2시간 동안 보수는 낮지만 정련된 기술을 발휘해온 얌전한 젊은 여자에게 정신없이 손짓을 했다. 세상천지에 가장 한가한 사람처럼 보일지 몰라도 내가 아주 바쁜 상황이라는 것을 전달하기 위해서였다. 내 신앙이 기로에 놓여 있었다. 하지만 나도 이해 못하는 나의 곤경을 그녀가 어찌 이해할 수 있었겠는가. 더 중요하게는, 도대체 내가 어떻게 살아왔으면 지난 40여 년간 진행된 유대혈통에 대한 갈등이 지금 이 아이리스 네일스에서 곪아터지고 있는 것인가. 세상 한편에 여전히 냉혹하고 은둔적이고 남성인 신에 의해 관장되는 가부장적 종교의 신성화된 주장이 있었다. 내가 속죄일을 어린 시절 다니던, 그곳의 유력자들과 결혼하여 새로 유대인이 된 여자들이 대성일 기간에만 유명 디자이너가 만든 옷을 입고 여성용 2층 좌석 한가운데 앞줄에 앉아 있다가 화려한 세속 생활로 다시 사라지곤 하던 어퍼이스트사이드의 시나고그와 연결시킨다고 해서 신이 무슨 신경을 쓰겠는가?

다른 한편으로 여성 특유의 경쟁본능이, 적어도 내가 어릴 적부터 어떤 방식으로든 지켜보아왔으며 그날도 화려하게 치장하고 나올 여자들에게 완전히 꿀리지 않으려는 심리가 있었다. 내가 아직 그 시나고그에 출석하고 있었다는(고백건대 어쩌다 한 번씩이었지만) 사실은 곧 내가 그곳이 예배에 적당한 장소라는 깊은 확신을 느꼈다기보다는, 어디 다른 갈 만한 곳을 찾아내지 못했기 때문이라고 할 수 있었다.

또한 말이 나온 김에 시인하고 싶은 게 있는데, 네일 살롱에서 나는 그다지 서두르지 않았다. 막 손질한 발가락에 사란 수지를 덮어 보호한 다음 서둘러 신발을 신는 손님들도 있었지만 나는 혹시라도 페디큐어를 망칠까봐 그러고 싶지 않았다. 게다가 무엇보다도 15분 만에 집에 돌아가 옷을 갈아입고 교회에 도착할 수 있을 것 같지 않았다. 그리고 또 노골적으로 말하자면, 신이(그러니까 그가 존재한다면) 내게 무엇이라고 내가 그를 만나러 그토록 서둘러야 한단 말인가. 나는 근래 몇 년간 그 논쟁적인 언어 속에서 나 자신만의 어법을 찾기 위해 잠깐이지만 탈무드 개인교수까지 자청하여 받으며 보다 나은 신앙인이 되기 위해 노력한 바도 있었잖은가. 유대인 고등학교에 다닐 때도 나는 성경의 고풍스럽고 현학적인 이야기에는 냉담했으나 탈무드의 추상적 논증은 좋아했었다. 특정한 구절을 저마다 달리 해석하는 탈무드 주석자들의 지적 불꽃이, 흥미로운 문학 텍스트 분석에서 찾을 수 있는 의미론적 따지기를 연상시켰기 때문이다. 하지만 이런 것들로는 내 머릿속에서 벌어지는 투쟁을, 딸과 나 자신에게 적절한 본보기가 돼주지 못했으며 그리하여 결국 훌륭한 유대인이 되지 못했다는 자책을 막을 수가 없었다.

아이리스 네일스는 다른 살롱보다 예쁜 곳이고 따라서 가격도 더 비싸다. 싸구려 페인트를 바른 벽에 고양이 사진이 담긴 공짜 달력을 실내장식 삼아 걸어놓고 대충 개점한 흔하디흔한 살롱이 아니다. 이 호화롭고 안락한 네일샵은 크리스털 샹들리에로 불 밝혀져 있고, 각 스테이션은 넉넉히 떨어져 배치되어 있으며, 벽에는 복숭앗빛으로 반짝이는 이탈리아풍 풍경화가 그려져 눈을 반쯤 감고 한국인 직원들의 알아들을 수 없는 대화에 귀를 막으면 태양이 내리쬐는 테라초

위에 서 있는 착각이 드는 곳이다.

분열된 충절과 정체성에 관한 이 이야기의 배경을 헤아리자면 이 같은 세부 사실들이 중요하다. 아이리스 네일스가 이만큼 매혹적인 곳이 아니었다면, 이를테면 비정한 세계 속의 안식처가 아니었다면 수줍음 많은 매니큐어리스트들과 아늑한 조명과 착시기법으로 그려진 지중해 풍경 사이에서 미적거릴 가능성이 적었을 것이었다. 하지만 그런 곳이었기에 나는 내가 나고 자란 인간미 없이 번쩍이는 도시, 언제나 영적인 노숙자 같은 느낌으로 살아온 이 도시 한가운데의 이 피신처를 떠날 수가 없었다. 그래서 살롱의 안락한 분위기와 유대교에 대한 나 자신의 피곤한 양면가치에 압도된 채, 단추를 누르면 온열 마사지가 작동되는 푹신한 의자 등받이를 뒤로 젖히고 그대로 기대어 있었다. 돼지고기를 넣은 쓰촨 만두를 폭식하면서도 나는 변장한 랍비의 마누라라도 된 듯 다른 유대인들을 정통파 유대교의 기준에 맞춰 재단하곤 했었다. 딸아이는 내가 죄인처럼 양다리를 걸치고 사는 모습에 넌더리를 쳤는데, 오늘밤의 행동으로 인해 상황은 더욱 혼란스러워질 것이었다.

그리고 핸드스목 드레스와 검은 가죽 구두 차림으로 아래층을 내려다보던 첫 안식일 경험 이래, 늘 불편하게만 느껴지던 똑같은 교회에 해마다 나그네쥐처럼 돌아갈 것이 아니라 나를 반겨주는 교회를 찾을 수 있었다면 달랐을지 모른다. 그랬더라도 하필 콜 니드레 직전의 순간, 여성용 구역에 들어가기 전에 제대로 단장했는지를 심사받기라도 한다는 듯 발톱을 칠해야 할 절박한 필요성을 느꼈을까?

그랬을 수도 있고, 생각해보면 안 그랬을 수도 있겠다. 짐작할 수 있듯이 나와 내 유대인 정체성은 오래 전부터 곤란한 짝이었다. 그것은 내가 아직 어리고 순진했을 때 납땜으로 이어 붙여진 것만 같다. 그럼으로써 나는 이 고대의 냉정한 신념체계를 평생 족쇄처럼 달고 다니며 일거수일투족을 감시받아야 할 운명이 되고 말았다. 루스와 나오미처럼, 어느 곳을 가든지 성가신 내 유대인 정체성은 나를 따라다닐 것이다.

이런 고통스런 관계는, 모든 고통스런 관계가 그러하듯 오래지 않아 선택의 여지를 상상하는 것 자체가 불가능해진다는 데 문제가 있다. 놓아버리는 것은 붙드는 것만큼이나 해결책이 못된다. 내 유대인 정체성은 나의 우량한 혈통으로 인해 더더욱 복잡해진다. 우리 가문은 여러 세대에 걸쳐 뛰어난 학자와 영향력 있는 지도자들을 배출했다. 이 화려한 혈통은 어머니 쪽에서 내려왔으니, 그 가문에서 현대 정통파 유대교의 창시자들이 여럿 나왔다. 특히 외고조할아버지 삼손 라파엘 허시Samson Raphael Hirsch는 세속화된 독일 사회와 의례 위주의 유대 사회라는 두 상반된 세계에서 살아가기 위한 독특한 접근법을 개척하여(세상 속에서의 율법) 독일 정통파 유대교를 발전시켰다. 그리고 허시의 손자이자 내 외할아버지인 이삭 브로이어Isaac Breuer는 다른 가족과 달리, 이스라엘이 테오도르 헤르츨Theodor Herzl의 구상에 지나지 않던 시절에 시온주의를 받아들여 1935년 가족과 함께 프랑크푸르트를 떠나 팔레스타인으로 이주했다.

한편 내 어머니는 형제자매 네 명과 그들의 자녀 스물네 명을 포함한 직계 가족들 중 유일하게, 신생국 이스라엘에서의 높은 신념과 부족한 물질적 안락의 삶 대신 낙타나 키부츠 동료들이 보이지 않는 파크 애비뉴에서의 덜 명료한 신념과 확실한 풍요의 삶을 선택했다.

나치의 이름으로 행해진 악을 분명히 이해하기에는 아직 너무 어릴 나이에, 나는 히틀러가 쳐놓은 거미줄이 어머니의 삶의 궤적을 어떻게 방해하여 한 번은 강제로 한 번은 자의로 두 차례 이민을 실행하게 했는지 이미 확실히 알고 있었다. 1935년 어머니는 나치를 피해 사랑하는 도시 프랑크푸르트를 떠나 부모와 함께 당시 팔레스타인이던 곳으로 이주했다. 그리고 10년 후 외할아버지가 사망하자 20대 미혼녀이던 어머니는 이스라엘을 떠나 1년 계획으로 뉴욕에 건너왔다. 삼촌 요제프 프로이어Joseph Breuer가 프랑크푸르트를 떠나 설립한, 번화한 워싱턴 하이츠에 있는 독일계 유대인 지역사회의 종교 주간학교에서 교사로 일하기 위해서였다.

뉴욕에 도착해서 얼마 안 되어 어머니는 처녀총각들을 짝지어주기 위해 곧잘 열리곤 하던 만찬에서 정통파이자 예케yekke(거만한 독일계 유대인들이 동유럽 출신 유대인들을 감탄과 경멸이 섞인 감정으로 부르던 호칭) 노총각이던 아버지를 소개받았다. 각각 마흔둘과 서른이라는 늦은 나이까지 결혼의 유혹에 저항해온 남녀에게 걸맞게, 두 사람은 끝냈다가 다시 시작하는 연애 끝에 세인트레지스 호텔 옥상에서 결혼식을 올리고 여섯 명의 아이를 연달아 낳았다. 내 부모는 내게 독일어로 주로 대화하고 마치 어쩔 수 없이 뉴욕에 사는 듯한 분위기를 풍겼는데, 그것은 물론 미국이라는 나라와 거기 사는 정통파 유대인들의 생활방식이 자신들이 잃어버린 구세계의 절제와 격식에 대면 너무 형편없다는 판단 때문이다.

어쨌든 이 모든 것들이 걸러 내려진 결과 나는 진정한 유대인이란 어떤 것인지에 대해 엇갈리는 메시지들로 가득한 유년 시절을 보냈다. 이를테면 한편으로는 겸양, 순결, 아내/조력자로서의 역할을 맡을 준비 같은 전통적 이상들 사이의 건널 수 없는 거대한 간극에서 비롯된, 현대의 정통파 유대인 소녀들이 물려받은 사회적 관습과 도덕적 지침의 빠르게 분열적인 혼란을, 다른 한편으로는 이 시대 연애시장의 잔혹한 현실과 여성의 자기인식에 대한 기대를 각각 부여받았다. 이 혼란스런 분위기는 내가 다녔던 곳과 같은 유대인 주간학교 앞에 서서 교칙을 위반하지 않는 가운데 최대한 노출을 꾀한 복장의 소녀들 모습을 지켜보면 감지할 수 있다. 주로 긴 데님 스커트의 뒤나 옆을 찢은 것으로, 전족을 한 중국 여성들처럼 종종걸음을 치지 않고는 걸어 다니기 어려울 것 같은 모습이다.

하지만 내 직계 가족으로부터 전수된 적절한 유대인의 요건은 그 영역을 훨씬 넘어서 우리를 지켜보는 세상을 향해 우리가 보여주는 모든 측면을 아우른다. 이상하게 들릴지 모르나 이 외면화된 측면이야말로 우리 부모님이 설립을 도왔으며 40년 동안 관장했던, 그 번지르르한 여인들이 있는 교회에 가장 중요한 것이었다. 종교적 신앙은 내면의 삶을 현시하는 것이라고들 하지만, 내 눈에 유대교는 신과의 내밀한 소통이나 신앙보다는 집단행동을 중시하는 명백히 사회적인 기관이었다. 누가 영혼의 죄를 범했는지, 마음속으로 누구를 미워했는지, 랍비의 설교를 들으며 그룹섹스를 상상했는지는 아무도 개의치 않는 것 같았다. 마음속으로 육욕을 느꼈노라고 〈플레이보이Playboy〉에 고백한 지미 카터Jimmy Carter 같은 남부의 거듭난born-again 기독교인들에게 영적 쇠퇴의 투명성에 대한 원초적 확신은 아무렇지도 않은 것이다. 하지만 우리 같은 유대인들은 그보다 세련된 무리였다.

이는 곧 우리 가족끼리는 신이나 신앙의 부침 같은 것에 대해서 일체 언급하지 않았음을 뜻한다. 독일적 접근법은 규칙 그리고 또 규칙을 강조했고, 그 규칙을 따르는 데 있어 엄숙한 미적 맥락을, 다시 말해서 '히두르 미츠바hidur mitzvah'라고 불리는 의식의 미화를 또한 중시했다. 어머니는 자신의 성장기에 관하여 특히 이 측면을 자랑스러워했는데 그 점이 우리의 금요일 저녁에 영향을 미쳤음은 의심의 여지가 없다. 식탁이 아름답게 차려지고 곳곳에 꽃이 장식되었으며 우리는 안식일 복장을 해야 했다. 친구들처럼 긴 가운이나 운동복 바지를 입고 어슬렁거릴 수 없었다. 하지만 외형에 대한 그처럼 엄중한 강조로 인해 나는 우선순위를 놓치기 시작했다. 이를테면 내가 좋게 보이는 것(와스프처럼, 그러니까 지나친 화장이나 붉은 매니큐어 같은 건 배제된 간소한 치장)과 기도에 주의를 기울이는 것 중 어느 것이 더 중요한지, 예배가 거의 끝나갈 무렵 슬쩍 들어오는 짓을 하지 않는 것과 교회에 정시 출석하는 것 중 무엇이 더 중요한지, 같은 것들 말이다.

그날 저녁 나는 일곱 시에 귀가했다. 페디큐어는 다 말랐고 콜 니드레는 한창 진행 중일 것이었으며 나는 곧바로 울음을 터뜨렸다. 약간 당황한 딸아이에게 지금 교회에 가기는 돌이킬 수 없이 늦었다는 것을, 우리처럼 양식 있는 유대인에게는 너무 늦었다고 주장했다. 그것은 타락한 정통파 유대인의 정서적으로 부조화한 논리였다. 더이상 율법을 문자 그대로 믿지는 않았지만, 기왕 율법을 지킬 거라면 길은 하나뿐이라는 것이 내 신조였다.

지혜로운 영혼을 지닌 내 딸은 갈등에 대한 내 변치 않는 의식이 어떤 열정을, 단절보다는 연결을 입증하는 것임을 이해한다고 나는 믿고 싶다. 그게 아니면 그날 저녁의 내 황당한 행동을, 또는 이튿날 늦은 아침부터 단식이 끝나는 시점까지 교회에 앉아 몽환에 빠진 사람처럼 기도책에 파묻은 머리를 좀체 들지 않았던 것을 달리 어떻게 설명한단 말인가.

내가 숄렘 알레이헴의 옛이야기 속 인물이라도 되듯 하나의 계시로, 참된 신앙에 대한 이해로 글을 마칠 수 있었으면 좋겠다. 하지만 지금으로서는 내가 복잡한 과거에 시달리는, 그리고 준비가 됐건 안 됐건 광포한 현재를 살아가야 하는 '여자'라고밖에는, 그리고 종교적 삶의 경험은 예전에도 지금도 유대인 정체성의 정수가 놓여 있는 영역에서 내게 아무것도 깨우쳐주지 못했다고 밖에는 말할 수 없을 것 같다. 하지만 그것이야말로 이토록 헌신적이고 따르기 벅찬 종교의 핵심일지 모른다. 시시한 계율 준수를 통해서만 보다 큰 의미에 도달할 수 있다는 것. 또는 어쩌면 불빛이 잦아들고 모든 것이 일순 고요한 어느 저녁에 페디큐어와 기도 사이의 어느 지점에서, 문제의 수수께끼 같은 본질에 이르게 될지도 모를 일이다.

참을 수 없는 거들의 쇠퇴

예전의 거들은 어디로 갔을까? 모든 연령대의 여자들이 당연히 입었던, 강화된 고무밴드와 레이스를 잡아당기고 숨을 할딱이며 최대한 날씬해보이도록 자신의 육체를 집어넣었던 그것들 말이다. 한때 문화적으로 요구되기까지 했던 속옷이 눈 녹듯 의상의 지평에서 사라진 연유는 무엇일까?

1950년대와 1960년대에 성장기를 보내며 불변의 여성의례로 받아들여지던 거들에 대해 느꼈던 매혹을 나는 기억한다. 매년 텔아비브로부터 방문하던 할머니가 단추 달린 셔츠드레스 아래 입었던, 유럽의 코르셋 제조업체가 주문 제작했으며 정면에 후크와 고리가 달린 분홍빛 말랑말랑한 속옷을 얼핏 보고 난 후였을지 모른다. 아니면 저

넉 외출 준비를 하던 어머니가 거들을 두르고 허리를 굽혀 스타킹을 가터에 고정시킨 뒤 영화 〈블루 엔젤The Blue Angel〉에 나오는 환영 같은 모습으로 욕실에 들어가 화장을 하던 모습인지도 모른다. 거들을 입지 않은 민활한 어머니는 어디로 갔지? 나는 궁금했다. 외면의 변화와 함께 내면까지 변하여 더 날렵하고 아담해진 것일까? 이제 더이상 한낱 소녀가 아닌, 까놓고 말해 남성의 시선을 붙들어 잡아두기 위하여 극도의 불편마저 감수할 용의가 있는 여인임을 보여주는 거들의 구속 자체에서 나는 한없이 매혹적이고 성숙한 무엇인가를 느꼈다.

그래서 나는 강한 의지와 헬스클럽에서의 여러 시간을 통해 얻어지는 단단한 복부 대신 외적 수단을 통해 날씬해보이고자 바로 그 속옷을 찾아 나섰다. 레몬 껍질을 씹고 신체적 행복을 명분으로 운동이라는 따분한 일을 견뎌낸 척하는 것은 다른 여자들에게 맡기자는 심산이었다. 나는 안 그럴 것이었다. 내가 곧 발견했듯, 거들을 입기는커녕 언급한다는 것만으로도 정치적으로 부적절한 행위가 되었지만 말이다. 마치 그 명칭 자체가 의심스런 존재가 된 것처럼.

"애초에 거들이 어떻게 생겼는지 난 알아요. 아주 오래 전, 가터가 네 개 달린 그런 거 말이죠." 맨해튼의 3번 애비뉴와 83번 스트리트에 있는 리바이스 란제리Levi's Lingerie의 주인 수전 온스타인Susan Ornstein의 말이다. 1948년 개점한 이 가게를 그녀는 어머니에게서 물려받았다. "그런 거들은 이제 폐퇴했어요. 노인들 중에는 입는 사람들이 있지만 그것만으로는 장사가 안 되죠. 이제는 바디셰이퍼처럼 문제 부위를 해결해주는 속옷, 최신 소재의 심을 사용한 속옷 같은 것들이 팔려요. 여자들에겐 도움이 필요하죠. 마네킹처럼 완벽한 여자는 하나도 없으니까요."

물론 요즘에는 '모델처럼' 완벽한 여자는 없다고 해야 할지도 모르겠다. 어쨌든 라나 터너 같은 금발로 머리를 염색한 온스타인 여사의 말은 옳았다. 숨이 막히게 하는 제대로 된 구식 거들을 찾기란 거의 불가능하다. 한때 필수품이었으나 이제 여성의류 중 가장 욕먹는 이 물건을 취급하려는 소매업체는 없는 것 같다. 조사 과정에서 속옷 가게 주인이 스스로를 거들과 연결시키는 것은 자신의 가게 손님들이 젊지 않거나, 혹은 그보다 더 슬픈 운명으로 잠자리에서의 간식 습관을 제어하지 못하는 부류임을 암시하는 것과 같다는 사실을 나는 깨달았다. 1970년대 매디슨 애비뉴에서 유럽 수입품을 전문적으로 팔던 고급 란제리 가게에 전화를 걸어 거들이 있느냐고 묻자 주인은 거의 기겁을 하며 그런 옛날 품목은 더이상 취급하지 않는다고 강조했다. 그는 내게 자신의 고객층은 그런 방식을 사용하지 않는다고 정중하고도 결연하게 알린 뒤, 오처드 스트리트나 브라이튼 비치에서 알아볼 것을 권유했다. 나는 일반 고객인 동시에 이 업계에 관심이 있는 작가라는 이중적 정체성을 밝히며 보다 포용적인 대화를 시도해보았으나, 이름이 기사에 실리는 가능성도 그의 태도를 바꿔놓지 못했다. "브라이튼 비치에서 알아보세요." 그는 되풀이해 말했다. "거기서는 아직도 풍만한 여자들을 상대하니까요."

내 소외된 처지를 새삼 깨닫고, 나는 캐시미어 침실복이나 터무니없는 가격의 스위스제 속옷 따위의 구색보다는 피팅의 전문성으로 더 잘 알려진 가게들을 공략하기로 했다. 내가 사는 곳에서 멀지 않은 속옷 가게로 갔다. 브래지어 사이즈를 잡는 기술로 〈오프라Oprah 쇼〉

를 포함하여 언론에 많이 소개된 바 있는 유명 체인점이었다. 가게는 양팔에 브래지어들을 마치 팔찌처럼 걸고 있는 여성 판매원들로 부산했다. 조그만 흰색 면 팬티에서부터 가격이 수백 달러인 레이스 달린 검정색 푸시업 브래지어까지 어디를 봐도 마음을 끄는 고운 물건들이 가득했다. 한순간 가망이 있어 보였다. 가슴 보정을 전문으로 하는 가게가 몸통, 허리, 배 등 언제라도 늘어날 준비가 되어 있는 부위에 대해 신경을 쓰지 않을 리가 없다고 생각했다.

알고 봤더니 이곳은 다양한 강도의 지지력을 갖춘 스팽크스Spanx 제품들에 사운을 거는 가게였으며 그 외에 다른 제품은 판매하지 않았다. 그중 가장 단단하다는 하의 제품에 다리를 끼워 넣어봤지만 이미 알고 있던 걸 확인했을 뿐이다. 스팽크스는 바로 풍만한 여자들의 시대는 극히 제한적인 세계를 제외하고 막을 내렸다는 사실을 전제로 등장한 제품이라는 것. 스팽크스 타이츠, 팬티, 슬립은 다 좋다. 이미 헬스클럽에서 다듬고 단련한 몸을 가졌다면 말이다. 이 제품들은 마치 금박을 입히듯 그런 몸에 부드러운 광휘를 덧입혀준다. 하지만 정말 도움이 필요한 몸이라면, 세상의 시선으로부터 여분의 지방을 감추어줄 갑옷을 찾고 있다면, 스팽크스는 잊어버려라.

반론의 여지가 없었다. 한때 거들이 지배했던 그곳을 이제는 로잉 머신과 복근 운동기구와 전속 트레이너와 성형외과 의사가 완전히 장악하고 있다. 거들은 사실상 완벽하게 관심권 밖으로 사라졌다. 예외라면 패션 박물관, 란제리 역사, 그리고 거들이 페티시 용품으로 재포장되어 팔리는 '키키 드 몽파르나스' 같은 섹스용품점들로, 실로 거들의 최후의 전초기지라 할 만하다. 거들은 또한 장 폴 고티에Jean

Paul Gaultier, 비비안 웨스트우드Viviennne Westwood, 티에리 뮈글러Thierry Mugler 같은 디자이너들, 아이러니 애호가들에 의해 전유되었다. '거들'이란 말을 입에 담는 것만으로도 전 시대에 '코르셋'이란 말이 그랬듯 팬티스타킹이 출현하기 전의, 다이어트며 피트니스 산업이 여성들의 상상력을 놓고 경쟁하기 전의 보다 풍만했던 가스등 시대를 연상시키고, 따라서 건강하지 않고 시대에 뒤진 여자라는 낙인을 스스로에게 찍는 결과를 낳고 만다.

물론 코르셋은 스테이stays(나중에는 보닝boning이라 불렸다), 버스크busks(나무, 철, 또는 상아나 은 같은 귀한 자재로 만든 길고 단단한 심이 가운데 삽입된다), 거싯gussets, 또는 철제 아일릿eyelets 등 어느 것으로 고정되건, 16세기 후반을 시작으로 1920년대까지 계속 여성들이 사용해온 주된 용어 중 하나였다. 시대착오적으로 보일지 모르지만, 보다 유연성 있는 거들은 사실 20세기에 발명되었다. 스칼렛 오하라가 본래 가느다랗던 허리를 17인치까지 죌 수 있게 해준 고래수염 같은 과격한 용품들이 보다 유연한 자재와 장치들로 대체되었다는 뜻이다. 1829년에는 후면에 끈이 달린 코르셋에 두 개의 철제 버스크가 장착되면서 처음으로 직접 고정할 수 있는 코르셋이 탄생했으며 코르셋 민주화가 이루어졌다. 하지만 성별과 계급, 그리고 패션의 규범들은 몇 차례 완화기를 겪으면서도 엄격하게 고수되었다. 질 필즈Jill Fields는 매혹적인 작품 《내밀한 문제Intimate Affair》에서 "19세기 중에는 미국의 자유인 여성 거의 대부분이 코르셋을 입었다"고 말한다. (1910년에 속바지underpants가 출현하기 전까지 대부분의 여성은 아직도 앞이 트인 속옷을 입었는데, 남성용 속옷과 차별화하는 동시에 여성에겐 본질적으로 성적 관심이 없음을 보여주기 위한 것이었다.)

20세기에 들어서 체력과 운동이 강조되고 왈가닥flapper의 매력이 부상하면서, 가동성과 육체의 과시라는 개념이 금욕과 겸양의 개념을 상쇄하기 시작했다. 이 같은 변화는 남녀 양성으로부터 즉각적인 반발을 불러왔다. 코르셋을 입지 않는 '일시적 유행'은 급진적 페미니즘이나 공상적 사회개혁론과 동일시되었으며 사회 질서를 위협할 만큼 이질적이고 심지어 볼셰비키의 영향을 받은 것으로 비춰지기까지도 했다. '코르셋을 입지 않는 악에 맞선 투쟁Fighting the Corsetless Evil'이며 '코르셋을 입지 않는 유행은 왈가닥들의 책임Flappers Are Responsible for Corsetless Craze' 같은 기사들이 실렸다. 허리 죄기는 1947년에 길이가 긴 스커트와 잘록한 허리로 정숙한 여성미를 강조하는 디자이너 디오르Christian Dior의 뉴 룩New Look 스타일과 함께 복귀했다. 하지만 그로부터 20년 후, 거들은 완전히 죽었다.

그러다 리바이스에서 다시 비슷한 것을 발견했으니, 수전 온스타인은 내 사이즈에 맞는 팬티거들을 골라주면서 매일 입으라고 권했고 바 비앵Va Bien이라는 브랜드의 올인원을 골라주면서 몸매를 '아름답게' 고정해주는 기능을 칭찬했다. 새로운 것에 도전할 때의 신중을 기하여 먼저 팬티거들을 입어보았다. 하지만 몸통 둘레를 줄여주기는커녕 불과 몇 분 사이에 허리 위로 말려 내려왔고 따라서 나는 남몰래 그것을 끌어올리며 그날 하루를 보내야 했다. 올인원은 훨씬 나았다. 정말 내려앉은 몸매를 다시 올려주는 것 같았다. 하지만 진짜 히트는 슬로건이 '오늘의 여성을 위한 셰이프웨어'이고 브루나이 왕실 여자들이 주 고객이라는 64년 된 회사 라고Rago에서 주문한 품목들이었다. 지퍼와 후크와 고리와 여러 개의 제어판까지(감춰진 가터 탭도 네 개나 됐다) 갖춘 품목번호 6210번의 '엑스트라 펌firm' 하이웨이스트 속옷에 기대가 컸으나, 정말 맘에 들었던 것은 품목번호 9057인 검은 레이스 달린 올인원이었다. 혹시 몰라서 두 개 사이즈를 주문했는데 매혹적인 〈벨 드 주르Belle de Jour〉 스타일을 연출해줬다. 마치 내가 카트린 드뇌브Catherine Deneuve의 나이가 조금 들었으나 섹시한 언니 같은, 또는 피갈 거리(파리에서 매춘으로 유명한 장소—옮긴이)를 걸어 다니는 매춘부 같은 느낌이었다.

하지만 그게 스무 살 시절의 내 몸을 되돌려주었다고 말한다면 정직한 말이 아닐 것이며, 나는 두 개 중에 작은 사이즈를 그 관능적인 가능성에 혹하여 눈독을 들이던 열아홉 살 딸에게 주었다. 따라서 나는 처음 시작했던 지점으로 돌아와 편안하지만 몸매를 보정해주지는 않는 면 속바지를 입고 에스칸더Eskandar, 시린 길드Shirin Guild, 그리고 탁월한 재능의 로널도 샤마스크Ronaldo Shamask 브랜드의 포근한 옷에서 위안을 찾는다. 허리선은 완전히 포기했냐고? 그렇지는 않다. 가까운 장래에 나는 동네 헬스클럽에 등록하여 더 조이고 싶은 충동을 일으키는 허리 사이즈를 되찾고야 말 테다.

치열 교정기를 착용하고

나는 치아에 대한 나의 오랜 강박을 이를테면 블룸즈버리 그룹의 백과사전적 지식처럼 자랑스럽게 생각하지 않는다. 그럼에도 그것은 내가 문화적으로 앞서왔다고, 말하자면 유행을 선도해왔다고 자부하는 몇 가지 경우 중의 하나다. 왜냐하면 요즘 한없이 명백해 보이듯 희고 고른 치아의 추구는 수십억 달러가 소비되는 전국적 취미가 되어버렸기 때문이다. 증거는 도처에 널려 있다. 브라이트스마일Britesmile 스파의 확산, 크레스트 화이트스트립스Crest Whitestrips 같은 상품들의 엄청난 판매량, 그리고 신문과 잡지 지면을 도배하는 '미소를 새롭게' 광고들의 범람 등이다.

치아는 그것이 영혼의 창이어서가 아니라(그건 눈이다) 우리의 이미지 중심 문화에서 그것이 영혼보다 훨씬 확인하기 쉬운 창이고, 다이아몬드 시계나 플래티넘 신용카드처럼 어둠속에서도 번득일 수 있으며 그럼으로써 경제적 위상에서부터 도덕적 가치까지 과시할 수 있는 것이기 때문이다. 〈워터프론트On the Waterfront〉에서 말런 브랜도Marlon Brando가 마지막 본 이후 아름다운 젊은 여인으로 피어난 에바 마리 세인트Eva Marie Saint를 퉁명스러운 부드러움으로 바라보며 "이빨에 철사를 끼웠었죠. 그때는 진짜로 엉망이었는데" 하는 장면을 생각해보라. 그녀의 아름다운 미소에 대한(보철이 제거된 치아는 말할 것도 없고) 그의 찬탄은 그녀의 미모뿐만 아니라 인격에 대한 찬사이기도 하다. 이 모든 것은 내가, 치실 사용을 굳건히 거부하고 기본적인 주택보험에 가입해본 적도 없으며 결국 수년 전 입안에 부분 의치와 세라믹 보철을 한아름 해 넣어야 했던 여자가, 마흔여덟이라는 적지 않은 나이에 두 번째로 치열 교정기를 사용하게 된 이유를 설명해주기에 충분할 것이다.

진주알처럼 희고 매력적인 치아를 향한 나의 서른 몇 해에 걸친 희비극적인 탐색은 10대였던 1960년대 말에 시작되었다. 나는 자매들과 함께 탐독하던 영화잡지 뒤표지에서 아주 작은 병에 든 치아표백제 광고를 보고 우편으로 주문했다. 그 액체를(타자기 수정액과 똑같이 생겼었다) 앞니에 꼼꼼하게 바르며 느꼈던 희열이 지금도 기억난다. 알리 맥그로Ali McGraw처럼 찬란한 미소를 띠고 잠에서 깰 거라는 확신으로 잠자리에 들었지만 아침에 일어나보니 황백색 치아 위에 접착제를 붙여놓은 것 같은 끔찍한 줄이 가로질러 그어져 있었다. 이후 30년이란 세월 동안 자유시장경제와 국제노동자들의(스위스의 실험실 기사와 한국과 이탈리아의 세라믹 연구자) 쇠하지 않는 창의성이 결합하여 수많은 선택적 시술을 가능케 할 것임을 알았더라면 그날 덜 암울한 기분으로 등교했을지도 모른다.

그 뒤처진 시대에(오늘날과 비교하면 치과기술의 황무지였다) 완벽한 미소란 영화나 텔레비전 화면 속 스타들에게서나 주로 볼 수 있었다. 치약도 미백기능보다는 충치예방기능이 강조되었고 성인이 치열 교정기를 착용하는 일은 없었다. 하지만 인비절라인Invisalign이 아직 없었다고 해서 모두가 다람쥐 이빨을 하고 다닌 것은 아니다. 치열 교정기는 비록 구식의 '철로' 형태였지만 도시의 중상층 청소년들 사이에 보편화되어 있었고 나 또한 대부분의 친구들과 다섯 명의 형제자매들이 그랬듯 치열 교정의 덕을 봤다. 그들과 다른 점이 있었다면 나는 치열 교정이 끝난 후에도 내 치아에는 없는 그 광채를 놓고 가슴앓이를 계속했을 정도로, 내면의 과도한 자의식은 그 집착에 부채질을 했다. 예를 들어 나는 거울 앞에 서서 미소를 지어보이며 여러 다양한 효과를 평가하는 버릇이 있었으며 사실 치아표백제를 주문한 것도 거기서 비롯된 결과였다.

1970년대 중반 내가 막 스물한 살이 되었을 무렵, 치아의 색깔과 크기, 모양을 개선해주는 본딩bonding이라는 신기술이 개발되었고 나는 물론 대번에 뛰어들었다. 초창기의 본딩 절차는 오늘날에 비하면 매우 단순한 것이었고 수지가 제멋대로 떨어지는 일도 많았다. 잘 보이고 싶었던 조금 거만한 남자와의 저녁 약속에 나갈 준비를 하는데 그게 떨어져나간, 특히나 불운했던 기억이 있다. 나는 그에게 전화를 걸어 급한 일이 생겼다는 애매한 핑계를 대며 약속을 취소하려 해보았다. 하지만 그는 대체 무슨 일이냐며 계속 물었고, 나는 결국 굴복하고 이빨이 부러졌다고 중얼거렸다. 그는 여자로서의 이 조그만 허영을 귀엽게 보기는커녕 '자기도취의 정글'에서 당장 빠져나오라고 매섭게 대꾸했다. 혼쭐이 난 나는 서둘러 나가서 그와 만났고, 저녁 내내 비싼 돈을 주고 다듬은 미소에 찾아든 불의의 결함을 감추려고 안간힘을 썼다.

돈이 많이 드는 대부분의 습관들은 한번 시작되면 되돌리기 어렵다. 지난 10년간 나는 여러 치과의사와 만나 날로 발전하는 수많은 시술들을 받았고 마침내 내 강박의 가장 기이한 단계에 도달했다. 바로 치열 교정이다. 크라운을 씌운 앞니의 아랫부분이 약간 벌어지는 게, 그리고 웃을 때 턱이 앞으로 조금 돌출하는 게 나는 항상 싫었다. 내 외모를 철저히 심사하는 버릇이 있으며 치아를 포함하여 나에 관한 모든 것을 평균 미달로 평가했던 10대 딸아이를 빼면 아무도 인식하지 못했던 결함이다. 하지만 어떤 사람들은 보편적인 미의 기준과 상관없이 자신의 외모에 만족하는 운명을 타고나는가 하면, 또 어떤 사람들은(예를 들면 나) 결코 자기 내면의 표준에 도달하지 못한다. 그래서 나는 최근 완벽주의적인 본능과 열정을 겸비한 보철 치과의 캐럴라인 그라소Caroline Grasso를 찾아갔다. 그녀는 내 입속이 귀한 화석이라도 되듯 세심히 검사한 뒤 아래윗니의 전체적인 교합이 불완전할 뿐 아니라 특히 아랫니의 치열 교정이 제대로 이루어진 적이 없다고 보고했다. 치아의 추가 이동과 잇몸 손상을 막기 위해 치열교정 치료를 강력히 권고한다고 했다. 기능 개선에 비하면 부차적이긴 하나 가시적인 심미적 이득도 확보될 수 있을 것 같았다.

치열 교정기 착용 결정은 간단하게 취급할 일이 아니다. 나만 해도 망설인 끝에 와이어wire와 브래킷bracket과 고무줄의 바다에 뛰어들었고 거기서 결코 헤어 나오지 못할 것만 같았다. 치열 교정기는 흉하고 불편하고 번거롭다. 갈라진 입술, 낫지 않는 치주염, 그리고 입속의 커다랗고 끔찍하게 아픈 물집을 생각해보라. 그리고 그건 시작에 불과하다. 어른이 아닌 아이들이 주로 착용하는 이유가 있다. 업무상 식사를 하거나 편집자 회의에 참석할 필요가 없기 때문이다. 한때 당신의 판단과 분별력을 신뢰했으나 이제 나잇값을 못하는 시각적 발육 정지의 사례로 여기는 사람들에게 당신과 치열 교정기가 남길 다소 괴상한 인상 또한 생각해보라.

치열 교정기가 성생활에 미치는 영향은 아직 건드리지도 않았음을 눈치 챘을 것이다. 안경을 낀 여자에게는 남자들이 수작을 걸지 않는다는 도로시 파커Dorothy Parker의 유명한 야유를 기억할 것이다. 그렇다면 치열 교정기를 착용한 성인 여자는 과연 어떻겠는가. 누군가 치열 교정기를 한 여자에 대한 노래를 만들어 〈키스할 마음이 나지 않는 당신〉이라고 제목을 붙여야 한다. 간혹 데이트하러 나갔고 늘 껴안고 애무하기를 좋아하던 이혼녀로서 맹세컨대, 치열 교정기는 그렇잖아도 바쁠 것 없던 내 연애생활에 찬물을 끼얹었다.

그러고 보면, 들여야 할 시간과 정성을 생각해볼 때 내가 적임자는 아니었던 것 같다. 이렇게 말해보자. 나는 늘 후속 마무리에 애를 먹는 유형이다. 리모델링 후에 아파트가 어떤 모습일지, 머리를 이렇게 잘라 기르면 어떻게 될지, 다음 주가 정말 오기나 할지 같은 미래의 예측에도 젬병이다. 치열 교정기를 사용할 자격은 자기관리에 뛰어나고 치열한 허영심이 있거나 꼼꼼하고 목표지향적인 사람들에게 있다. 이를테면 보철 치과의를 찾아간 첫날 만났던 작가 같은 이들이다. 그는 글을 쓰거나 테니스를 칠 때와 똑같은 맹목적인 열정을 치열 교정기에 적용하고 있었다. 그가 우쭐거리며 자신의 치열 교정기가 얼마나 감쪽같이 숨겨져 있는지 보여주었을 때(나는 교합상태 문제로 인해 정말로 눈에 띄는 교정기를 끼어야 했던 반면 그는 인비절라인을 착용하고 있었다), 이 남자와 함께(뭐 사실 누가 됐건) 치열 교정기 착용자 패거리에 가담하고 싶지 않다는 날카로운 깨달음이 왔다. 디너파티 같은 데 참석한 그가 보철전문 치과에서 나와 우연히 만난 이야기를 해댐으로써 결국 그와 나를 진지한 자기개선의 구도자로서 묶어내는 장면이 상상되었기 때문이다.

두 달 전 마침내 치열 교정기를 벗었으나, 딸과 어머니를 제외하고 아무도 눈치 채지 못했다. 수천 달러를 쓰고 끊임없는 굴욕을 겪은 후 이제 나는 말할 수 있다. 내가 지금 아는 걸 그때 알았더라면 의학적으로 비스듬한 교합과(정확히 말하자면 3등급 부정교합) 심미적으로 매력적인 미소를 선택했을 것이며, 치열 교정기는 그만두고 치아를 때우고 씌우는 시술을 받았을 것이라는 걸. 한편 눈부시게 희고 완벽히 고른 치아에 대한 수요가 여전히 계속되는 가운데(치열 교정 환자 다섯 명 중 하나가 성인이고 치아미백은 가장 빈번히 요구되는 화장시술이다) 치과의사들은 주문제작한 특수 자기분말을 사용하여 흰색보다 더 흰 색조를 만들어내고 있다.

이 같은 치아에 대한 집착이 우리 사회 전반의 병증의 증상 또는 원인인 것은 아닌지, 우리 자신을 전시품으로 취급하며 보이지 않으나 날카로운 감식안을 가진 대중의 시선을 포착하기 위해 경쟁하는 제로섬 게임의 표현인지 궁금해 할만하다. 오늘날 잡지 지면을 장식하는 최고의 미소들을 창조한 뉴욕의 치과의사 마크 로웬버그Marc Lowenberg는 말한다. "1980년대에는 미국 여성들이 풍성한 헤어스타일을 원했죠. 1990년대에는 풍만한 가슴이었고요. 그리고 20세기에 진입하면서 희고 매혹적인 치아에 대한 강박이 찾아왔어요." 정확한 교합의 구조적 중요성을 강조하는 것이 치열 교정의사의 의무이듯 건강한 치아의 중요성을 강조하는 것이 치과의사의 의무이기는 하나, 짐작건대 치아도포 또는 교정기 착용을 결정하면서 치아 건강을 생각하는 사람은 드물 것이다. 우리는 더욱 젊고 매혹적으로 보이는 것만을 생각하는 것이다.

내 이야기로 돌아가자면 이 길에 들어서면서 무슨 생각을 했는지, 3년 전 치열 교정기에 돈을 퍼부으며 무엇을 희망했는지 잘 모르겠다. 어쩌면 내가 마침내 본연의 나를 받아들일 수 있으리라고, 보다 아름다운 치아와 함께 내적 평온의 기미가 찾아들 것이라고 믿었는지 모른다. 이미 추측했겠지만 치아와 행복은 기껏해야 간접적으로밖에 연결되어 있지 않다. 하지만 잠자리에 들기 전 유독 우울할 때면, 밤마다 치르는 세정식의 한가운데에서 예전에 그랬듯 거울속의 나를 향해 한조각 웃음을 날려 보내곤 한다. 이제야 내 모습이 맘에 좀 든다. 스포트라이트 속의 나를 보며, 자신감 결핍이라는 내 오랜 종교를 내버리고 아주 짧은 순간일지라도 실컷 미소를 지어본다. 적어도 내 치아만은 나를 실망시키지 않을 거라는 확신을 갖고.

제 3 부

책 속으로

눈물 없는 프로이트

애덤 필립스

애덤 필립스Adam Philips는 이메일을 쓰지 않는다. 러다이트Luddite적 충동인지, 신비주의적 술책인지, 그것도 아니면 키보드와 이메일 계정을 가진 사람들이 부르는 대로 몇 시간씩 소비하고 싶지 않아 내린 실용적 결정인지 내겐 확실치 않다. "나는 연락을 트고 지내고 싶지 않아요." 내가 직선적으로 묻자 그는 이렇게 설명한다. "커뮤니케이션을 줄이고 싶거든요."

인간의 유대를 생업으로 삼은 사람이 하는 말치곤 단호하게 반사회적으로 들릴지 모르겠다. 하지만 색다른 문재文才이자 오늘날 영국의 정신분석학계를 주름잡는 이단아 필립스는 당당한 자기모순을 빼면 아무것도 아니다. 강경파 프로이트주의의 정통성에 의문을 제기하면서 이름을 알렸지만, 최근에는 30년 만에 처음으로 나오는 중대한 프로이트 저작 번역본의 총괄 편집자 역할을 수행하고 있다. 총 여덟 권으로 기획된 프로젝트의 첫 네 권이 펭귄 클래식 시리즈로 이번 달에 출간된다. 세련된 문고판은 각권이 서로 다른 문학 연구자의 번역과 르네 마그리트Rene Magritte를 비롯한 초현실주의 대가의 그림을 표지로 하여 선보이는데, 제임스 스트레이치James Strachey가 편찬한 무겁고 엄청나게 비싼 스물네 권짜리 버전과는 확연히 다른 분위기다. 확고히 부르주아적이며 이제 프로이트 박물관이 된 햄스테드의 프로이트 사무실과 트렌디한 노팅힐 소재 필립스의 진료실이 완전히 다른 것처럼.

필립스는 일주일에 나흘, 하루 여덟 시간을 분석 업무에 쓴다. "상담치료는 다른 어느 곳에서도 할 수 없는 방식으로 사람들과 이야기할 수 있는 기회를 주니까요." 그의 말이다. 수요일은 글만 쓰는데 지난 15년간 펴낸 논픽션 단행본만도 열 권이다. 대부분 에세이와 서평 모음집이지만, 예외적으로 단일한 테마나 일련의 질문에 초점을 맞춘《다윈의 지렁이들Darwin's Worms》과《후디니의 상자Houdini's Box》처럼 호흡이 긴 사색도 있다.《아기방의 야수The Beast in the Nursery》나《키스하기, 간질이기, 그리고 따분하기에 관해On Kissing, Tickling, and Being Bored》같은 도발적인 제목들은 범주화하기 힘든 내용을 암시하며 필립스의 야릇한 유머, 경구에 대한 애호, 광범위하고 다양한 학문 분야를 넘나드는 기호를 특징으로 한다. 신기하게도 그의 글을 읽노라면 일상을 뛰어넘어 유식해진 것 같은 느낌이 드는 동시에, 내가 사랑받을 만한지 괴짜인지 아니면 그저 따분한 존재일 뿐인지 원초적인 불안을 느끼는 것이 우리만이 아님을 깨닫게 된다.

지적 탐구와 눈부신 박식을 가장하여, 언제나 어떤 식으로든 '우리의 열망은 왜 결국 자기태만의 행동으로 끝나기 일쑤인가'의 미스터리로 회귀하는 저자가 필립스 말고 또 있을지 모르겠다. 《키스하기에 관해On Kissing》에서 그는 이렇게 쓴다. "전통적으로 사람들은 자신의 삶에 대해 스스로에게 들려주는 이야기가 중단됐거나, 너무 고통스러워졌거나, 또는 둘 다의 이유로 정신분석요법을 받으러 왔다."

치료사들은 사랑에 관해 말할 때 어떤 말을 할까? 애덤 필립스라면 욕망의 대상을 결딴내는, 다시 말해서 가장 사랑하는 것을 증오하는 인간의 무한한 능력을 이야기할 가능성이 높다. 5월 말의 목요일 저녁, 나는 필립스의 진료실 인근에 있으며 인파로 복작대는 워머 캐슬에서 그를 기다리는 중이다. 최상급 목욕용품들과 스몰 사이즈 이하 의류만을 판매하는 상점들이 즐비한 레드버리 로드에서도 가장 세련된 구역이다. 하나같이 스물다섯 살쯤으로 보이고, 흡연의 위험 따위에 신경 쓰는 이는 없는 듯하다. 필립스는 마지막 환자를 보는 동안 읽으며 기다리라고 내게 자신이 좋아하는 프랑스 이론가 J. B. 퐁탈리스J. B. Pontalis의 책《시작에 대한 사랑Love of Beginnings》을 보내줬다.

커다란 조끼에 담긴 생맥주를 홀짝이고 있는데 그가 들어온다. 체구가 작고 헝클어진 머리에 며칠 면도를 하지 않아 돋아난 수염을 가진 우아한 남자다. 한창때의 밥 딜런Bob Dylan과 퍽 비슷한 인상이다. 가죽 재킷을 입고 앞이 뾰족한 스웨이드 신발을 신었으며 익명으로 세상을 스쳐 지나가는 사람의 서두르는 분위기를 지녔다. 담배에 불을 붙이며 필립스는 곧바로 인간의 관계라는 난문제에 대한 생각을 이야기하기 시작한다.

"성적 욕망은 우리를 실패로 이끌어요." 그는 완전무결한 옥스브리지 억양으로 조용하고도 권위 있게 말한다. 그의 사상이 유려한 문장으로 풀려 나온다. "애욕의 삶은 수치스럽고 갈등에 시달리고 어색하고 난처하고 불확실해요. 육체적으로 살아남는 방법은 사랑할 사람들을 찾는 것이죠. 하지만 우리 대부분은 타인을 상대로 안전감을 확보하려면 그들을 통제해야 한다고 느끼게 돼요. 필요하다고 생각하는 누군가를 잃을까봐 두려우면 그 사람을 예속시키거나 중독되게 해요." 성욕 중심의 삶에 일어나는 미세한 변화들을 누구보다도 강조했던 프로이트를 일단 의심의 대상으로 상정한 다음 현대적인 덧칠을, 예컨대 주어진 대로 산다는 태도를 가미한 것처럼 들린다. 이 사랑의 갈등이, 적대적인 열정이 잠잠해지고 나면 우리는 어떻게 되는데요? 내가 묻는다. 필립스는 어깨를 으쓱한다. 냉엄한 현실에 대응하는 사람들의 능력에 감탄하기에는 너무 많은 걸 보아버린 사람처럼. "그러면," 그는 잠시 말을 끊었다가 맺는다. "범상한 삶으로 추락하는 거죠."

필립스는 토머스 칼라일Thomas Carlyle과 존 러스킨John Ruskin 같은 위대한 빅토리아 시대 박식가들의 에너지와, 발터 벤야민Walter Benjamin이나 호르헤 루이스 보르헤스Jorge Luis Borges의 포스트모더니즘적 감수성을 규정하는 모든 진리의 불확정성에 대한 철저한 확신을 겸비하고 있다. ("인간 본성에 대한 심원한 진리라는 건 없어요." 필립스는 주장한다. "그저 흥미롭거나 영감을 주는 묘사가 있을 뿐이죠.") 그의 작품을 읽고 매료된 진지한 독자들은 그를 컬트적으로 추종한다(하지만 그의 책을 읽어본 정신과 의사들은 몇 안 되는 것 같다). 그의 매력 가운데 하나는 경쾌하면서도 긴장된 산문을 쓰는 우아한 문장가라는 점이다. 《사람을 번역하는 일에 관하여On Translating a Person》라는 에세이에서 그는 불가해한 참고도서들(마르크스Karl Marx의 《루이 보나파르트의 브뤼메르 달 18일Eighteenth Brumaire of Louis Bonaparte》과 레이먼드 윌리엄스Raymond Williams의 《유물론과 문화의 문제들Problems in Materialism and Culture》)과 여러 해 동안의 임상 경험에서 추려낸 통렬한 삽화들 사이를 매끄럽게 오간다. 《혼란Clutter》에서는 "옷이 우리를 찾아와야 한다"고 믿어 옷가지를 자기 방 여기저기 늘어뜨림으로써 보통은 관대하고 자유분방한 부모들을 성가시게 하는 열여덟 살 소년에 대해 이야기하고 있다. 타인의 가정사에 대한 특유의 즐기는 듯한 초연함으로, 필립스는 빈정대는 경구조의 방백을 들려준다. "가족으로서 살아가는 기술은 너무 심각하게 받아들이지 않는 데 있다."

사실상 모든 것을 심각하게 받아들이는 기술을 발명한 사람인 프로이트는 농담도 퍽 좋아했으므로 이 시치미 뚝 떼는 기지를 알아보았을 것이고, 정신분석의 선구자 본인이 "상담치료에 저항적"이었다는 필립스의 주장에 낄낄 웃었을지도 모른다. 하지만 프로이트는 구세계의 문화와 도덕적 엄숙함에 침윤된, 그리고 괴테Johann Wolfgang von Goethe나 실러Johann Friedrich von Schiller 같은 자기 문학 영웅들의 고전적, 모더니즘 이전의 시각을 지닌 딱 그 시대에 맞는 사람이었다. 따라서 부모의 갈등에 대한 그의 비관적 해석은 문명에 대한 어둡고 비극적이라 할 수도 있을 견해와 떼어놓을 수 없는 것이었다. 반대로 필립스는 "내적 검열의 중지"를 강조하는 상담치료의 발명은 "도덕적 삶이라 불리던 것"의 심판을 무력화시켰다고 쾌활하게 단언한다.

프로이트 번역본 편집자로 필립스는 여러 면에서 독특한 선택인데, 그가 프로이트의 모국어인 독일어를 하지 못한다는 것도 그 이유 중 하나다. 필립스 예찬자인 저명한 문학평론가 프랭크 커모드Frank Kermode에게 이 사실을 언급했더니 그는 약간 놀란다. 그리고 반쯤 경탄조로 "거참 굉장히 뻔뻔하네요, 그렇죠?"라고 한다.

하지만 이렇게 중요할 것 같은 자격의 결핍은 이 프로젝트를 기획한 영국의 펭귄 모던 클래식 전임 편집자 폴 키건Paul Keegan에겐 아무런 문제가 안 되었다. 키건은 옥스퍼드 대학에서 필립스와 함께 영문학을 공부한 바 있다. 그는 "프로이트 산업의 족쇄에서 벗어난" 프로이트 책을 발간하는 데 관심이 있었다고 한다. 그리고 "정신분석의 제도적 위선"에 대해 늘 불평을 늘어놓는(그리고 키건이 볼 때 "상황을 이용할 줄 아는" 탁월한 능력을 지닌) 필립스야말로 적임자였다. 키건의 설명이다. "그는 원맨밴드예요. 하모니카 하나로 다 되죠."

펭귄의 번역본은 천재 숭배와 스트레이치의 협수룩하고 다소 삐걱거리는 번역의 틀에서 벗어나 보다 다가가기 쉽고 평이한 프로이트를 지향한다. 이것은 지난 여러 해 동안, 출판사가 새 번역판을 구상하기 훨씬 전부터 필립스가 마음에 담아온 계획이었다. "정신분석의 언어를 그러모으기보다는 공유함으로써… 정신분석은 다 알고 있다는 식의 어리석어 보이는 태도에서 해방될 수 있다." 《키스하기에 관해》에서 그는 이렇게 쓴다. "다 알고 있다는 태도는 '찬란한 고립'에서, 이 직업에 대한 내적 우월감의 환상에서 나온다."

필립스는 이를 위하여 과감하게 내적 일관성을 유지하고 균일한 전문용어를 사용했다. 그리고 연대기적 순서가 아니라 주제별로 시리즈를 구성했다. 사람들에게 편의를 제공하는 번역이라는 기술이 어떻게 책의 기본 취지를 바꿀 수 있을지 궁금할 것이다. 루이즈 에이디 휴이시Louise Adey Huish는 《'늑대인간'과 기타 사례들The 'Wolfman' and Other Cases》 서문에서 "모든 번역은 일정 정도 와전이다"라고 쓴 바 있다. 하지만 프로이트 번역의 경우에는 덜(더가 아니라) 명료하게 만드는 결과를 빚어온 것 같다. "프로이트는 쓸데없이 어려운 용어를 지어내지 않았다." 휴이시는 신랄하게 주장한다. "그가 만들어낸 용어들 중 평범한 교육을 받은 독자들이 사전이 있어야 이해할 만한 것은 몹시 드물다."

필립스는 시리즈의 한 권에(《잠정적 분석Wild Analysis》) 서문을 썼을 뿐이지만 번역자들뿐만 아니라 책머리의 에세이를 쓸 작가들도 직접 선정했다. 에세이 작가들로는 정신분석 학술지가 즐겨 다루는 심적 외상이나 경계 침해 같은 '인기' 주제들을 쓰는 사람들이 아니라 문학, 철학, 과학사 전문가들이 포함됐다. 정신과 의사는 한 사람도 없다. 번역자들에게도 각자의 지각을 따르라는 것 외에는 별다른 지침을 내리지 않았다. 한 번도 프로이트를 읽어보지 않았던 번역자들도 있었다. 당초 《잠정적 분석》 번역을 맡기로 했던 마이클 호프먼Michael Hofmann은 원본을 읽고 나서 작업을 거절하기도 했다.

권위 있는 표준판을(우스개로 '킹 제임스 버전'이라고 불리기도 한다) 갱신하고 압축한다는 구상은 스트레이치 판권의 소멸로 인해 촉발됐다. 스트레이치는 프로이트의 막내딸이자 유일하게 아버지의 뒤를 따른 안나 프로이트Anna Freud가 지켜보는 가운데 1953년에서 1974년까지 21년이라는 세월 동안 각고의 노력 끝에 번역본을 펴냈다. 그의 번역은 오래도록 세심한 학자정신의 철저한 승리로 인정받아 왔다. "우리는 꺾쇠괄호와 각주에 의지해야 한다. 왜냐하면 우리는 '프로이트를, 프로이트 전체를, 오직 프로이트만을'이라는 근본적인 규칙에 묶여 있기 때문이다."

하지만 일부 어휘의 적절성에 대한 의문과(이를테면 스트레이치는 '트립Trieb'이라는 용어를 '욕구drive' 대신 '본능instinct'으로 옮겼다) 프로이트의 생생한 문체를 빅토리아 시대 신사다운 세련되고 위엄 있는 산문으로 뒤바꾼 것이 아니냐는 의혹이 줄곧 제기되어왔다. 케임브리지 대학의 과학사 연구자 존 포레스터John Forrester는 이를 "토머스 하디Thomas Hardy와 줄리언 헉슬리Julian Huxley의 혼합"이라고 묘사했다. 또한 스트레이치의 번역에 대해 의도는 좋았으나 무의식의 삶을 노래하는 섬세하고 암시적인 시인이라기보다는 경험적이고 체계적인 사상가로서 프로이트를 제시한 본질적 왜곡 행위라고 비판하는 이들도 있었다. 스트레이치는 회의적인 의학계에서 프로이트가 보다 더 수용될 수 있게 하기 위해 프로이트의 은유적 심상에 '정도'와 '수준' 같은 구체적 수식어들을 추가하고 회화적이고 꾸밈없는 독일어 텍스트에 '카텍시스cathexis'와 '파라프락시스parapraxis' 같은 생경한 그리스어 단어들을 끼워 넣음으로써 프로이트를 '과학화'하기 시작했다.

이 같은 우려를 처음으로 널리 공유한 사람은 바로 브루노 베텔하임으로, 그는 20년 전 〈뉴요커〉에 기고한 에세이에서 스트레이치가 프로이트의 저술에서 그야말로 영혼을 제거해버렸다고 주장했다. 베텔하임은 특히 'das Ich'(the I)를 '에고ego'로, 'das Es'(the it)를 '이드id'로, 그리고 'das Überich'(the above-I)를 '슈퍼에고superego'로 번역한 것에 초점을 맞추었는데 이로 인해 프로이트 본래의 유기적인 개념에 비해 보다 차갑고 날카로운, 비인격화된 정신작용 패러다임이 구축되었다고 제안했다.

하지만 이런 문제들은 학자나 비평가에게는 흥미로울지 몰라도 프로이트가 21세기에 갖고 있는(또는 갖고 있지 않은) 유의미성이라는 보다 중대한 문제에 비하면 아무것도 아니다. 프로이트 박물관 감독관이자 정신분석학자인 해럴드 블룸Harold Bloom 같은 진짜 추종자들은 프로이트가 우리 시대의 중심 의식이라고 주장한다. 오든의 표현을 빌리면 "의견의 풍토"라는 것이다. 여성이 영원히 남근 결핍을 애도하는 생물학적으로 열등한 존재라고 일관되게 깎아내렸던 것을 비롯하여 프로이트의 몇 가지 실수는 그들에게 천재의 빛나는 얼굴에 드리워진 희미한 그림자에 지나지 않는다. 그런가 하면 신성시되는 프로이트 때리기 전통도 있다. 이는 1950년대와 1960년대 칼 포퍼Karl Popper와 한스 아이젠크Hans Eysenck에 의해 단편적으로 진행된 이후 점차 문화적 세력을 확보했다. 아마도 프로이트의 추종자였다가 개심한 문학평론가 프레데릭 크루스Frederick Crews의 신명나는 공격이 가장 대표적인 사례일 텐데, 그가 1980년에 발표한 기사 〈종결 가능한 분석Analysis Terminable〉은 프로이트 전쟁을 발발시킨 최초의 총성으로 인정할 수 있을 것이다. 이 진영에게 정신분석이란, 약삭빠르고 야심만만하고 설익은 이론가가 주눅 든 동료들과 귀 얇은 대중들을 상대로 벌인 한바탕의 거대한 사기극일 뿐이다.

여기서 필립스가 등장한다. 본인이 자처하듯 프로이트를 사랑하지만 그에 예속되기를 거부하고, 따라서 우리의 모든 관계에 내재한다는 극심한 양면성을(또는 정신과 의사들의 화려한 전문용어를 빌리자면 가학피학성 '실행'을) 넘어 이동하는 데 성공한 인물이다. "정신분석은… 문화의 여러 언어 게임 중 하나로서만… 유용하다"고 확신해온 필립스는 무의식적 갈등에 시달리지 않는 것 같고, 따라서 궁지에 몰린 프로이트를 그의 추종자들과 반대자들로부터 공히 구조할 여력을 갖고 있다.

"프로이트는 신성한 경전이 아니에요." 그가 내게 말했다. "나는 정신분석이 과학과 관련이 있다고는 한 번도 생각해보지 않았어요. 정신분석학계는 프로이트를 정당화하기 위해 과학적 기준을 맞추고자 굽실거려왔지요. 나는 사람들이 뛰어난 소설가의 책을 읽듯 프로이트를 읽어줬으면 해요. 그의 책들은 사람들에 대한 정확한 보고서가 아니거든요. 모든 정신분석 문헌은 오든이 말했듯이 '이런 얘기 들어봤어요?'로 시작되어야 해요."

필립스의 진료실은, 그와 내가 늦은 점심을 위해 찾아간 근사한 식당 '다코타'에서 좀 내려가면 나타나는 꾀죄죄한 3층 회반죽 벽돌 건물 꼭대기 층에 있다. 자신을 너무 심각하게 여기지 않으려는 그의 결의는 상대를 편안하게 만든다. 그는 자신이 "구두법에 서툴다"고 명랑하게 시인하고, 왜 저술에서 가장 잠정적인 결론마저도 내리기를 꺼리느냐는 질문에 간단한 해명을 제시한다. "생각들을 상세히 설명하는 법을 몰라요." 그가 말한다. "나는 한 문장 한 문장씩 쓰거든요." 필립스는 "변화를 이끌어내는 경청의 힘"을 믿는다. 그리고 묻지 않은 질문들, 질질 끌리는 구절들, 일부만 말해지거나 아예 말해지지 않은 사실들처럼 대화에 존재하는 구멍에 주의를 기울인다. 이 같은 수용적 태도는 어린이나 청소년과의 친화 형성에 도움이 되며, 그가 상대를 깔보지 않고 성인 세계의 가망 없는 과실을 기꺼이 용인하는 매력적인 친구라는 사실은 그의 글 속에서도 뚜렷하게 나타난다.

올 9월에 마흔아홉이 될 필립스는 런던의 채링 크로스 병원에서 아동 심리치료사로 10년을 근무한 뒤 7~8년 전 개인 진료실을 개업했다. 최근 아홉 살이 된 딸 미아가 태어난 후 어린이들과의 일을 줄였다. (필립스와 그의 전 동거인인 비평가 재클린 로즈Jacqueline Rose는 육아 책임을 분담한다.) 그는 말한다. "흥미로운 사실 하나는, 전에는 무슨 이야기든 다 들을 수 있었는데 아빠가 되고 나니 아이들이 당하는 처우를 참고 듣기가 훨씬 힘들어졌다는 거예요. 잔혹한 취급을 당하는 아이들을 많이 봤는데 마치 일종의 보호막을 잃어버리는 느낌이 들더군요."

그래서 요즘에는 소개나 소문을 통해, 또는 그의 책을 읽고서 찾아오는 성인들을 진료한다. 대부분 45분간의 상담이지만, 그는 확실한 비정통파이므로("불안한 의사들이 엄정한 기술을 필요로 하는 법이죠"라고 그는 지적한다) 한 시간이나 가끔은 두 세션을 붙여 환자를 보기도 한다. 바닥에 앉아 진료를 하는 것으로 알려진 바도 있다. 그는 '주문형'으로도 곧잘 일한다고, 즉 환자가 원한다면 정규 진료시간이 아니어도 환자를 본다고 말한다. '영국 정신분석의 마틴 에이미스'라는 별명을 얻을 만큼 매력적인 인물임에도, 필립스는 비범한 환자보다 평범한 환자가 좋다고 확언한다. "나는 유명하거나 돈 많은 사람들을 진료하고 싶지 않아요"라고 그는 말한다. 단 한 가지 진료 기준이 있다면 환자로부터 '감동'을 받아야 한다는 것, "중요한 대화가 있다는 것"이다.

내 마음은 그를 믿는 쪽으로 움직인다. 그는 우리 시대의 삶을 지배하는 노골적인 자본주의를 진정으로 끔찍해하는 것 같고 책, 음반, 화분같이 대학 기숙사에서 꼭 보이는 것들 외에 물건을 사들이는 습관도 거의 없다. 외식은 좋아한다고, 마치 그것이 기막힌 호사라도 되는 듯 그는 시인한다. 그는 동료들의 탐욕에 특히나 분개한다. "돈을 많이 요구하는 분석가는 내 생각에 직업을 배반하는 거예요." 그가 청구하는 금액은 최소한 미국 기준으로 볼 때 중간 정도로, 무료에서 45파운드(대략 75달러)까지다. "돈을 벌고 싶다면 영화배우가 돼야죠." 그가 쏘아붙인다.

필립스는 대단히 운 좋은 삶을 살아온 듯 보인다. 웨일스 카디프의 세속화된 유대인 가정에서 자랐고(그의 할아버지의 성은 핀카스-리바이Pinchas-Levy였는데 스완지의 세관 관료가 웨일스식으로 개명할 것을 명령했다) 열대조류 애호가였던 부모로부터 "아주 많이 사랑받았던" 느낌을 기억한다. ("〈내셔널 지오그래픽National Geographic〉이 내 유년기의 포르노그래피였어요.") 둘 다 동유럽에서 건너온 가문 출신이었던 부모는 "집단학살 불안증"을 갖고 있었다고 그는 묘사한다. 누이가 하나 있었고 기숙학교의 유대인 동에서 살았으며 열여섯 살 적에는 키부츠에서 사과를 따며 여름을 보냈지만 자신의 배경 덕에 영국의 반유대주의를 체감하지 못했다고 주장한다. "나는 우연한 유대인이에요."

그는 열띤 어조로 말한다. "이것이 아니라 저것으로 태어난다는 것은 우발적인 일이죠. 나는 유대인들이 선택된 사람들이라는 말을 믿지 않아요. 거대한 대재앙 차원에서 고통을 받았다는 사실이 우리에게 유리한 주장만 하는 구실이 되어서는 안 된다고 생각해요."

그는 1년간 대학원에서 시인인 랜들 재럴Randall Jarrell을 연구한 뒤 아동 심리치료사 연수를 시작했다. 이 같은 직종 변경에는 정신분석 대화를 회의적인 일반 독자들이 이해하기 쉽도록 만든, 소아과 의사에서 혁신적 분석가로 전환한 D. W. 위니콧Winnicott의 영향이 컸다. (그는 "그만하면 괜찮은 어머니"와 "이행 대상" 같은 유명한 표현을 만든 인물이다.) 옥스퍼드 재학 당시 필립스는 위니콧의 《놀이와 현실Playing and Reality》을 읽게 됐다. "그 책을 읽고 '바로 이거야'라고 생각했어요." 그는 말한다. 여러 해 후, '절충적' 정신분석 연구와 훈련을 거쳐 (위니콧의 정신분석 대상자였고 성적인 실수들과 광적인 반유대주의로 인해 결국 영국 정신분석학회에서 제명된 변덕스러운 마수드 칸Masud Khan에 의해 정신분석을 받기도 했다) 그는 그 흥분을 글로 옮기게 된다. 필립스는 프랭크 커모드에게 당시 그가 편집 중이던 폰타나 모던 마스터스 시리즈에 자신이 쓴 위니콧 작품론 한 권을 기고해도 좋겠느냐고 묻는 편지를 써 보냈다. 거기 포함된 간질이기에 관한 짧은 글을 커모드가 〈래리턴Raritan〉의 리처드 포이리어Richard Poirier에게 전달하면서 필립스의 저술 경력이 시작되었고 1988년에 첫 저서 《위니콧Winnicott》이 출간되었다.

물론 모두가 필립스를 진정으로 독창적인 인물 또는 굉장한 문장가라고 생각하지는 않는다. 121개의 경구를 모은, 글자는 몇 안 되고 여백은 많은 《모노가미Monogamy》는 전반적으로 혹평을 받았는데, 영리하지만 빤한 소리를 하는 필립스의 가장 나쁜 점을 보여주고 있다. 마치 관능 장애가 있는 〈뉴욕 리뷰 오브 북스The New York Review of Books〉 독자들을 위한 자조自助 안내서를 쓴 것 같다. 예를 들면 "커플은 범죄를 좇는 음모이다. 섹스는 종종 그들이 이를 수 있는 가장 가까운 곳이다" 같은 것이다. 필립스의 탈脫 라캉Jacques Lacan적 추상과 멋 부린 언어 도치가 못마땅한 비평가들이 있는데 일레인 쇼월터Elaine Showalter는 필립스의 최근작 《동배Equals》 서평에서 그의 관찰은 "설득적이기보다는 함축적이다"라고 표현했다.

결국 아직 알 수 없는 것은, 필립스의 이상적 독자들("프로이트가 맞다 또는 틀렸다라고 확신하는 사람들이 아니라 프로이트에 호기심을 느끼는 사람들") 중 얼마나 많은 수가 이른바 무의식에 관한 이야기를 기다리고 있을까 하는 것이다. "표준판에 실린 견해는 암묵적인 신성화예요"라고 필립스는 지적한다. 대신 이 지적 기획자는 새롭고 보다 가벼운 판을, 독점하듯 떠받드는 시종들로부터 잡아채어 인간답게 행동하는 모습을 볼 수 있도록 덜 동떨어진 궤도에 올려놓은, 존 포레스터의 표현대로 "조금 짓궂은" 프로이트를 제시한다. 필립스의 프로이트는 "대화하기를 즐기는 성격과 옳은 입장에 서고 싶은 욕구 사이에서 갈등한다." 필립스는 정신분석이란 사업의 급진적인 본질을 복원하고 '독토르Doktor'를 구시대가 아닌 초월적 순간의 인간으로 바꿔놓기를 원한다고 해도 괜찮을 듯하다. "헨리 제임스Henry James를 독차지할 수 없듯 이제 프로이트도 독차지할 수 없어요." 그는 선언한다.

확실히 이 프로이트는 스트레이치의 무거운 판본에 비해 덜 버거

우며 편안한 발견의 즐거움을 준다. 그리고 프로이트를 인간 정신의 엄격한 지도 제작자가 아닌 조이스James Joyce, 프루스트Marcel Proust, 카프카Franz Kafka와 같은 문학인으로 재창조하는 것은 그가 대중의 상상력 안에 살아남게 하기 위한 노련한 방도일지 모른다. 적어도 필립스는 이런 패를 낼 준비가 되어 있고 강력한 학자와 작가 들을 이 여정에 불러 모으는 카리스마적 존재감을 지녔다. 하지만 그들 가운데에도 이 프로젝트가 어떤 결말을 맞게 될지 의심스러워하는 이들이 있다. 옥스퍼드 대학 불문학 교수를 하다 지금은 케임브리지 대학으로 옮겨간 맬컴 보위Malcolm Bowie는 이렇게 말한다. "프로이트가 또 하나의 작가-철학자라면 굳이 과학주의나 실용적 고통경감 등의 돌팔이 같은 주장으로 그에게 족쇄를 채울 필요는 없어요. 그를 폄하하는 결과를 불러오는 셈이니까요."

사실 필립스는 자신도 프로이트처럼 "치유의 로맨스"에 그다지 빠져 있지 않으며, 환자들과의 상담을 "외로움에서 벗어나 함께 있고자 하는 구실"로 간주하기를 좋아하기 때문에 정신분석이란 제도가 지속되든 말든 상관없다는 뜻을 분명히 했다. 하지만 내가 볼 때 그는 자신의 프로이트를, 도스토예프스키Fyodor Dostoyevsky나 셰익스피어 William Shakespeare가 그랬듯 복잡한 자아의 관점을 장려했던 그를, 그가 자신의 환자들에게 느낀다고 감동적으로 시인하는 것과 같은 사심 없는 애정으로 사랑한다고 나는 믿는다. "환자들은 내게 무척 중요해요." 차분한 확신을 담아 그가 말한다.

이것은 틀림없이 이상한 동맹으로(체구가 작고 빠르게 움직이는 무서운 아이와, 여송연을 입에 물고 골동품을 아끼는 엄숙한 노교수), 가상 만찬장에서 이 두 사람이 나란히 앉았다면 어떻게 되었을지 상상하기도 쉽지 않다. 필립스가 프로이트에게 존스Ernest Jones나 융Carl Jung 같은 사람들이 뭐라고 하건 신경 쓰지 말라고 하면, 프로이트는 그에게 얼른 자라서 이메일 주소나 만들라고 할 것도 같다. 아니면 상담치료의 원인이 됐던 고통스러운 신경증이 완화된 후에 남는 일상적 비애의 깊이에 대한 공통의 관심을 놓고 함께 건배를 할 수도 있겠다.

"우리는 좋아하지 않는 것들을 즐기는 법을 배워야 해요." 전혀 위로가 되지 않는 내용을 매혹적으로 들리게 하는 어투로 필립스는 말한다. "우리의 욕망을 충족시키는 일은 그 어떤 대상의 능력으로도 불가능하죠. 하지만 나는 '인생은 슬픈 것'이라는 식의 방법론에는 반대해요. 핵심은 우리의 삶을 살 만하게 해주는 것이 무엇인지를 찾아내는 것이죠."

블룸즈버리는 내게 어울린다

리튼 스트레이치

나는 아직도 그해 여름을 리튼 스트레이치Lytton Strachey가 나를 살려낸 시절로 생각한다. 나는 열아홉 아니면 스물이었고 생은 황금빛 가능성으로 번쩍였어야 했지만 그렇지 않았다. 항우울제의 영향으로 멍해진 나는 정원에 누워 뒤에서 들려오는 끝없는 매미 울음소리와 마이클 홀로이드Michael Holroyd의 두 권짜리 스트레이치 전기가 조성한 소리 없는 비탄에 매몰되어 있었다. 《옥스퍼드 영어사전 콤팩트 에디션The Compact Edition of the Oxford English Dictionary》같은 박스 세트로 나온 책이라 아우라가 더했다. 몇 차례의 이사를 나와 함께 겪어냈고, 돋을새김 무늬 면지와 연필로 그은 밑줄들과 누렇게 바랜 페이지들로 이제 골동품에 가까운 꼴이었다. 비록 제2권《성취의 세월The Years of Achievement, 1910~1932》의 표지가 어디선가 떨어져나가긴 했으나, 이 세트는 책꽂이의 잘 보이는 자리에 아직도 온전하게 얹혀 있다. (놀랄 만큼 근면한 홀로이드는 1994년 이전까지는 접근할 수 없었던 주로 그의 동성애와 관련된 자료를 바탕으로 한 권짜리 새 전기를 펴냈는데, 이전 판과 나란히 설 자격이 분명 있었으되 그 불행한 여름을 견딜 수 있게 해준 박스 세트의 신비한 가치는 지니지 못했다.)

스트레이치는 물론 고루한, 사실수집 위주의, 그리고 구제불능으로 감상적인 전기의 전통에 대항하여 신성화된 공인들에 대해 불경하고 심리학에 입각한 전기를 쓴 것으로 가장 잘 알려져 있다. 1918년 출간된《유명한 빅토리아 시대 인물들Eminent Victorians》은 빅토리아 시대 인물 네 명의 일생을 탐구했을 뿐만 아니라 위선적이고 독실한 척하는 시대적 관습을 비판함으로써 문학계에 충격을 안겨준 작품이었다. 스트레이치의 반어적인 어조와 추기경 매닝Cardinal Manning, 플로렌스 나이팅게일Florence Nightingale 등의 주제 인물에 대해 취한 양면적 태도는 이상화하고 윤색하는 그 전까지의 일반적 기법과 본질적으로 다른 것이었다. 비평가 시릴 코널리Cyril Connolly는《유명한 빅토리아 시대 인물들》을 "부르주아 사회에 대한 혁명적 교과서"라 불렀다. 당시의 독자 하나는 스트레이치가 높은 자리의 고매한 사람들을 향한 외경심을 거부한 것을 높이 샀으며, "이 책을 읽으면 나이팅게일이 뚱뚱해지고 뇌가 물러졌다는 사실을 그가 재미있어한다는 걸 느낄 수 있다"고 쓰기도 했다. 스트레이치는 이후 빅토리아 여왕 전기를 쓰며 기량을 더욱 연마했다. 3년 후 나온 이 책은 군주제의 제의와 과부의 상복에 둘러싸였던 한 여인의 복잡하고도 감동적인 초상을 보여준다.

《빅토리아 여왕Queen Victoria》은 스트레이치의 친구이자 그가 청혼한 유일한 여성이었던 버지니아 울프Virginia Woolf에게 헌정됐다. 청혼은 24시간 안에 철회되었고 두 사람 모두 안도했다. (리튼은 레너드 울프Leonard Woolf에게 보낸 편지에 "그녀가 내게 키스할까봐 겁이 났다네"라고 썼다.) 그의 일생에 관해 읽으며 내가 찾은 위안의 상당 부분은, 스트레이치가 끝없이 자기평가를 하고 수없는 기록을 남긴 수다쟁이들의 전설적인 그룹 블룸즈버리의 일원이었다는 사실이었다.

블룸즈버리는 배타적인 그룹의 거드름 피우는 분위기를 갖고 있었다고 전해진다. 이 그룹을 곱지 않게 보는 많은 비평가들은, 레온 에델Leon Edel이 "속물, 괴짜, 무례, 오만, 자기중심성, 신경증적 개인 관계에 대한 집착의 덩어리"라고 표현했듯, 그때나 지금이나 그들을 쉽사리 비판한다. 하지만 의심의 여지없이 파벌적이기는 했으나 에델이 '사자들의 집'이라 부른 이 그룹에의 입회 자격은 에드워드 시대식의 혈통 또는 계급과는 아무런 관계가 없었고(회원 대부분은 스스로 돈을 벌어 생활했다) 경쟁적으로 연마된 기지라는 민주주의적 원칙에 달려 있었다. 성적 관용의 자세(전설에 따르면 스트레이치는 남녀가 함께 모인 자리에서 '정액'이란 단어를 입에 담은 최초의 인간이었고 한다) 또한 재미를 더해주었다. '개방적 혼인관계'에 있는 이들이 몇 되었고, 양성애는 블룸즈버리의 장기였던 것 같다. 레너드 울프는 그들과 하루 저녁을 보낸 다음 "내게 그토록 새롭고 신나게 다가온 것은 친밀감, 그리고 생각과 발언의 완전한 자유라는 느낌이었다…. 무엇보다도 여자들까지 포함해서 말이다."라고 말했다.

우리는 모두 세상에서 편안해지기를, 우리가 헤엄치는 자아보다 커다란 연못에 비친 우리만의 열정을 발견하기를 원한다. 사르트르가 《출구는 없다No Exit》에서 퉁명스럽게 단언했듯 지옥은 타인일지 모르지만, 내 고독의 어둠속에서 허우적거리던 나는 블룸즈버리가 상징하는 문학공동체(비슷한 생각을 가진 신경쇠약증 환자들의 동맹)의 이상에서 큰 위로를 받았다. 스스로 삶의 부산함을 감당할 능력이 없다는 사실을 깨달은 나는 읽고 생각하는 활동을 생활만큼이나 심각하게 받아들인 사람들(작가, 비평가, 화가, 경제학자, 철학자, 역사학자)에 관한 책을 읽으며 피신했다.

블룸즈버리와 그 복잡한 가족에 대한 소문을 향한 나의 애착은 결코 퇴색하지 않았다. 안젤리카 가넷Angelica Garnett의 고발성 회고록 《친절한 기만Deceived with Kindness》을 비롯하여 그들에 관해 출판된 모든 제2세대, 제3세대의 기록을 나는 빠짐없이 읽었을 것이다. (바네사 벨Vanessa Bell과 화가 던컨 그랜트Duncan Grant의 딸인 가넷은 자신의 친아버지가 클라이브 벨Clive Bell이라고 믿게 되었고, 결국 스트레이치의 사촌이자 한때 그랜트의 연인이었던 데이비드 가넷David Garnett과 결혼했다.) 내 첫 책을 출판한 윌리엄 조바노비치William Jovanovich는, 만약 내가 꼭 쓰겠다고 생각하고 있었던 도라 캐링턴Dora Carrington 전기를 쓴다면 "블룸즈버리의 바닥까지 싹싹 긁는다"는 비난을 받을 것이라고 수년 전 경고한 바 있다. 나는 결국 캐링턴의 전기를 내기는 했지만 그가 옳았음이 분명하다. (이 그룹에서 쏟아져 나온 책들에 대한 야유성 헌정으로, 맬컴 브래드버리Malcolm Bradbury는 최근의 에세이집 제목을 《제발, 블룸즈버리는 안돼No, Not Bloomsbury》로 붙였다.)

내 마음속에서 블룸즈버리는 진정으로 존재한 적이 있었을까? 알곤킨 원탁(1920년대 초 뉴욕의 알곤킨 호텔에서 도로시 파커 등을 중심으로 모인 문필가 집단─옮긴이)? 망명객들의 1920년대 파리? 아나톨 브로야드Anatole Broyard의 회고록 《카프카가 유행이었다Kafka Was the Rage》에 묘사된 제2차 세계대전 직후의 그리니치빌리지는 그가 우리에게 들려주는 만큼 다정했을까? 아니면 이 모든 제각각의 문학 마을들은 비정한 세상에서 소망하던 안식처일 뿐이었을까? 이처럼 아늑한 동료애에 대한 환상이 존재하는 이유 하나는 우리가 그것을 간절히 원한다는 데 있다. 우리에게 완벽한 가족의 품이라는 성인의 환상을 허락함으로써 너무나도 불완전한 우리의 삶으로부터 달아나지 않도록 도와주기만 한다면, 이 전설적 공동체들이 어디까지 진짜이고 어디까지가 미신인지는 중요하지 않은 것 같다.

흩어져 떠도는 삶의 재료

버지니아 울프

버지니아 울프의 섬세하지만 과도하게 회자된 정신이 또 한 번의 검시를 대체 어떻게 견뎌낼 수 있을까, 하고 질문할지 모른다. 버지니아와 바네사와 레너드와 클라이브와 던컨과 모건Edward Morgan Forster과 메이너드John Maynard Keynes와 리튼이 탈脫빅토리아기의 새로움을 온몸으로 발산하며 동료들을 뛰어넘는 말을 하고 글을 쓰며 교제하던 블룸즈버리라는 정신 과잉의 구역에 관해 더 뽑아낼 황금이 과연 남아 있을까? 흥미로운 세부 사실들까지, 이미 자주 되풀이된 이야기다. 버지니아가 열세 살 때 죽은 아름답지만 냉담했던 어머니. 슬픔을 가누지 못하고 문학에 매달렸던 아버지. 의붓오빠들인 조지George Duckworth와 제럴드Gerald Duckworth의 성추행. 초기의 신경쇠약. 언니 바네사와의 경쟁관계. '무일푼 유대인' 레너드와의 결혼. 다른 여자들과의 격렬한 우정(비타 색빌 웨스트Vita Sackville-West, 에설 스미스 Ethel Smyth와의 레즈비언 관계를 포함하여). 그리고 1941년 쉰아홉 살로 자살.

리버풀 대학 영문학과 교수이자 윌라 캐서Willa Cather의 전기 작가 허마이어니 리Hermione Lee는 버지니아 울프의 "위상은 이제, 자신의 성취에 대해 강한 자신감이 있었던 그녀가 할 수 있었을 그 어떤 상상조차도 넘어섰다"고 말한다. 물론 작가의 위상이 높을수록 다른 사람들에 의해 전유될 가능성이 커진다. 울프에 관한 자료의 양만 보더라도(책, 기사, 학술논문, 회고록, 편지, 일기, 정신분석 기록 등) 과연 못다 한 말이 남아 있을까? 이런 질문은 리 본인도 제기하고 있으며("문서 분량의 충격이 주기적으로 나를 어지럽게 만들었다") 대부분의 블룸즈버리/울프 애독자들에게도 틀림없이 닥칠 수밖에 없다. 투입한 시간의 보람이 있을까 하는 우려 때문에 작심하고 뛰어들기가 망설여진다. 이같은 경제학적 접근법에 약간 수치심을 느끼지만 걱정이 되는 것은 어쩔 수 없다.

버지니아 울프는 전기, 또는 그녀의 표현을 빌리면 "인생 기록"에 대해 엇갈리는 감정을 갖고 있었다. 한편으로는 열렬한 지지자였다. 크리스티나 로세티Christina Rossetti에 관한 에세이에서 그녀는 "누구나 알듯 전기 읽기의 매혹은 저항하기 어렵다"고 썼다. 하지만 리가 놀라운 새 책의 첫 장에서 지적하듯 울프는 전기를 "사생아, 불순한 예술"이라 선언했으며 발상 자체부터가 "터무니없는 소리"라고 주장했다. 빅토리아 시대 접근법의 "장식과 허식"에 반대했던 그녀는 절친한 친구 리튼 스트레이치가 표방하는 '새로운 전기'라는 것도 아직 꺼림칙하게 여겼다. 한편 그녀는 "기록과 상상력에 의거한 연구의 경쟁적 장점들"에 관해 글을 썼으며 나아가 허구적 전기(《올랜도Orlando》《플러시Flush》)와 실제 전기(《로저 프라이Roger Fry》)를 썼다. 일생 동안 울프는 여성들이 자서전을 일체 쓰지 않는다는 사실을 숙고했다. 언제나 "외면의 자아('내가 세상을 향해 쓰고 다니는 가면 같은 가짜 V. W.')와 비밀스런 자아 사이의 간극"에 매료되었던 그녀는 일기를 바탕으로 자신의 삶에 관해 쓸 작정이었다. 하지만 "자기중심적 자기노출에 대한 영원한 두려움"을 감안해보면 '몹시 뛰어난' 것만으로도 충분한데 굳이 기꺼이 털어놓는 위험을 감수했을 것 같지 않다.

허마이어니 리는 "몇 권의 실험적인 소설과 삽화, 몇 권의 에세이, 그리고 '작가' 일기를 쓴 연약한 여성 작가에서 영문학을 통틀어 가장 전문적이고 완벽주의적이고 정력적이고 용감하고 헌신적인 작가들 중 하나로" 진화하는 과정을 기록함에 있어서 학계의 정치성 담긴 실천의제나 특별히 잘 보이려는 시도에 의존하지 않는다(울프의 결점을 하나도 숨기지 않는다). 다른 전기들보다 한 단계 위에 있는 리의 이 책은, 한 비평가가 블룸즈버리 연못이라 표현한 집단의 대어라 할 화려하고도 포착하기 어려운 인물을 정중앙에 놓고 그것을 향해 곧바로 나아간다.

리의 책은 첫 페이지부터 누군가의 삶에 관해 쓴 글을 어떻게 접근하느냐에 대한 현재의 사고를 정확히 파악하고 있다. "객관적인 전기라는 것은 없고 이 경우에는 특히 그렇다. 입장들이 선택되었으며 미신들이 만들어졌다." 하지만 이 책은 또한 주제 인물에 대한 매우 개인적인 열정이 불어넣어져 있어 저자로 하여금 제기되어온 이론들의 미로를 힘 있게 통과할 수 있게 해준다. 그녀는 10대의 버지니아 스티븐이 정말 성추행을 당했는지, "강제로 구강성교를" 또는 여하한 종류의 섹스를 강요받았는지 "알 방법이 없다"고 단언한다. 우리는 환원주의적 추측들(근친상간의 생존자 또는 원조 페미니스트 또는 선구적인 포스트 모더니스트로서의 버지니아 울프) 대신, 불안정한 시대와 그것이 한 사람의 특별히 예민한 여성에게 가져다준 내적·외적 압력의 생생한 풍경을 얻는다.

버지니아 울프는 1882년, 화장실과 명함들로 가득한 은쟁반이 있었으나 전등은 없었던 에드워드 시대의 세상에 태어났다. 그녀가 어렸을 때도 어떤 집들은 여전히 "분가루 뿌린 가발을 쓰고 노란 플러시 반바지를 입고 실크 스타킹을 신은 마부와 하인이 딸린" 마차를 갖고 있었다. 그녀와 의붓언니 스텔라Stella Duckworth는 켄싱턴 가든을 산책하다 종종 헨리 제임스와 마주쳤다. 스물두 살의 버지니아가 부모 세대에게는 보헤미안적이거나 품위 없다고 간주되었을("헨리 제임스는 특히 기겁했다") 블룸즈버리의 고든 스퀘어 46번지에서 세 명의 형제자매와 함께 살던 1904년까지도, 화장실을 입에 담는 것은 난처한 일이었다. 1917년에는 캐서린 맨스필드Katherine Mansfield와 도라 캐링턴 같은 새 여성 친구들이 누리는 복장과 성적 취향의 자유를 목격하고 "바지를 입는다는 것은 내게는 거의 불가능해 보인다"고 썼다. 1927년에는 컬런을 피우고 싱글shingle(뒷머리 밑을 짧게 치는 단발—옮긴이) 헤어스타일을 한 버지니아 울프가 나타났으며 1934년 여름에는 구식 펜촉 대신에 만년필을 쓰기 시작했다. 세상에서 격리돼 있었던 초창기로부터 오랜 세월이 지난 1939년에는 프로이트를 만났는데, 그는 수선화 한 송이를 선물로 주었다.

변화가 더디었지만 효과는 충격적이었던 이 세계를 리는 기술적으로 배치된 장면들을 이용해 보여주고(이를테면 책 서두에서 고아가 된 스티븐 가의 아이들 넷이 그리운 어린 시절의 여름 별장을 찾아가는 순간) 정지화면에서 과거의 재창조된 순간을 상기하는 것으로 능란하게 옮겨간다. 이때 《등대로To The Lighthouse》가 지시대상으로 사용된다. "릴리 브리스코가 램지 부인을 불러내듯, 우리는 황혼녘 울타리 밖에 서 있는 스티븐 가의 아이들 넷의 이미지에 20년 전 여름의 이미지를 포갤 수 있다. 우리는 혼령을 불러와 아이들로 뒤바꿔놓고 그들을 에스칼로니아 울타리로… 1880년대로 돌려보낼 수 있다. 해가 나오고 집과 정원은 빅토리아 시대 복장을 한 아이들과 어른들로 가득하다. 그들은 거닐고 크리켓을 하고 꽃을 꺾고 대화하고 책을 읽는다. 줄리아 스티븐이 층계에 그림자를 드리운 채 저기 앉아 있다." 리는 '옛 규칙들'이 점차적으로 바뀌는 과정을 버지니아 울프의 자기 인식, 자신의 글에 대한 인식과 교묘히 연결시킴으로써 문화의 모더니즘적 개편이 그녀의 창작관에 어떤 영향을 미쳤는지 보여준다. 또한 그것이 "'지적 논쟁을 예술 형태로' 어떻게 제시하는가"라는 문제를 풀어낼 수 있도록 어떻게 도와주었는지 알려준다.

리는 또한 심리적 추론을 적절히 사용한다. 전문용어로 도배된 억측들로부터는 거리를 유지하고 단순화할 수 없는 주제 인물 앞에서 일정 정도의 겸허함을 유지함으로써, 리는 모든 해답을 갖고 있는 듯 보이지 않으면서도 굉장한 통찰력을 갖춘 것처럼 보인다. 예컨대 울프의 부모에 관해 그녀는 이렇게 쓰고 있다. "두 사람 다 그녀가 작가로서의 역량을 드러내기 전에 죽었다. 하지만 그녀의 작가 인생은 이들 비범하고 비판적인 부모를 향해 '날 좀 봐요!' 하고 말하고픈 욕망에 의해 가동되었다고 추측할 수 있다."

리는 결혼하기 불과 몇 달 전까지도 울프에게 "너무나 이질적"으로 보였던, 그러나 결국 그녀의 진정한 동반자가 되었던 남편 레너드의 큰 역할에 대해서도 훌륭하게 다룬다. 버지니아 울프에 관해 만들어진 전설 속에서, 레너드는 끊임없이 아내의 증상을 측정하고 손님들과 대화하며 보내도 될 시간을 할당해주는 완고한 수간호사 같은 남편으로 나온다. 리는 그의 이런 측면을 부정하지 않는다. 아내의 사교 생활에 대한 레너드의 감시와 감독이 "세월이 흐르면서 그를 분명히 연인보다는 보호자로 만들었다는" 사실을 시인한다. 하지만 이 책에서 레너드는 다른 어느 곳에서보다 전인적인 형태로 등장하며 자신만의 야심과 판단을 보여준다. 정치 문제뿐만 아니라(히틀러Adolf Hitler로부터의 위협이 날로 커져갈 때 버지니아는 반전주의 입장을 펴지만 레너드는 참전을 선호한다) 사람들과 문학에 관해서도 마찬가지다. (레너드는 블룸즈버리 모임을 전반적으로 따분해 했다. 자신의 마흔여덟 살 아내가 잠시 사랑에 빠졌던 일흔두 살의 괴짜 작곡가 에설 스미스에 대해서는 "끔찍하다"고 평했으며, 《3기니Three Guineas》는 아내가 쓴 최악의 책이라고 생각했다.) 그리고 울프 부부의 결혼을 하나는 정상인이고 다른 하나는 머리가 돈 두 지식인의 섹스 없는 결합으로 간주하는 것이 통례가 되어버린 가운데, 이 책은 내가 읽은 전기 중에 최초로 미묘하게 강조를 전환함으로써 두 사람의 관계에 심원한 친밀함이 존재했음을(둘 다 조용히 책을 읽던 어느 날 저녁 버지니아가 "L은 그의 의자에, 나는 나의 의자에"라고 레너드의 존재를 인식했던 사실) 성공적으로 전달했다.

리는 또한 적어도 처음에는, 장난스런 애칭의 사용(버지니아는 '곡괭이'로 레너드는 '몽구스'로 불리곤 했다)과 버지니아가 "은밀한 재미"라고 부른 전반적인 탐닉이 보여주듯, 울프 부부의 결혼생활은 다정했고 심지어 쾌활한 측면까지("에로틱한 비밀 생활") 지녔다고 주장함으로써 기존의 통념을 뒤엎는다. (최근 팬티아 리드Panthea Reid가 출간한 또 다른 전기《예술과 애정-버지니아 울프의 일생Art and Affection: A Life of Virginia Woolf》은 여태껏 공개되지 않았던 문서들을 매혹적으로 사용하고 있다. 결혼 1년 반 후 버지니아가 레너드에게 보낸 놀랄 만큼 섹시한 쪽지에서 곡괭이는 "그녀의 옆구리와 엉덩이가 이제 최상으로 무르익었음을, 그리하여 그대를 초대함을 알리고 싶다." 고 썼다. 열정에 타오를 때 버지니아의 어조는 진정 매력적으로 들린다!)

리가 선택한 여러 독창적인 발상들 가운데, 버지니아의 삶에서 독서가 차지하는 위치와 그녀의 광기의 의미는 특히나 훌륭히 전개되어 있다. 울프의 감수성은 조롱의 성격이 강하므로 일종의 종교 형태로서의 페이터Walter Pater적인 예술관과는 거리가 있지만 그녀는 분명히 읽는 것, 그 다음으로 쓰는 것에서 위안을 찾았다. 리의 표현대로 책 읽기는 그녀에게 "자아를 초월하는" 수단이 되었다. (그녀는 에설 스미스에게 보낸 편지에서 "천국이란 지치지 않고 계속 책을 읽는 곳일 거라는 생각을 가끔 해요"라고 썼다.) 울프의 심리적 취약성에 관해 허마이어니 리는 그녀가 근원적으로 정상이었다는 점, 그리고 신경쇠약 중에 찾아온 계시를 문학에 사용했다는 점을 설득력 있게 제시한다. 울프는 '푸른 악마'(그녀가 자신의 우울증에 붙여준 이름), 그리고 조증이 가져오는 흥분 상태에도 불구하고 힘겹게 얻은 긍정적인 본능을 키워 나갔다. 그녀는 "진짜 삶의 공포"와 일반적인 예민함을 시인했고("어디를 베여도 나는 피를 철철 흘린다") 스스로 인정했던 대로 지나치게 세련된 나머지 쇠약해진 혈통 출신이었다. "이처럼 차가운 손가락들, 이토록 까다롭고, 이토록 비판적이고, 이처럼 유별난 취향이라니." 그리고 이렇게 덧붙였다. "나의 광증이 나를 살렸다."

어쩌면 그게 사실인지 모른다. 나이를 먹으면서도 그녀는 중년의 편견에 굴복한 것 같지 않다. 창조적인 이들이 지녔으리라 상상되지만 대부분 지니지 못한 투과성을 그녀는 잃지 않았다. 자살한 사람을 (그녀는 주머니에 커다란 돌을 넣고 우즈 강으로 걸어 들어갔다) 그렇게 부른다는 것이 이상하게 보일지 모르지만, 이 전기를 읽으면 버지니아 울프에게는 영웅적이라는 말이 가장 적합하게 느껴진다. 그녀는 예술에 있어 끊임없이 새로운 것에 도전했고 "이 흩어져 떠도는 삶의 재료"에 자신의 상상력을 최고로 적용했다. 교육 제도에서부터(그녀는 옥스퍼드 대학 교수들이 상징했던 남성적 허영을 특히 경멸했고 다수의 명예학위 제안을 거절했다) 전쟁 취미까지 자신이 살아가던 가부장적 문화의 여러 의기양양한 전제들에 의문을 표명했던 그녀의 용기는 방법론상의 미묘함과 기상 때문에 간과되기 쉽다. 하지만 평지풍파를 일으키지 않고 그 문화 속에서 지녔던 특혜를(T. S. 엘리어트는 이것을 "영국문학에서의 유전적 위상"이라 불렀다) 안락하게 누렸을 수도 있었음을 생각할 때 이는 더욱 인상적이다.

허마이어니 리는 여성으로 태어난 천재가 치러야 했던 대가와 하나의 생을 형성하는 힘들의 상호작용에 대해 통찰력 있고 더없이 흥미진진한 이야기를 써냈다. 리의 책은 새로운 사실을 담고 있지는 않지만 어조와 해석 수준에 있어서 실로 불가능한 업적을 이루어냈으니, 바로 버지니아 울프를 우상의 위치에서 구조하여 인간의 차원으로 돌려놓은 것이다. 리 덕택에 우리는 그녀를 있는 그대로 보게 된다. 염치없이 속물적이고(조이스의 《율리시스Ulysses》를 "충분히 세공되지 않은, 독학한 노동자의 작품"으로 보았다) 지독하게 시샘이 많으면서도(항상 타인들의 자존감을 두고 딱딱거렸다) 언제나 빛나고 상냥하고 관대한, 거리에서 만나면 가장 반가울 그런 사람 말이다.

아쉬운 점이라면 수많은 각주들이 좀 더 잘 정리되고 버지니아 울프의 명성이 겪은 부침이 좀 더 소개되었다면 좋았겠다는 것이다. 그녀는 이제 문학사에 당당히 자리를 잡았지만 지난 반세기 동안 수차례 미심쩍은 대접을 받기도 했다. 비평가 레이먼드 모티머Raymond Mortimer처럼 그녀가 작가로서 '마이더스의 손'을 가졌다고 생각한 사람들은 늘 있었으나 블룸즈버리와 그 기풍에 대한 리비스 학파의 공격이 1930년대에 시작되었다. 퀴니 리비스Queenie Leavis는 버지니아 울프를 가리켜 사교계에 막 나온 비상하게 조리 있는 아가씨라도 된다는 듯 "레슬리 스티븐Leslie Stephen 경의 영특한 딸"이라고 부르곤 했다. 그리고 울프의 글에는 어떤 종류의 남성 독자를 줄곧 위협하는 무엇인가가 있었다(유동적인 플롯, 전지적 작가의 얼버무림에서 드러나는 엄격한 자아 경계의 결핍, 주어와 목적어 구분의 모호성). 예컨대 에리히 아우어바흐Erich Auerbach는 《미메시스Mimesis》에서 그녀는 "자신이 작가이고 따라서 인물들이 어떤 상태에 있는지 알아야 한다는 사실을 명심하지 않는 것 같다"고 썼고, 존 베일리John Bayley는 몇 해 전 대단히 비판적인 에세이에서 그녀의 경쟁심과 "도덕적 질서 인식"의 결핍을 매몰차게 비난한 다음 "만년의 그녀는 성장하여 노숙한 작가들이 그러듯 보다 깊이 있는 방식으로 우리에게 감동을 주었는지 모른다"고 인정했다.

누가 버지니아 울프를 두려워할까? 모두가 그러는 것도 같고 아무도 그러지 않는 것도 같다. 그거야 어찌됐건 우리는 이제 주제 인물에 합당한 책을 한 권 얻었다. 품격 있고 놀랄 만큼 철저히 연구되었음에도 이 수준의 저작이 성취하기 어려운 유려함으로 가득하다. 지성과 흥분으로 차고 넘치는 이 책은 강렬한 정신, 명백한 위대함이 어떤 것인지 보여준다. 버지니아 울프는 전기 작가가 "나머지 우리들을 앞서서, 광부의 카나리아처럼 대기를 시험하며, 허위와 비현실과 폐기된 관습들의 존재를 찾아내며" 나아가야 한다고 생각했다. 이제 여기, 그 광부의 카나리아가 있다. 귀를 기울여보라.

황야에서 침울해하다

브론테 자매

　브론테 자매The Brontë Sisters가 창조한 것보다 더 개인적 비극과 문학적 흉조로 얼룩진 배경이 있을까? 샬럿Charlotte Brontë, 에밀리Emily Brontë, 그리고 앤Anne Brontë. 이 세 자매의 나이 차는 네 살이 채 안 되기에(술과 약물에 재능을 탕진했던 브랜웰Branwell Brontë은 샬럿과 에밀리 사이에 태어났다), 서로 성격이 전혀 달랐음에도 우리는 그녀들을 마치 한 묶음의 종이인형처럼 엮어서 생각하기 쉽다. 아무도 마흔을 넘기지 못했다. 에밀리는 서른에, 앤은 스물아홉에, 다섯 달 간격을 두고 결핵으로 죽었고(브랜웰은 에밀리보다 석 달 앞서 서른한 살로 죽었다) 자매들 중 유일하게 결혼을 했던 샬럿은 임신 초기의 몸으로 서른아홉 직전에 죽었다. 하지만 그녀들의 유산은 형제자매 작가들의 역사에 있어서 개별적인 재능은 물론 불합리한 상황에 맞선 상상력의 승리라는 차원에서도 유례가 없을 정도이다.

세 자매에게 주어진 여건은 불리했다. 가문이 인정한 천재 브랜웰은 아버지에게서 고전 교육을 받고 런던으로 건너가 집안 돈으로 화가의 꿈을 펼친 반면, 자매들은 자존심만 강할 뿐 가난한 집에 남아 가정교사나 선생 같은 초라한 일자리를 찾아야 했다. 셋 다 야망과 독립성 양면에서 인습적이지 않았으며, 에밀리와 앤은 여성적 매력이 없지 않았으나 아무도 진짜 미녀라고 할 수는 없었다. (샬럿이 커러 벨Currer Bell이란 남성 가명을 벗어던지고 '커밍아웃'을 했을 당시 만찬을 열어주었던 새커리William Thackeray는, 그녀를 가장 힘들게 하는 것이 남자를 얻을 만큼 예쁘지 않다는 사실이라고 믿었다.) 하지만 여성에 대한 시대와 장소의 억압에도 불구하고(빅토리아 시대 영국은 가장 고압적으로 가부장적이었다), 가냘픈 체구와(샬럿은 키가 5피트도 안 됐다) 섬세한 감성의 이 젊은 여성들 세 명은 동시대 문인들의 체면을 깎을 만큼 대담한 독창성과 매혹적인 인물 설정을 오늘날까지도 보여주는 장편소설 몇 편을 용케 써냈다. (앤의 장편소설《애그니스 그레이Agnes Grey》와《와일드펠 홀의 세입자The Tenant of Wildfell Hall》는 대담한 작품임에도 언니들의 작품에 밀려 늘 무시되어왔으나, 출간 당시에는 더욱 충격적으로 받아들여졌다.) 그중에서도 샬럿의《제인 에어Jane Eyre》와 에밀리의《폭풍의 언덕 Wuthering Heights》두 편은 문학사상 걸작으로 이미 인정받았으며 디킨스Charles Dickens와 조지 엘리어트George Eliot의 소설과 동등한 위상이라고 주장할 만하다. (《제인 에어》는 본래 '자서전'으로 알려졌지만, 샬럿이 가장 아리게 자신을 드러낸 작품은 사실《빌레트Villette》이다.)

루카스타 밀러Lucasta Miller의 《브론테 신화Brontë Myth》는 브론테 자매의 "외로운 황야에서의 삶"으로 인해 그들 모두가 죽기도 전에 벌써 신화 창조 과정이 시작됐다고 주장하는, 참으로 재미있고 매혹적이기까지 한 저서이다. 가문의 역사 구석구석에 불운이 도사리고 있었다는 사실도 거기에 일조했다. 샬럿이 다섯 살 때 어머니가 죽었고, 또한 그로부터 4년 안에 열한 살과 열 살 언니들이 훗날 《제인 에어》의 끔찍한 로우드 학교로 불멸화될 기숙학교의 비참한 환경 때문에 죽었다. (샬럿과 에밀리도 이 학교에 잠깐 다녔다.)

아버지 패트릭 브론테Patrick Brontë는 요크셔의 황야 뒤편 공동묘지를 면해 세워진 마을 목사관 하워스 저택의 부목사였다. 독신녀 이모와 가정부 태비에 의해 길러지고 완전히 안정된 사회계급이 아니라는 이유로 마을에서 벌어지는 일들로부터 차단된 채(장학금으로 케임브리지 대학에서 공부한 패트릭 브론테는 본래 미천한 아일랜드 혈통이었는데 변변찮은 브런티Brunty라는 성을 버리고 그리스어로 '천둥'을 의미하는 위풍당당한 성 브론테로 개명했다) 남은 네 형제자매는 서로에게서 벗을 찾았다. 패트릭은 알려진 것만큼 정신이 이상한 인물은 아니었던 것 같다. 줄리엣 바커Juliet Barker가 초인적인(그리고 때로는 근시안적인) 연구 끝에 1997년 전기 《브론테 일가-문학 속의 삶The Brontës: A Life in Letters》을 발표하면서부터 이미지가 조금 쇄신된 것 같지만, 그래도 무엇보다 혼자 식사하기를 좋아하는 등 기이한 습관들을 지닌 괴상한 인물이었던 것만은 부인할 수 없다.

아이들은 종이쪼가리에 아주 작은 글씨로 정교하고도 무시무시한 환상 세계를 창조하며 놀았는데 그중 '앵그리아'와 '곤달'은 아직까지도 전해진다. 자매들이 지닌 문학적 재능의 기원은 어린 시절에 쓴 글에서 확실히 찾을 수 있는데, 놀라운 사실은 그들이 수많은 역경에도 글을 써가며 버텨냈다는 점에 있다. 그들의 역경으로는 브론테 가문에서 글을 쓴다는 것이 "대체로 남성의 영역"이었다는 사실, 이모와 가정부가 죽은 후 아버지와 집안을 돌봐야 했다는 점, 그들의 작품에서 나타나는 정도의 불안(특히 샬럿이 근심에 시달렸지만 그럼에도 불구하고 자신과 여동생들을 위해 전문 작가로서 사회적인 역할을 수행했다는 것이 더욱 감동적이다), 그리고 외부의 방해 등이 있었다.

밀러는 이 마지막 요소를 특히 잘 보여주는데, 그러면서도 남성 위주인 기성체제의 모욕을 나열하며 비틀린 자부심을 느끼는 독단적인 젠더 연구자들의 방법론에 빠지지 않는다. 샬럿의 작품에 부정적인 반응을 보였거나 작품 쓰기를 중단하라고 권유한 사람들 중에는 일찍이 브랜웰의 시를 칭찬했던 유명한 시인의 아들 하틀리 콜리지Hartley Coleridge, 그리고 샬럿이 기숙학교 교사로 일하며 쓴 시 몇 편을 보냈던 계관시인 로버트 사우디Robert Southey가 있다. 사우디는 그녀가 "시를 쓸 능력"을 갖고 있다는 것을 인정하면서도 "문학은 여자로서 할 일이 못 될 뿐만 아니라 되어서도 안 된다"고 엄숙하게 훈계한다. 밀러는 샬럿을 대신하여 한바탕 성을 내고픈 충동을 억누른다. 그리고 사우디가 "명성에 대한 욕망이란 젊은 여자보다는 젊은 남자가 드러낼 때 그나마 용서할 만하다고 생각했는지 모른다"고 추측하면서, 샬럿이 서둘러 시인에게 자기 내면의 소화 장치를 알리며 안심시켰음을 아울러 전한다. "나는 선입관이나 기벽이 드러나는 것을 조심스럽게 피합니다. 그런 것들은 함께 사는 사람들에게 내가 추구하는 것의 본질을 의심하게 만들지 모르기 때문이죠…. 나는 나 자신을 부인하려고 노력합니다."

밀러의 문체에는 생동감과 품위가 있지만, 이 작업에는 많은 연구와 사고가 소요됐다. 그녀는 머리말에 "브론테 자매들에 대한 전기라기보다는 전기에 대한 책, 즉 메타전기"라는 말로 이를 정확히 표현한다. 이를 위해서 그녀는 "출처가 의심스러운 이야기와 터무니없는 주장의 사례들로 가득한" 그리고 헨리 제임스가 "참으로, 우리의 멋진 대중에 의해 문학에 있어 성취된 가장 완전한 지적 뒤죽박죽을(너무 심한 표현이 아니라면) 형상화"하는 "미혹된 심취"라고 표현한, 문학 중대 산업의 출현을 보여준다.

이 뒤죽박죽은 샬럿 본인에 의해, 그리고 "시골 목사의 가장 정숙한 독신녀 딸"이라는 사회적 페르소나의 세심한 구축에서 시작되었고, 이 페르소나는 밀러가 지적하듯 "그녀 소설의 용인되기 어려운 요소들로부터 주의를 돌리고 그녀의 개인적 도덕성에 대한 공격을 모면하는 일종의 '보호막'"으로 기능했다. 하지만 브론테 자매들을 숭배하는 열혈 팬들(이를테면 1994년 샬럿이 못생겼다고 쓴 신문 기사에 대한 항의로 브론테 학회의 모임을 방해했던 과거 '지옥의 천사들Hells Angels' 일원)은 물론이고 에밀리 브론테 비누("거친 황야의 잡히지 않는 향기") 또는 브론테 천연광천수의 마케팅 같은 전면적인 브론테 열광으로 만개한 현상은 엘리자베스 개스켈Elizabeth Gaskell의 획기적인 전기《샬럿 브론테의 일생The Life of Charlotte Brontë》에서 첫 시동이 걸렸다. 샬럿이 죽고 2년 후인 1857년 출간되었으며 시적·심리적 묘사에 대한 문학 분석을 피하는 화려하고 현장감 있는 문체의 이 책은 밀러에 따르면 "거의 틀림없이 19세기 영국의 가장 유명한 전기"이며 "브론테 자매 우상화의 의제를 확립했다." 이 전기는 즉각적으로 선풍을 일으켰다. 그리고 실제와는 다소 거리가 있지만, 사건들에 대한 저자의 성인전적 관점은 주제 인물의 참여와 인도로 줄곧 윤색되었다. 개스켈은 샬럿의 일생을 지배했던 불같이 낭만적이고 이지적인 열정에 반대되는 '여자다움'과 '자기부정'에 이끌리는 고귀한 성향을 집중적으로 강조했다.

개스켈의 재활 프로젝트에 스며있는 찬양과 미화 본능으로 브론테 전기의 '보랏빛 헤더 학파'가 창시되었으며 이후로 한 세기 반 동안 시대의 유행 이념에 따라 모방과 반박과 시정과 패러디가 계속되었다. 이제는 전기, 비평, 소설, 희곡, 동화, 영화, 정신분석적 질문들이 수없이 널려 있다. 그것들은 저마다 이 자매들의 천재성의 근원을 찾아내려 한다. 브론테 자매들 중 가장 파악하기 어려운 이가 쓴 가장 불가해한 소설에 대한 비평가 J. 힐리스 밀러J. Hillis Miller의 지혜로운 논평에도 불구하고 말이다. "《폭풍의 언덕》의 숨겨진 진실은… 숨겨진 진실이 없다는 것이다." 브론테 자매에 대한 해석들은 순전히 재미를 위한 것도 있고(《매서운 표정Withering Looks》이라는 두 여자를 위한 풍자극과 장편소설 《브론테 자매는 울워스에 갔다The Brontës Went to Woolworth's》) 무거운 것도 있으며(《샬럿 브론테의 죽음의 세계Charlotte Brontë's World of Death》와 《고적감을 나눠라Divide the Desolation》라는 장편소설) 선정적인 것도 있다(《샬럿 브론테의 범죄들The Crimes of Charlotte Brontë》은 에밀리가 여러 해 기다린 끝에 샬럿과 결혼한 부목사 보조 아서 니콜스Arthur Nicholls의 아이를 임신한 뒤 피살되었다는 얼토당토않은 주장을 편다).

밀러는 1946년 작 워너브라더스 영화 〈헌신Devotion〉의 우스운 장면을 소개한다. 말수가 적고 매우 영국인다운 니콜스를 "엉뚱하게도 호주 억양을 지닌 폴 헨리드Paul Henreid"가 연기하고, 그는 레트 버틀러에게 더 잘 어울릴 대사를 한다. 이를테면 온실에서 샬럿에게 키스한 다음 이렇게 선언하는 것이다. "당신같이 성격이 삐딱한 젊은 여자를 다루는 방법은 두 가지가 있소. 내가 여자를 때리는 사내가 아닌 것을 다행으로 여겨야 할 거요." 하지만 학문으로서 받아들여진 "충격적인 전설 만들기"의 가장 우스운 사례들은 "영국 문학의 스핑크스"라 불려온 에밀리의 연애생활에 대한 달아오른 짐작과 관련되어 있다. 밀러는 대단히 재미있어하며, 1936년 버지니아 무어Virginia Moore가 1차 자료에 "특별하고 공손한" 주의를 기울인 엄격한 고찰을 표방하면서 출간한 에밀리의 전기 《에밀리 브론테의 삶과 간절한 죽음The Life and Eager Death of Emily Brontë》을 끄집어낸다. 무어는 브론테 자매 중 가장 알기 힘든 사람의 사라진 연인을 밝혀내려는 정열에 눈이 멀어, 에밀리의 미발표 시 한 편의 제목 〈사랑의 이별Love's Farewell〉을 〈루이스 파렌셀Louis Parensell〉로 오독했다. 밀러는 "전설의 루이스는 그렇게 〈포이트리 리뷰Poetry Review〉의 서간문 페이지에서 풍성한 추측 속의 존재로 살게 되었다"고 쓴다. 어느 필자가 일기의 대수롭지 않은 한 구절을 탐정처럼 해독한 결과를 바탕으로, 두 연인이 어디서 만났을지 암시하는 글을 기고했던 것이다. 이 발견만으로는 성이 덜 찼던 무어는 또 하나의 음험한 비밀을 파헤쳐서, 에밀리가 "오직 여자들에게서만 쾌락을 느낄 수 있는 성가신 여자들 중 하나"였다고 제안한다.

《브론테 신화》는 흠잡을 데가 별로 없는 책이다. 굳이 흠을 찾자면 앤의 희미한 존재를 안개 밖으로 끌어내어 정중하고도 재미있는 조사의 대상으로 삼지 못했다는 정도일 것이다. 그리고 구성상의 원칙이 다소 불확실하여 야심찬 의제를 저해한다는 문제도 있다. 하지만 이런 것들은 트집에 지나지 않는다. 그들을 다룬 1931년 작 장편소설의 "대단한 가족이야! 설사 그들이 글을 한 줄도 안 썼다 하더라도, 대단한 이야기잖아!"라는 구절처럼 브론테 자매는 끊임없이 흥미를 자아내는 주제이며, 밀러의 책은 이 계속되는 문학적 대화에 대한 뒤죽박죽이 아닌 훌륭한 공헌이다.

흙에서 흙으로의 무상함

W. G. 제발트

    우리는 작품을 통해 삶에 대한 애수적인 시각을 제시한 작가의 비극적인 종말을 어떤 섬뜩한 전조로부터 읽어냄으로써 운명의 자의성을 헤아려보려 하게 된다. 알베르 카뮈Albert Camus가 그렇듯(마흔여섯에 요절했다) 2001년 12월 쉰일곱 나이에 교통사고를 당해 죽은 독일 작가 W. G. 제발트Sebald도 마찬가지다. 생전에 출간된 장편소설 네 권에 만연한, 거의 의기양양하다고 할 만한 날카로운 사멸의 예감은 놀랄 만큼 빠른 속도로 지상의 도덕적 중대성을 말하는 근엄한 문학의 목소리로 그의 명성을 확립시켜주었다.

    제발트의 작품은 탄식 또는 만가처럼 읽힌다. 실존 자체가 흙에서 흙으로 돌아가는 여정의 간이역 이상이 아니며("우리는 평생 동안 바닥에 엎드려 누운 채 죽어간다") 자신은 이미 오래 전에 작별을 고했다는 것 같다. 그의 책들은 방식에서는 조금 다를지라도 모두 다 상실에 대한 잿빛 예감을 묘사한다.

제발트의 늦은 시작을 고려하면(40대 중반에야 소설을 쓰기 시작했다), 그의 우울한 문학이 급속히 부상한 것은(영국이나 미국에서와는 달리 조국 독일에서는 그만큼 존중이나 관심을 받지 못했지만) 더욱 인상적이다. 그의 생애에 대한 세부 사실들은 많이 알려져 있지 않고 그나마 알려져 있는 사실들도 확실치 않아 신비감을 더한다. 그는 1944년 바이에른 알프스의 작은 마을에서 태어났다. 그의 아버지는 베르마흐트에서 복무했으나 포로수용소에서 돌아온 이후 참전 경험에 대해서는 침묵으로 일관했다. 제발트는 20대 초반 영국의 서퍽 주로 건너가 30년간 이스트 앵글리아 대학에서 교수로 일하다가 대학 산하의 영국 문학번역원 초대 원장이 되었다.

탁월한 작품은 항상 그 기원이나 영향과 상관없이 독창적으로 보이는 법이지만, 제발트의 작품은 어떤 각도로 보나 이 점을 반영한다. 그의 세계관은 쇼펜하우어Arthur Schopenhauer에서 파생되었고 문학적 친밀성을 따지면 아달베르트 슈티프터Adalbert Stifter, 하인리히 폰 클라이스트Heinrich von Kleist, 로베르트 무질, 그리고 특히 토마스 베른하르트Thomas Bernhard 등을 거명할 수 있으나, 그의 어투를 보면 거의 선례가 없는 것처럼 느껴진다. 두서없고도 희한하게 격식을 차린(한 독일 비평가는 턱시도를 입은 산문이라고 묘사했다) 그의 문장은 일반적인 서사의 요건들을 무시하고 그 대신 스토리텔링의 분주한 충동 위로 어렴풋이 보이는 공동묘지의 침묵에 이끌린다.

혼자서 산책하거나 여행하며 대면하는 것이건, 그의 종말론적 꿈속에 나타나는 것이건, 제발트 작품의 풍경들은 나무 한 그루 없는 황야와 허물어진 벽들로 점철되어 있다. (자연주의자 성향이 강했던 제발트는 혹독한 세계관에 생기를 주는, 구름이며 청어의 인광성 광채 따위에 대한 서정적인 묘사를 군데군데 선보이기도 한다.) 그가 들르는 도시들은 유형자들의 유령 같은 자취와(나치의 그물망을 피해 탈출한 유대인들의 경우가 많다) 발전의 북소리나 정복자들의 변덕이 지나간 후 남은 황량한 철도역, 허물어져가는 건물, 텅 빈 마을을 떠도는 이주자들과 세상을 버린 기인들로 가득 차 있다. 그의 글속에 검은 색종이 조각들처럼 대수롭지 않게 흩뿌려진 고적한 방백들 중 하나를 보자. "태곳적부터 인류 문명은 시간이 갈수록 더욱 강렬히 밝아지며 언제 이울지 언제 시들어갈지 아무도 알 수 없는 기이한 발광에 지나지 않았다."

제발트의 책들은 통상 장편소설 또는 '산문 픽션'이라 불린다. 그의 화자들이 빤하게 자전적이라는 점, 그리고 그가 자신의 작품이 어느 장르에 속한다고 뚜렷하게 규정한 바 없다는 사실에도 불구하고 그러하다. 이 작품들은 하이브리드라 불리는 사실과 허구 사이 갈라져 있는 틈에 해당하는데, 다시 말하면 진실을 말하고자 하는 의무에 헌신하면서도 그것으로 인해 방해받지는 않는다는 뜻이다. 책 중간에는 희미하고 설명이 붙지 않은 흑백사진, 신문기사 사본과 손으로 쓴 메모, 영수증과 일정표와 티켓 들이 배치되어 있는데 텍스트와 연관이 있는 경우도, 그렇지 않은 경우도 있다. 제발트는 단락 구분과 인용부호 같은 독자 배려 차원의 기초적 장치들을 조용히 제거한다.

긴 독백들 속의 문장들이 도무지 정신을 못 차리게 하기도 하고, 일인칭 화자 시점에서 진행되던 서사가 느닷없이 삼인칭 화자의 의역으로 뒤바뀌기도 한다. 그는 줄거리가 주는 탄력 대신 우연 및 유사성의 반복되는 쇄도로부터, 그리고 세기와 대륙을 가로지르는 우연한 동시발생의 전율로부터 추진력(또는 그 결핍)을 끌어내는 브리콜라주에 의존한다. (그의 생전에 출간된 마지막 작품이자 가장 이해하기 쉬운 편인 《아우스터리츠Austerlitz》는 이 점에서 다소 예외로, 인물 창조와 사건 전개에 있어 보다 전통적인 방식을 쓰고 있다.) 이처럼 자칫 서툴러 보일 수 있는 접근법은 사실 빠르게 펼쳐지는 추리소설의 줄거리만큼이나 의도적인 것이다. 미국에서 출간된 세 번째 작품 《현기증Vertigo》에서 제발트의 창작 전략이 살짝 드러난다. "8월 2일은 평온한 날이었다. 나는 열어놓은 테라스 문 근처의 탁자 앞에 앉아 서류와 메모 들을 주위에 늘어놓고, 서로 멀리 떨어져 있지만 내게는 똑같아 보이는 사건들 사이의 연결점을 찾았다."

제발트의 전형적 주인공은(그의 실체 없이 떠도는 화자들을 가리키기에는 지나치게 구체적인 표현일지도 모르겠다) 약간 편집증이 있으며 항상 중병에서 회복 중이거나 막 앓기 시작한 것처럼 보인다. 어머니와 함께 보았던 공연에서 포착한 "슬픔에 지친 낙타와 코끼리들"과 같이, 어린 시절로부터 불러내오는 이미지들조차 구제불능의 슬픈 빛을 띤다. 한편 현재 속에서 그는 슬픔을 헤아려가며 확실한 파멸의 전조들을 정관한다. 말할 것도 없이 (황량한 피자 가게들과 손님을 환영하지 않는 호텔들로 가득한) 그가 떠도는 무채색 우주는 비정하고 아이러니한 것 외에는 유머도 좀체 보여주지 않는다. 그저 "얼음처럼 차가운 체리 코카콜라 캔" 또는 "커다란 롤렉스 손목시계" 같은 언급들이 다른 행성에서 날아온 번쩍번쩍하는 잡동사니처럼 지면에서 튀어나올 뿐이다.

소외의 그림자는 제발트가 가는 곳마다 따라다닌다. 여성 혹은 섹스에 대한 언급이 드물고(《토성의 고리The Rings of Saturn》에서 "포옹에서 느끼곤 했던 감각의 맹렬한 당혹감"을 잠깐 내비치기는 한다) 비슷한 곤경에 처했으며 주로 자살하기 직전인 사람들을 빼면 사교적 만남 또한 거의 없다. (미국에서 출간된 첫 번째 작품 《이민자들The Emigrants》의 등장인물 넷 중 셋이 자살한다.) 우리 같은 사람들에게는 쉴 만한 장소라고 하기엔 어려운 공항에서의 시간도 제발트의 경험에서는 거의 몽유병적 분위기를 자아낸다. 인파는 그에게 "진정제를 맞은 것처럼, 또는 연장되고 확장된 시간을 뚫고 움직이는 것처럼" 보인다(그들이 과연 시간에 맞춰 비행기를 타기는 할지 걱정이 될 정도도). 공항은 "중얼대는 속삭임이 가득"하고 대기 자체가 "약음기를 댄 것처럼 기이한" 성질을 지니고 있다. 맥도널드에 들르는 것처럼 평범한 행위마저 무서운 아노미적 분위기를 발산한다. "밝게 불 밝혀진 카운터에 서 있으니 전 세계적으로 수배 중인 범죄자 같은 느낌이 들었다."

《파괴의 자연사에 관하여On the Natural History of Destruction》는 사후 출간된 두 권의 책 중 나중의 것이다. (자전적 산문시 3부작으로, 학술서를 제외하고 그가 최초로 독일에서 출간한 작품인 《자연을 따라After Nature》는 2002년 가을에 미국에서 출간되었다.) 이 책은 네 편의 서로 다른 에세이를 싣고 있는데 뒤에 추가된 두 편은 1999년 독일어로 발표된 글들이다. 하나는 게슈타포와 히틀러의 강제 수용소를 건디고 살아남았으나 1970년대에 자살한 오스트리아 작가 장 아메리Jean Amery에 관한 것이고, 다른 하나는 독일의 화가 겸 작가 페터 바이스Peter Weiss에 관한 것이다. 제발트가 출간된 바이스의 일기에서 인용하고 있듯, 그의 작품은 "망각의 기술"과의 끝없는 투쟁이자 "살아 있는 자들과 우리 안의 모든 죽은 자들 사이의 평형을 유지하기 위한" 시도였다.

《파괴의 자연사에 관하여》에는 앞의 에세이 두 편을 위해 제발트가 썼던 서문이 포함되어 있다. 〈공중전과 문학Air War and Literature〉은 제2차 세계대전 동안 독일 작가들의 침묵에 대해 다룬 것이며, 〈악마와 깊고 푸른 밤 사이Between the Devil and the Deep Blue Sea〉에서는 작가 알프레드 안더슈Alfred Andersch의 손상된 원칙과 외견상 화려했던 이력을 고찰한다. (제발트의 다른 작품들과 달리 어조가 신경질적이며 마치 보복을 위해 쓴 듯이 개인적 원한 같은 것이 감지되는 기묘하고 불편한 글이다.)

제발트의 모든 작품이 우발적 분위기를 담고 있다고 할 수 있지만, 이 얇은 책은 명백히 예정에 없던 출간이었다. 따라서 공정히 말해 작가의 최고 기량을 보여주진 못한다고 하겠는데, 바로 이처럼 대략 구색을 맞춰 나온 책이라는 성질로 인해 독자는 위험한 국가적 유산에 대한 편향된 접근법, 일종의 내밀한 역사를 즐겨 다루는 경향, 그리고 자신의 개인적·국가적 기원과의 불편한 관계 등 지금까지 간과되었을지 모를 제발트의 문학적 갑옷에 난 틈새들을 발견할 수 있다.

이 모음집의 중심 에세이 〈공중전과 문학〉은 제발트가 1997년 취리히에서 가져 논란을 불러왔던 일련의 강연들을 바탕으로 씌어졌으며, 〈뉴요커〉에 발췌 소개되기도 했던 《이민자들》을 시작으로 제발트의 문학을 점령했던 독일 문화 및 특성에 대한 비난을 고려하면 다른 각도로 독자에게 다가온다. 《이민자들》에서 그는 제3제국과 "모든 것을 청소한" 그 소름끼치는 효율성에 대한 의도적 기억상실증을 놓고 자국민들을 공박한다. 이와 비슷하게 《현기증》에서도 30년만의 첫 고국 방문을 숨김없는 혐오감으로 소환한다. 마을의 여자들을 "거의 예외 없이 작고 가무잡잡하고 머리숱이 적으며 심술궂다"고 묘사하고, 속물적인 아버지는 "희곡을 읽기는커녕 극장에 가볼 생각조차 해본 적이 없을" 사람이라고 비난하며, 거실 벽시계의 "차갑고 애정 없는" 종소리에서부터 화초들이 "엄격히 규제된 화초의 삶을 사는" 장식 선반까지 부모의 게르만적 관습을 혐오에 찬 눈으로 뜯어본다.

그렇다면, 〈공중전과 문학〉이 한 종류의 도덕적 침묵에서(독일인들이 보인 히틀러의 집단학살 정책에 대한 자기 보존적 공모 및 지배자민족 이론에 대한 암묵적 수용) 전혀 다른 종류로(독일도 연합군의 폭격에 고통을 받았다는 전후 회피로 이끈 "기이한 자기마취 능력") 질문의 책임을 뒤바꿔놓음으로써 기억의 문제점을 완전히 다른 면에서 부각시킨다는 점은 더더욱 놀라운 일이다. 제발트는 민간인 60만 명의 목숨을 앗아가고 350만 채의 집을 파괴하여 노숙자 750만 명을 낳은 공습의 폐허를 인정하지 못하는 자기 나라의 작가들을 비난한다. "그것은 집단의식에 고통의 흔적조차 남기지 못한 것 같고, 관련된 사람들의 회상에서 거의 지워졌으며, 우리나라의 내부 조직에 대한 논의에서 이렇다 할 부분을 차지하지 못했다." 그는 나치 시대에 대한, 그리고 영국과 미국이 할당한 "역사적으로 선례가 없는 차원"의 징벌에 대한 자신의 지식 부족을 바로 불쾌한 기억을 차단하고 제어하기 어려운 정신에 질서를 부여하는 독일인 특유의 능력 탓으로 돌린다.

그의 논조는 미묘하게, 그러나 중대하게 변화해왔다. 근래 홀로코스트에 대한 독일 문헌들에 등장한 수정주의적이고 다소 평판이 나쁜 사조와 유사하게, 제발트도 더이상 그의 부모 같은 사람들이 집단학살을 초래한 피에 굶주린 철학을 못 본 척하도록(또는 노골적으로 포용하도록) 만들었던 세대 간 병리학("거의 완벽하게 기능하는 억압의 메커니즘"에 기초한)에의 직면을 요구하진 않는다. 그 대신 이제 '조국 Fatherland'(독일적 뿌리로부터의 완강했던 분리를 생각할 때 기이한 명명법이다)의 시민들에게 지워진 역사의 짐이 또 다른 종류의 화장터에서, 즉 함부르크와 드레스덴 폭격이라는 "명백한 광증"으로 초래된 "지옥"에서 살아남은 그들의 운명을 말할 때 빠지지 않고 거론된다.

제발트는 연합군의 공격을 유발한 불변의 현실을 충실히 인정하면서도("수백만 명의 사람들을 수용소에서 살해하거나 강제노동으로 죽어가게 한 나라"), 히틀러 통치기간의 끔찍한 공포는 충분히 속죄되었으며 이제는 한 종족의 죄상들을 젖혀두고 대신 인간 고통의 보편적 본질에 집중할 때가 왔다고 주장하는 것 같다. 자칫 그 함의를 놓치기 쉬운 날쌘 솜씨로, 제발트는 독일인들을 무방비의 민족을 희생시킨 죄인이기보다는 "무방비 도시들"에서 희생되고도 애도조차 받지 못하는 대상으로 바꿔놓는다.

우리가 지나간, 지나가는, 그리고 닥쳐올 공포에 맞서 잠시 세상을 살아간다는 그의 격변설적 시각은 재앙의 원인론에 대한 여지도, 어떤 확실한 위계의 정당성에 맞추어 우리의 제한된 연민과 동정을 모아둘 공간도 남겨두지 않는다. 정교한 공습 기술을 최초 개척한 것도,

민간인을 최초로 겨눈 것도 (로테르담에서) 히틀러였음을 고려하면 독일인 사상자들에 대한 우리의 동정이 그렇지 않았을 경우보다 덜하다는 것이 이해될 만할지도 모른다. 하지만 제발트의 세계에서 종말은 항상 대략 가까이 왔으며 우리 모두는 대략 학살될 운명의 유대인들이다.

《파괴의 자연사에 관하여》는 보다 전체적이고 포괄적인 죄의 근본을 상정함으로써 아버지의 죄를 아들에게서 사면하고자 시도하는 복잡한 변명의 책이다. 또한 무엇보다도 가족들과 함께한 초기 경험이 남긴 영향, 그리고 지성과 감정 사이의 해소되지 않은 갈등의 강력한 지배력에 대한 증언이다. 이는 곧 제발트처럼 본인의 동기에 대해 세심하고 개인적 의도로부터 자유로워 보이는 작가조차 본인이 표면적으로 부정했던 부모의 오명을 거둬주고픈 욕구를 갖고 있을지 모른다는 반증이기도 하다. (그는 자신의 어머니와 아버지가 "새롭게 도래하는 무계급 사회를 대표하는 평균적 부부의 취향과 모든 면에서 부합해야만 했던 그들의 주거지에 꼭 맞는 거실 가구의 취득"에서 느끼는 심오한 충족감을 냉혹하게 관찰한다.) 그는 또한 자신의 불가해한 주의 부재와 기억 쇠퇴를 해명하려 하고 있는 것인지 모른다.

하지만 특정 시기의 불연속성과 의식적 회상의 오류에 대한 확신으로 그는 곤란한 상황이 된다. "시각의 왜곡"에 바탕을 둔 "의기양양한 역사적 개관"에 아무리 회의적일지라도, 그처럼 인류학적 성향을 지닌 작가에게 사용 가능한 자료라곤 기억의 교활한 술책밖에 없다. 《아우스터리츠》에서 볼 수 있듯 때때로 제발트는 우울증을 편리하게 이용할 줄 알았다. 제발트를 둘러싸고 평생 끊임없이 수많은 논란이 일어났는데 그중 하나를 예로 들어보자. '어린이 이송Kindertrasport'의 생존자인 수지 베크회퍼Susi Bechhöfer는 자신의 회고록에 수록된 경험들을 제발트가 사실상 알리지 않고서 도용했다고 주장했다. 제발트는 결국 그녀의 편지에 대한 회신에서 실제로 그녀의 책을 읽었으며 자크 아우스터리츠의 회상의 바탕으로 사용했음을 시인했다.

제발트의 작품을, 치료 가능한 기분장애를 "마치 세상이 유리 종 아래 있는 것처럼" 보편적 엔트로피로 오인하는 남자가 어두운 렌즈를 통해 바라본 광경으로 읽을 수 있겠다는 생각이 든다. 그의 작품에 대한 지식인연하는 이들의 열광에 서린 수상한 기운을, 그것이 정녕 심오한 작품인지 아니면 무자비하게 염세적인지에 대한 약간의 우려를 고찰해보는 것도 도움이 될 것이다. 음울한 책상머리 지식인이 아니면 그 누가 "말없이 안락의자에 앉아 시간을 보내는 한두 명의 살아남은 어부와 뱃사람을 빼면 거의 늘 텅 빈" 사우스볼트의 선원도서실을 "가장 좋아하는 곳"으로 꼽는 화자에게 마음을 열겠는가. 하지만 제발트를 우울증 환자로 일축하는 것은 단순히 개인적인 영역을 넘어 원초적인 실존적 절망을 탐구하는 그의 위대함의 큰 부분이라 할, 스스로도 시인한 바 있는 황폐한 재능을 무시하는 일이다. 나는 그를 어둠과 친했던 사람으로, 밤중에 짖어대는 미친개와 더 친숙해지기 위해 온 세상이 꿈을 꾸고 있을 때 홀로 깨어 있었던 외로운 야경꾼으로 생각한다.

참패한 예술가의 초상

헨리 로스

　　창조의지에 대한 인정사정없는 옹호와 그만큼 강력했던 자기방해로 특징지을 수 있을 헨리 로스Henry Roth는 현대 미국문학에 있어 가장 헷갈리는 인물 중 하나다. 한편으로는 가장 숭고한 예술적 의도들로, 다른 한편으로는 몹시 추잡한 개인적 충동들로 가득한 로스의 부조화하고 분열된 삶은 우리가 인간 행동의 바탕이 된다고 믿고 싶어 하는 내적 응집성의 환상을 부순다. 1995년 여든아홉의 나이로 사망하기까지의 길고 고통스러운 삶 동안에도, 한 권의 히트작을 써내고 난방이 안 되는 메인 주의 숲속 오두막으로 떠난 로스의 괴상한 작가로서의 이력은 경고성 교훈의 분위기를 띄었다. 어떤 성격 변이로 인해 로스는 문학 유망주라는 위상을 저버리고 시골뜨기 양키의 페르소나를 선택하여 '로스 물새'라는 이름의 가게에서 말없이 새의 털을 뜯으며 생계를 이었을까? 또는 스티븐 G. 켈먼Steven G. Kellman의 흥미진진한 로스 전기 《구속Redemption》에서 로스의 여동생 로즈Rose가 말했다고 인용되듯 "어떻게 신이 내린 재능을 포기하고 닭이며 오리들과 노닥거릴 수 있었을까?"

로스는 스물여덟 살이던 1934년 출간된 《잠이라 부르자Call It Sleep》로 눈부신 가능성의 첫 징후를 보여주었다. 소설은 뉴욕이라는 녹록치 않은 도가니에서 성장하는 소년 데이비드 셜의 끔찍한 관점에서 전개된다. 데이비드는 동유럽에서 건너와 아이러니컬하게도 '골든 랜드'라 이름 붙여진 브라운스빌과 로어이스트사이드의 값싼 아파트에 정착했지만 아직도 이디시어를 사용하는 이민 가정의, 반은 사랑받고 반은 학대받는 외아들이다. 과민한 여덟살배기는 잔인하고 무책임한 아버지 앞에서 위축되고, 불행하며 극도의 혼란에 빠진 어머니에게서 사랑과 보호를 찾는다. 상냥하고 위안을 주는 그녀의 존재가 없으면 그는 어쩔 줄을 모른다. "아침이 올 때까지 어머니를 보지 못할 것이었으며, 어머니가 없는 아침은 아득하고 불확실했다."

첫 장의 첫 문장에서부터, 독자는 데이비드의 안구 뒤에 웅크려 앉아 그의 욕구와 소망 따위는 안중에 없이 위협적으로 떠오르는 우주를 함께 바라다본다. "주방 싱크대 앞에 서서 저마다 물방울 하나씩을 콧등에 달고 아주 멀리서 번쩍거리는 밝은 빛의 놋쇠 수도꼭지들을, 그 물방울들이 천천히 부풀어 올랐다 떨어지는 모양을 바라보며, 데이비드는 이 세상은 자신에 대한 배려 없이 창조되었음을 다시금 깨달았다."

진정으로 다문화적인 장편소설 《잠이라 부르자》에는 즉각 알아볼 수 있는 장중한 야망이 담겨 있었다. 한 평론가는 "제임스 조이스의 탁월한 제자"라며 로스를 칭찬했고, 다른 평론가는 "지금까지 나온 책들 중 미국 빈민가에서 보낸 어린 시절을 가장 정확하고 심도 있게 보여준 작품"이라고 호평했다. 하지만 미국이 대공황의 구렁텅이에 빠져 있던 시기에 출간된 탓에 책은 2천 권도 팔리지 못한 채 사라져 버리고 말았다. 공산당의 열혈 신입회원이던 로스에게는 더 뼈아프게, 마르크스주의 간행물 〈뉴 매시스New Masses〉는 이 소설이 노동계급 배경을 정치적으로 충분히 활용하지 못했다며 비난했다. 이 서평을 쓴 필자는 작품이 부르주아적 유미주의라는 치명적 결함을 갖고 있다고 느꼈으며 "내관적이고 초조하다"고 평가했다. (그는 또 《잠이라 부르자》가 지나치게 섹스를 부각시키고 있다고 말했는데, 아마도 자본주의적일 〈뉴욕 타임스New York Times〉의 비평가 또한 "괜찮은 책이지만 의도적으로 그리고 이를테면 집요하게 상스러운 언어로 더럽혀졌다"고 평하며 비슷한 의견을 제시했다.)

켈먼이 서문에서 지적하듯 《잠이라 부르자》는 "문학적 명성이라는 변덕스런 메커니즘에 대한, 좌익 문화의 퇴조에 대한, 그리고 민족성의 창시에 대한 사례 연구를 보여준다." 이중에서도 마지막 두 가지는 특히 중요한 요소이다. 근사한 디자인의 페이퍼백으로 출간된 1964년에야 이 소설의 중대한 성취가 분명해졌고 미국의 이민 경험에 대한 고전적 발화라는 찬사를 받았다. (〈뉴욕 타임스 북 리뷰The New York Times Book Review〉 제1면에 어빙 하우Irving Howe의 격찬이 실렸다.) 《잠이라 부르자》는 베스트셀러가 되는 동시에 문학사를 논할 때 빠지지 않는 중요 작품으로 자리를 잡았다. 하지만 "침묵, 유형, 그리고 물새 사냥"으로의 로스의 퇴각도, 오랫동안 무시된 소설의 재발견도(로스는 만년에 '승리의 문전에서 패배를 쟁취하는 특유의 방식으로' 이 작품에서 스스로를 분리시키고자 무진 애썼다) 이야기의 끝은 아니었다. 잠자던 문학의 거성이 수천 페이지의 지면을 뚫고 울려 퍼지는 최후의 포효를 발하면서 마지막 순간에 반전이 찾아온 것이다.

1994년,《모리스 산 공원 위에 별이 빛난다A Star Shines over Mt. Morris Park》를 시작으로 모두 여섯 권 분량 가운데 네 권이《무례한 흐름의 자비Mercy of a Rude Stream》라는 제목으로 묶여 나왔다. 이 눈부신 만년의 작품을 빼고 작가로서 로스가 지닌 재능의 범위와 그것을 저버리기로 했던 결심의 파토스를 제대로 가늠하기란 불가능하다.《무례한 흐름의 자비》는 제어할 수 없는 천재성과, 포착하기 어렵고 추한 문제의 핵심에 도달코자 하는 이 시대 문학에서 유례를 찾기 힘든 투박한 고집으로 써낸 작품이다. 네 권 모두 (그중 제2권《허드슨 강의 다이빙 바위A Diving Rock on the Hudson》와 제3권《굴레로부터From Bondage》가 가장 뛰어나다) 기록에 대한 거의 광적인 욕구를 보여준다. 본래 수다스러웠으나 입이 봉해졌던 남자가 마침내 언어의 자유를 얻은 것 같다.

군데군데 경직된 문장도 포함되어 있지만,《무례한 흐름의 자비》는 감퇴하지 않은 로스의 서정적 재능과 대화 기술 또한 보여준다. 계급 및 인종에 관련된 무시를 포착하는 날카로운 사회적 촉각, 심리학적 명민함, 묘사의 에너지, 그리고 그의 문장에 깃든 강제적 내밀함이라고밖에 할 수 없을 어떤 것. 하지만 가장 놀라운 것은 이 투명하게 자전적인 연작소설이 로스 자신의 성격이 지닌 구질구질한 측면과

싸운다는 점인데, 이는 젊은 시절 그의 분신인 아이라 스티그먼을 통해 드러난다. 이 두꺼운 성장소설을 통해 아이라가 겁에 질린 아이에서 신출내기 예술가로 자라기까지의 불안에 찬 여정이 추적된다. (《모리스 산 공원 위에 별이 빛난다》는 《잠이라 부르자》가 끝난 시점에서 1년 후부터 시작하며, 아이라는 분명히 데이비드 셜의 연장선 위에 있다.) 자신의 경험을 미화하지 못하는 것은 로스의 불운, 어쩌면 그의 고약한 재능이다. 옛날의 지저분한 비밀들을 깨끗이 털어놓자는 강박은 각도에 따라 영웅적으로도 가학취미로도 노출증으로도 보일 수 있겠지만, 부인할 수 없는 사실은 그의 이토록 치열하게 반反자기보호적인 솔직성에 비하면 독자들에게 잘 보이려고 곁눈질하는 소위 고백문학이라는 것들의 대부분은 명함도 못 내민다는 점이다.

《구속》은 로스를 둘러싼 미신 몇 가지를 해소시켜주고(그는 무시당한다는 느낌 때문에 작품 활동을 그만둔 '퇴짜 맞은 신동'이었다) 다른 견해들은 확인시켜준다(《잠이라 부르자》의 오이디푸스적 저류는 실제 가족관계에 대한 암시였다). 순전히 선정적인 각도에서 이야기할 때 충격의 정도가 타의 추종을 불허했던, 로스의 왕성하고 격동적인 삶에서도 가장 흥미로운(그리고 불쾌한) 사건은 여동생 로즈와의 10년간에 걸친 근친상간 관계다. 오누이의 관계는 로즈가 열 살, 헨리가 열두 살 때 '더듬기'에서 시작되어 이후 4년 동안 전면적 성관계로 발전해갔다. 로스가 대역 아이라를 통해 묘사하듯 "자기탐닉의 자욱한 구렁텅이"는 그에게 항구적인 공포와 치욕의 감정을 남겨주었고, 그것은 결국 (로스의 생각에 따르면) 그의 뒤틀린 성격과 작가로서의 집필 장애에 원인이 되었다.

물론, 이 도착된 가족 연애가 로스를 침묵시키기만 한 것이 아니라 그를 아프게 하여 가장 정묘한 예술을 불러왔다는 주장도 가능하다. 《잠이라 부르자》에서 그는 여동생을 지워 없애고 자신을 외아들로 등장시킨다. 재미있는 사실은 그 원고를 타자기로 친 것도, 여러 해가 지나 그의 작품이 절판된 후 그를 예찬하는 편집자에게 오빠의 소재를 알려준 것도 바로 로즈였다는 점이다. 그런데 70대 초반에 다시 글을 쓰기 시작했을 때 로스는 무엇인가에 이끌려 이 "영혼의 궤양"을 몹시 사실적인(그리고 그가 지적하듯 과장된) 묘사로 폭로하기에 이르렀다. 제1권에서는 아이라에게 형제자매가 없었으나, 제2권 《허드슨 강의 다이빙 바위》에서 무의식의 폭발과 같이 과거의 돌더미를 헤치고 갑자기 여동생이 나타난다. 자신들의 관계를 알리지 말아달라는 로즈의 애원에도 아랑곳없이 로스는 끝내 이 엄청난 비밀을 털어놓았다. 아버지로부터 단돈 1달러만을 물려받은 그에게 변변찮은 유산의 반을 기꺼이 나누어줄 만큼 헌신적이었던 로즈를 그는 결코 배려한 바 없었다. "내게 그녀는 거의 존재하지 않았어요." 1977년 인터뷰에서 그는 이렇게 말했다. "전혀 중요하지 않았죠."(소송 협박을 받고서야 그는 그녀에게 1만 달러를 지불했고 이후 출간될 책에서는 두 사람의 근친상간 관계에 대한 내용을 담지 않겠다고 합의했다.)

신기하게도(이해한다고 해서 용서한다는 뜻이 아님은 말할 것도 없지만) 부모의 극심한 역기능적 부부관계와 로스 가문의 대체로 외국인 혐오적인 풍토라는 맥락 안에서, 이 근친상간이라는 우회는 인류학적으로 이해되는 측면이 있다. 유대인들의 동족결혼 패턴이 결국 그 논리적인 결론에 이르렀다는 느낌이다. 《허드슨 강의 다이빙 바위》

에서 로스는 "그것은 은밀한 소小가족 같았다"라고 적었다.

켈먼은 로스의 일생을 선정적인 표제기사로 축소시킬 함정을 피하고, 뒤죽박죽 혼란스런 그 노정의 세부를 훌륭한 솜씨로 그려낸다. 전기는《잠이라 부르자》속의 아버지보다도 나쁠지 모를 아버지의 악의에 찬 감시와 그 이야기 속의 어머니만큼이나 자식을 사랑하는 어머니 밑에서의 고달픈 어린 시절에서 시작되어, 연인이자 멘토인 에다 루 월턴Eda Lou Walton의 도움을 통해 예술로 도피하는 로스를 보여준다. 로스는 평생 동안 정서적·경제적으로 그를 도와준 친절한 여자들에 의존하며 살게 된다. 다작하는 작가이자 관대한 선생이던 월턴은 열두 살 연하인 스물두 살의 작가 지망생을 받아들인다. 로스는 월턴과 함께 살며《잠이라 부르자》를 썼다(그리고 그녀에게 헌정했다). 그는 그녀를 통해 그리니치빌리지의 문학인 모임들에 소개되었고 덕분에 마거릿 미드Margaret Mead, 루이즈 보건Louise Bogan 등과 친해졌다. 하지만 로스는 더이상 유용하지 않은 사람들과는 쉽사리 절연했다. 두 번째 장편소설 원고를 혐오감에 차서 태워버리고 허우적거리던 시절, 그는 또 다른 희생적이고 어머니 같은 존재에 의지했다. 1938년 월턴이 거처를 주선해준 야도Yaddo(뉴욕 주에 위치한 예술가들의 작업공동체—옮긴이)에서 그는 뮤리얼 파커Muriel Parker를 만났다. 그녀는 메이플라워호를 타고 아메리카로 건너온 귀족 가문 출신의 재능 있는 작곡가이자 음악인이었다. 그는 자신을 구제해준 인물로 그녀를 손꼽았다. "뮤리얼이 적시에 나를 구해낸 것 같아요." 한 인터뷰에서 그가 한 말이다. "얼마 못 살았을 거예요. 살고 싶지가 않았어요."

두 사람의 51년에 걸친 결혼은 행복한 공생적 결합이었던 것으로 보이지만, 로스의 두 아들이 파고들 틈은 없었는지 그들은 성인이 된 이후 아버지와 멀어져갔다. 음침한 뉴잉글랜드 날씨를 22년간 견뎌 낸 로스는 뉴멕시코 주 앨버커키의 따뜻하고 밝은 기후에 반해서 1968년 아내와 함께 그곳으로 이주하여 이동주택에서 살았다. (모두 가 증언하듯, 로스는 자신이 증오하던 아버지를 닮아 돈 쓰는 법을 몰랐다.) 1990년 뮤리얼이 죽자 슬픔에 빠진 로스는 더이상 글을 쓰지 못하고 자살 충동 우울증으로 6개월간 입원했다. 하지만 본연의 음흉한 힘으로 회복하고 본래 장례회관으로 지어졌던 허술한 벽토 주택에서 생의 마지막 몇 년을 보냈는데, 쿠마이 무녀의 "아포타네인 텔로 Apothanein Thelo" 즉 '나는 죽기를 소망한다'는 선언을 서재에 걸어놓았던 우울하고 병든 작가에게 걸맞은 장소였던 셈이다.

켈먼의 연구는 면밀하지만 여전히 자료 자체에 뭔가 다루기 어려운 면이, 연표가 정리되고 등장인물들이 확립되고 사건들이 묘사된 후에도 로스의 단편적인 서사의 파편들이(그는 《굴레로부터》에서 그것을 "엄중하고 불능케 하는 불연속성"이라고 불렀다) 서로 응집되지 않는 부분이 있다. 로스가 어떤 사람이었는지, 왜 그런 사람이었는지에 대한 미스터리는 해소되지 않는다. 의심의 여지없이 이는 로스가 대부분의 사람들보다도 평생 동안 기질상의 어떤 유연성을, 자신이 시달리고 있다고 믿은 지속적 유치증幼稚症 또는 진정한 다공성에 호소하는 새로운 경험의 각인에 대한 수용성을 유지했다는 사실과 관련되어 있다. 이를 대표하는 사례는 유대인 정체성에 대한 그의 애증 어린 태도다. 그는 열네 살 때 무신론자가 되었고 1963년만 해도 유대인들은 떠돌다 사라지는 것이 최선이라고 생각했지만, 그 같은 과거로부터 완전히 돌아서서 "유배의 불안정성"에 대한 해결책으로서 시온주의를 포용했으며 1967년에 발발한 6일 전쟁 직후에는 유대인 공동체의 가치를 신봉했다.

이유가 무엇이든, 로스의 몹시 변덕스런 본성은 물리적 현장과 심리적 지향 양면에서 수많은 변화를 불러왔다. 그 결과 하나도 놓치지 않아야 한다는, 시시콜콜한 세부 사실들을 낱낱이 기록해야 한다는 강박에 압도된 듯 켈먼의 서사는 다소 어수선하다. 로스가 거쳐 간 일자리만으로도 단락 하나가 소요된다. "로스의 직업에는 소설가와 물새 장수뿐만 아니라 신문판매원, 배달원, 버스 차장, 청량음료 판매원, 배관공 조수, 하수구 청소부, 영어선생, 정밀공구 연마공, 소방관, 단풍당밀 장수, 블루베리 따기, 나무꾼, 정신병원 조수, 수학과 라틴어 가정교사도 포함된다."

로스는 에다 루 월턴에게 이런 편지를 쓴 적이 있다. "정말이지, 예술가란 용케 정신병원에 끌려가지 않은 광인에 지나지 않아요." 로스의 삶을 살펴보면 과연 뭔가 애달픈 부분과 기괴한 부분이 상존한다. 다만 석연치 않은 것은 이 책의 제목이 우리에게 기대케 할지 모르는 교화적인 메시지이다. 분명히 빛나는 순간들과 어두운 순간들이 다 있고, 모두가 실망스럽거나 몹쓸 행동을 하는 것은 아니다. 예외라면 로스의 아버지가 아내가 죽은 후에 헨리의 가족들과 여름을 함께 보내기 위해 내려와서도 "유대인이 아닌 여자와 결혼한, 아무것도 이루지 못할 얼간이"라 부르며 아들을 폄하했다는 사실이다.

하지만 도입부와 종결부를 장식한 문학적 개가에도 불구하고 로스의 일생은 극빈한 출발부터 검약해야 했던 말년까지 암울한 반골 태도로 표면화된 심리적 궁핍의 인상이 짙게 밴, 여러 면에서 무일푼에서 시작하여 무일푼으로 끝나는 이야기다. 이 어둡고 탁한 물속으로 켈먼은 잠입한 것이며, 로스의 전기 집필을 고려했던 레너드 마이클스Leonard Michaels와 선배 로스의 일생을 소설로 쓸 생각을 했던 필립 로스Philip Roth를 비롯한 이전의 작가들이 결국 뒤로 물러났다는 것은 놀랄 일이 아니다. 마이클스는 "주제 인물로 인해 우울해졌다"고 켈먼은 전한다. 전혀 놀랄 일이 아니다.

켈먼의 책은 우리에게 가족 안에서 발생할 수 있는 손상을, 그것이 그 대상에게(그 대상이 재능 있는 사람이라면 더욱) 끼치는 악영향을 몹시 충격적으로 전달해준다. 로스의 경우 그것은 마치 단층선이 관통하듯 저류하는 정서적 불안으로 나타났다. 그는 《허드슨 강의 다이빙 바위》에서 이렇게 쓰고 있다. "슬픔이 그의 안에서 무엇인가를 뽑아갔다. 그는 너무 앞서서 걱정을 했다. 다시 결합되지 않을, 제대로 결합되지 않을 무엇인가를 비집어 엶으로써 약점을, 불행에 대한 고질적인 취약성을 초래한 것 같았다."

상처 입은 예술가라는 개념은(예이츠의 표현대로 '금빛 작품'을 통해 악마를 달래거나 부재를 메우고자 하는 작가나 화가) 진부할 만큼 흔해빠진 것이다. 하지만 로스의 힘겨운 일생과 이력은, 커다란 상처가 반드시 그것을 미적 가치가 있는 무엇인가로 승화시키려는 소망이나 능력으로 이어지는 것은 아님을 상기시켜준다. 로스가 자신의 작품으로 인해 고통을 받았다는 말로는 부족하다. 너무나 고통을 받아 예술에서 든든한 피난처를 찾을 수조차 없었다는 것이 진실에 더 가까울 것이다. 어쩌면 바로 그것이, 지독한 관절염에 시달리며 쇠약하지만 굴하지 않고 소변이 다리를 타고 흘러내려도 교활함을 잃지 않는 한 늙은이에 대한 통렬한 이미지에도 불구하고 《구원》을 읽으며 구원받는 기분이 들기보다도 불안해지는 이유일지 모른다.

자신의 "책을 덮고" 죽고 싶다고 했던 로스는 본질적으로 그 소망을 이뤘다. 하지만 그의 경우, 창조적인 사람들의 대체로 불행한 사생활에 관해 읽을 때 흔히 그러는 것보다 더욱 간절히 묻고 싶어지는 질문이 있다. 과연 작품이란 것이 그토록 고통스러워할 가치가 있었을까? 문장을 쓰기 위한 그 모든 고통은 인간에게 너무나 큰 대가를 요하는 게 아닐까? 로스는 결국 《무례한 흐름의 자비》가 된 자서전적 고찰에 '늙고 참패한 예술가의 초상Portrait of the Artist as an Old Fiasco'이라는 잠정적 제목을 붙여놓았다. 결론적으로 그것은 그의 날카로운 자의식, 그의 표현대로 "자아의 풍경"의 함정과 웅덩이 들에 대한 또렷한 친숙성을 주장한다. "나는 몹쓸 놈이다"라고 만년의 로스는 선언했다. 아, 하지만 그는 얼마나 잘 썼던가.

진가의 인정

존 업다이크

예술가에 대한 헨리 제임스의 정의, "아무것도 놓치지 않는 사람"을 형상화한다고 말할 수 있는 작가는 매우 드물다. 대부분의 작가들은 특정한 것들에만 호기심을 느낀다. 그들의 관심은 보통 강박적이고 따라서 배타적이다. 이를테면 프루스트가 《스완네 집 쪽으로 Swann's Way》에서 그랬듯 기억의 진화에 관해 알고 싶어 할 수도 있고, 프레드릭 엑슬리Frederick Exley가 《팬의 기록Fan's Notes》에서 그랬듯 풋볼에 관해 알고 싶어 할 수도 있으며, 제인 스마일리Jane Smiley가 《선의 Good Faith》에서 그랬듯 부동산 판매에 관해 알고 싶어 할 수도 있다.

그런데 이따금씩 묘사와 소소한 지식에 대한 잡식성 식욕을 지닌 작가가 나타난다. 그는 상상적 영역과 비판적 영역, 그리고 시각 예술과 문학에 공히 능하며, 계기판과 여자들의 분홍색 방에 똑같이 호기심을 느낀다. 존 업다이크John Updike는 초창기 소설 및 평론에서부터 〈AARP〉 11/12월호에 수록된 마지막 에세이 〈겨울의 작가The Writer in Winter〉에 이르기까지 바로 그런 작가였다. 속물 문학인이라는 비난도 받았지만 그건 잘못된 평가였다. 그만한 위상의 다른 작가들이(예컨대 필립 로스) 몸을 낮추어 이런 잡지에 인생수업 칼럼을 쓴다는 것을 상상하기란 불가능하다. 이 에세이에서 업다이크는 그 꼼꼼한 눈으로 자신이 이삼십 년 전에 쓴 산문을 돌아본다. "내 마음에 드는, 그리고 상실한 게 아닐까 두려운 점은 그 태평한 탄력, 반동, 조금 넘치는 활기의 느낌이다. 마법사의 제자처럼, 작가는 소년다운 순수함으로 어떤 보이지 않는 힘을, 이 유연한 언어의 거대한 어휘에 대한 엄청난 잠재력을 불러낸다."

사실 나보코프Vladimir Nabokov를 빼면 업다이크만큼 세부 사실들을 중시하는 작가도 없다. 보고 듣고 좋아하고 싫어한(당대의 삶 대부분이 포함되었다) 모든 것들을 결벽증에 가깝다 싶은 정교하게 연마된 언어로 옮겨놓으려는 강박적인 욕구로 인해, 그는 제임스 우드James Wood가 주장했듯 참된 진지함에 어울리지 않는 지나치게 난잡한 천재로 평가받기도 한다. 그러나 그것은 어쩌면 세상의 혼돈과 소음을 주의 깊고 공손한 시각으로 받아들이는 그만의 방식일 뿐인지도 모른다. 분명한 것은 그의 메타포들이 보통 소기의 목적을 달성한다는 점이다. 젊은 작가들이 곧잘 그러하듯 대담한 행동으로 스스로에게 관심을 집중시키기보다, 그는 렌즈의 반경을 확대시키는 것이다. 또 하나 분명한 것은, 치버John Cheever와 비슷하게 업다이크도 '회복불능의 상실'이 주는 통렬함에 몹시 매료되었다는 사실이다. 주제(부부관계의 실패)와 어조(애가조)에 있어서 전형적인 업다이크 소설이라 할 1976 년 작 《메이플 씨 부부를 소개합니다Here Come the Maples》에서, 리처드 메이플은 이혼 법정으로 가는 차 안에서 아내 존의 가치를 지극히 높게 평가한다. "지난 세월 동안 그는 모든 것에 대해 그녀를 책망했다. 센트럴 스퀘어의 교통 체증도 우편선의 시끄러운 소음도 침대의 양쪽 높이가 다른 것도 모두 그녀의 탓이었다. 이제 아니다. 그는 그 전능함으로부터 그녀를 풀어 보내주었다. 그녀의 잘못이 아니었다. 그에게 있어 그녀는 헨젤에게 있어 그레텔 같은 존재였다. 뒤에서 새들이 빵부스러기를 쪼아 먹는 가운데 그와 함께 길을 걸어온 동족이었다."

그의 점잖은 성격, 평범한 명성에 관심 없어 보이는 면(《자의식Self-Consciousness》에서 그는 "명성이란 얼굴을 갉아먹는 가면이다"라고 썼다), 특정 부분의 사생활을 지키고자 하는 욕구에 걸맞게, 지난 화요일에 일흔여섯 살의 업다이크가 폐암으로 별세했다는 소식은 충격적인 것이었다. 다른 여러 팬들과 마찬가지로 나는 11월 12일 〈찰리 로즈 Charlie Rose〉 프로그램에서 그를 마지막으로 보았다(열여섯 번째 출연이었다). 방송에서 그는 최근 출간된 장편소설 《이스트윅의 미망인들 The Widows of Eastwick》을 홍보하고 있었다. 그는 특유의 우수 어리고 세련된 스타일로 나이 드는 것, 주위의 낮아진 기대에도 불구하고 계속 글을 쓰는 것, 그리고 해야 할 일이므로 계속 글을 써야 할 필요성에 관해 로즈와 대화를 나누었다. 끝이 올라간 갈색 눈은 지적 에너지를 발산하고 장난꾸러기 같은 미소도 여전하여, 그는 기지를 잃지 않은 나이 듦의 상징처럼 보였다.

따라서 나는 그가 치명적인 병을 숨기고 있었음을, 격찬을 받은 토끼Rabbit 4부작(그중 두 권은 퓰리처상을 받았다)과 베크Bech 3부작과 시집 아홉 권과 수많은 서평 및 단편소설 모음집과 미술에 관한 책 두 권과 골프에 관한 책 한 권을 포함하여 예순한 권이라는 엄청난, 아니 빅토리아 시대적인 유산을 남기고 곧 박명(그가 가장 좋아했던 단어 중 하나) 속으로 들어갈 참임을 알았던 이가 가족들 외에도 있었는지 궁금해졌다. 그날 저녁 그를 보면서 나는 데이비드 포스터 월리스David Foster Walace가 그를 "위대한 남성 나르시시스트"라고 부르게 했던 무심함과 오만의 분위기가 아니라, 톰 울프가 〈하퍼스〉에 기고한 에세이에서 그를 '바보 삼총사' 중 하나로(노먼 메일러, 존 어빙John Irving과 함께) 꼽게 했던 노쇠의 기운을 감지했다. "그는 나와 나이가 같은 노인이며, 2020년경 보스턴 북부의 마을에서 일어나는 일에 대해 어떻게 해볼 기운이 남아 있지 않다." 업다이크의 1997년 작 장편소설《시간의 끝을 향해Toward the End of Time》를 언급하며 울프가 한 말이다. 그러니까 나는 반대로 업다이크의 활발한 대화, 사라진 으스댐(치열한 의지를 그리 해석해도 되는 게 아니라면), 그리고 그와 미국의 독서 대중이 언제 어떻게 서로 등을 돌렸는지에 대한 미세한 당혹감 등에 깊은 인상을 받았다.

업다이크의 눈부신 재능, 성적인 솔직함(인류학적 초점으로 인해 많은 독자를 킥킥거리게 만들었다), 그리고 현대 미국 작가로서의 걸출한 위상을 증언하는 헌정의 말들이 쏟아졌고 앞으로도 계속될 것이 틀림없다. 하지만 사실을 말하자면 문단 바깥의 세상에서는(때로는 문단도 포함하여), 이를테면 1990년 이후부터는 업다이크가 무슨 말을 하는지에 대해 더이상 관심을 기울이지 않게 되었다. 그가 내는 책은 당연히 늘 서평의 대상이 되었고 그는 해마다 노벨상 후보로 거명되곤 했다(미국 소읍의 신교도 사회 이야기로는 가망이 없다는 신시아 오직 Cynthia Ozick의 확신에도 불구하고). 하지만 언제부턴가, 교외 중산층 삶의 불안이라는 주제가 한계에 다다르고 불안과 다문화주의가 도래하던 지점 어디에선가 업다이크의 이름에서 거품이 빠졌다. 그가 만들어내는 뉴스는 더이상 첨단에 있지 않았으며 사라진 문화적 이정표에 대한 향수에 파묻힌 듯 보였다. 그의 유명한 세계시민주의는 이제 낡은 옷처럼, 〈뉴요커〉 사설이 거만한 논조를 유지하던 시절에서 빠져나오지 못한 것처럼 느껴졌다. 그리고 그는 중절모를 쓰고 출근하는 남자처럼 보이기 시작했다.

이상한 것은 교회에 출석하는 모범적인 페르소나와 인습을 수용하는 가장의 이미지, 포스터 월리스가 움직이지 않는 유아론이라 부른 그것 밑에서 업다이크가 이른바 타자에 대한 관심을 대부분의 동시대 작가들보다 더 피력했다는 사실이다. 그는 항상 불만스러운 결혼, 일탈한 욕망, 무너지는 와스프 전통 같은 본연의 영토를 포기하면서 더 어둡고 덜 편협한 사안들을 다루었으며 유대인(《베크Bech》), 전투적 흑인(《돌아온 토끼Rabbit Redux》), 제3세계의 격동과 불운(《쿠데타The Coup》,《브라질Brazil》)에서 볼 수 있듯 이질적인 것의 매력에 지속적인 호기심을 느꼈다. 끝에서 두 번째 장편소설 《테러리스트Terrorist》에서는 완전한 성공이라 할 수는 없었으나 과감하게도 과격화된 무슬림 청소년 아흐마드의 시각으로 이야기를 전개하기도 했다. "악마들, 아흐마드는 생각한다. 이 악마들은 나의 신을 앗아가려고 한다. 센트럴

고등학교에서는 하루 종일 여자애들이 흔들흔들 조소하면서 부드러운 육체와 매혹적인 머리를 드러낸다." 그것은 또한 극히 생경한 사람들, "기독교 세계의 변방에 속해 사는, 기이한 옷을 입은 우스꽝스런 타자들"을 이해하고자 하는 노력이었다.

존 업다이크는 결국 무엇보다도 세밀화 작가로서, 지극히 의식적이며 불가사의한 문장으로 의도했던 것보다 더욱 많은 것을 전달함으로써 그의 모사 능력을 입증해주는 단편소설과 에세이 작가로서 가장 찬란하게 빛났다. 〈요정 대부들The Fairy Godfathers〉과 〈멸종한 포유류 동물들을 사랑했던 남자The Man Who Loved Extinct Mammals〉같은 작품을 탐독하며 느낀 흥분을 나는 아직도 기억한다. 틀림없이 그는 여성적인 기호를 즐긴 가장 뻔뻔하게 이성애자적인 작가들 중 하나다. 반세기 넘게 그의 고향이었던 잡지 〈뉴요커〉에 내가 글을 쓰던 시절 그를 만날 기회가 있었다면 좋았을 것이다. 무엇보다도 나는 그가 제대로 평가받지 못했다고 믿는다. 그 이유는 그가 너무나 오랫동안 다작을 했기 때문에 새 책들이 별로 신선해보이지 않았기 때문이기도 하고, 그가 자신을 규정해줄 만한 한 편의 위대한 장편소설을 쓰지 못했기 때문이기도 하며, 아울러 그가 썼던 정교한 문체의 산문과 미국에 대한 찬미가 시대에 뒤떨어졌기 때문이기도 하다. 그리고 그의 재기에 찬 안목 뒤로, 특히 지난 20년 사이에 어떤 인색함의 기운이 파고들어온 것 또한 느낄 수 있다.

하지만 최후 판결은 아직 내려지지 않았다. 6월이면 업다이크의 새 단편소설 모음집《내 아버지의 눈물, 그 밖의 이야기들My Father's Tears, and Other Stories》이 출간될 예정이고, 다른 책들이 이어져 나올지도 모른다. 그를 새롭게 발견하게 될 이상적인 독자들도 있을 것이고, 그가 드물고 관대하며 전적으로 매혹적인 목소리를 지녔음을 다시금 주장하게 될 오랜 예찬자들도 있을 것이다.

제 4 부

숭고한 가치

가방이 그저 가방이 아닐 때

    섣달그믐 전날인 목요일 저녁. 대부분의 침착한 사람들은 샴페인을 준비하고 자신의 삶을 점검한다. 또는 어느 아름다운 남국으로 날아가 긴 의자에 몸을 눕히고 파파야를 먹으며 책을 읽거나, 콜로라도주의 아스펜 스키장에서 바람을 가르며 흰 비탈을 미끄러져 내려올지도 모른다. 하지만 나는 환상적으로 새롭고 탐나는 물건들의 메카인 바니스 백화점을 향해 매디슨 애비뉴를 종종걸음으로 걷는 중이다. 가방 두 개를 반품하기 위해서다. 문제의 품목 중 하나는 가격이 800달러에 가깝고 소문대로 앙증맞은 마르니Marni 이브닝 파우치다. 조카의 바르 미츠바bar mitzvah(유대교에서 소년의 성인의식─옮긴이)에 입고 갈, 교회용으로 적당한 센존 니트 앙상블의 삭막함을 상쇄하기 위해

샀던 것인데, 결국 패턴에 대위법적 느낌이 덜한 램버트슨 트룩스 Lambertson Truex 도마뱀가죽 클러치 백을 빌려 쓰기로 마음을 바꿔먹었다. 다른 하나는 에덴동산 같은 검정색 가방을 줄기차게 찾던 중 잠깐 끌렸던, 이례적이게도 언컨스트럭티드 디자인(심이나 패드를 넣어 모양을 만들지 않은—옮긴이)에 가격은 670달러인 질 샌더 백이었다. 어느 쪽도 꼭 필요한 구매는 아니었고(어차피 가방이란 두 개째부터는 꼭 필요한 구매가 아닌 법이다) 그것들이 그저 가방일 뿐만은 아니었다는 건 말할 필요도 없으리라.

가방에 대한 열광, 그 비합리적인 열정은 17세기 네덜란드를 휩쓴 튤립 열병이 암스테르담을 정의했던 만큼 확실히 우리의 취득광적인 문화적 순간을 정의한다. 이렇게 말해보자. 이 중심 없고 말이 안되는 시대에서 우리는 이미 도덕적 지향을 잃었는지 모른다. 하지만 그것을 다시 찾았을 때 들고 싶은 가방을 우리는 알고 있다. 한때 구두가 지배적인 의상 액세서리의 지위를 차지했다면 이제 가방이 최고의 패션 상징으로서의 역할을 맡아준다. 가방은 또한 여성의 자아의식을 보여주는 휴대용품으로서도 기능한다. 가방은 그녀의 내면 지형을 자세히, 놀랄 만큼 또렷이 드러낸다. 가방 속에는 그녀 인생의 다양한 굴곡들이 무차별적으로 나타난다. 중요한 정보가 적힌 수첩 낱장도 있고 립스틱 따위의 시시한 잡동사니도 있다.

마치 이 사실을 입증이라도 하려는 듯, 지난 가을 런던의 레베카 호삭 미술관은 알레산드라 베시Alessandra Vesi의 '나는 가방이 되고 싶다 I Want to Be a Bag' 전시회를 열었다. 시각적 말장난을 유쾌하게 구체적으로 표현한, 바느질하고 크로셰로 뜨개질하고 아교로 붙인 조형물들이 전시됐다. 안나 존슨Anna Johnson이 《핸드백-지갑의 힘Handbags: The Power of the Purse》의 기지 넘치는 서문에서 "좋은 가방은 몸의 친밀한 연장이 된다"고 주장하듯이, 영리한 여성 독자라면 안나 카레니나가 붉은 핸드백을 집어던졌을 때 마침내 모든 것을 끝장낼 참임을 깨닫게 된다. "자신의 핸드백에 싫증이 난 여자는 삶 자체에 완전히 싫증이 난 것이 확실하다"고 존슨은 단언한다. (그러고 보면 이 액세서리에 대한 다이애나 브릴랜드Diana Vreeland의 혐오와 '가방 금오' 주장이 왜 디자이너들로부터 현명하게 무시당했는지, 그리고 가장 세련된 일은 가방을 갖고 다니지 않는 것이라고 최근 인터뷰에서 말했던 톰 포드Tom Ford가 왜 여성 심리에 대한 이해부족을 보여준 것인지 알 수 있다.) "내가 존재한다는 사실을 확인하는 유일한 방식은 내 물건들을 갖고 다니는 거예요." 작가 친구 하나는 내게 이렇게 말한다. 그녀는 레스포삭LeSportsac에서부터 저타 뉴먼Jutta Neumann이 9월호 〈보그〉 크기에 맞춰 손으로 만든 "버터처럼 부드러운 갈색 가죽 조각"까지 수많은 종류의 가방을 갖고 있다.

내가 지난 가을의 대부분을, 작가로서 돈을 벌고 있거나 딸아이의 숙제를 놓고 잔소리를 하고 있을 때를 빼면 가방을 사고 반품하며 보냈다는 것을 이쯤에서 밝혀두고자 한다. 반품한 가방 여러 개 중에는 집에서 시행한 정밀검사를 통과하지 못한 폴리니Pollini와 띠어리Theory 제품도 있었다. 반품하지 않은 것으로는 먼저 비드와 스팽글로 깜찍하게 장식된 아냐 하인드마치Anya Hindmarch 제품이 있다. 9월에 로스앤젤레스에 갔다가 프레드 시걸Fred Segal에서 산 것으로 아즈텍 풍의 잔잔한 장식 두 개 외에 별다른 장식이 없고 비싸지 않은 갈색 가죽 손가방도 있는데, 돌아와서 옷장에 넣어두고 한 번도 꺼내보지 않았다. 그리고 린다 드레스너Linda Dresner에서 산 마치 마법의 양탄자 여행처럼 보이는 제인 오거스트Jane August의 셔닐 직물 손가방이 있고, 절대 빼놓을 수 없는 보테가 베네타Bottega Veneta의 장밋빛과 보랏빛이 섞인 오버사이즈 제품도 있다. 양심을 걸고 사실을 말하자면 보테가 제품은 바니스의 진열장에서 보고 샀다가 반품했다가 다시 산 것이다. 가격이 눈에 잘 안 띄지만 그래도 상당히 내려가서 천 달러는 넘어가지 않게 된, 그럼에도 내가 역대 구입한 가장 비싼 가방이었다. (감사하게도 그 출처를 알려주는 금속 라벨이 붙어 있지 않다. 아주 자세히 살펴봐야만 가죽에 점잖고 조그맣게 새겨진 글자가 희미하게 보여서, 내 역逆속물근성을 교묘히 만족시킨다.)

가방을 사는 일은 강박, 집착, 희비극적인 소동, 지위 불안, 실존적 희망의 신호, 물신 숭배, 단서, 당혹감, 동정, 쾌락에 준하는 행위이다. 영국의 정신분석가 D. W. 위니콧의 '잠재적 공간'(놀이에 대한 유아의 인식에 있어 내부와 외부 세계 사이에 존재하는 상상적 영역) 개념이 바로 핸드백에서 가장 완벽히 들어맞는다는 추론도 가능하다. 그것은 또 무엇보다도 '여자들은 무엇을 원하는가'라는 프로이트의 질문에 대해 여태 제시되지 않은 훌륭한 답변이다. 나는 여기서 여성 욕망의 본질에 대한 풀리지 않은 미스터리를 확실히 해소시켜주고자 한다. 여자들은 가방을 원한다.

어떤 여자들은 내 친구 몰리 종 패스트Molly Jong-Fast처럼 최신 유행의 이른바 '잇It' 백을 갈망한다. 가격은 상관없고, 이를테면 펜디 스파이Fendi Spy, 클로에 패딩턴Chloe Paddington, 발렌시아가 트위기

Balenciaga Twiggy, 또는 주머니가 많이 달린 마크 제이콥스Marc Jacobs 제품 같은 것들이다. 작가 엘리자베스 헤이트Elizabeth Hayt 같은 여자들은 온갖 샤넬Chanel 가방들에 끌리는데, 40대 연령에 적합하고 완벽하게 제조되었으며 지나치게 선명하지 않은 색상이기 때문이라는 것이다. 그녀는 '로고가 확실히 드러나지 않는' 제품을 좋아하고, 에비앙 물병을 넣고 다닐 수 있을 정도를 넘지 않는 크기를 좋아한다. "토트백을 들고 다닐 바에는 차라리 죽겠어요." 그녀의 말이다. 그런가 하면 어느 파티에서 만난 아름다운 새끼사슴 같은 여자처럼 자신이 어떻게 보일지 걱정이 되어 가방을 선택하기가 너무 두렵다는, 그래서 그냥 낡은 가방을 쓴다는 여자들도 있다.

그리고 또 어떤 여자들은 나처럼 단연 가방에 미쳤으나 지나치게 상업적으로 보이는 것들로부터는 몸을 사리고 의외의 것, 쉽사리 규정하기 어려운 것, 본인의 복잡한 내면을 전부 포용할 뿐 아니라 그 메시지를 외부로 전달해주기까지 할 가방을 찾아 여러 시간을 소비한다. 나긋나긋하면서도 굽히지 않고, 연약한 듯 보이면서도 강인하고, 존재감이 크면서도 모습에 품위가 있고, 프랑스적인 것 같으면서도 이탈리아적이고, 우아하면서도 장인의 솜씨가 묻어나고, 에르메스Hermes 풍이면서도 헨리 베글린Henry Beguelin 풍인, 그런 가방을 든 여자는 눈여겨봐야 한다. 간단히 말하자면, 모든 걸 다 가지고서도 무심한 가방. 그런 가방의 가치를 알아보는 여자는 사랑해야만 한다.

지금은 가방 휴대를 여성하고만 연관시키는 시대이지만, 고대부터 중세까지의 그림을 보면 남녀 모두 허리나 엉덩이 둘레에 지갑을 메고 다녔다. 여성만의 액세서리로서의 핸드백은 1790년대 파리에서 얇은 엠파이어 라인 드레스가 나오면서 함께 등장했다. 사춘기 이래 여성의 삶에서 가방이 차지하는 상징적 중요성을 고려할 때, 이를테면 부서지거나 임시변통된 자아에 대한 모성의 대용품 또는 피난처라는 용기用器로서의 보다 확장된 의미에 대한 탐구는 꿈의 해석만큼이나 정신분석학 문헌을 도배할 것이라고 추측하기 쉽다.

하지만 흥미로운 것은, 성애에 관해 진보적인 사상을 가졌던 17세기 시인 존 던John Donne이 〈사랑의 진행Love's Progress〉이라는 제목의 애가에서 여성의 두 개의 '지갑'(질과 항문을 가리킨다)을 언급했음에도 불구하고("풍요한 자연은 현명하게도 여자들의 몸에/두 개의 지갑을 만들어 그들의 입은 반대편에 나 있다") 평범한 여송연에서도 사이코드라마를 읽어내곤 하는 정신분석학자들은 이 주제에 대해 놀랄 만큼 침묵했다는 사실이다. 여성의 몸이 우리에게 최초의 피난용 용기를 제공하므로, 용기를 일반적으로 여성적인 것이라고 본다 해도 심리학적으로는 무방할 것이다. 하지만 정신분석에 대한 출판물을 잠깐 훑어보아도 지갑이나 핸드백 같은 언급은 신기할 만큼 드물고, 어쩌다 나타나도 다른 주제에 대한 논문 속에서일 뿐이다.

이 결정적으로 여성적인 장신구에 대한 아마도 가장 유명한 정신분석적 해석으로는, 대표적인 히스테리 환자 도라에 대한 프로이트의 사례연구에 잠깐 나왔던, 그녀의 '손가방'을 갖고 하는 놀이(자위행위)에 대한 언급을 들 수 있다. 이 문헌은 도라의 보석상자(그리고 또 다른 여성 환자가 갖고 다니는 상아 상자)에 대한 꿈이 대역임을, "비너스의 조개껍질에 대한, 여성 성기에 대한 대체물일 뿐"임을 말하고 있다. 흥미롭게도 지난 시절의 정신분석학자들은 잃어버린 지갑에 대한 공상의 시나리오 또는 꿈을 남근 결핍의 메타포로 보는 경향이 있었다. 모든 것을 가부장제적 기준으로 바라보아야 직성이 풀렸던 것 같다. 내가 보기엔 설사 우리가 이 중대하고 덜렁거리는 신체 부분을 잃어버렸다 해도, 우리가 자기도 모르게 찾아 나선 것은 바로 이성에게 달려 있는 중대하고 덜렁거리는 신체 부분인 것 같은데 말이다.

아, 뭐 어쩌겠는가. 남근 선망이라는 관념은 어쨌든 이제 평판이 좋지 않고, 나만 해도 여자들은 한때 남녀 양성의 것이었던 핸드백의 전유와 숭배를 통해 이 가상의 문제를 풀어냈다고 믿는 편이다. (프로이트는 그의 이론에 부합되게 전반적으로 여자들에게 숭배 경향이 훨씬 적다고 믿었으며, 그럼으로써 우리를 우리가 가질 수 없는 것을 영원히 갈망하는 상태로 만들었다.) 온갖 종류의 가방을 수집하는 내 친구는 이렇게 말한다. "가방은 집 밖에서 세상을 통제하기 위한 것이다. 네루다Pablo Neruda의 〈물건들에 대한 송시Ode to Things〉가 물질주의에 관한 것이 아니듯 가방도 물질주의에 관한 것이 아니다. 그가 '오 회복할 수 없는/물건들의/강'이라 말할 때 그는 자신의 집착에 관해 이야기하고 있는 것이며, 우리 중 어떤 사람들은 자신의 물건들과 오래 떨어져 지내는 걸 견뎌내지 못한다."

이런 면에서 생각할 때 가방은 우리가 투자하는 시간과 돈 값을 거의 하는 것 같다. 그토록 숭고하게 아이콘적인 그 가방들은 자신에 대한 우리의 꿈에 가장 잘 들어맞는 주머니에 휴대 가능한 우리의 정체성을 담고 다니면서, 우리가 어디 살고 누구이며 은유적으로 어디서 찾을 수 있는지를 말해줄 따름이다.

패션을 향한 마음

우리 모두에게는 패션 진화의 주요 순간들이 있다. 패션이라는 것이 단순히 자아에 지우는 경솔한 짐이 아니라 사실 노련한 자아 표현일 수 있음을 깨닫는, 특정 디자이너가 구사하는 용어에 깊은 인상을 받고서 뽀빠이건 고양이 펠릭스건 로마제국의 쇠퇴건 간에 우리가 공유하는 문화적 레퍼런스가 있음을 발견하는 순간 말이다. 참새의 추락으로 인생 전체를 이야기할 수 있듯, 가두리의 길이나 소매의 컷으로 패션 전체에 대해서 이야기할 수도 있다.

패션의 가능성에 대한, 패션이 그 한계를 넘어서 주의를 기울일 가치가 있는 내러티브가 되는 능력에 대한 내 관심은 나의 보다 고상한 문학 취미와 충돌했다. 나는 책을 좋아하는, 헨리 제임스와 F. 스콧 피츠제럴드Scott Fitzgerald를 찬미하고 버지니아 울프의 제단 앞에 참배하는 젊은 여성이었다. 하지만 내게는 몇몇 디자이너들과 그들이 세상을 바라보는 시각에 흠뻑 매료된 비밀스런 자아가 하나 더 있었다. 나는 20대의 어느 지점에선가 제프리 빈Geoffrey Beene의 재치 있고 우아한 옷과 사랑에 빠졌다. 패션이 직물의 선택 또는 특정한 장식을 통해 우리 자신의 불안과 쾌락을 반영해 보여주는 방식에 대한 나의 눈이 뜨이고 있던 시기였다. 그는 명백히 표면을 꿰뚫어 보았던 사람이었다. 일시적 감흥이 그에게는 유의미한 결말을 향한 수단이었다. 그는 그 자신의 마음을 따라가고 있었다.

어머니의 드레스에서 제프리 빈의 소박한 라벨을 처음으로 보았던 때를 기억한다. 옷에 관한 한 초보자를 넘어서서 이것저것 시도해보던 어머니는 빈의 옷 한두 점은 물론이고 다른 미국 디자이너들의 옷도 드문드문 갖고 있었다. 팔레스타인에서 10년을 살다가 미대륙에 정착한 독일계 유대인 이민자였던 어머니는 옷에 대한 관심이 스스로 내색하는 것보다 더 많았다. 어머니는 주간지인 〈뉴요커〉와 함께 패션 잡지들을 정독했고 〈뉴욕 타임스〉에 실린 신작 컬렉션들에 대한 평론도 다 읽었다. 하지만 우리 교회에 출석한 어떤 여자를 '발렌티노 부인'식으로 지칭하여 그 디자이너의 옷에 대한 그녀의 충성을 비꼬는 것 말고 어머니가 패션 자체에 관해 이야기했던 것 같지는 않다. (어머니는 또한 복장에 대한 최고의 찬사로서 '시크chic'라는 단어를 즐겨 썼는데 i를 늘이지 않고 e처럼 짧게 발음하는 바람에 'shik'처럼 들리곤 했다.) 어머니의 확고한 신념 중의 하나는, 옷은 그것을 입는 사람 다음에 와야만 한다는 것이었다. 퍽 세련된 견해였던 게, '성공을 위한 옷차림'

이란 걸 믿지 않았고("성공을 위한 옷차림이란 성공하지 못한 여자들이나 하는 일이다"라고 말한 바 있다) 패션쇼가 끝나면 '미스터 빈Mr. Beene'이란 글자가 수놓인 추리닝 상의나 '폴리네시아'라고 적힌 싸구려 셔츠를 입고 무대에 올라 인사를 한다고 알려졌던 제프리 빈도 같은 생각이었던 것이다.

요즘 들어 나는 빈에 대해서, 특히 단순화되고 '제스처만으로 충분하다'는 식의 빈에 대해서 많은 생각을 했다. 최신 봄 컬렉션으로 인해 발생한 흥분 때문이었다. 아마도 무척 오랜만에, 미국 패션은 유럽이 뭘 하고 있는지 목을 빼고 살피기보다 자신과 그 기원에 대한 확신을 갖고 정상궤도에 들어섰다. (사실 유럽과 미국이 비슷한 것을 하고 있기는 한데 어느 한쪽이 다른 쪽의 영향을 받아서는 아닌 것 같고 우연한 동시 발생의 경우 같다.) 2004년에 죽은 빈은 이렇게 말했다. "유럽으로부터 영감을 기대하지 말라. 우리는 더 빨리 움직인다. 여기를 보라. 죄다 거리에서 볼 수 있다."

봄옷들이 입을 만하다는 점과 컷이 단순하며 강렬한 색상 및 컬러 블로킹을 사용하고 있다는 것에서 그 점을 읽을 수가 있다. 데릭 램Derek Lam이나 매튜 에임스Matthew Ames에서 볼 수 있는 시선을 끄는 생생한 매력이 있고, 캘빈 클라인Calvin Klein의 프란시스코 코스타Francisco Costa나 알렉산더 왕Alexander Wang에서 확인되듯 요란스러움의 결핍이 현저하다.

무대에서나 입을 수 있을 옷들과 패션 잡지들이 앞장서서 지지한 준准누드가 여러 시즌을 주름잡더니 마침내 장식을 위한 장식이 기능에 밀려나고, 노골적으로 들이대던 섹슈얼리티는 보다 은근한 숨바

꼭질 같은 관능으로 변했다. 필수적이고 어울리는 옷을 입고 싶어 하되 거기서 그치는 것이 아니라 다른 중요한 할 일이 있는 여자들을 위한 똑똑한 패션에 대한 자신의 메시지가 패션업계 종사자들의 범위를 넘어서서 마침내 먹혀들었다는 것을 깨닫고, 어디선가 제프리 빈의 유령이 신나게 춤추고 있을 것이다.

가장 흥미로운 사람들이 흔히 그렇듯, 제프리 빈도 완전히 자수성가한 인물이다. 심지어 이름조차 자신이 직접 만들었다. 그는 루이지애나 주 헤인스빌에서 새뮤얼 앨버트 보즈먼 2세Samuel Albert Bozeman, Jr.로 태어났으며 어머니의 뜻을 따라 뉴올리언스 주의 툴레인 대학교 의학과에 다녔으나 그의 열정은 다른 곳에 있었다. 그 자신의 말에 따르면 그는 일찍부터 디자인에 매료되었고 여덟 살에는 솜씨 좋은 재봉사였던 고모 루실에게 자신이 고른 파랑과 주황 꽃무늬 천으로 비치 파자마를 만들 심플리시티 패턴을 달라고 요구했다. 빈은 결국 의학을 포기했다. 실망한 부모는 그를 로스앤젤레스로 보내 이른바 휴식요법을 시도했다. 그는 그곳에서 아이 매그닌I Magnin 백화점의 쇼윈도 진열 일을 하다가 스무 살에 뉴욕으로 가서 트라파겐 패션 스쿨에 등록했다. 그 다음에는 재단 기술을 배우고 오트 쿠튀르(haute couture, 고급 여성복—옮긴이) 세계에 접근하기 위해 파리로 건너갔다. 1951년 뉴욕으로 돌아온 그는 10년간 7번 애비뉴의 여성 기성복 매장 틸 트레이나Teal Traina에서 주로 일하며 독자적인 스타일로 명성을 쌓기 시작했다.

1963년 그는 본인의 회사를 설립한 선구적인 디자이너들 중의 하나가 되었고, 이듬해에는 최초로 그의 옷이 진 슈림프턴Jean Shrimpton

에게 입혀져 〈보그〉 표지에 등장했다. 천성적으로 개성 강한 독립형이었던 빈은 크리스티앙 디오르Christian Dior와 이브 생로랑Yves Saint Laurent을 찬미하느라 바쁜 패션 매체와 불편한 관계에 있었으며, 다이애나 브릴랜드와 존 페어차일드John Fairchild와도 적대적이었다. 특히 빈이 대통령의 딸 린다 버드 존슨Lynda Bird Johnson을 위해 디자인한 웨딩드레스를 페어차일드의 잡지 〈위민스 웨어 데일리Women's Wear Daily〉에 미리 공개하기를 거부한 이후, 두 사람은 무려 37년간 전설적인 불화를 이어나갔다.

　빈은 평생 동안 새로운 아이디어에 개방적인 자세를 견지하며 옷과 라이프스타일의 관계를 거듭하여 재창조했다. 그는 초창기 컬렉션 이래로 부드럽게 드리워지는 셔츠드레스들을 포함시켰는데, 이를테면 1967년에는 풋볼 저지에 스팽글 장식을 한 것 같은 저 유명한 이브닝드레스들과 동시에 회색 플란넬 가운들을 선보이기도 했다. 하지만 1970년대 후반 〈뉴요커〉의 패션 비평가 케네디 프레이저Kennedy Fraser가 빈의 트레이드마크가 된 다소 딱딱한 '건축적' 드레스들을 콘크리트에 비유한 이후, 그는 좀 더 유연한 실루엣으로 단호히 방향을 전환했다. 풍부한 비전과 향수를 지닌 모더니스트였던 빈은(그는 다른 디자이너들보다 먼저 합성섬유를 받아들였다가 내구성이 없음을 발견하고 폐기했으며, 결국 패션쇼나 모델들과 결별하고 이례적인 장소에서 전문 무용수들에게 자신의 옷을 입혀 소개하는 방식을 선호하기도 했다) 패션에 대해 본질주의적 시각을 견지했고, 그로 인해 패션을 경박한 영역에서 끌어내 왔다. "옷에 대해 더 알게 될수록 무엇을 배제해야 할지 깨닫게 되고, 그럼으로써 컷과 라인이 더더욱 중요해진다." 빈의 말이다.

이번 시즌에 빈의 유산을(고급 재료와 평범한 재료를 결합시킨 혁신, 특정 디자인의 당대적 적용성에 대한 고집), 그리고 신진 디자이너들이 스스로 알건 모르건 그에게서 받은 영향을 생각해보지 않기란 불가능한 일이다. 우리는 알버 엘바즈Alber Elbaz, 나르시소 로드리게스Narciso Rodriguez, 프란시스코 코스타가 여성에 대해, 그리고 그들이 옷을 입고 싶은 방식에 대해 균형 잡힌 시각을 갖고 있으리라 믿는다. 하지만 프라발 구룽Prabal Gurung 같은 신진 디자이너는 자신의 뮤즈에 관해 이야기할 때 빈과 교신하고 있는지도 모른다. "나는 생각하는 남자의 섹스 심벌을 디자인한다. 여자를 흥미롭게 만들어주는 것은 그녀의 두뇌이다." 구룽의 말에 따르면 빈의 작품은 "지나치게 난삽하지 않게 깊은 생각을 담고" 있으며 "적정한 양의 섹스어필"을 지녔다.

미국의 전형적 스타일의 대가임을 이번 시즌에도 입증한 마이클 코어스Michael Kors는 자신의 고객을 "자기주장이 있는, 내가 만든 작품에 자기만의 개성을 덧입힐 여자"라고 표현한다. 그의 편안하게 우아한 세퍼레이트 스타일은 캐시미어, 크레이프, 매트 저지, 글러브 가죽 같은 환상적인 직물로 제작되며, 검정과 흰색을 강조하면서 진홍과 코발트를 가미한 색상에서 빈의 영향이 두드러진다. 우리는 패션으로부터 전보다 훨씬 많은 것을 기대하게 됐다고, 그 이유 중의 하나는 경제폭락으로 인하여 모두가 "상황을 재점검"해야 하게 되었기 때문이라고 코어스는 생각한다. 이 시대에는 "패션에 시간뿐이 아니라 생각이 투입되어야 한다. 슈트케이스에 넣어 가져갈 수 있는가와 같은, 이동성에 대한 우려가 있다"고 그는 말한다. 그리고 "본질적으로 세퍼레이트 스타일은 기능에 바탕을 둔다. 기능이 없으면 디자인은 아름답지만 똑똑하지는 않은 것이 되어버릴 수 있다"고 지적한다. 코어스는 프로엔자 슐러Proenza Schouler와 친구들과 피비 파일로Phoebe Philo 와 스텔라 매카트니Stella McCartney 등을 거론하며 스포츠웨어 디자이너들을 극구 칭찬한다. 그리고 야회복은 기능보다 형식이 우선시되는, 아직 여성이 구식 장식등 아래 서 있을 수 있는 마지막 영역이라고 인정하며, 하지만 거기서조차 규칙이 바뀌고 있다고 덧붙인다.

내가 디자이너 빈에게 가장 가까이 가본 것은, 그가 1971년 출범했으며 고가의 컬렉션만큼이나 애지중지했던 완벽한 기성복 브랜드 빈 백Beene Bag을 입었을 때였다. 초창기 소매 가격대는 50달러에서 200달러 사이였다. 짙은 남색과 흰색 바탕에 그래프용지 같은 패턴이 있던 그 실크 블라우스와 스커트는 나로서는 꽤나 비싼 돈을 주고 산 품목에 속했다. 유일한 장식이라면 소매에 달린 점잖은 프릴이었는데 너무 짧지 않고 딱 맞는 길이로 컷이 되어 있었다. 나는 그 앙상블을 자주 입었는데 그때마다 스타일의 최고 정점에 선 것 같은, 어머니의 발음대로 'shik'한 여인이 된 것 같은 느낌이 들곤 했다.

내가 한 인간으로서의 빈에게 가장 가까이 가본 것은 1990년대 후반 잡지 〈페이퍼Paper〉가 패션 홍보계의 원로 엘리너 램버트Eleanor Lambert에게 경의를 표하기 위해 주최한 오찬에서 바로 그의 옆자리에 앉게 됐을 때였다. 그날 아침에 나는 어둡고 우울한 기분으로 잠에서 깼다. 패션 행사에 맞는 기분이 아니었다. 나는 내면에 예술가가 도사리고 있음을 암시할 만큼 펑퍼짐한 검정색 옷차림으로 엘리너와 함께 택시를 타고 행사장으로 갔다. 그곳은 난해한 옷을 차려입은 패션 잡지 업계 여자들과 밥을 먹고 있는 정장 차림의 여자들로 복작거렸는데 나는 용케도 이 남자 옆에 앉게 되었다. 나를 소개받은 그가 전혀 알은 체를 하지 않았음을, 그저 냉랭한 미소만을 던지고 다정한 대화를 나누고 있었던 듯싶은 다른 쪽 옆 사람에게 돌아가버렸음을 고백하지 않을 수 없다.

무슨 말을 할 수 있겠는가. 패션이 그저 유행을 좇는 것이 아님을 이해하는 그가 제대로 고개 한번 까딱하지 않고 나를 무시했다는 사실이 조금 괴로웠다. 좀 더 신경 써서 옷을 입었어야 했다고, 머리도 드라이하고 대략 시늉만 하는 평상시보다는 화장도 좀 제대로 했어야 했다고 후회했다. 하지만 운 나쁘게도 나는 패션 전문 작가도 뮤즈도 에이미 파인 콜린스Amy Fine Collins 같은 열성적인 빈 컬렉터도 아닌 그냥 나처럼 생겨먹은 사람이었고, 사실상 겉모습을 뚫고 영혼을 들여다볼 수 있는 사람은 없는 법이다. 옷이 이야기를 들려주게 만드는 천재라고 할지라도 이는 마찬가지다. 그래서 나는 빈의 여러 복잡한 자질 중의 하나로 그가 속물이기도 함을 깨달았다. 패션 체계에 대한 그의 접근법이 아무리 혁신적일지라도, 그날 오찬 자리에서 나는 그의 표준에 미치지 못했을 따름이다. 나는 그를 용서하고, 경외심에 가까운 매혹의 심정으로 그의 진로를 계속 지켜보았다.

요컨대 나는, 제프리 빈이 내게 패션을 진지하게 받아들여도 괜찮도록 만들어주었다고 말하고 싶다. 그의 다층적이고 자아성찰적인 미감은 패션이 멍청이와 얼간이 들의 강박만은 아님을 분명히 해주었다. 레이스 망사 위에 밝은 색 털실 방울들을 늘어놓은 칵테일 드레스나 목과 단에 생생한 물방울무늬 천을 덧댐으로써 꽃무늬 패턴을 뒤집은 슈미즈를 보면, 마치 그의 반짝이는 눈동자를 보는 것 같은 느낌이다. 이제 나는 패션에 대해 예전과 같이 순수하고 관조적인 열정을 갖고 있지 못하다. 혁신으로 위장한 속임수와 정당한 참조를 가장한 차용이 너무 많았기 때문이다. 하지만 이번 시즌의 작품들은 하도 매혹적이라 무시하기 힘들며, 애당초 내가 책에서 눈을 들어 옷이 주는 예기치 않았고 지적인 쾌락을 포용한 이유가 무엇인지 상기시켜 준다.

우리의 돈, 우리 자신

나는 결코 돈을 이해해본 적이 없다. 그뿐 아니라 나는 어린 나이에 돈을 이해하지 못하는 위험하고 복잡한 기술을 훈련받았다. 나의 비교적 유복했던 어린 시절이 돈 따위는 중요치 않은 쾌적한 것이었다는 뜻은 아니다. 어린 소녀로서의 내 욕망이 너무 비싸거나 아예 지나치게 여겨졌다든지, 앞날을 위한 저축이라는 기본원리가 내게 전수되지 않았다는 뜻도 아니다. 내가 아꼈던 저금통은 땅딸막하고 희부연 우유병으로(언니도 똑같은 걸 갖고 있었으므로 내 것임을 표시하기 위해 크고 두꺼운 글씨로 이름을 써 붙여 놓았었다) 둥근 양철 뚜껑 한가운데 가는 구멍이 뚫려 있었다. 그 병이 동전들로 제법 무거워지면 훌륭한 도자기가 짤랑거리는 것 같은 흡족한 소리를 내던 것이 기억난다. 나는 그 병을 들고 흔들어보며 이상 없음을 확인하곤 했다. 하지만 히틀러 치하의 독일에서 피난 온 어머니는 아이에게 용돈을 주는 관습을 따르지 않아(어머니는 그것을 미국의 여러 잘못된 기풍 중 하나로 보았다), 나는 변변한 무엇이든 살 수 있는 돈을 모으지는 못했다. 그리고 저금통의 가치는 실제적인 것보다 상징적인 것에 있음을 깨닫게도 되었다. 부모님의 아파트에는 그 저금통들 중 하나가 언니와 내가 함께 쓰던 방의 벽장 선반에 아직도 놓여 있다. 그 속의 1센트, 5센트, 25센트 동전들은 이제 30년도 더 묵은 것들인데, 그토록 긴 세월을 보내며 많은 것을 지켜보았을 이 오래된 동전들의 가치가 아직도 그대로라는 게 신기하다.

부모님은 부유했다. 물론 1960년대 당시는 아직 '부유'하다는 단어가 그보다 단순하고 직관적인 단어 '부자'를 대체하기 전이었다. 우리는 파크 애비뉴의 곡선 층계가 있는 2세대용 아파트에 살았으며, 시에서 한 시간 떨어져 있는 외곽의 몇 블록만 가면 바다가 나타나는 주택에서 여름을 보냈다. 근엄한 네덜란드계 여자가 우리 여섯을 돌봐주었고 주방을 담당하는 요리사가 있었으며 운전기사도 있었다. 껌을 요란하게 씹으며 아버지의 속옷과 '술카'에서 맞춤 제작한 셔츠를 다림질하던 세탁부 윌리 메이Willie Mae도 있었다. 재단 일은 키가 작고 어깨가 떡 벌어진 카베 부인Mrs. Kaabe이 맡았는데, 그녀는 입에 시침핀들을 문 채로 온전히 대화를 해낼 수 있었다.

하지만 부에 대한 우리 가족의 지나치다 못해 거의 병적이라 할 신중함으로 인해, 철이 들고 나서도 나는 아버지가 주식share이 아니라 의자chair를 판다고 계속 믿었다. 돈의 보다 큰 사회적 의미는 상황을 총체적 난국으로 몰아넣을 괴력의 비밀병기라도 되듯이 의도적으로 가려졌다. 경제에 관한 기본적 사실들이 하도 모호하게 우물거려졌던 탓에, 열 살 때 합숙 캠프에 가서 우리 집이 '부자'라는 얘기를 처음 듣고 나는 깜짝 놀랐다.

부자? 나는 조금도 부자 같은 느낌이 들지 않았다. 우선 나는 두 명의 자매와 방을 함께 썼다. 독방을 갖는다는 것이 바람직하고 중상층의 표준이라는 것은 층계가 없는 작은 아파트에 살던 친구들한테서 배웠다. 그 친구들은 댄스킨Danskin 옷을 나보다 더 많이 샘날 만큼 다양한 색상으로 갖고 있었고 돈도 훨씬 자유롭게 쓰는 것 같았다. 어머니는 사람들 눈 때문에 우리에게 비싼 원피스들을 한두 벌씩 주문해 입혀서 교회에 보내긴 했지만 어머니가 신경 써야 할 사람이 없는 학교에는 우리가 뭘 입고 가건 관심이 없었으며, 내가 다니던 유대인 주간학교에 교복을 제정하자고 건의하기도 했다. 그리고 사춘기 소녀들의 옷에 대한 집착을 맹렬히 비난하곤 했다. 신발 한 켤레를 더 산 것을 놓고 벌어진 절망적인 말다툼들을 나는 아직도 기억한다. 우리에게는 안식일에 신을 '좋은' 신발 한 켤레와 평일에 신을 신발 한 켤레씩이 허락됐다. 그 이상은 경박한 짓으로 간주되었다. 다섯 형제자매와 나는 저녁을 먹을 때마다 서로 더 먹겠다고 다투기 일쑤였다. 냉장고에는 다른 집의 지하실과는 달리 체리와 복숭아와 자두 같은 과일들이 넘쳐나지 않았다. (설령 그랬다 하더라도 우리는 자유롭게 주방에 들어가 멋대로 냉장고 문을 열 수 없었다.)

어머니는 역할에 대한 확신 없이 부자 남편의 아내를 연기하는 것 같았다. 어쩌면 분열적으로 아버지(그를 위해서라면 어떤 것도 지나치게 좋거나 많지 않았다)의 장부와 우리들의 장부를 따로 갖고 있었던 것일지도 모른다. 이런 경향은 두 사람의 배경 차이로 인해 더욱 악화된 것이 틀림없었다. 그것은 심하지 않았으나 중요한 차이였다. 둘 다 독일계 이민자였고 정통파 유대주의로 결합된 사이였지만 어머니의 아버지는 변호사 겸 철학자로서 독일의 칸트학회 회원이었던 반면 아버지의 할아버지는 빈틈없는 사업가였다. 모피 상인이었던 그는 손자들이 이른바 '서류 사업'(월 스트리트)보다는 세초이라sechoira(상품)를 취급하는 사업가가 되기를 원했다.

수표책 대차를 맞춰본 일도 없을 것이고 주간 예산에 맞춰 살림을 해야 할 필요도 없었지만 "체리는 비싸단다"라고 말하던 어머니의 목소리가 아직도 들리는 것만 같다. 어느 해 여름, 주말에 우리들 중 하나가 체리를 너무 적게 사왔다고 푸념했을 때의 일이었다. 마치 어머니가 장에 가서 얼마를 쓰는지 누가 감시라도 하는 것처럼. 어머니는 미국 중상층의 무심한 소비 습관을 경멸했다. 먹고 남은 음식을 절대 버리지 않았고, "족하다면 그것이 곧 성찬이다"처럼 푼돈을 아끼다가 큰돈을 잃는 식의 경구를 즐겨 읊었다. (전기면도기와 안경 사 모으기를 포함한 아버지의 결점들은 이 같은 원칙에서 관대히 면제되었다.) 어머니는 이 같은 메시지를 전달하는 데 너무 주의를 기울인 나머지 아버지와의 결혼을 통해 진입한 생활방식에 완전히 편안해지지 않았다. 아니, 더 정확히 말하자면 "결혼을 통한 신분 상승"을 결코 승인하지 않았다. 그리하여 나는 《오만과 편견Pride and Prejudice》의 베넷 가의 딸들과 달리 돈을 벌지 '않는' 남자들에게는 본질적으로 훌륭한 무언가가 있다고 믿게 되었다.

이런 혼란을 가중시킨 또 다른 요소가 있었는데 바로 박애주의자로 이름난 아버지였다. 크고 작은 자선단체에 활발히 기부했던 아버지는 수많은 유대인 단체들의 이사를 역임했으며(브루클린 구석의 찌그러져가는 광신적인 유대교 학교 예시바yeshiva들에서부터 세속적 명성이 드높은 대도시 병원들까지) 뉴욕과 이스라엘의 여러 장학기금과 대학에 가문 이름으로 기금을 공여했다. 내 어린 시절 내내 부모님은 이런 단체들에서 여는 수없이 많은 만찬에 참석하여 수만 달러를 호가하는 테이블에 앉곤 했으며 단상에 착석하는 영예도 자주 누렸다. (사실 남녀가 구분되는 클럽과 같은 분위기가 지배적이었기 때문에, 아버지는 풀 먹인 셔츠를 차려입은 다른 유지들과 함께 단상에 앉고 어머니는 그 아래 보다 평민적인 테이블에 앉아야 했다.) 아버지는 한 정치권 후보에게 이상한 기부를 하고 느닷없이 등을 떠밀려 어떤 비유대계 문화단체에 봉사하기도 했다. 10대에 들어섰을 무렵, 우리가 아무리 서로의 눈을 피해 음식을(특히 단것) 감추는 정교한 시스템을 확립해야 했을지라도 남들의 눈에는 그야말로 입에 은수저를 물고 태어난 것으로 보이겠다는 것이 분명해졌다. 이후 부유한 상속녀라는 거짓 평판이 나를 놓아주지 않고 따라다녔고, 내가 20대일 때 유대인 예술학교에 대한 지속적인 지원의 일환으로 아버지가 어퍼웨스트사이드에 콘서트홀을 기증함으로써 한층 확고해졌다.

당시 나는 멀리 이스트사이드의 어두운 지하 아파트에 세 들어 살고 있었으며 이후 두 차례 연속으로 관리인에 의해 집을 털렸다. 그리고 그 무렵엔 이미 우리 가족이 돈에 대해 느꼈던 수치심과 경멸 대비 우리 부모가 받는 공적인 인정과 존경이라는 두 가지 상반되는 부분을, 타인은 말할 것도 없고 나 자신의 내면에서조차 결합시키려는 희망을 접었다. 이 모든 것의 틈바구니에서 나는 어디쯤에 있었을지 궁금할지도 모르겠다. 글쎄, 동경에 찬 눈으로 유리창에 코를 대고 실내의 풍요로운 광경을 들여다보는 사람? 아니면 그 풍요 속에 태어난, 온갖 특혜의 비단담요에 싸인 사람?

어머니는 나와 형제자매들에게 돈은 본질적으로 유독할 뿐 아니라 태생을 이유로 우리의 소유라고 주장할 수 없는 것이기도 함을 몹시 공들여 주지시켰다. 우리들은 아버지의 돈에 대해 무엇이었고 아버지의 돈은 우리들에게 무엇이었을까? 아버지의 돈과 우리는 오로지 순전한 우연에 의해 연결된 것이라고 어머니는 암시하곤 했다. 우리들 중 누구도 이를테면 대학 졸업과 같은 인생의 어느 단계에 들어섰다고 진주 목걸이나 화려한 스포츠카나 기타 선물을 받지 못했다. (한번은 아버지가 모피 코트를 사주겠다고 나를 데리고 나갔는데 정작 모피 코트를 입고 쇼룸에서 나온 것은 아버지뿐이었다.) 이따금 부모님이 가치 있다고 판단한 종류의 특전을 전혀 받지 못한 것은 아니다(예컨대 이스라엘 여행 같은 것). 하지만 내 경험에 비추어볼 때, 아무도 자기 자신보다 낮추어 견주지는 않는다. 내가 살았던 유대인 왕자와 공주 들의 세계에서 나는 나보다 덜 가진 친구들을 바라보지 않았다. 나보다 더 가진, 부모로부터의 증여로 인해 반짝이고 부드러운 표면을 미끄러져 다니는 것 같은 친구들을 나는 바라보았다. 언젠가부터 어머니에게 자선은 집에서 시작되는 거라고 살짝 투덜거리는 버릇이 생겼는데 그러면 어머니는 경멸에 찬 눈으로 나를 보며 "그래, 너한테 부족한 게 정확히 뭐냐?"고 묻곤 했다. 덕분에 나는 감사할 줄 모르고 욕심 사나운 딸이 된 듯한, 마치 내 못된 성격으로 인하여 무욕한 코딜리어가 아닌 사악한 고너릴이 되어버리고 만 것 같은 기분이 되었다.

돈에 대한 이 양면가치는(돈의 옳음과 그름, 돈이 가시적인 조력자로서 기능해야 할 때와 조용히 입 다물고 물러서 있어야 할 때) 불가피하게 집안에서도 외부 세상에서도 자의식과 거짓된 자제의 분위기를 낳았다. '과시적 소비'라는 표현을 듣기 훨씬 전부터, 내가 보기에 진정으로 부자라는 것은 돈을 쓰고 공생하는 데서 나오는 일종의 강박적인 기쁨을 수반하는 듯했다. 어린 소녀였을 때 나는 〈아치Archie〉를 탐독했다. 베티와 그녀의 라이벌이자 "환상적으로 부자"인 베로니카 로지, 그리고 머릿기름을 바르고 늘 책략을 꾸미며 역시 "돈이 무지 많은" 레지가 나오는 이 만화는 부의 매혹과 부자 남자친구를 찾는 일의 중요성에 대한 재치 있는 농담으로 가득했다. ("뭔가 로맨틱한 걸 해보자!" 한 인물이 말한다. "돈을 세거나 현금 수송용 차량에서 돈을 내리는 걸 보거나 그런 거.") 하지만 농담 이면에는 중상주의적 풍조에 대한 20세기 중반의 진지한 감상이 깔려 있었다. 늘 무시당하는 로지 씨는 딸에게 이렇게 말한다. "사람을 끌어 모으고 수익을 내면 좋은 비즈니스인 거야." 나는 또 텔레비전에서 〈베벌리의 시골뜨기들Beverly Hillbillies〉을 보며 가정부들을 거느리고 고급스러운 동네에 살면서도 우리 집에선 찾을 수 없는 멋대로 호화롭게 사는 인생의 태평함을 포착했다. (물론 이후 멋진 주소가 주는 매혹을 여러 차례 실감했다. 20대 후반에 필립 로스와 점심을 먹는 자리에서 그가 나더러 어디서 자랐냐고 물었다. 늘 그랬듯 '65번과 파크'라고 얼버무리듯 대답하자, 그가 테이블 위로 몸을 굽히고 검은 눈을 호기심으로 반짝이면서 다시 물었다. "65번에서요? 아니면 파크에서요?")

돈에 관한 우리 가족의 이랬다저랬다 하는 태도가 유별난 것은 틀림없지만, 이 애매함은 보다 광범한 문화적 회피 안에 새겨져 있다는 것을 나는 서서히 깨달았다. 사정이야 저마다 다르겠지만 모두가 비슷한 양면적 틀 속에 사로잡혀 있음을 발견했던 것이다. 돈에 관해서라면 아무도 솔직하지 않았다. 뿐만 아니라 자신이 솔직하지 않다는 사실을 알고 있는 것 같은 사람도 많지 않았다. 사람들은 돈을 신처럼 떠받들거나 악마로 만들었고, 에인 랜드Ayn Rand의 소설 속 인물들처럼 이윤추구의 동기야말로 유일하게 중요한 문제라는 듯 행동하거나 아니면 자신은 세상의 부 따위에는 한 치의 관심도 없으며 그런 것을 중시하는 사람은 무가치하다는 듯 처신했다.

후자의 유형은 대학 캠퍼스를 으스대며 걸어 다녔다. 내 학창시절 컬럼비아 대학 인문학부에서는 백인이자 미국 자유기업체제의 수혜자라면 미안해해야 하는 분위기가 표준이었고, 맞춤 양복을 입은 영문학 교수는 팔레스타인 해방기구에서 월급을 받는 직원이라는 소문이 돌았다. 지난 반세기 동안 기본 인문주의적 교육을 받은 사람이라면 누구나 돈의 나쁜 평판을 흡수했다. 강의를 위해 읽는 소설들에서 친절하게 묘사된 부자는 매우 드물었지만 돈이라는 것에 대한 집착은 작품의 최전면에 위치해 있어서 과연 라이오넬 트릴링Lionel Trilling의 말대로 "장편소설은 사회적 요소로서의 돈의 등장과 함께 태어난다"고 할 만했다. 우리 대부분은 돈이란 본질적으로 비인격적임은 물론 도덕적으로 미심쩍은 존재일 수 있다는 인식을 갖고 성년에 이르며, 경제적 성공은 외로움을 보상하지 못하며 오히려 외로움을 조장할 수도 있다고 믿도록 양육된다.

물론, 대공황 시대 검약의 흔적과 상류층의 노블리스 오블리제가 과시적인 우월감으로 대체되고 "형편이 안 되는 것은 사지 마라"는 격언이 "이걸 안 사면 큰일 나요"에 밀려나던 1970년대 후반과 1980년대 초반에 이 같은 태도에도 변화가 찾아왔다. 어느 작가의 표현대로 부동산이 "중산층 사교생활의 훌륭한 첫 화제"가 되었던 시대였다. 사방에서 누군가가 요트만한 아파트를 사거나 파티용으로 블렌하임 궁전을 빌려주었고, 이제 예술가들도 월세 만 달러짜리 소호SoHo의 로프트쯤에서는 살아줘야 하게 되었다. 가장 커다란 변화 중의 하나로, 있는 집 자녀들이 겸손한 자세를 버리고 어퍼이스트사이드의 근사한 레스토랑에서 값비싼 파스타를 시켜놓고 거의 먹지는 않는 모습이 보이기 시작했다. 캐딜락이나 링컨과 제모制帽를 쓴 운전기사와 우리를 누가 연결시킬까 두려워 자동차 뒷좌석에 웅크려 앉아 지미에게 학교에서 한 블록 떨어진 곳에 내려달라고 부탁했던 나와 형제자매들의 불안과 쓸모없는 인간이라는 느낌, 그리고 언니와 내가 머리 수건을 두르고 디킨스 소설에 나오는 것 같은 고아원의 관리자 흉내를 내며 주로 인형들을 벌주고 위아래를 뗀 샌드위치 쿠키를 먹던 구빈원Poorhouse 놀이와 얼마나 거리가 먼 풍경인가. 우리의 놀이에 사회적 양심의 희미한 빛이, 재정적 운명이란 것의 불안한 속성과 그것이 인간의 내재적 가치와 얼마나 관계가 없는 것인지에 대한 인식이 담겨 있었을지 나는 아직도 궁금하다. 내 딸과 그 친구들이 한 학교 친구가 탔다고 자랑하는 "호화 스트레치 리무진"에 대해 신나서 이야기를 나누는 오늘날에는 이 같은 역逆동일시를 상상하기 어렵다.

〈부유하고 유명한 사람들의 라이프스타일Lifestyles of the Rich and Famous〉의 사회자 로빈 리치Robin Leach가 느끼하게 들먹이는 "샴페인 소망과 캐비아 꿈"에 대한 제약 없는 포용과 같이 1980년대가 가져온 이 모든 이완에도 불구하고, 돈은 아직까지도 벽장 속에 숨겨져 있다. 돈은, 섹스보다 훨씬 더, 우리의 가장 깊은 집단적 비밀이자 최후의 금기로 남아 있다. 아버지가 돈을 얼마나 버는지, 또는 아버지로부터 재정 지원을 받는지 고백을 받는 일은 어쩌면 아버지와 근친상간을 저질렀음을 고백 받기보다 쉬울지도 모른다. 내가 아는 정신과 의사 하나는 이런 농담을 한다. "어떤 남자가 정신과 의사에게 자신의 성적 변태성과 환상을 가장 지저분한 부분까지 몽땅 고백을 해요. 상담이 끝날 무렵 의사가 연수입이 얼마나 되는지를 물어요. 그러자 그 남자 대답은 이래요. '이봐요. 미안하지만 그건 너무 개인적인 질문이네요.'" 우리가 터놓고 돈 이야기를 한다고 생각할지 모른다. 일상적 대화에서 뮤추얼 펀드, 출판계약 선급금, 해변 별장의 재판매 가치에 대해 지껄이기도 하는 게 사실이다. 하지만 우리가 서로에게 얘기하는 것은 일부일 뿐이다.

따라서 나는 아직까지도 내가 아는 많은 사람들이 어떻게 그 월급으로 뉴욕에서 살 수 있으며 심지어 아이들을 사립학교에 보낼 수 있는지 이해할 수가 없다. 내가 아는 한 지인들 대부분이 나처럼 권리의식과 공포가 뒤섞인 감정으로 돈을 다룬다. 편집자와 결혼한 정신과 의사 친구는 빚 안지고 살림하기의 힘겨움을 토로하고 외동딸을 사립 대신 공립학교에 보낼까 생각하다 결국 사립으로 보냈지만, 파리를 자주 방문하고 두 주에 한 번씩은 과일과 야채가 보석처럼 빛나고 가격도 적당하다는 파라다이스 마켓을 찾아간다. 또 한 친구는 작가인데 가장 값이 싼 미용실에서 머리를 자르고 무료로 받은 책들을 반스 앤드 노블에 가져가 생일선물로 교환하지만, 한편 부모가 아파트를 사주고 소더비Sotheby's나 크리스티Christie's에서 발견한 경매 물품들로 장식까지 해주었다.

단순한 진실은, 나와 가장 친한 친구들이 생활비로 얼마를 쓰는지 내가 짐작도 못한다는 것이다. 이따금 할머니의 주식을 "빌려" 새 컴퓨터 시스템을 들여놓았다거나 유산으로 받은 미술작품을 매각하여 더 큰 아파트를 샀다거나 하는 소리가 새나오기는 한다. (그 멋쟁이는 "대학 기숙사"처럼 좁아터진 아파트에 살고 있긴 하지만, 자신과 남편의 수입으로는 현재의 라이프스타일을 제대로 지탱할 수 없음을 인정한다. 시아버지가 아이들의 등록금을 보태주며, 이혼한 부모도 생일 축하조의 용돈에서 1년에 한 번꼴의 상당한 액수까지 각자 돈을 보내준다.)

덧붙이자면, 서평가로 일하면서 오래된 어퍼 렉싱턴으로 향하는 블록의 호화롭지는 못할망정 쾌적한 침실 2개짜리 아파트에서 사는 내가 어떻게 빚을 안 지고 생활하는지 내 친구들 쪽에서도 딱히 더 잘 안다고는 할 수 없다. 내가 그들에 대해 추측해보는 것처럼 그들도 나에 대해 추측을 해볼 것이다. 그들은 내가 스스로 번 돈으로 생활하는 게 아니라고 추측할까? 그렇다면, 맞는 추측이다. 좀 불편한 사안이지만 한편으로는 돈이 나를 규정할, 평범한 미적 선택과 만성적 불안의 맥락으로 밀어 넣을 능력이 있다는 인식을 회피할 수 있게 해준다.

내 상황의 가장 기묘한 부분이라면, 나도 완전히 알지 못한다는 점이다. 나는 가족으로부터 특정 액수의 재정 지원을 받는데, 최근에 아흔한 살로 돌아가신 아버지의 전 재산이 과연 얼마였는지 전혀 모른다. (내 추정보다 적을까? 훨씬 적을까? 아니면 많을까? 훨씬 많을까?) 가족끼리 이에 대해 논의한 일은 없었으며 아버지 사망 이후 유언장이나 유산을 언급한 사람조차 없었다. 내가 몇 해 전 해보았듯 아버지의 신망 있는 변호사들을 찾아가 이 미스터리를 풀겠다는 시도는 부서뜨릴 수 없는 침묵의 규약에 맞부딪치고 만다. 돈은 무엇을 막기 위해 이처럼 논의되기는커녕 중요하지도 않아야 하는 것일까? 그걸 갖고 내가 하고 싶은 일을 할 수 있는 내 돈이라고 생각할까봐? 하루 온종일 금 접시에 담긴 만찬을 주문할까봐? 변호사 사무실에서 나는 완강한 침묵의 환영을 받았고 그들은 나를 내 자매 둘과 혼동했으며, 간신히 알아낸 것이라곤 우리 가족의 돈이 사무실의 가부장격인 수석 파트너도 시인하듯 가장 비유동적인 상태에 놓여 있다는 사실밖에 없었다. 내가 아무것도 알아내지 못한 이유는 여자라는 사실과 관계가 있을 것 같았으며(남자들은 가부장제가 부여한 권력으로 도시의 높은 건물 위에서 따끈한 정보들을 교환하곤 하니까) 그것이 완전히 틀린 추측은 아닐 것이다. 내 남자형제 셋 중 둘이 월 스트리트에서 일하는데, 그들은 틀림없이 상황에 대해 나보다 많이 알고 있다. (그들 중 하나가 가족 투자계좌를 관리한다.) 하지만 내 안에는 덜 물어볼수록 더 많을 것이라고, 보지도 듣지도 않으면 언젠가 안개가 걷히면서 푸른 현찰의 풍경이 나타나리라고 믿는(혹은 그냥 바라는) 구석이 있다.

어쩌면 바로 그 때문에 내가 직접 번 돈의 대부분을 말도 안 되게 유동적인 상태로, 정확히는 보통예금 구좌에 내버려두는 것인지도 모른다. 우리 가족의 엄중한 재산 단속법에 대한 반항으로 나는 이부자리 밑에 돈다발을 보관하는 것에 근접한 방법을 택한 듯하다. 가족이 내 안위를 보살피는 시늉도 하지 않는 판국에 누가 언제 들이닥칠지, 그래서 셔츠 한 장만 걸치고 달아나야 할지 모른다는 것 같다.

우리는 모두 우리가 어떻게든 살아가도록 되어 있다는 환상을 품고 있다. 그것은 〈아키텍추럴 다이제스트Architectural Digest〉에 실린 최신 가전제품들과 마감재로 완성된 주방처럼 우리 머릿속에 담겨 있는 이미지다. 나는 돈을 많이 버는 사람을 존경하지는 않지만 그들이 돈을 벌어서 누리는 것들은 부럽다. 간단히 말해 나는 그들이 지닌 것들을 원한다. 뉴욕의 여름을 예로 들자. 크레이트 앤드 배럴Crate & Barrel 또는 피어 원Pier 1에서 구입한 썩 괜찮은 모조품으로 소박하게 장식할 꿈을 꾸었던 해변 별장은 대체 어디 있는가. 밤잠을 설칠 문제가 아닌 것은 알지만, 바로 옆에 돈이 얼마나 있고 어떻게 써야 하는지를 알지 못하는 예전의 그 친숙한 느낌이 되살아난다. 내 가족을 아는 남자는 한 디너파티에서 내게 이렇게 말한다. "당연히 햄프턴스에 집 하나쯤 있겠죠." 아, 당연히 없다. 내가 그런 집을 살(또는 임차할) 돈이 무슨 계좌나 신탁 따위에 묻혀 있을까? 나는 답을 모른다. 아는 것이라고는 그런 질문을 던지지 못하게 내가 훈련받아왔다는 사실뿐이다. 도합 스무 명의 자녀를 둔 나와 다섯 형제자매는 여름 별장을 빌려본 적이 없고, 헤지펀드 매니저로 성공하여 시내에 커다란 수백만 달러짜리 집을 소유한 큰오빠만이 몇 달 전에 마침내 하나 구입했을 뿐이다. 오빠도 10년 넘게 아내와 네 아이를 데리고 (도보로 갈 만한 거리에 교회가 있어야 하는) 정통파 유대인들이 모여 사는 해변 마을에 자리 잡은 부모님의 수영장 딸린 실용적인 벽돌집을 찾아와 여름 주말을 보내곤 했다. 오빠는 부모님이 사는 마을에 별장을 샀을 뿐만 아니라 지나친 신중이라는 머킨 가문의 유전자까지 물려받은 것 같다. 어머니까지 합해 우리 모두는 집안 바깥의 지인을 통해 이 사실을 전해들은 것이다.

나를 정말 어리둥절케 하는 건 오빠와 내가, 그리고 맨해튼에서 만나는 모든 사람들이 스스로를 중상층으로 본다는 사실이다. 이 범주는 내 주치의가 60번대와 70번대 스트리트의 매디슨 애비뉴라는 동떨어진 동네를 일컫는 말인 '거품' 안에서 끝없이 쇼핑을 하는 사람들과, 업스테이트의 주말 별장을 떠나 있을 때에는 센트럴파크 웨스트의 커다란 아파트 안에 앉아 있는 사람들과, 배터리파크 시티에 살고 여름에는 두 주 동안 케이프코드의 오두막을 빌리며 보이지 않게 부모의 재산 덕을 보는 수혜자가 아닌 사람들을 모두 포함할 만큼 진정 탄력적인 것일까? 모두가 중상층이라면 부유층은 어디서부터 시작될까? 40대 중반의 한 유럽 은행가는 은행 안의 전용 다이닝룸에서 점심을 먹으며 '부'는 유동자산 천만 달러를, '진짜 돈'은 순자산가치 1억 달러를 의미한다는 평가를 제시하며 내게 차이를 설명했다. "제대로 기업가 소리를 들으려면," 그는 덧붙였다. "수중에 2억에서 3억 달러는 갖고 있어야 해요."

30대 초반의 어느 여름, 내 책을 펴냈으며 본래 교과서 영업사원이었다가 그 회사를 전격적으로 인수한 탁월하고 뚝심 있는 출판업자 윌리엄 조바노비치William Jovanovich의 캐나다 별장에 초대를 받아 며칠 머무른 적이 있다. 회사 제트기에 탔는데 설비가 훌륭했고 최고급 가죽 냄새가 풍겨났다. 스태프는 두 명이었다. 파일럿 하나, 그리고 내게 지나친 관심을 보인 남자 승무원 하나였다. 거기 앉아 소다수를 홀짝이며 이런 호사에 금세 익숙해질 것 같았던 게 기억난다. (사치에 무감동한 사람들도 있겠지만 나는 본 적이 없고, 혹시 본대도 믿지 못할 것 같다.)

테니스장과 조각상들과 신선한 딸기가 열린 정원 뒤의 난방이 된 수영장에서 나는 빌과 이야기를 나눴다. 자수성가로 거액을 번 이 남자는 돈 문제에 관해 비교적 개방적인 태도를 갖고 있는 듯 보였다. 그런데 그가 난데없이 내 아버지의 자선활동의 '배후'에 무엇이 있었다고 생각하는지 물어 와서 나는 깜짝 놀랐다. 무엇이 아버지를 그토록 강경하게 그 방향으로 이끌었는지 설명하고 싶지 않았고, 제대로 알지도 못했다. 사실을 말하자면 그 질문이 불쾌했다. 어쩐지 설명할 수 없이 수상하게, 심지어는 방어적으로 들렸다(사람에 따라서는 빌더러 왜 자기 돈을 더 풀지 않는지 질문할 수도 있을 터였다). 그리고 존경할 일이라고 생각하며 자란 그 일이 수상쩍게 보일 수 있다는 생각에 불안해졌다. 나야 물론 자선사업을 통한 신분상승이라는 이론을 세울 만큼 냉소적이었을 뿐 아니라 발자취를 남길 수 있는, 그럼으로써 조금의 불멸성을 획득할 수 있는 훌륭한 방법이라는 것도 알았다. 하지만 그 욕구 자체에 의문을 제기할 생각은 해본 적이 없었다. 이 모든 것이 어색했고, 내 출판업자뿐이 아니라 내가 깃들어 자란 세계관에까지 의문을 품게 되었다.

빌의 질문은 적어도 부분적으로는 내 아버지가 유대인이라는 단순한 사실에서 비롯된 것이라고 믿는다. 유대인들의 부는 비교적 최근에 형성된 경우가 많다. 빌의 부 또한 그랬지만, 비유대인인 그는 그 부를 이뤘을 때 와스프 귀족의 습관을 모방한 것이라는 추측도 할 수 있다. 록펠러Rockefeller와 듀폰Du Pont 등을 제외하고 부유한 와스프들은 부유한 유대인들에 비해 자선활동이 적다고 들은 바가 있다. 그들은 말과 보트를 사 모으는 데, 그리고 한 앵글로색슨계 친구가 "위대한 와스프들의 고통"이라 표현한 바, 자녀들이 쇠퇴하는 가운家運을 되살리는 데 실패하는 모습을 지켜보는 데 바쁜 것 같다. 내 출판업자의 질문에서 나는 반사적인 반유대주의를, 유대인들과 필연적으로 엮이는 천박한 졸부근성에 대한 암시를 감지했다. ("그들의 변변찮은 기백은 유치한 대상에 낭비되고 자선은 주로 전시의 한 형태이다"고 H. L. 멩켄Mencken은 당당히 편견을 드러내며 적었다.)

하지만 내 종족을 대표하여 의분과 부당함을 느끼게 한 것은 단지 그 부분뿐이었다. 나머지 부분은 더욱 불온한 것이었다. 내 출판업자가 자신의 돈(그 일부는 자녀들의 호화로운 생활에 사용됐다)에 대해 지닌 태도의 냉혹한 현실주의는 내 부모의 것보다 명료하고 해방감을 주는 접근법을 암시했다. 아버지가 좋은 일을 많이 한 것은 분명하지만 그의 너그러움은 어느 정도 돈을 벌어들이는 사업 자체에 대해 느꼈던 경멸로부터, 부정한 돈의 얼룩에서 벗어나고픈 욕구에서 비롯된 것이었다. 아버지의 자존감은 재정적 성공보다 자선활동에 더 많이 기초했다. 내 출판업자에게는 이런 게 없어 보였으며, 나는 이 사람이 내 아버지였다면 전화를 걸어오는 모든 유대인 단체를 지원하는 대신 내게 햄프턴스의 그 집을 사줬을 것이라는 생각을 하지 않을 수 없었다. 수영장에서의 그 대화를 통해 나는 내게 심어진 돈에 대한 괴상하게 완고한 태도를 처음으로 인식하게 됐다. 출판업자도 자기 돈은 자신의 것이고 따라서 자신의 가족을 위해 쓰여야 한다는 사실을 당당히 인정했다. 그는 자신의 부와 자신 사이에 거리를 유지해야 할, 그 비루함을 찬란하고 자랑스러운 무엇으로, 말하자면 일종의 왕관으로 뒤바꿔놓을 필요를 느끼지 않았다.

이 당당한 남자가 그랬던 것처럼 부끄러움이 없는 사람은 많지 않다. "문화적 엘리트 사이에서는, 돈이 제일 많은 사람이 최고라고 인정하는 건 아직 부적절해요." 한 연극 제작자가 최근 내게 말했다. "돈쯤은 중요하지 않다고 말하는 건 내 부모처럼 유산을 상속받은 사람들이나 누릴 수 있는 사치죠." 상속받은 부가 자신의 아버지를 '유약하게 만들었다고 그는 믿는다. "상속받은 돈은 수치스러운 것입니다." 그가 단언하더니, "내가 번 돈으로 산다는 것은 내게 아주 중요해요." 하고 덧붙였다.

상속받은 돈은 분명히 번 돈보다 더 문제가 된다. 박식하고 일도 잘하는 한 30대 후반 여성의 고백이다. "내 남편이 얼마를 버는지 나는 몰라요. 결혼한 지 5년째고요. 물어보지 않은 건 아닌데 그때마다 얼버무리면서 늘 다르다고 해요. 남편에겐 유산이 좀 있는데 그걸 불편해하는 것 같아요. 합당한 자기 몫인지 자신이 없다고 할까요." 하지만 우리들 중 몇이나 돈 있는 사람들을 보면서 (그게 유산이건 아니건) 그 돈이 합당하게 그들 몫이라 생각할까? 그저 왜 내가 아니고 저들이지, 하고 생각하지 않을까? 또 다른 친구는 "돈은 도덕성과 비슷해요. 모두가 자기 나름의 이정표를 갖고 있어요. 우리가 지닌 것을 사람들에게 알려주지 않으면 그들의 심판으로부터 스스로를 보호할 수 있죠."

당연히 우리 자신의 비합리적인 욕구는 필요성을 갖고 있는 듯 느껴지는 반면, 타인의 욕구는 변덕스런 방종으로 보인다. 우리들 대부분은 선망과 비교에 사로잡혀 침착하고 설득력 있게 문제를 바라보지 못한다. "사람들은 돈이 자신들을 특별하게 만들어주는 것으로 생각해요, 마치 성기처럼요." 다수의 부유한 환자들을 치료한 정신분석가의 지적이다. "고작 2인치가 뭐 그리 큰 차이겠어요? 하지만 돈은 역시 성기처럼 사적인 것이니까요. 보여줄 수 없는 그런 거죠."

이로써 내 친구 하나가 '웨스트사이드 기풍'이라 일컫는, 옷을 입는 목적이 순전히 "특혜의 충격을 약화"시키기 위한 것이 되어버리는 결과를 빚는다. 그녀의 설명이다. "어퍼웨스트사이드는 부유층 진보주의의 마지막 요새예요. 우리는 돈이 있지만 그에 대해 약간 난처해하죠." 자신을 위한 소비에 자유로운 여성 실내장식가는 이렇게 주장한다. "입은 옷에 대해 칭찬만 했다 하면 반드시 할인판매에서 샀다는 대답을 듣게 돼요. 소비에 대한, 좋은 물건들에 대놓고 돈을 쓰는 일에 대한 번민이 있어서예요." 한 현실적인 70대 과부와의 대화는 내게 그야말로 안도감을 주었다. "열아홉 살에 미국에 왔을 때 나 스스로를 평가해봤어요. '난 예쁘고 젊으니까 돈 많은 남자와 결혼하고 싶다'라고요. 돈 자체를 많이 원했다기보다, 고생을 하고 싶지 않았죠. 멋진 데이트를 시켜주고 아파트며 근사한 인생을 제공해줄 수 있는 남자를 원했어요." 우리들 대부분은 스스로 그보다는 계몽됐다고 간주하고, 매튜 아놀드Matthew Arnold의 인생은 "가지고 쉬는 것이 아니라 자라고 이루는 것이다"라는 온유하게 교훈적인 견해를 믿고 있다고 생각하고 싶어 한다. 그러면서도 넋을 잃고 도취되기를 계속한다. 우디 앨런은, 적어도 후반기의 우디 앨런은, 우리 시대의 F. 스콧 피츠제럴드가 되어 부자들이 가는 곳과 그들의 습관으로 화면을 채워준다. 그는 이른바 "부유층에 대한, 돈 많은 젊은이들과 그들이 쓰는 어마어마한 액수에 대한 엄청난 심미적 매료"를 공공연히 인정한다. 그리고 덧붙인다. "내가 보기에 그건 당최 눈을 못 떼며 벽난로 불을 바라보는 것과 같아요."

"다이아몬드는 차갑다." 어머니는 이렇게 말하곤 했다. 그러면서도 자신이 지녔던, 또는 커다란 약혼반지로 마음을 움직인 남자로부터 받은 것들을 계속 꼈다. 돈이 우리를 따뜻하게 해주지 못할지라도 어떤 포옹의 측면을 띨 수는 있다. 심지어 사랑의 대역이 될 수조차 있다. 진짜 사랑이 부족하다면 더욱 그렇다. "그저 돈일 뿐이야." 좋다. 하지만 우리들 중 그 말을 정말로 믿는 사람이 있을까? 프로이트는 돈에 혐오스러운 위상을 부여했다. 그는 돈이 무의식의 배설물을 상징한다고 생각했지만 동시에 그것을 더 벌어들이는 일에 집착했다. "내 기분은 또 내 수입에 강하게 좌우되지." 그는 절친한 친구 빌헬름 플리스Wilhelm Fliess에게 이런 편지를 썼다. "돈은 내게 웃음가스 같은 존재라네." 그게 무슨 말인지 우리는 안다. 우리의 정신을 띄워주고 불안을 물리치는 돈의 절대적 권력을 우리 모두 공인한다.

낭만적 영역만큼 이 강렬한 역학이 폭발적으로 작용하는 곳도 없다. 첫 데이트에서 남자가 저녁 값을 치르겠다고 제의하거나 또는 하지 않는 것에서부터 그것은 시작된다. 내가 남자들과 맺었던 모든 관계는 누가 무엇을 지불하느냐 하는 문제 위에서 불안하게 흔들렸다. 무엇보다도 나는 내가 자신을 사냥의 대상으로 봐야 하는지 주체로 봐야 하는지부터 확신이 서지 않는다. 어머니가 자주 겁주었듯(내게 그럴 만한 돈이 아예 없다고 겁줄 때가 아니면) 내가 남자들이 돈 '때문에' 쫓아다니는 여자인지, 아니면 어린 시절의 궁색한 기운으로부터, 눈앞에 장대한 왕국이 있지만 내 것은 아니라는 분위기로부터 구제되어 진정으로 확실하게 베풀어주는 부양자를 찾는 여자인지 모르겠다는 것이다.

이런 불확실성이 내 결혼을 해쳤다. 그 첫 장면은 딸을 낳고 얼마 후 아버지의 서재에서 벌어졌다. 남편과 나는 아버지가 우리를 왜 불렀는지 모른 채 소파에 앉아 있었다. 아버지는 미래와 번식과 책임을 운운하는 자애로운 가부장으로서의 연설에 돌입했다. 처음에는 무해하게만 들렸다. 그러나 다른 형제자매들을 도왔듯(내가 결혼이 제일 늦었다) 물론 우리도 당시 살고 있던 침실 한 개짜리보다는 큰 아파트를 사도록 도와줄 의향이 있다고 선언한 다음, 아버지는 아주 잠시 말을 멈추더니 우리가 요청하지도 않았던 이 제안에 한 가지 조건을 덧붙였다. 새 집에선 유대 율법에 따라 식사하겠다고 동의할 뿐 아니라 그런 서류에 서명까지 해야 한다는 것이었다. 나는 기가 막혔다. 통제를 좋아하는 우리 가족의 표준에 비춰 봐도 이것은 협박이었다. 종교적 관습에 맞춰 살지 않은 지가 이미 여러 해째였다. 나는 형제자매들 중 유일하게 길 잃은 양이었다. 내겐 신앙이 없다고 뭐라 중얼거리자 아버지는 고함을 질렀다. "네가 뭘 믿고 안 믿고 따위에는 아무 관심도 없다."

팽팽한 긴장의 순간 끝에 남편과 나는 자리에서 일어나 나왔다. 얼마 안 되는 두 사람의 돈으로 살아가면 된다는 짧고 달콤한 대화가 기억난다. 우리는 한동안 영화 〈맨발로 공원을Barefoot in the Park〉 속의 신혼부부처럼 위층에서 물이 새어 천장이 젖고 방열기가 씩씩거리다 작동을 멈춰도 다세대 주택 골방에서 계속 사랑을 키워갔다. 그것은 꿈이었고, 그 꿈속에서 돈의 부재는 오히려 행운이었으며 과거를 청산하고 우리 가족과 돈과 뉴욕의 악다구니에서 해방될 수 있는 길이었다.

결국 우리는 서류에 서명하지 않고도 새 아파트를 받았지만, 몇 해 지나서 결혼생활은 허물어지기 시작했다. 이후로 내 의혹은 커져갔다. 나는 오직 내 노랑머리 때문에 사랑받는가, 아니면 부동산적 장래성 때문에? 몇 년 전에 당시 만나던 남자의 생일축하 저녁식사 자리에서 이 문제에 대해 잊을 수 없는 대화가 벌어졌다. 그의 부모의 초대였는데 어쩌다 아파트가 화제에 올랐다. 사실상 내 집에서 함께 살던 그 남자친구는 여러 달째 건물 밖의 쓰레기차 소음이 자신을 울적하게 한다고, 내가 그 아파트에 살기에 너무 '크다'고(나는 존재감이 크다는 의미로 받아들였다) 말해왔던 차였다. 내 아이에게 더 나은 환경을 제공해줄 의무가 있다고 그는 말했다. 내가 살던 건물은 정서적 문제를 가진 불우한 청소년들을 버스로 실어오는 학교에 면해 있었는데, 그에게 이것은 문제 되는 상황이었다.

그의 철저한 눈길 아래 내 아파트는 실제보다 더 누추해 보였고, 나는 매주 신문의 부동산 지면을 뒤지기 시작했다. 그의 어머니가 이에 대해 얼마나 알았는지는 모르지만 둘의 사이가 가까웠음을 생각할 때 웬만큼 알았으리라 추측된다. 어쨌든 그녀는 디저트가 놓인 테이블 위로 몸을 굽히며 "내 경우에는 무엇보다도 볕이 잘 들어야 했어요"라고 말하는 것이었다. 그런 식의 대화에서 그 말이 무슨 뜻인지 나는 알았다. 그녀는 5번 아니면 센트럴파크 웨스트에 있는 아파트가 필요했던 것이었다(그녀는 실제로 그런 곳에 살고 있었다). 그 정도는 돼야 하는 것 아닌가? 나는 그녀의 아들이 볕이 안 드는 방에 살게 하고 있는데, 내 부모가 도와줄 수는 없는가? 나는 나도 볕이 잘 드는 집이 좋다고 대답하고, 초라한 지참금을 내놓는 예비신부처럼 내 아파트 때문에 얼굴을 붉혔다.

한편 그 자신도 유산을 상속받았다는 소문의 주인공이던 연상의 남자도 있었다. 얼마 동안은, 돈이 있으면서도 주지 않는 부모의 자녀가 느끼는 독특한 형태의 정서적 박탈감을 이해하는 사람을 만난 것 같았다. 우리는 돈의 한계와 그것이 어떻게 행복을 이루어주기보다도 망가뜨릴 수 있는지 한참 이야기를 나눴다. 그는 내가 돈에 대한 유치한 혼란에서 벗어나지 못했다고 지적했다. 돈으로 살 수 없는 어떤 보호를, 기본적인 보증을 찾고 있다는 것이었다. 나 자신에게도 그런 내가 보였다.

하지만 나는 그 또한 과거의 그림자에서 벗어나지 못한 것을 알아차릴 수밖에 없었다. 그는 품 넓은 제스처와 반대로 쩨쩨한 제스처 사이에서 오락가락했다. 우리가 데이트를 시작할 때 그는 피렌체에서 주말을 함께 보내자고 초대해놓고 내 비행기 표는 내가 지불할 것을 요청했으며, 동시에 마음만 있다면 동원할 수 있는 상당한 자산이 있음을 분명히 하는 것이었다. 나는 그의 상황이 실제로 어떤 것인지 이해되지 않았다. 성인이 된 두 딸에게 경제적 지원을 제공하는 것 같았는데, 그가 자주 아침과 저녁을 먹는 내 아파트에서 쓸 20달러짜리 커피메이커를 사는 데는 큰 생색을 냈다. 그의 가까운 친구 하나가 나를 '돈 많은 여자'라고 부른 것도 틀림없이 상황을 악화시켰다. 어떤 지인은 내게 그 남자가 청량음료 거부의 자손이라고 했다. 나 자신의 부에 대한 헛소문을 통해 잘 알 듯, 개인의 부에 대한 미신은 몹시 빠르게 증식하며 듣는 사람에게 더할 바 없이 요사스런 환상을 심어놓는다. 그것을 뒷받침할 현실적 증거가 없다 해도 마찬가지다. 그의 재산에 대해 내가 상관할 바가 아님을 알았지만 애타게 헛된 희망을 품었다가 또다시 왕국 앞에서 내쫓기는 신세가 되고 싶지 않았다. 결국 우리는 둘 다 돈의 의미에 관해 지나치게 비합리적으로 골몰하고 있었다. 나는 "내 것은 네 것이기도 하다"는 포용을, 넉넉한 양의 체리를 갈망했고, 이미 두 차례 이혼한 그는 이용당하는 것을, 대가의 보장 없이 주는 것을 두려워했다. 우리가 한 지붕 밑에 함께 사는 데 막 익숙해진 것 같았던 어느 밤, 침대에 들어가는 내게 그는 말했다. 드라이클리닝 값을 내가 아직 안 갚았다고. 역시 그랬다. 그저 돈일 뿐이다. 다만 그게 전부인 것이다.

우리는 그 다음 날 헤어졌다.

개털아 휘날려라

래시들은 다 어디로 갔나? 일요일 밤 텔레비전에 방송되는 자기 프로그램을 갖고 있었고 최고의 친구였던 그 고귀한 콜리를 누가 잊을 수 있을까? 래시는 존 프로보스트Jon Provost가 연기한 창백한 낯의 티미, 준 록하트June Lockhart가 연기한 성실한 어머니, 그리고 휴 라일리Hugh Reilly가 연기한 신중한 아버지로 이루어진 완벽한 일가족의 명예회원이었다. 하지만 우유와 리큰 크런치Lick 'n Crunch!(쓰리 독 베이커리Three Dog Bakery에서 개에게 해로운 초콜릿 대신 캐럽으로 만든 오리오Oreo 비슷한 과자) 간식을 먹으라고 래시를 초대하거나, 스와로브스키 크리스털로 만든 하트 모양의 인식표로 꾸며주거나, 또는 오피아이 폴리시OPI Pawlish로 발톱을 칠해줄 생각은 아무도 안 한다는 건 틀림없었다. 토미가 래시에게 찍찍 소리가 나는 14달러짜리 추이 뷔통Chewy Vuitton이나 지미 추Jimmy Chew 장난감을 사주기 위해 용돈을 모으고 있지 않았다는 것, 그리고 어머니가 삼나무향 은은한 르시앙 에 르샤 Le Chien et Le Chat 세제를 사러 생활비를 아끼고 있지 않았다는 것 또한 확신할 수 있다.

래시는 훌륭하지만 이제 거의 멸종 상태에 이른, 인간의 가족에서 제 위치를 알았던 애완동물이었다. 그 개는 주문 제작한 400달러짜리 흰 잔금무늬 애견 침대와 얇은 린넨 위에서 곯아떨어져 자지 않았다. 아니, 그 농가의 망을 친 문 밖에서도 낯선 소리가 들리지 않나 귀를 세우고 쪽잠을 자야 했다.

분노를 불러일으킬 각오로, 나는 우리 문화가 애완동물을 다루는 방식에 뭔가 근본적으로 잘못된 것이 있다고 주장하고자 한다. 더 정확히 말해서, 우리는 매년 아이들 장난감보다 애완동물 관련 제품과 서비스에 더 많은 돈을 쓴다. 더 정확히 말해서, 파이도Fido를 위해 건강보험을 들지 말지에 대해(애완동물의 건강보험 가입률은 5퍼센트다) 그리고 양육권 분쟁에서 개를 지키는 법에 대해(스타들의 이혼전문 변호사 라울 펠더Raoul Felder는 "본인이 일차 관리자임을 보여주는 일기를 쓰기 시작하세요. 개 산책을 몇 번 시켰는지 모두 기록하고요"라고 조언한다) 아주 진지한 기사를 싣는 〈뉴욕 독The New York Dog〉은 〈독 팬시Dog Fancy〉〈모던 독Modern Dong〉〈바크The Bark〉 등 이미 넘쳐나는 애견전문잡지 시장의 신생주자다. 더 정확히 말해서, 휴가를 갈 때 개를 맡길 곳을 찾는다면 캘리포니아 주 소살리토Sausalito에 있는 케이나인 코브Canine Cove쯤은 되어야 한다. 이곳에서는 개를 우리에 넣지 않고,

텔레비전을 볼 수 있는 조용한 장소와 야외 휴식 장소도 갖추고 있다.

어떻게 해서 개에게 악어·송아지 가죽으로 만든 1,380달러짜리 에르메스 개줄·목걸이 세트를 사주는 것이 지나치게 부조리하거나 수치스럽게 보이지 않게 되었을까? 어떻게 해서 우리의 인도주의가 동물의 왕국 구성원들에게 이전되어(과도하게 번식-사육된 가축과 야생-이국적 동물 모두) 애정과 돈과 도덕적 분노를 그들에게 퍼붓고, 반면 노숙자들의 곤경에는 공감하기보다 불평하며 노인들은 싸잡아 무시하게 되었을까?

이 괴상하고 다소간 타락한 문화적 현상은, 완전히 따뜻하지도 않고 논리적 일관성도 없는(클라이브 D. L. 윈Clive D. L. Wynne의 《동물들은 생각하는가Do Animals Think?》는 동물해방 운동의 보다 경건한 체하는 여러 주장들에 대해 재치 있는 답변을 제공한다) 감상들에도 불구하고 도덕적 우위를 점한 동물해방 운동과 마리 앙투아네트 식 소비지상주의의 만연에 공을 돌릴 수 있다. 이 두 세력은 의인화의 오류가 마구 날뛰는 풍토를 허용했다(그런 풍토 속에서 우리는 우리의 인간적인 욕망과 동물들의 이익을 혼동함으로써 때로는 동물에게 해를 끼친다). 최근의 한 사례로, 영화 〈프리 윌리Free Willy〉에 등장했던 사교적인 범고래 케이코Keiko를 아이슬란드 야생으로 돌려보내기 위해 7년이 넘는 시간과 2천만 달러라는 돈이 투여된 국제적 노력을 들 수 있다. 케이코 자신은 인간 보호자들만큼 간절히 자유에의 호소를 부르짖을 필요를 느끼지 못하는 것 같았고, 결국 한 작가가 썼듯이 "인간의 위로를 그리워하며" 2년 전에 죽었다.

한편 페타PETA(People for the Ethical Treatment of Animals, 동물의 윤리적 처우를

바라는 사람들―옮긴이) 운동가들은 자신의 부모나 조부모를 살릴지도 모르는 의술 발전보다는 실험실의 쥐들을 살리는 데 더 집중하고 있는 것 같고, 호랑이나 침팬지를 뒷마당의 호기심거리로 입양함으로써 이웃의(때로는 본인의) 생명을 위협할 태세가 된 사람들도 있다. 애완동물 숭배는 역사에 충분히 기록되어 있지만 오늘날의 개와 고양이들은 신분 과시용 소유물이나 자녀의 대체물, 또는 자기도취적 투사가 빚은 빗나간 사랑의 대상으로 그 어느 때보다 뻔뻔하게 포용되고 있다.

아직도 내 관점이 분명하게 와 닿지 않는다면, 내가 개조되지 않은 종차별주의자라고 해두자. 나는 그러니까 동물권리 철학자 피터 싱어Peter Singer가 (인간이 예를 들어 보아뱀과는 약간 다르다고 생각한다는 이유로) 포괄적으로 비판하는 개화되지 못한 유형에 속한다. 동물들이 고통을 느낄 수 있다는 것을 믿지 않는다는 말은 아니다(싱어의 스승인 19세기 영국 철학자 제러미 벤담Jeremy Bentham에 따르면 "문제는 그들이 논리적 사유를 할 수 있는가, 또는 말을 할 수 있는가가 아니라 그들이 고통을 느낄 수 있는가이다"). 다만 내 조카가 사랑하는 개 릴리Lily의 심리적·육체적 고통에 내가 조카의 고통과 같은 수준으로 공감할 수가 없다는 것뿐이다.

여러 세대 동안 애완동물을 피해온 혈통의 나는 이런 태도를 자연스럽게 획득했다고 할 수 있다. 우리 정통파 유대인 가문에서 동물은 종류를 막론하고, 껴안고 싶거나 벗이 되어주는 존재로서보다는 테니슨Alfred Tennyson이 말한 공격성("자연, 이빨과 발톱이 붉은")과 연관되었다. 내 부모는 총통이 블론디Blondi라는 이름의 저먼 셰퍼드를 사랑했다고 알려진 나치 독일에서 탈출한 피난민 출신이다. (지하 벙커에서의 히틀러 최후의 날들을 그린 끔찍한 영화 〈몰락Downfall〉 도입부는 채식과 자기 개에 대한 두 가지 집착을 언급한다.) 유대 율법이 가정의 애완동물에 대해 상당히 온건한 태도를 취하고 동물에 대한 불필요한 잔혹행위를 금하고는 있지만, 유럽에서 태어난 유대인들은 역사적으로 개와 고양이를 다소 경계해왔다.

애완동물을 갖고 싶었던 나와 다섯 형제자매들은 주로 모래쥐로 만족해야 했다. 있는 듯 없는 듯한 금붕어 몇 마리와 무관심한 카멜레온 한두 마리도 있었다. 모래쥐들은 의도적인 악의보다는 방치로 인해 자주 죽었다. 갓 태어난 새끼들을 어미가 먹어치운 특히 끔찍한 기억이 내 뇌리에 깊이 새겨져 있기도 하다. 동물 친구를 가장 열렬히 희구했던 막내 남동생은 결국 어머니를 설득하여 뱀 한 마리를 갖게 되었다. 뱀은 살아 있는 생쥐를 먹어야 했고 그것이 내 남동생을 더욱 즐겁게만 했는데, 어머니가 아끼는 가정부가 우리 아파트 안에 뱀이 있는 한 발을 들여놓을 수 없다고 버티는 바람에 이 프로젝트는 지속되지 못했다.

어쨌든 북슬북슬하고 꼬리를 흔드는 작은 동물들의 매력은 이해하기 어렵지 않고, 나도 언젠가 개를 가진 도시 주민들 중 하나가 된다는 가설이 싫지만도 않다. (시인컨대 고양이는 절대 싫다.) 열다섯 살 딸아이와 나는 우리의 이상적인 개에 관해 상세한 대화를 나누곤 하는데 주로 코커스패니얼과 웨스트하일랜드 테리어 같은 맵시 있는 품종들에 끌린다. (개와의 산책은 독신자들이 모이는 술집에 대한 이혼녀들의 대안이라는 사실도 잘 알고 있다.) 동물과 인간 사이 유대의 중요성을 경시하는 것도 아니다. 단, 동물들에게 친절한 이들이 반드시 사람들에게도 친절한 것은 아닌 것 같다. 나는 이 등식의 부정적 측면, 즉 이를테면 나비의 날개를 뜯는 아이와 연쇄살인범이 되는 성인의 연관 관계를 더 믿는 편이다.

사실, 사상 최고의 개 애호가였던 영국의 작가 겸 편집자 J. R. 애컬리Ackerley는 한편으로 역사상 가장 맹렬한 염세가였다. 애컬리의 회고록 《나의 개 튤립My Dog Tulip》은 감정 전위의 힘에 대한 가장 설득력 있고 약간 느글거리는 증언으로, 사랑하는 알자시안 개들의 배설 및 교배 습관에 대한 작가의 몰두를 광상시적인 문장을 통해 전달해주고 있다. 애컬리에게 있어 동물에 대한 열정만큼이나 강한 것은 오로지 인간에 대한 경멸뿐으로, 생쥐와 인간을 똑같이 열애하는 것이 가능한지 아니면 어느 한쪽에 대한 충성을 선택해야 하는 것인지 의아하게 만든다. 애컬리도 분명 이 문제에 대해 생각한 듯하다. "모두가 결국에는 어느 편인지 결정해야만 한다." 그리고 나아가 이렇게 말한다. "나 자신으로 말하자면, 나는 동물들을 구제할 것이다…. 필요하다면 인류를 희생시키고서라도."

문제의 핵심으로 다시 돌아가보자. 한때 사냥한 짐승을 물어오고 쥐를 잡는 조건으로 지하실과 뒷마당에서 살도록 허용되었던 동물들이 대체 어떻게 지금과 같은 프리마돈나의 지위까지 오른 것일까? 왜 여유 있는 미국인들은 자신들의 가용 수입을 개 밥그릇에 내던지고 개와 고양이들을 정성스럽게 꾸미며 성마른 이집트의 신들처럼 덮개 씌운 쿠션에 올라가 앉은 그들의 앙앙거리는 입에 진미를 넣어주는 것일까? 어쩌면 이 응석받이들은 우리에게 영적 정화를 제공하는 것인지도, 즉 다른 이들은 굶주리는데 우리는 떵떵거리고 사는 데서 오는 죄책감을 보다 무력한 포유류에게 우리의 행운을 나눠줌으로써 용서받도록 해주는 것인지도 모른다. 그렇다 하더라도, 제아무리 부자건 유명인이건 무조건적인 사랑을 필요로 하지 않는 이가 어디 있을까. 설령 그것이 농담을 할 수 없으며 잊지 말고 열쇠를 챙기라고 일러주지도 못하는 멍멍이와 야옹이의 형태라고 할지라도 말이다.

하지만 스티븐 부디안스키Stephen Budiansky가 매혹적인 책《개에 대하여The Truth About Dogs》에서 말하듯 우리의 집단적인 가슴속에서 개들이(부디안스키는 반은 농담으로 '사기꾼' '기생충' '생물학적 빈대'라고 부른다) 그토록 따뜻한 자리를 차지하는 이유는 우리의 "치열하게 의인화하는 정신" 때문이라고 해도, 애완동물이 애완동물일 뿐 팅커벨Tinkerbell이며 빗빗Bit Bit 같은 이름을 가진 핸드백 크기의 강아지가 아니었던 시절에 갈수록 향수를 느끼는 것은 나뿐이 아니리라고 생각한다. 물론 팅커벨은 패리스 힐튼Paris Hilton의, 빗빗은 브리트니 스피어스Britney Spears의 품에 안겨 패션쇼와 쇼핑몰에 나타나는 사랑스럽고 앙증맞은 강아지들이다. 유모차에 인형을 태우고 몰며 엄마 놀이를 하던 어린 소녀들의 패러디인 셈이다. (내 딸이 보는 〈인 터치 위클리In Touch Weekly〉 덕분에 안 사실이지만 팅커벨은 이제 밤비Bambi라는 또 다른 티컵 치와와와 치열한 경쟁을 펼쳐야만 하게 되었고, 이에 대해 한 동물행동 전문가는 "그 나이 든 개는 그동안 애정을 듬뿍 받았기에 만일 패리스가 다른 개에게 관심을 쏟는다면 심한 불안 증세를 보일 것"이라는 음울한 전망을 내놓았다. 브리트니의 임신 소식에 빗빗이 얼마나 지독한 트라우마를 겪었을지 신만이 알 것이다.)

얼마 전엔가 복도 건너편 아파트에 사는 이웃 부부가 어린아이 셋과 함께 일주일간 햇볕 좋은 곳으로 휴가를 떠난다며, 홀로 남을 자기네 일본산 베타 '캔디'를 내 집에서 보살피고 먹이를 줄 수 있겠느냐고 물었다. 나는 기꺼이 그러마고 했다. 그들은 호감 가는 사람들인데다, 혹시 내가 보살피는 동안 물고기가 죽는 일이 있어도 가까운 펫코Petco에 가서 3달러 79센트에 다른 물고기로 바꿔다 놓으면 된다고 안심시켜주기도 했다. 이것은 애완동물에 관해 내가 이해할 수 있고 심지어 동일시할 수 있는, 아이들 학교에서 개 전용호텔까지 모든 것이 삶의 번잡한 현실이 아니라 타인의 시샘을 불러일으키는 우리의 멋진 라이프스타일을 입증해주는 데 사용되는 현재의 가차 없는 상품화가 뿌리내리기 이전의 태도였다.

다행히 물고기는 일주일간의 위탁생활을 견뎌냈다. 나는 제법 웅대해 보이는 수조를 주방에 두었다. 오후가 되면 이따금씩 그 앞으로 다가가 이글루처럼 생긴 플라스틱 처소 안으로 들어갔다 나왔다 하는 캔디의 모습을 지켜보기도 했다. 사료 조각을 먹는 걸 빼면 그게 물고기의 유일한 활동이었다. 하루 종일 캔디가 무슨 생각을 할지 나는 궁금해졌다. 집을 떠나 있다는 것을 알고 있을까 하고 생각하다가 금세 어류의 의식에 대한 나 자신의 관심이 극도로 제한되어 있다는 것을, 내가 참으로 갱생하지 못한 종차별주의자임을 깨달았다. 게다가 나는 사자가 말을 할 수 있다고 해도 우리는 그들의 대화를 이해하지 못할 것이라고 한 비트겐슈타인Ludwig Wittgenstein과 같은 의견이다. 하지만 애완동물의 보다 폭넓은 의미라는 주제에 대한 최후의 한마디는 결코 터무니없는 결론 너머로 나아가지 못했던 그루초 막스

Groucho Marx의 것이어야 옳다. "개를 제외하면Outside of a dog 책이 인간의 가장 좋은 친구다. 개에 빠져 있으면Inside of a dog 어두워서 책을 읽을 수 없다." 자, 그에게 뼈다귀bone를, 아니 갈채bow를 던져주자.

마케팅의 신비

　　로스앤젤레스의 카발라 센터Kabbalah Centre(도히니 드라이브의 고급스러운 분위기가 주유소 두 개와 한국인 네일샵 여러 개가 널려 있는 남루한 거리로 돌변하는 베벌리힐스의 초라한 남쪽 변경에 있다) 안의 아담하고 깔끔한 사무실을 찾은 것은 마돈나 때문이다. 인터뷰를 하다가 그녀가 죽음을 믿지 않는다는 사실을 알게 됐는데, 공교롭게도 내 어머니가 돌아가신 지 얼마 안 되는 시점이었다. 어쨌든 양립하지 않는 현실을 타협시키기 위한 노력의 일환으로 나는 해결할 수 없는 문제에 대한 해결책을, 다시 말해서 필멸의 절대성과 아직 남아 있는 그 너머 무엇인가에 대한 희망 사이의, 개인적인 상실이라는 불변의 현실과 영적 위안이 주는 약속 사이의 길을 찾고 있었을 것이다.

적어도 13세기까지 거슬러 올라가야 기원을 찾을 수 있는 유대교 분파 비전 밀교인 카발라의 신비를 너도나도 노리는 세상에서, 로스앤젤레스의 센터는 1993년 개원 이래 할리우드 스타들을 꾸준히 끌어 모아왔다. 토랏 하임과 오르 하에멧 같은 이름의 허름한 정통파 예시바와 유대교 여자고등학교가 무리를 이루어 서 있으며 그중 많은 수가 카발라 초급반을 운영한다는 임시 간판까지 내건 가운데, 이 열기에 편승하겠다고 동네에 들어선 기관들을 누가 탓할 수 있겠는가. 모든 게 무척 쉬워 보이고 물론 장사도 잘되는 듯 보이는데, 센터 매점에서 파는 고가의 하찮은 물건들과(개당 26달러짜리 붉은 카발라 팔찌에서부터 한 병에 40달러 가까운 카발라 생수까지) 신구 회원들에게서 받아내는 두둑한 기부금 덕분이다.

카발라 센터는 1920~1930년대 스타일의 스페인 또는 무어 양식 건축물이 주조를 이룬 주변 동네와 어울리는 붉은 타일 지붕의 2층짜리 담황색 벽토 건물이다. 남루한 거리 한복판이라 이런 곳이 그토록 사람을 끌어 모은다는 것이 믿기지 않을 정도다. 하지만 로스앤젤레스의 이 센터는 데미 무어Demi Moore와 애슈턴 커처Ashton Kutcher, 로잰바Roseanne Barr, 도나 카란Donna Karan, 그리고 영의 부름을 받아 오가는 다수 유명인들의 정신적 고향이다. 무엇보다도, 센터에 대해 조금이라도 들은 바 있는 사람들은 다 아는 대로(그들이 센터에 대해 아는 유일한 것인 경우도 많다), 이곳을 대표하는 얼굴은 명확하게 비유대인이며 악명 높은 신성모독의 별똥별 마돈나이다.

자신의 모태신앙인 가톨릭과 그 상징 이미지들을 노골적으로 공격함으로써 견줄 수 없는 커리어를 쌓아온 이 초超유명인은, 센터의 가르침으로부터 삶의 인도를 구하고 있는 것 같다. 그녀는 이곳 스승들로부터 배우고(그녀의 영적 인도자는 주로 소수의 유명한 제자들에게만 카발라의 지혜를 제공하는 에이탄 야르데니Eitan Yardeni이다), 이스라엘이나 로스앤젤레스의 대성일 예배에 나타나며, 가끔 금요일 안식일 만찬에 참석하기도 한다. 마돈나는 티쿤 올람tikkun olam(세상의 교정)을 위한 사심 없는 헌신이라는 카발라 센터의 메시지를 음악과 태도를 통해 팬들에게 전달한다. 짐작할 수 있듯이 그녀는 런던에 건물을 구입하는 것에서부터 본인이 추진하는 어린이들을 위한 영성 프로젝트를 비롯하여 세계 각지의 공동체 프로그램을 위해 수백만 달러를 기부하는 등, 센터의 진취적인 야심과 자선사업에 아낌없는 지원을 베풀어왔다. 카발라의 주요 교의가 더 많이 받으려거든 먼저 베풀어야 함을 강조한다는 사실은, 센터와 그 가장 활발한 후원자(대표 회원으로 인정되는 그녀를 평범한 회원들의 호기심어린 시선에서 보호하기 위해 센터는 세심한 주의를 기울인다) 사이의 관계에 유용하게 작용한다. 나는 센터를 더 잘 이해하기 위하여 네게브의 벤 구리온 대학교에서 유대사상 교수로 있는 보애즈 허스Boaz Huss를 찾았다. 그는 "그들의 이념에는 베풂, 그리고 센터에 대한 베풂의 중요함이 깊이 새겨져 있어요. 그들은 자신과 인류를 구원할 열쇠를 갖고 있다고 믿어요. 세상에 빛을 들여온다는 거죠"라고 설명한다.

1993년 필립 버그Philip Berg와 카렌 버그Karen Berg가 창설한 이래 (1980년대에 이스라엘과 뉴욕에 초창기 버전이 존재하기는 했다) 센터는 끊임없이 조롱과 냉소를 받아왔는데 그 상당부분은 시기猜忌, 그리고 도무지 믿을 수 없다는 생각에서 비롯되었다. 어떻게 이 많은 사람들이, 특히 세상풍파를 다 겪고 지쳐버린 유명인들이, 이처럼 소박하면서도 당당하게 눈에 보이지도 않는 상품을 파는 퀸스 출신의 평범한 중산층 정통파 부부에게 넘어갈 수 있을까? 그리고 센터가 추종자들에게 주는 것은 정확히 무엇일까? 어떤 차원에서는 궁극적으로 센터가 무엇을 제공하건, 그것이 자조self-help이건 키치kitsch화된 신학이건 혹은 비유대인들과 마음이 떠난 유대인들을 위한 비유대성이건, 익명 알코올 중독자 모임에서와 비슷한 공동체의식이건, 센터에의 공헌을 통해 신으로부터 불멸성을 얻어내준다는 일종의 보증이건 상관없다고 할 수도 있다. 정작 중요한 것은 센터가 난해한 유대교의 지류를 어둠속에서 끌어내 레드카펫에 올려놓았다는 사실이다.

센터가 이를테면 사이언톨로지Scientology처럼 영성과 신빙성 간의 관계를 (신빙성이란 대체가능할 뿐만 아니라 요점이 아니라는 주장으로) 전복시킨 포스트모던 시대의 신앙체계들과 다른 점은, 이곳이 수세기 동안 전승되어온 고도로 의식화된 종교 전통을 중핵으로 하고 그 위에 열렬한 세계교회적 메시지를 덧입혔다는 사실에 있다. 유대교를 비롯한 어떤 기존 종교와의 연관도 부인하고 있지만(주요 회원들 중 하나는 나와의 대화에서 유대교의 '낙인'이라는 표현을 사용하기까지 했다), 기껏해야 200명이 좀 넘고 헤브라chevra 즉 벗들의 모임이라 불리는 중추부 인사들은 유대교의 바탕이 되는 율법과 관습 들을 지킨다. 안식일과 여러 성일 지키기, 코셔 율법 지키기, 교회 안에서의 성별 격리, 남자는 이곳과 이스라엘에서 유행하는 현대 정통파 스타일의 코바늘 모자 야물커yamulke를 쓰며 결혼한 여자는 스커트를 입고 셰이틀sheitel을 쓰는 것 등이 포함된다. (셰이틀은 진짜 머리에 뒤집어쓰는 통상 빨강머리의 가발인데, 자신이 더이상 유혹의 대상이 아니고 결혼시장에서 떠난 몸임을 보여주기 위한 것이다. 하지만 카발라에서는 부정적인 필라멘트와 긍정적인 회로 따위의 보다 이국적이고 유사과학적인 논리를 편다.) 선택된 사람들 중에서도 선택된 사람들로 구성되는 헤브라의 멤버는 집과 옷은 물론이거니와 자녀 교육, 심지어 비행기 표까지 무상 제공받는다.

하지만 전도와 확장을 향한 그들의 대망과 의지에 비해서(센터는 미국에만 열 개, 전 세계에 열여섯 개가 있다), 센터와 가까운 사람들은 그 바탕을 이루는 신앙체계를 좀처럼 시인하지 않는다. 지나치게 편협하고 배타적으로 보일까 두려워서다. 버그 부부의 두 아들 중 동생이며, 서른다섯 살인 형 예후다Yehuda처럼 미국과 이스라엘의 엄격한 유대 학교를 졸업했고 현재 모든 센터를 아우르는 영적 지도자 몇 명 중 하나인 서른네 살의 마이클 버그Michael Berg조차 센터는 기존 종교와 연관이 없다고 주장했다. "우리는 정말로 우리가 유대교를 전 세계에 전파하고 있다고 생각하지 않습니다." 나와의 긴 전화통화 중에 그가 한 말이다. "조물주는 우리가 세상과 접속하는 방식을 보여주는 데 사용하라고 이 도구들을 유대인에게 주신 것입니다." 센터가 미츠봇mitzvot(미츠바mitzvah의 복수형. 계율, 선행을 뜻한다―옮긴이) 대신 '도구들'이라는 용어를 사용하는 이유를 묻자 그는 금세 대답했다. "유대교 용어를 쓰면 일반인들을 소외시킬 것이기 때문입니다."

카발라는 지혜 전파에 대한 태도에 있어 여러 차례의 변화를 겪으며 길고 험난한 역사를 이어왔다. 처음 등장했을 때부터 대부분의 유대교 관계자들은 의심을 넘어 적개심에 찬 눈으로 카발라를 대했다. 카발라의 구비설화는 조하르Zohar라는 원본으로 성문화되었는데, 13세기의 모세스 데 레온Moses de Leon이 썼다는 사람들도 있고 일찍이 2세기의 현자 시메온 벤 요하이Simeon ben Yohai가 썼다는 사람들도 있다. 핵심 사상 중의 하나로 무척 구체적이고 급진적인 우주론이 있다. 창조 과정에서 발생한 최초의 격동적인 '파열' 또는 문자 그대로 "그릇들의 깨어짐"(셰비랏 하켈림shevirat hakelim)의 결과 파편적이고 무질서한 상태가 이어졌는데, 이는 티쿤 올람에 대한 이타적인 헌신을 통해서만 회복될 수 있다는 것이다.

두 번째 주요 테마는 역동적인 신의 힘이라는 개념(신은 셰키나Shechinah라는 이름의 수용적인 여성적 존재로 나타난다), 그리고 인간은 명상을 하고 수많은 종교적 계율들을 지켜 우주를 본래의 온전한 상태로 회복시킴으로써 신령과 일체가 될 수 있다는 사상이다. 카발라는 초창기에는 스페인 유대인 사회의 지배계층에 의해, 그리고 15세기부터 18세기까지는 유럽과 이슬람권에 흩어진 공동체들에 의해 연구되었으나, 규범적인 유대인 공동체 안에서는 카발라를 구속하는 태도가 지배적이었다. 그 이율배반적 암시에 대한 두려움으로 인해 카발라는 대체로 텍스트 기반, 공동체 중심의 종교 전통에 반해 추측에 근거하고 개인화된 태도를 지닌 위태로울 만큼 이단에 가까운 존재로 간주되면서, 탈무드와 유대교 율법에 정통한 쉰 살 이상의 독실한 기혼남이나 예외적으로 재능 있고 심지가 굳은 예시바 학생들에게 연구 대상으로만 허용되었다.

하지만 지금부터 15년 전으로 시간을 되돌려보자. 필립 버그와 그의 두 번째 아내 카렌(첫 번째 아내와는 이혼 전까지 여덟 명의 아이를 낳았다)이 등장한다. 부부는 그들의 두 아들과 이스라엘인 신도 몇 명을 모아 퀸스 자택에 회당을 마련했다. (필립 버그는 본명이 슈라가 페이벨 그루버거Shraga Feivel Gruberger였으나 1960년대에 개명했고 전직은 보험 세일즈맨이었다. 카렌은 한때 그의 비서로 일했다.) 카발라의 신지학적 복음 전파에 있어서는 혈통이 전부다. 카발라 교주와의 혈연관계만 입증하면 즉시 그 비밀의 철학을 전달하는 특권적 지위로 격상된다. 자신이 카발라라는 왕조의 적통 후계자임을 확인시키기 위해 버그는 스승이자 첫 번째 아내의 삼촌이었던 랍비 예후다 브랜드와인Yehuda Brandwein을 통해 자신의 족보를 연결시켰는데, 한편 브랜드와인은 라브 예후다 아슐라그Rav Yehuda Ashlag의 제자이기도 했다.

아슐라그야말로 외면상 평등해 보이지만 지극히 위계적인 카발라 센터 운영 방식의, 또는 많은 이들의 주장에 따르자면 고대의 성례적인 영역에 무단 침입하여 정착한 불법 도당 합리화의 요체라 할 수 있다. 폴란드에서 태어나 1920년대 초에 팔레스타인으로 이주했으며 커다란 논란의 중심에 위치한 중요 인물 아슐라그는 역사적으로 신성화되고 암호화된 관념들을 열어젖힘으로써 전통적인 카발라 보급 방식에 혁명을 불러왔다. 특히 카발라 사상을 공산주의와 통합시키고자 했으며, 카발라의 평민적 본질과 과학적으로 입증된 진리의 표면적 연관을 강조함으로써 손닿지 않는 배타성에 침윤된 체계를 현대화시키려고 했다. 그의 저술은 센터가 비난받아온 '비非정격화' 절차의 시작이라 할 만큼 이 운동의 기틀을 마련해주었으며, 아슐라그는 이 운동의 간판이 되었다. 바로 그것이 버그가 선배 브랜드와인과 아슐라그의 연관을 끊임없이 강조하고, 안식일마다 토라Torah(유대 율법—옮긴이) 구절이 낭송되는 센터의 예배당에 모셔진 비마bimah 제단 위에 그들의 사진이 깜박이는 촛불에 둘러싸여 걸려 있는 이유다.

하지만 대다수의 추종자에게 혈통의 세부 사항들은 거의 의미가 없다. 버그 일가는 청중에게 영감의 원천이 되는 카발라의 지혜를 성공적으로 팔았을 뿐이며, 청중은 탁상공론과 어디서 그 지혜의 한 줄기가 끝나고(신지학적 루리아Lurian 카발라) 다른 줄기가 시작되는지(무아경의 아불라피아Abulafian 카발라) 따위에는 관심이 없다. 버그 일가는 수비학적 상징과 신, 세계, 사악한 눈 사이의 상호연관으로 점철된 감쇠하고 불가해하며 지루하기 쉬운 체계를, 인종 및 민족적 기원과 상관없이 종교가 없고 낙담한 대중에게 구원을 제공하는 접근하기 쉬운 생활철학으로 우려내는 데 성공했다. 그들의 카발라는 세속 생활의 전염성 높은 불안과 초월적 맥락에 대한 만연한 동경을 기민하게 읽어낼 뿐 아니라 브랜딩에 대한 날카로운 안목까지 갖추고 있다.

내게는 폭 넓은 유대인 지인들이 있지만, 그중에 뉴욕이건 로스앤젤레스건 카발라 센터에서의 수업이나 예배에 참여했다는 사람은 하나도 없다. 그러나 이 운동이 내가 깃들어 자란 종교의 이를테면 변조된(솔직히 말하자면 다소 선정주의적인) 버전을 대변하는 각종 욕구들에 호소하는 것 같다는 사실이 내 호기심을 자극했다. 내 관심은 2006년, 그러니까 센터를 처음으로 방문하기 몇 달 전 마돈나와의 만남 이후 구체화되었다. 나는 한 여성잡지에 쓸 인물단평 기사를 위해 센트럴 파크 웨스트의 한 호텔 방에서 거의 두 시간 동안 그녀와 함께했다.

마돈나는 몸에 착 달라붙는 상의 자락을 얌전하게 무릎까지 내려오는 코르덴 스커트 안에 밀어 넣고는 금실로 짠 벨트와 불투명한 갈색 무릎 양말, 금색 펌프스(여밈이 없고 발등이 패인 신발―옮긴이)로 밸런스를 준 특유의 외설스러우면서도 점잖은 복장을 하고 있었다. 그녀는 음반 〈Confessions on a Dance Floor〉 발매 홍보차 뉴욕에 머무르는 중이었다. 에스더Esther라는 새 이름을 주는 등 센터가 제공해준 모호한 영적 인도에의 헌정이라 할 첫 곡 〈이삭Isaac〉은 히브리어로 된 주문 같은 구절로 떠나야 할, 영혼이 진화해야 할 적기가 되면 마돈나가 사라, 리브가, 레아, 라헬과 같은 성서 속 여자 선조들을 만나러 천국으로 올라갈 것이라고 말한다. (카발라의 핵심 개념 길굴 네샤못gilgul neshamot은 떠난 영혼들의 환류를 일컫는다.)

대화를 하는 중에 마돈나가 센터의 기본적인 교의를 배웠음이 분명해졌다. 필립 버그의 스승인 브랜드와인의 거룩한 이름을 입에 올렸고, 내가 센터를 생각할 때면 함께 떠오를 '빛'이라는 용어를 썼으며(양극과 음극 그리고 영적 에너지의 전송에 관한 지독하게 불투명한 관념), "설득력 있는 정보"로 가득한 조하르의 서문을 읽었다고 했다. 그녀는 또한 영국식 억양이 희미하게 섞인 새침한 목소리로 카발라가 자신에게 "과학과 영성의, 에덴동산과 초끈이론의 조화"를 가져다주었다고 설명했다. 남편과 아이들이 히브리어 교습을 받고 있다고 말한 다음, 그녀는 내 유대교 배경에 대한 호기심을 표하며 어머니가 머리를 덮어주었는지 궁금해 했다. (어머니는 자신의 가족 전통과는 달리 그러지 않았다.)

마지막으로 그녀는 돌연하게 방향을 바꿔 죽음을 믿느냐고 내게 물었다. 나는 약간 암울하게 그렇다고 대답하고는 그녀에게 같은 질문을 던졌다. 그녀는 카발라 센터에서 가르치는 윤회 이론을 믿는다고 답했다. "영생이라는 사상이 맘에 들어요." 거울 앞에서 새 옷을 입어보는 듯한 말투였다. "사람들의 에너지가 그냥 사라진다고 생각하지는 않아요." 그게 무슨 뜻인지, 그녀가 자기 자신으로서, 블론드 앰비션Blond Ambition(마돈나의 1990년 투어의 제목―옮긴이)과 공들여 가꾼 몸매 그대로 지상에 돌아오는 구체적인 형태의 환생을 믿는다는 것인지, 아니면 길굴 네샤못의 보다 추상적인 관념을 믿는다는 것인지 알 수 없었다. 하지만 센터와 그녀의 접속이 그녀가 말과 노래로 전달하는 메시지인 사심 없는 자기개선과 이승에서의 지복이라는 이타적 비전 이상의 뭔가에 바탕을 두고 있다는 것만큼은 분명해졌다. 내세에의 믿음이 포함된 가톨릭을 왜 떠났느냐고 묻자 그녀는 딱 잘라 대답했다. "가톨릭에는 어떤 위안도 없어요. 그저 율법과 금지뿐이죠. 가톨릭은 내가 세상과 타협하는 데 아무 도움도 주지 못해요."

그로부터 일곱 달 후, 어머니가 폐암으로 돌아가신 직후에 나는 1년 반 동안의 카발라 센터 탐험을 시작하러 로스앤젤레스로 떠났다. 나는 그것을 취재로 출발하여 개인적인 것이 되어버린 탐구라 생각했다. 목표는 복잡하기만 한 허튼소리 같은 측면과 기존 종교의 수상적은 "속화"에도 불구하고(카발라의 최고 학자인 모셰 이델Moshe Idel의 표현이다) 카발라가 마돈나를 비롯한 사람들에게 행사하는 호소력이 무엇인지를 찾는 것이었다. 내 호기심은 처음에는 지적인 것이었으나, 불행한(보기에 따라서는 다행한) 타이밍과 스스로의 슬픔으로 인하여 나는 센터가 제공하는 형태의 위안에 분명히 덜 회의적인 상태가 되어 있었다.

나는 로스앤젤레스 센터를 몇 달 간격으로 두 번 찾아갔다. 두 번째로 방문한 겨울날 오후, 나는 마이클 버그의 2층 사무실에서 그를 만났다. 벽에 목조 패널을 댄 우아한 방은 수염을 기른 카발라 교도들의 사진과 세포림seforim, 즉 내가 어렸을 때 아버지의 서재를 채웠던 엄숙해 보이는 유대교 서적으로 가득했다. 마이클의 안내를 따라 우리는 조하르의 몇 구절을 뒤적였다. (책 표지의 약력에 따르면 그는 "고작 스물여덟 살 때 중대한 위업을 성취했다." 고대 아람어로 기록된 조하르를 사상 최초로 영어로 완역했던 것이다.) 나는 텍스트에 배어 있는 추상적이고 원심적인 사유에 곧장 빠져들었다. 그것은 고등학교 시절에 공부한 화려한 탈무드 주석들을 연상시켰다. 끈적끈적한 인간 감정들에서 벗어나 있으면서도 동시에 가장 계열적인 차원의 인간 행동 원리를 상설한다는 측면이 그러했다. 마이클과 나는 내 어머니의 별세에 관해 이야기했다. 그가 온유한 어조로 그려내는 윤회의 과정들을 나는 넋을 잃고 들었다. 그것은 규범적 유대교의 교의 바깥에 존재하지만, 카발라 센터는 그 모호하고 개척할 여지가 남아 있는 실체를 포용했다. 진정한 불신자인 나조차 내세의 어떤 커피숍에서 까다롭지만 발랄한 내 어머니와 재회할 수도 있겠다는, 틀림없이 열띤 말싸움이 벌어지겠지만 그래도 서로와 함께할 수도 있겠다는 생각이 들 정도였다.

달리 말해서, 나는 유혹에 빠져들 준비가 되어 있었다. 정말로 그랬을까? 정통파 출신으로서(나는 예시바 주간학교를 다녔고 이젠 교회에 나가지 않았지만, 내 형제자매들은 아직 착실한 신도였다) 카발라 센터를 더 자세히 들여다보고 싶다는 관심은 오랜 세월에 걸쳐 형성된 것이었다. 지인들과의 대화나 매체를 통해 카발라 센터에 관해 듣긴 했지만 그 이야기들은 유대교, 뉴에이지, 수피의 요소들을 멋대로 섞어 만들어낸 혹세무민의 합성물이라는 비난에서부터 '위험성'에 대한 토로까지 하나같이 경멸적인 시각을 담고 있었다. 그럼에도, 나 자신 유대교의 가부장적인 기초와 옭아매는 금지규정에 불만을 갖고 있었으므로, 보다 세계교회적인 접근법에 어떤 가치가 있지 않을지 나는 궁금해졌다.

센터는 수많은 선택지가 난립한 이 시대의 혼돈 속에서 옛날식의 질서를, 인간 실존의 실망스러운 한계를 고양시킬 무엇인가를 찾는 신도들의 갈망에 화답하는 것처럼 보였다. 센터에 분명 결핍된 그 '정통성'에 대한 강박은 사실 시대에 뒤떨어진 강박일 수도 있을까? 카발라 센터는 임시적인 '믹스앤매치mix-and-match' 식 접근법을 찬미하고 있는 것일까? 학문으로서의 카발라 창시자 거숌 숄렘Gershom Scholem이 말한 적 있듯 의식에 치중하는 유대교의 "완제품"을 부인하고 특정 종교와 얽매이지 않으며 동시대적인 태도를 지향하고 있는 것일까? 또는 보애즈 허스의 표현대로, "왜 카발라는 깨끗해야 한다는 것일까? 센터가 사람들에게 거슬리는 이유는 그것이 종교는 이쪽, 대중문화는 저쪽 식으로 상반되게 위치시키는 현대 사회의 기본 관념을 뒤엎기 때문이다." 센터에 내왕하는 여러 특급 유명인들을 언급하며 허스는 잠깐 비쳤다 사라지는 성질 자체가 바로 핵심이라고 말한다. "그들이 머무르는 2분, 바로 이것이 센터의 중요한 부분입니다.

영성 시장의 소비자 대부분은 오래 머무르지 않습니다."

허스는 또한 플래시 카드, 촛불, 베이비 범퍼baby bumper(아기의 요람 안에 보호용으로 덧대는 물건―옮긴이) 등과 같이 센터와 관련된 모든 것에 여지없이 배어 있는 장사꾼 기질에 대해서도 의연해 보였다. "그들은 영적 인도를 제공하며, 그래서 그에 대해 돈을 받는 겁니다. 그들의 철학에는 가능한 만큼 주는 것이 중요하다는 내용이 새겨져 있습니다. 그들은 자신과 인류를 구원할 열쇠를 갖고 있다고 믿고 있어요. 사람들은 자유로이 그곳을 찾아가고 대부분의 소비자들은 거기서 얻는 것에 만족해요."(카발라가 '베풂'의 역할을 중시한다는 점도 센터의 금품 강요적 접근법을 용이하게 하는데, 사실 센터가 권장하는 종류의 '베풂'이 원조 카발라 교도들이 생각했던 것과 유사점이 있는지는 분명치 않다.)

나 자신의 종교적으로 단련된 배경을 생각하면 샤크라chakra, 우주의 카르마karma, 에너지의 흐름 따위를 로봇처럼 주워섬기는 길 잃은 나그네쥐 같은 무리와 섞이는 것에 저항했을지도 모른다. 라헬의 무덤과 직접적인 연관이 있다는 붉은 팔찌를 끼고 카발라 생수를 든 메시아와 그의 마나님이 복도를 걸어 내려오는 것을 보기라도 한 양 신명이 나서 '라브'와 카렌에 대해 이야기하는 사람들이 내 주변을 맴돌았다. 하지만 내가 한때 잘 알던 금요일 저녁 만찬과 안식일 예배라는 궤도로부터의 자의에 의한 유배생활, 그리고 유대인 공동체가 주는 포용적인 따뜻함에 대한 향수로 인해 내 마음밭은 그러지 않았을 경우보다 훨씬 열려 있었다. 추종자들이 겁먹지 않도록 정통파 유대교의 고전적 세부 사항들에 대한 헤브라의 몰입을 적당히 가려놓는다는 사실이야말로 센터와 잃어버린 내 어린 시절의 환경 사이에 다리를 놓아준 요소랄까, 전략적 한수였다. 그리하여 여태까지 몰랐던 내 은폐된 유대인 정체성의 영토에 처음으로 노출된 혼란 속에서, 나는 정통파 유대교를 떠난 친구에게 전화를 걸어서 당장 뉴욕을 떠나 도나 카란을 비롯한 유명인들이 대거 참여할 라브의 생일 축하연에 와야 한다고 했다.

내게는 센터에 대한, 그리고 센터의 활동에 대한 관대하고도 신중하게 감시받는 접근 권한이 부여됐다. 뉴욕 지부의 금요일 저녁 예배에 참여했는데 그곳 기도서에는 '스캔하는 법 안내'와 히브리어를 모르는 사람들을 위한 영역본이 포함되어 있다. 필리핀인들과 기타 아시아인들이 간혹 보였고 다이아몬드로 장식한 어퍼이스트사이드 여자들도 몇몇 눈에 띄었는데 모두 다 이 생소한 경험에 막 마음이 열리고 있는 듯 손뼉을 치고 안식일 기도를 멈칫멈칫 따라 외웠다. 대충 갈라놓은 여성 구역에 앉은 여자들은 명랑하고 태평해보였으며 아이들은 루빅스 큐브를 갖고 놀거나 비마 주위를 뛰어다니며 수선을 피웠다. 바지와 민소매 티셔츠에 눈살을 찌푸리는 정통파 교회와는 달리 공식 복장규정은 없는 것 같았지만 성별 구분은 엄격히 적용되고 있었다. 내가 가봤던 모든 정통파 교회들이 떠오르면서, 보상적인 해방의 정신이 구속되어 있는 정통파 유대인 여성의 운명을 새삼 불편하게 상기시켰다.

로스앤젤레스에서는 금요일 저녁 만찬에 참석했는데 거기서는 카발라가 '종교'(정조와 같이 해묵어 말라비틀어진 개념인 양 언제나 인용부호와 함께 언급되었다)가 아니라는 사실이 (분명히 '프레드 시걸'에서의 쇼핑과 같은 여타 여가활동의 유혹을 봉쇄하기 위하여) 몹시 강조되었고,

기도를 노래할 때면 마이크와 영상 화면이 제공됐다. 필립 버그를 둘러싸고 선 남자들은 어깨동무를 한 채 루바비치Lubavitch파 모임에서와 같은 과열된 황홀경을 연출하며 노래하고 춤을 추었다. 나는 토요일의 민하mincha(오후—옮긴이)와 마아리브maariv(저녁—옮긴이) 예배에도 나갔다. 이어진 하브달라Havdalah 의식에서는 꼬아 만든 양초에 불을 붙이고 포도주를 상징적으로 홀짝여 마시고 정향의 향을 들이마심으로써 한 주를 마감하고 안식일에 접어들었음을 표시했다. 여기서도 주된 활동은 명백히 가이 리치Guy Ritchie 스타일로 흰 운동복과 야구모자를 착용한 남자들이 다 했고 여자들은 옆에 서서 지켜보았다. (헤브라의 일원은 내게 "여자들은 그릇일 뿐 남자들이야말로 기도를 통해 빛에 다다르는 사람들"이기 때문에 그들이 흰 옷을 입는다고 말해주었다.) 의식은 갈수록 괴상해져 미식축구 경기장에서와 같은 남자들의 유대가 계속 연출되는 가운데 원무와 격한 후두음들이 난무했고, 헤브라의 어느 일원이 주간 율법 강좌에 출처가 전혀 짐작되지 않는 선과 영성의 어떤 측면을 연결한 장황하고 두서없는 연설을 들려주었다.

금요일 저녁 만찬도 비슷한 방식이었다. 사전에 입장권이 판매되었고 손님의 중요도에 따른 것 같은 복잡한 위계질서에 따라 원탁에 좌석이 배치됐다. (마돈나와 가이 리치는 칸막이 뒤에서 먹는다고 한다.) 중국음식점에서처럼 음식을 내오는데 후무스와 바바 가누쉬 같은 중동 음식, 보다 평범한 닭고기 구이, 너무 익힌 소 양지머리 등이 나온다. 센터 활동에 대한 언론의 법석이나 매달 15만 건의 웹사이트 방문자에도 불구하고 이런 행사에 실제로 참석하는 이들은 비교적 적어 로스앤젤레스는 수백 명, 뉴욕은 그 절반도 못된다. (센터의 웹사이트는 전 세계의 추종자 수를 수백만이라 시사하고 있지만 열성적 신도의 수를 정확히 헤아리기란 불가능하다. 환멸을 느꼈다는 전 추종자 하나에 따르면 고작 3천에서 4천 정도로 추정된다.)

나는 로스앤젤레스 지부에서 개설한 '카발라 101'이라는 강좌에도 나가보았으나 전직 상담치료사라는 강사 제이미 그린Jamie Greene은 거만했고 따분해보였다. 첫 두 강의에서 '보편적 지혜'를 손쉽게 요약한 그는 포괄적 의미에서 자신의 행동을 책임지는 것에 대해 이야기를 시작하더니, 커다란 흑판에 흰 마커로 지나치게 단순한 다이어그램을 그려냈다. "신용카드는 위험한 물건이다"나 "친밀성에 대한 두려움은 우리가 결코 친밀성을 경험하지 못할 것임을 보장한다"와 같은 빤하기 그지없는 개념들을 태연자약하게 전파하는 그의 말을 들으며, 도박에서 연애까지 인간의 모든 행동이 카발라의 원리 한 줄기로 뭉뚱그려질 수 있을지 나는 궁금해졌다.

강의를 듣는 사람들은 민족과 연령대가 다양했으며 주로 블루컬러 노동자들로 이루어져 있었다. 그들 대부분이 팔에 붉은 끈 팔찌를 끼고 있었다(모셰 이델에 따르면 카발라에서 붉은색은 부정적인 의미를 내포한다는 사실에도 불구하고). 버그 형제 중에 보다 대중 지향적이던 예후다 버그가 쓴 《카발라의 힘The Power of Kabbalah》을 모두가 한 권씩 갖고 있었는데, 책 표지에는 광고문구로 마돈나의 말이 적혀 있었다. "이것은 속임수가 아닙니다. 종교적 도그마도 없습니다. 이 책에는 경천동지의, 그러나 무척 이해하기 쉬운 사상이 담겨 있습니다." '영혼을 위한 테크놀로지Technology for the Soul'라는 부제가 달린 이 책에는 〈신의 유전자The DNA of God〉〈전구 메타포를 무한 세계에 적용하다The Light Bulb Metaphor Applied to the Endless World〉〈나노 기술자들이 확증한 카발라Nanotechnologists Confirm the Kabbalists〉같은 제목의 짧은 장들이 수록되어 있다. 의식의 흐름, 암흑의 힘, 빛의 차단 같은 주제에 대한 모호한 이야기들이 많다. "빛은 언제나 거기 있어요. 빛은 무한합니다." 그린의 확언을 귀에 담고 학생들은 꾸물꾸물 강의실을 빠져나갔다.

센터의 스타 선생들도 따로 만났는데, 그중에 마돈나의 스승인 에이탄 야르데니는 42세의 열성적인 이스라엘인으로 카발라 센터가 미국 타 지역들에 개설되는 데 공헌했으며 현재 런던 센터의 영적 지도자로 활동한다. 율법을 엄수하지 않는 가정에서 자란 야르데니는 10대의 나이로 이스라엘 공군에서 호크 미사일에 관해 가르치던 시절에 카발라를 공부했다. 그가 내게 들려준 센터의 웅장한 사명은 다음과 같다. "우리는 유대교보다 훨씬 큽니다. 우리는 전 세계의 영혼을 어루만지고 그들이 실용적인 것에 접근할 수 있는 보편적 도구들을 주기 위해 존재합니다." 그리고 이렇게 덧붙였다. "전 지구적인 차원에서 변화를 가져오는 것이죠." 센터의 전문 점성술사이자 가족 중심의 경영체제를 보여주듯 에이탄의 형수이기도 한 야엘 야르데니Yael Yardeni는 내 별점을 보더니 세 번의 전생 중 한 번에서 내가 아이를 많이 낳은 레베친rebbetzin(랍비의 아내─옮긴이)이었다고 했다. (대기자 명단이 3개월 치 밀려 있으며 한 번 보는데 200달러를 받는다.) 점성술은 카발라 사상에서는 주변적인 역할을 담당하지만 센터의 의미 축조에 있어서는 큰 부분을 점한다. 카렌 버그는 나와 만나자마자 도나 카란이 천칭자리라는 사실을 마치 그녀의 성격에 대한 심원한 통찰이라도 된다는 듯 지적했다. 뉴욕에서의 금요일 저녁 만찬에서는 헤브라의 일원치고 유행에 밝으며 우아하게 차려입은 미리엄Miriam이 나를 보더니 자신만만하게 전갈자리라고 말했다. (나는 사실 쌍둥이자리다.)

뉴욕에 돌아와 마이클 버그와 진지한 통화를 나눴다. 돌아가신 어머니의 열렬한 소망에도 불구하고, 왜 내가 메주자mezuzot(신명기의 일부를 새긴 양피지 두루마리 클라프klaf가 들어 있다)라는 저 작고 기다란 물건을 문간에 걸어두기를 한사코 거부했는지 이야기하다가 눈물이 났다. 일요일에 사람을 보내 그것을 달아주겠다는 마이클의 약속에 나는 진정으로 감동을 받았다. 하지만 그 약속은 지켜지지 않았다.

탐험을 시작한 지 1년 반이 지났다. 내 안의 냉소주의자는 카발라 센터가 가짜라고, 로스앤젤레스를 중심으로 돈을 주면 영성의 봉인을 주겠다는 말로 오늘날 많은 사람들이 처해 있는 실존적 고아 상태를 이용해먹는 비상하게 교활한 장삿속 기업체라고 치부한다. 그럼에도 아직 희망을 잃지 않은 내 안의 옛 정통파 유대교도는, 내가 천박한 환원주의를 못 본 체하고 심판하지 않는 연민의 뉴에이지적 기풍을 받아들였더라면 신비주의가 깔린 나만의 반종교적 종교를 찾아낼 수 있었을지 궁금해 한다. 거솜 숄렘은《유대 신비주의의 주요 추세들Major Trends in Jewish Mysticism》의 마지막 페이지에 이렇게 쓰고 있다. "이야기는 끝나지 않았다. 아직 역사화되지 않았다. 그것이 품고 있는 비밀의 삶은 내일 당신 또는 내 안에서 깨어날 수도 있다. 이 보이지 않는 유대 신비주의의 흐름이 어떤 양상에서 표면으로 올라올지는 아무도 모른다."

버그 일가는 진정한 그 무엇, 그들만이 헤아릴 수 있었던 유대 신비주의의 '비밀의 삶'을 알고 있는 것일까? 아니면 인간의 취약성을 전방위로 우려먹는 천부적인 사기꾼들일까? 센터의 외관에 나 있는 커다란 구멍, 철학적 모순과 판독성의 지루한 간극은 부정할 수 없다. 불투명한 재정은 말할 나위도 없다. 예컨대 수많은 관측자들이 의아해하듯, 왜 센터는 비영리기관으로서 모금한 수백만 달러 가운데 실제로 얼마가 소비되었는지 밝히기를 그토록 꺼리는 것일까? 그에 대해 마이클 버그는 센터가 과거의 실수를 교정해야 하는 '미완성 제품'이라고 주장한다.

내가 아는 것은 이렇다. 내 어머니는 다시 나타날 기미를 전혀 보이지 않았으며, 마돈나는 센터가 보증한 그녀 자신의 불멸성을 아직도 단단히 붙들고 있을 것이다. 그런 가운데 퀸스 출신의 부부와 그들의 헤브라는 마술처럼 전직 자동차 정비공들과 부동산 중개인들을 신자로 만들어놓았다. 그들은 스포트라이트 아래에서 붉은 팔찌를 반짝이며 그들의 신흥, 사이비, 포스트모던 종교를 끌어안는다.

제 5 부

[단수형의 여성들]

독립적 여성

리브 울만

　뉴욕 아파트의 문 앞에 선 리브 울만Liv Ullmann을 처음 본 순간 나는 거의 손으로 만질 수 있을 것 같은 광채에, 스스로를 "스웨덴에서 온 동네 천재"라고 불렀던 잉마르 베리만Ingmar Bergman이라는 위대하고 우울한 감독의 뮤즈로서의 우상적 위치를 초월하는 어떤 아우라에 잠시 사로잡혔다. 그로부터 며칠 후 나는, 이번만은 살과 피로 이루어진 실체가 신화화된 스크린의 이미지를 능가해버린 것처럼 나를 무방비상태로 만들어버린 하나의 물리적인 효과를 헤아려보려 하고 있다. 어쩌면 그것은 단순한 공전空電 때문이었는지, 울만이 배경 삼아 그토록 생생하게 서 있었던 그 회색빛 12월 오후라는 무대 배경 때문이었는지 모른다. 그게 아니면 그녀가 예상보다 더 키가 크고 날씬하고 장엄하여, 〈안나의 열정The Passion of Anna〉과 〈외침과 속삭임Cries and Whispers〉에서의 강렬한 매력이 아직도 남아 있었기 때문인지도 모른다.

예순두 살인 그녀는, 눈과 입 주변에 희미한 노화의 신호가 엿보이고 목둘레가 약간 늘어지기는 했으나 어떤 본질적인 측면에서 시간에 의해 퇴색되지 않은 부드럽고 애절한 아름다움을 갖고 있다. 미모로 알려진 많은 여성들과는 달리 그녀는 성형수술을 해본 일이 없는데 늘 자기 할머니의 얼굴을 좋아했기 때문이라고 내게 말한다. "그런 얼굴이 되면 좋겠다고 생각했어요…. 신이 내게서 무엇을 원하는지 보고 싶었고, 그것은 말하자면 호기심에 더 가까웠어요." 고려해본 적은 있다고 그녀는 솔직히 시인한다. 특히 사진촬영이 예정되어 있을 때, 그리고 공항에서 웬 여자가 "혹시 리브 울만 아니셨던가요?"라고 물을 때. 하지만 베리만의 낭만적·예술적 상상력을 뒤흔들어놓았던 그 얼굴은 아직도 매혹적이다. 둥근 이마, 희미한 주근깨가 조금 깔린 발그레한 얼굴빛, 풍만한 입술, 엄청난 환희와 그보다 더 자주 어떤 헤아릴 수 없는 슬픔의 기색을 전달하는 탁 트이고 수레국화처럼 푸른 눈빛.

오슬로 국립극장 단원으로 인정받은 노르웨이 출신의 장래성 있는 무대 배우였던 스물다섯 살의 울만은, 친구이자 이미 베리만의 몇몇 작품에 출연한 바 있었던 여배우 비비 안데르손Bibi Andersson과 함께 붉은 벽 앞에서 찍은 스냅 사진을 통해 처음으로 베리만의 시선을 사로잡았다. 그는 이 사진으로부터 정체성의 심리적 탈취라는 착상을 테마로 삼고 안데르손과 울만을 기용하여 1965년 여름 석 달도 채 못되는 시간 동안 〈페르소나Persona〉를 찍었다. 그는 회고록 《마법의 등 The Magic Lantern》에서 "영화 일은 강렬하게 에로틱한 작업이다"라고 말하고 있다.

감독이 자신을 유혹하려고 작정하고 나선 건 아니라고 울만은 주장한다. 어쨌거나 〈페르소나〉 촬영 중 그가 바위 위에 앉아서 꿈 이야기를 들려주고는 "당신과 나는 고통스럽게 연결되어 있어요"라고 그녀에게 말했던 그 순간, 그와 엮이게 됐다. 울만에 따르면, 이 일종의 금언과도 같은 말에 그녀의 마음이 움직였다. "그것을 쫓아간 거예요." 그녀의 말이다. "빠져든 거죠. 내가 뭘 알았겠어요? 그의 말이라면 다 믿었어요. 그가 그렇게 말했으니 사실이라고 생각한 거예요." 그로부터 얼마 안 되어 울만은 의사 남편을 버리고, 이미 결혼을 네 번 했으며(아이가 여섯 있었다) 안데르손을 포함하여 여러 여배우들과 수많은 연애관계를 가져왔던 마흔일곱 살의 베테랑 베리만을 택했다.

〈페르소나〉를 시작으로, 베리만은 거의 전적으로 울만하고만 일했다. 안데르손이 잉그리드 툴린Ingrid Thulin을 대체했던 것처럼 울만은 안데르손을 대체하여 베리만의 주역 여배우로 떠올랐다. (이처럼 분열적인 상황에서도 울만과 안데르손은 계속 친구로 지낼 수 있었는데, 울만은 안데르손의 관대한 성격에 그 공을 돌린다. "비비는 '네가 아니었다면 너의 커리어는 내 것이었을 거야' 같은 말을 한 번도 하지 않았어요.") 베리만과 그의 새로운 제자는 1966년부터 1970년까지 스웨덴의 외딴 섬 파로에 집을 짓고 아기도 낳아 함께 살았다. 연인 관계를 청산한 다음에도 ("아마도 그가 나를 떠난 거겠죠"라고 그녀는 말하지만, 이 문제는 아직도 확실하게 정리되지 않았다) 두 사람은 친구로 남았으며 공동 작업을 계속했다. "가장 좋은 건 끝난 후에도 그가 훌륭했다는 거예요." 울만은 회상한다. "나는 매일같이 그와 대화를 해야 했는데, 그는 그걸 허락했어요. 전화를 끊은 일이 없어요. 대부분은 그러잖아요. 누군가가 우리를 떠나고 문이 쾅 닫히는 소리를 듣는 것은 끔찍한 일이에요." 베리만은 계속 음울하고 고통에 찬 영화들에 울만을 출연시키다가(막스 폰 시도우Max von Sydow보다도 그녀를 자신의 영화적 분신으로 삼았다) 1982년 영화감독 은퇴를 선언했다. (그의 마지막 작품 〈파니와 알렉산더Fanny and Alexander〉는 본래 그녀를 위해 쓰였으나 울만은 이를 고사하고 다른 작품을 선택함으로써 베리만을 당황케 했다.)

울만은 지금 뉴욕에 며칠간 머물며 여성난민위원회Women's Refugee Commission 회원들을 만나고 있다. 여성, 어린이, 청소년 난민을 위한 이 기구의 창설에 그녀도 힘을 보탠 바 있다. 베리만의 시나리오를 자신이 연출하여 이번 주에 개봉하는 영화 〈부정Faithless〉의 홍보 작업도 진행 중이다. 울만의 네 번째 감독 작품이며(데뷔작은 1992년의 〈소피Sofie〉다) 베리만의 시나리오로는 두 번째 작품이다(첫 번째는 1996년 작 〈사적인 고백Private Confessions〉이다).

두 시간 반 동안 음울하게 흘러가는 〈부정〉은 캐릭터들의 내적인 삶, 그리고 그들의 불가해한 행동이 낳은 끔찍한 결과에 대한 집착이란 면에서 전형적으로 베리만다운 작품이다. 시작은 좀 삐걱거린다. 내러티브 안의 내러티브라는 정체성을 확립하는 데 시간이 소요된다. 필멸성에 대한 한 노인의 사색이면서("죽음 전의 자기위무") 경솔한 열정의 엄청난 대가에 대한 고찰이기도 하다. 세심하게 배치된 영화의 줄거리는, 쓸쓸히 늙어가며 옛 정사의 파멸적인 결과를 직시하고

자 하는 영화감독 '베리만'(에를란드 요제프손Erland Josephson이 연기한
다)의 기억이 가 닿는 길고긴 회상 장면들에 의해 펼쳐진다. 우리는
아름답고 상처받기 쉬운 여인 마리안으로부터 냉혹한 비극으로 치달
은 사건을 듣는다. 마리안은 아내와 엄마로서의 안락한 생활을 끝장
내고 유명 지휘자인 남편의 가까운 친구인 데이비드와 간통을 저지
른다. 젊은 시절 베리만의 대역임이 분명한 데이비드는 파탄을 남기
고 지나가는 파렴치한 이기주의자로 신랄하게 묘사되고 있다. "나는
내 자신과 타인의 삶을 망가뜨리는 사람이에요." 두 사람이 서로의
품에 뛰어들기 전 그는 마리안에게 이렇게 경고한다.

〈부정〉은 죄과를 인정하는 자전적 에피소드의 재구성(줄거리의 핵
심이 《마법의 등》의 한 장에 나타난다)이자 예술적 작별인 동시에 평생
정신적 죄의 조건과 씨름하는 영화를 만들어온 남자의 자기사면을
위한 노력으로 제시된다. 내게는 지적으로 분리되어 있으되 정서적
으로 접근 가능한, 의도적으로 신비화하는 작품으로 보인다. 어떤 면
에서 이 영화는 베리만의 수하에서 영화 제작법을 대부분 배운 여성
이 바치는 헌정이다. 하지만 다른 면에서 보면 정교하게 고안된 역할
전도로, 영화 속에서 유명 감독은 한때는 자신을 숭배하는 제자였으
나 이제 몽스트르 사크레Monstre Sacre(성스런 괴물―옮긴이)로 똑똑히 바라
보는 옛 연인에 의해 상황이 역전되는 처지가 된다. 물론 베리만은 먼
저 시나리오를 썼고 그녀에게 연출하라고 줌으로써 이 작업에 의식
적으로 공모했을 뿐만 아니라 그녀를 자기 작품의 으뜸가는 해석자
로 승인했던 셈이다.

치열한 클로즈업 장면들, 고뇌에 찬 대사들의 폭발, 베리만 특유의

긴 휴지休止들을 포함한 이 영화의 가장 흥미로운 점이라면 무책임한 어른들의 행동이 아이들에게 미치는 예기치 못한 해악에 대한 초점이다. 첫머리에 깔리는 요제프손의 독백은 이혼의 파괴력에 대한 반추이다. 이후 마리안과 마르쿠스의 천사 같은 어린 딸 이사벨이 거의 끊임없이 등장한다. 이사벨의 꾸짖는 듯 커다란 눈동자는 부모의 파경을 지켜본다. 영화 내내 화면은 이사벨에게 돌아와 부드럽게 맴돌며 검은 실처럼 이어지는 그녀의 말해지지 못한 절망을 보여준다. 베리만의 시나리오에는 이 소녀가 등장하는 장면이 없다. "원고에는 아이가 없어요." 울만이 지적한다. "자신이 선택한 언어에 대한 보호본능이 강한 그의 대사를 하나도 고치지 않고서, 그 자리에 존재하여 듣고 상처받기 쉬우며 외로운 아이를 집어넣은 거예요."

이와 유사하게 울만은 베리만이라는 캐릭터를 실제 인물로 변화시켰다. 본래는 그를 화면에 등장시키지 않고 대신 보이지 않는 고압적인 창조자로 제시할 예정이었다. 울만에게 이런 수정들은 그녀의 커리어에 대한 조언자이자 예술의 거성으로서의 베리만이라는 거대한 그림자로부터 벗어났다는 하나의 증거로서, 따라서 일종의 긍지로서 기능하는 것 같다.

그러나 다른 한편으로 그것은 베리만과의 관계에 대한 역사와 여성으로서 자신의 과거를 작품에 재현하는 울만의 방식이기도 하다. "그는 통제욕이 강해요." 그녀는 말한다. "그런데도 내게 시나리오를 주었고, 내가 그것을 내 것으로 만드는 걸 보면서 희열을 느꼈죠." 그녀의 목소리에 깃든 조용한 승리감에 귀를 기울이면서, 나는 이사벨의 고통을 강조하기로 한 결정은 감독으로서 독립성을 행사하고자 하는 소망만큼이나 그들의 딸 린Linn의 양육을 울만에게만 떠넘겼으며 대체로 부재하는 아버지였던 실존인물 베리만에게 개인적인 메시지를 보내고픈 울만의 욕구로부터 비롯된 것일지 모른다는 생각을 한다.

　노르웨이의 대표적인 저널리스트 겸 문학비평가인 서른네 살의 린 울만은 (그럴 만하지만) 양친 모두와 간단치 않은 관계를 갖고 있다. 1999년에 장편소설 《잠들기 전에Before You Sleep》를 홍보하러 3주 일정으로 뉴욕에 왔던(어린 아들과 함께 오슬로에 살고 있다) 그녀는 인터뷰에서 두 사람의 딸로 규정되기를 거부했다. 그녀의 소설에서 울만을 모델로 한 것 같은 인물 아니Anni는 호의적이지 않은 모습으로 그려진다. "붉은 빛 금발 머리"와 '반짝이는 푸른 눈'을 가진 "거부할 수 없는 여자"라는 묘사까지는 좋다. 하지만 그녀는 남자들을 삼켜버리고("그녀가 미소 지으면 남자들은 죽는다") 가짜 눈물을 흘리는 자기도취적이자 자기과장이 심한 "여왕"으로 제시된다. "아니는 내가 아는 가장 신실한 위선자다"라고 화자는 건조하게 말한다. 가장 최악은 아니의 불안정한 모성애인데 이는 반드시 딸보다 빛을 발하려는 경향에서 두드러진다. "아니는 빛 속에 서 있고 나는 그림자 속에 서 있다. 너무 뻔한 거 아니에요, 라고 말하며 나는 그녀에게 다가선다."

　어머니의 커리어가 이끄는 대로 세계를 떠돌며 어린 시절을 보낸 린은 다닌 학교만도 열세 개에 달한다. 린이 열다섯 살 때 모녀는 맨해튼에 정착했으며, 이후 린은 뉴욕 대학교에서 영문학을 공부했고 열아홉 살 때까지 어머니와 노르웨이어로 대화하며 함께 살았다. 여름은 베리만과 지냈지만 그 외에는 아버지를 거의 보지 못했다. 자신과 딸이 "엄청나게 가까웠으며, 어쩌면 지나치게 가까웠는지도 모른다"고 말하는 울만도 세월의 흐름과 함께 둘 사이에 끼어든 냉랭함에 당황하는 눈치다.

두 모녀는 여러 가지 사안에 대해 의견이 다른데, 그중에는 린의 유년기와 사춘기 동안 울만이 일에 치열하게 열중했던 사실도 포함된다. "가장 죄책감이 드는 건 딸과 함께한 시간이 적었다는 거예요." 울만의 말이다. "커리어며 연애며, 내 자신의 삶에 너무 매달렸죠." 그녀는 또한 딸이 1976년에 출간되어 베스트셀러가 된 회고록 《변화 Changing》에서 자신이 "귀여운 작은 사람"이란 달짝지근한 표현으로 묘사된 것에 분노했다는 사실을 언급한다. "나는 딸에 대해 그렇게 느꼈던 거예요." 약간 방어적인 어투다. "그 아이는 스스로 냉철한 눈을 가진 강인한 사람이라 주장하는 거고요."

현재 상황에서 가장 놀라운 점이라면 아마도 린이 아버지와 가깝게 지낸다는 것인데, 울만은 그에 대해 기쁘게 생각한다고 고백한다. 하지만 그 내부로 좀 더 들어가보면 이 같은 추이에 대해 그녀가 당혹감을 느낀다는 사실이 분명하게 드러난다. "그는 거의 완전히 부재했어요." 베리만에 대한 말이다. "린의 결혼식에만 간신히 참석했을 뿐이죠. 대학 졸업식에도, 고등학교 졸업식에도, 심지어 세례에도 불참했으니까요." 베리만은 금전적인 도움만 주었던 것 같으며, 린이 대학 입학 허가를 받았다고 전하자 그의 대답은 "아, 그거 좋은 소식이군. 하지만 나는 이제 은퇴했으니 도와줄 수가 없어"였다고 그녀는 말한다. 얼마나 더 폭로할지 망설이는 듯 잠시 쉬었다가 그녀는 계속한다. "그는 백만장자거든요." 공모자 같은 말투다. 그리고 마침내 이 모든 부당함에 돌연한 패배감을 느끼는 듯 몹시 슬픈 어조가 된다. "그는 늘 없었어요." 보이지 않는 재판장에게 읍소라도 하는 듯 되풀이한다. "아버지들은 한 일도 없이 공을 많이 받아요."

맨해튼 어퍼웨스트사이드의 단조롭고 번지르르한 건물에 위치한 울만의 작은 아파트는 영구적 거처라기보다는 임시 숙소라 할 수 있다. 그녀는 요즘 부동산 개발업자 도널드 손더스Donald Saunders와 함께 대부분의 시간을 보스턴과 플로리다에서 나누어 보낸다. 두 사람은 10년간 부부로 지낸 이후 1995년 갈라섰다가 이혼 서류에 서명한 그 다음날 영화처럼 화해했다. 울만은 스위스 행 비행기에 오를 참이었는데, 공항 1등석 대기실에 전남편이 된 남자가 느닷없이 나타나 "우리는 평생의 동반자야"라고 선언했다. 두 사람은 그렇게 다시 하나가 되었으나 재혼은 하지 않았다.

한 곳에 머물러 살지 않는 울만이지만, 그녀의 거실은 아늑하고 점잖은 분위기를 띠고 있다. 조지 오웰George Orwell의 《1984년》 원고 복제판이 탁자에 펼쳐져 있고, 노란색 벽과 미로Juan Miro의 드로잉과 책 더미와 잡다한 소형 골동품들은 실내장식가의 세련된 솜씨보다는 마구잡이의 개인적인 미감을 암시한다. 여배우는 절제된 감청색 니트 바지 정장 차림이고 숱 많은 직모 머리카락을(한때 그녀에게 구애한 러시아 영화감독은 그것을 "붉은 밀짚"이라 불렀다) 단순하게 정돈했으며 마스카라 외에는 화장을 거의 하지 않았다. 손톱은 짧고 매니큐어를 하지 않았으며, 돋보기안경을 끼면서도 나이든 여자들이 종종 내뱉는 자의식에 찬 말은 하지 않는다.

울만은 스스로를 타고난 경청가라 표현하지만 사실 대화에 쉽게 참여하는 편이다. 우리는 친츠 소재 소파에 앉아 그간의 세월에 대해 나눌 말이 많은 옛 친구라도 되듯 이런저런 화제를 옮겨 다니며 이야기를 나눴다. 그녀는 19세기 덴마크를 무대로 부르주아 유대인 가족의 삶을 그린 〈소피〉를 촬영하던 중 에를란드 요제프손이 자신의 종교적 근원을 재발견했다고 전한다. "에를란드는 정통파 조부모들에 의해 양육됐어요." 울만의 설명이다. "갑자기 히브리어가 기억났다는 거예요." 그녀는 이어서 린의 소설에 대해 자부심과 번민이 뒤범벅된 소감을 전달한다. 과거를 매듭짓고자 하는 딸의 욕구를 이해한다고 하면서도, 《잠들기 전에》에 묘사된 자신의 모습에 분명히 상처받은 것이다. "린이 내가 원했던 대로 나에 대한 로맨틱 판타지를 쓰지 않았다고 해서 절망하고 앉아 있을 수는 없어요." 울만이 단호하게 말한다.

머칠 후 저녁 나는 92번 스트리트의 Y에 갔다. 비평가 아넷 인스도프Annette Insdorf의 사회로 진행되는 영화 시리즈의 일부로 울만의 인터뷰가 있었다. 대담이 시작되기 전에 우디 앨런이 내레이션을 맡은 최근 다큐멘터리 〈리브 울만―삶의 장면들Liv Ullmann: Scenes from a Life〉의 몇 장면이 상영되고 이어서 〈가을 소나타Autumn Sonata〉가 상영됐다. 영화 속에서의 겁 많고 진지한 딸의 모습과는 대조적으로 검정색 우단 바지 정장을 입고 무대 위에 앉은 울만은 강렬하고도 여자다우며, 이를테면 괴테의 이상향이던 "영원히 여성적인 것"의 재현처럼 보인다. 베리만과 함께한 시절, 그리고 감독으로서의 현재에 대한 질문에 대답하는 울만에게서는 평소의 매력은 물론이고 익살스런 유머도 함께 드러난다. 이제 그녀 자신이 아닌 다른 누구의 기대도 충족시켜야 할 강박에서 벗어났다는 것 같다. 그녀는 애정 어린 눈길로, 후회는 별로 없으며 한 점의 외경도 없이 자신의 과거를 술회한다. 〈가을 소나타〉 촬영장에서 있었던 사건 하나를(잉그리드 버그먼Ingrid Bergman이 울만의 표현으로 "천재 베리만"에게 자신의 역할에 대한 이견을 피력하는 모습을 그녀는 넋을 잃고 바라보았다) 소개하는 울만은, 그 먼 옛날의 유례없는 무례함의 순간을 아직도 즐기는 듯 보인다. "나는 그렇게 말하지 않을 거예요." 그녀는 동료 여배우의 주장을 되살려낸다. "나는 그녀의 뺨을 갈기고 방에서 나갈 거예요." 울만은 양다리를 꼬고 의자를 뒤로 밀어낸다. "나는 그저 구석에 앉아 그녀를 보며 경탄했어요." 그녀가 청중에게 말한다. "왜냐하면 바로 그런 것이 내가 되고 싶었던 여성이었으니까요. 그녀에게서 많은 걸 배웠어요."

울만은 다시는 연기를 하지 않겠다는 의지를 강조한다. 그녀는 연기를 자신이 우등으로 졸업한 '학교'로 묘사한다. 이제는 원하는 것을 하고 싶다. 그것은 바로 연출이다. 다른 누구를 따르기보다 자기 자신의 발자취를 남기고 자신의 복잡한 자아 안에 깃들어 사는 것이다. (베리만과의 관계가 파경에 이른 큰 원인은 베리만이 그녀를 "신경증 없이 온전한" 여자로 보기를 원했던 데 있었다고 그녀는 내게 말했다.) 울만 인생의 가장 통렬하고도 훌륭한 점이라면, 남자 뒤의 여자 역할을 연기하기를 그만두고 그 대신 스스로의 삶을 사는 여자 역할을 연기하고자 치른 투쟁이라고 할 수 있을 것이다. 처음 연출을 시작했을 때, 자신을 삼가고 타인의 안위를 챙기는 여인의 습관에 반사적으로 회귀하곤 했다고 그녀는 내게 말했다("내가 여기 있어서 미안해요. 커피 좀 갖다 줄까요? 그런 식이었죠"). 이후 그녀의 자신감은 한결 커진 것 같

다. 그녀가 경탄하는 딸의 강인함을 빌려온 것인지도 모른다. 그녀는
재능 있는 남자들의 욕구와 요구에 대한 수용성에서 물러났으나 평
생 간직한 열정, 세상을 향한 격렬하고 낭만적인 태도만큼은 그대로
갖고 있다.

"나는 한 번도 스스로를 뮤즈라고 생각해보지 않았어요." 귀를 기
울이고 있는 Y의 청중을 향해 그녀는 말한다. 뮤즈를 '무우스moose'
라고 발음하는 것이 귀엽게 들린다. "그게 뭔지 나도 몰라요. 칭찬이
라면 그게 되고 싶어요. 제자가 되는 것을 뜻한다면 되고 싶지 않고
요." 이것은 일종의 독립선언이다. 특유의 나직하고도 적대적이지 않
은 스타일이긴 하나, 그 뒤의 메시지는 명백하다.

홀로 잠들기

다이앤 키튼

비평가 폴린 케일Pauline Kael이 "허영심 없는 스타일지 모른다"고 말한 바 있는 다이앤 키튼Diane Keaton은 지금 화장에 대해 초조해하고 있다. 키튼은 휑한 분장실의 대형 거울 앞 높다란 의자에 앉아 코에 묻은 잘 보이지도 않는 분가루가 화면에 나올까봐, 그 위에 덧씌울 파운데이션을 찾지 못할까봐 걱정하고 있다(허리케인 카트리나로 인해 집을 잃은 개와 고양이들을 위한 공공 서비스 안내 방송을 앞두고 있다). 1월에 예순이 될 이 여배우는 12월에 〈우리, 사랑해도 되나요Family Stone〉로 은막에 돌아온다. 이 앙상블 드라마에서 그녀는 개성이 강한 다채로운 대가족의 죽어가지만 활기찬 안주인으로 출연한다. 키튼은 할리우드에서(어퍼이스트사이드며 그 밖의 고급스런 지역들도 마찬가지다)

보기 힘들어진 강렬한 매력을 발산한다. 그러니까, 서른 살 이상 여배우들의 예방 차원 성형수술이 상식이 되지 않았다면 그녀 나이의 여자들이 지닐 법한 모습을 하고 있다. 약간 북유럽적인 용모와 좋은 골격은 아직도 유지되고 있지만, 조금 자세히 들여다보면 지방을 주입하지 않은 입매와 끝이 약간 올라간 타오르듯 기민한 담갈색 눈 옆에 희미한 주름이 보인다.

"컨실러 가진 사람 없어요?" 아직도 거울 앞에서 온갖 표정을 지어보이며 그녀가 묻는다. 본연의 익살맞은 억양으로 인해 이 질문은 우스꽝스럽게 필사적으로 들린다. (친구이자 〈신부의 아버지Father of the Bride〉에 함께 출연했던 동료 배우 스티브 마틴Steve Martin은 "그녀는 우스운 '연기'를 하지 않아요. 그냥 다이앤일 뿐이죠"라고 말한다.) 유명인들이 지닌 젊음에의 집착이라는 열병에 항거해온 키튼도 자신의 용모, 자신이 행사하는 시각적인 영향을 언제나 심각하게 여겨왔다고 흔쾌히 시인한다. 이 같은 집착은 어머니와 함께 굿윌Goodwill에서 자신의 디자인대로 옷을 만들기 위해 적당한 천을 찾아 헤매던 소녀시절까지 거슬러 올라간다. "젊었을 적에는 외모에 신경을 아주 많이 썼어요. 어떻게 보이고 싶다는 환상 같은 게 있었지요." 키튼의 고백이다. 오르바크Ohrbach's에서 어머니와 함께 구입했던 분홍빛 정장에 관해, 그녀는 스스로 생각해도 재미있다는 듯 빈정거리는 투로 그 옷이 "의심의 여지없이 모든 것에 대한 해답이라고 생각했어요"라고 말한다. 그리고 고등학교를 다니면서 J. J. 뉴베리Newberry의 브래지어 매장에서 일했다고 덧붙인다. "브래지어에 대한 관심이 엄청났죠."

하지만 무대 뒤에서 드러나는 이 희미한 허영은, 그녀를 지독하게 얄팍하거나 자기도취적으로 보이게 하기는커녕 통렬할 만큼 평범해 보이게 한다. 우선 얼굴에 났을지 모를 기미에 대한 키튼의 관심은 우디 앨런, 워런 비티Warren Beatty, 알 파치노Al Pacino 등 쟁쟁한 전 애인들을 거느렸으며 영화 속에서는 앨버트 피니Albert Finney, 멜 깁슨Mel Gibson, 리엄 니슨Liam Neeson 등과 호흡을 맞춘 스타 영화배우의 자기도취적 초조보다는 자신의 육체적 매력에 대해 한 번도 확신을 가져보지 못한 여자의 "어머나, 이건 또 뭐야?" 식의 불안감 표현에 가깝다. (사람들이야 어떻게 생각하든, 이제 여든셋이 된 어머니가 자라나는 큰딸의 매혹적인 미모를 웬만해서는 인정하지 않았던 사실이 이 같은 불안의 근원이 되었다고 키튼은 설명한다. "어머니는 절대로 내가 예쁘다는 말을 하지 않았어요." 그녀가 구슬프게 말한다. "그게 내 야망에 불을 지핀 거죠.")

일반적으로 인정받듯이 키튼은 세월이 지나면서 오히려 더 아름다워졌다. 넓고 평평했던 얼굴에 우아한 각이 생기면서 둥근 볼이 인상적이던 〈애니 홀Annie Hall〉 시절의 풋풋함을 대체했다. 그리고 마지막 순간에 결정됐던 〈사랑할 때 버려야 할 아까운 것들Something's Gotta Give〉의 누드 장면이 증명하듯 도보와 수영으로 가꾼 날씬하고 놀라운 몸을 갖고 있기도 하다. 그럼에도 그녀는 자신의 외모가 맘에 들지 않는다고 고집한다. "영화 속 내 모습을 보는 일은 즐겁지가 않아요." 그녀의 말이다. "거울 속 내 모습도 물론 마찬가지고요."

9월 하순. 로스앤젤레스. 구름 없는 하늘에 태양이 높이 걸려 있다. 하지만 선셋 불러바드의 휑뎅그렁한 창문 없는 스튜디오 실내는 방공호 속의 한밤중 같다. 키튼은 평소처럼 튀지 않는 옷차림이다. 금빛 고리 귀걸이를 제외하고 회색 플란넬 중산모에서 코가 뾰족한 구치 하이힐 부츠까지 채도만 다를 뿐 모두 검정색 계통이다. 따뜻한 날인 데도 검정색 터틀넥 스웨터에 검정색 우단 재킷을 걸쳤으며 거기에 어울리는 검정색 바지를 입어 날씬하고 긴 다리가 두드러진다. 색을 넣은 안경까지 끼고 있어 카메라 앞에 앉은 그녀에게서 보이는 것은 거의 없다. 하지만 그녀는 한 평론가의 말대로 "황홀한, 광대 같은 미소"를 짓고 그녀만의 농익은 목소리로 대사를 말한다. 그 순간 우리는 절감한다. 그녀의 가장 변함없이 매혹적인 자산은 바로 눌러 담을 수 없는 자연의 힘처럼, 공중으로 치솟아 주변의 모든 것을 순간적으로 반짝거리게 하는 간헐천처럼 분출되는 강력한 개성이라는 것을.

몇 해 전 딜리어 에프론Delia Ephron의 장편소설을 바탕으로 키튼이 연출하고 출연까지 한 영화 〈지금은 통화중Hanging Up〉 촬영장에서 처음 만났을 때 느꼈던 것처럼 그녀는 철저한 프로다. 이것은 그녀와 함께 일해본 모든 사람들이 동감하는 점이다. 이를테면 비티는 내게 마치 걸스카우트 선생이라도 되듯 '근면'과 '시간엄수'를 들어 "계획을 세우고 고수하는" 종류의 사람이라고 말했으며, 전 에이전트인 존 버넘John Burnaham은 키튼이 매력적으로 겸손한 외양 아래 "정리되고 강인하고 영리하다"고 평가했다. 오늘도 그녀는 평판에 걸맞게 뜨거운 조명 아래 묵묵히 뉴올리언스의 동물보호소에서 공수되어온 쾌활한 강아지 스파이크(바셋하운드와 비글 믹스)를 무릎 위에 안고 한 마디 나지막한 불평도 없이 같은 대사를 최소한 열다섯 번은 반복해 왼다. 몇 번째인지 모를 완벽한 대사 후에 이 여배우는 감독의 요청을 접수하여 심각함 또는 열정을 더욱 담아 말씨를 조정한다. 그러면서도 스파이크와 자신 사이에 피어나는 친밀감을 약간 음란하지만 재밌는 농담으로 끌어내기도 한다. (자신의 손이 스파이크의 고추, 이른바 '거시기'를 자꾸 문지른다고 짐짓 부끄러운 체하며 재잘거린다.) 스스로의 농담에 깔깔거리며("그녀는 정말로 애교 넘치는 웃음소리를 갖고 있어요. 치명적일 정도죠"라고 우디 앨런은 말한 바 있다) 그녀는 스파이크를 끌어안고 입을 맞춘다. 나와 스무 명 넘는 스태프들은 좀이 쑤시기 시작했지만 키튼은 끝까지 평온했다. 그녀는 마음씨 좋은 남부의 여주인처럼 모든 사람들에게 따뜻한 인사말을 건네곤 엮은 가죽으로 만들어진 커다란 검정 가방을 어깨에 둘러메고 밝은 거리로 나간다.

촬영을 끝낸 키튼과 나는 주변의 멕시코 식당 '루시스 엘 아도베' 카페로 가 점심을 먹는다. 제리 브라운Jerry Brown이 전성기에 자주 들르던 이곳은 벽돌 벽과 포마이카 식탁, 철 지난 크리스마스 전등으로 장식되어 있다. 시크함과는 상반된 차원의 멋이 있으며, 아마 키튼에게 더 중요할 점은 음식 값이 싸다는 것이다. 조그만 럭셔리 호텔을 운영해도 될 만한 인원을 고용하여 순조로운 생활을 하지만, 돈에 대한 그녀의 빈틈없는 태도는 그녀가 가진 여러 구식 미덕들 가운데 하나이기도 하다. 예컨대 루시스까지 걸어가는 동안에도 그녀는 입고 있는 톰 포드 바지 정장이 2004년 〈사랑할 때 버려야 할 아까운 것들〉로 아카데미 여우주연상 후보에 올라 라스베이거스에 갔을 때 공짜로 얻은 것이라고 즐겁게 말해준다. "후보들 중 두 명만 갔는데 내가 그중의 하나였어요." 그녀가 거의 자랑스럽게 덧붙인다. 그리고 부동산 매매 기술, 아니 그보다는 주택 개조에 대한 강박도 빼놓을 수 없는데, 그녀는 다름 아닌 황금 손을 갖고 있음을 이미 입증했다. 최근에는 600만 달러에 구입했던 벨에어의 농원저택 스타일 집을 1,600만 달러에 팔아넘겼다. 거의 4년간 작업하여 2년 못되게 살았는데, 〈아키텍추럴 다이제스트Architectural Digest〉 4월호 표지에 등장한 지 몇 분 만에 매각이 성사됐던 것이다.

6년 전 로스앤젤레스에서 그녀를 처음 만났을 때 당시 그녀가 살던 집이 보여준 완벽하게 조율된 남서부 감성을 여러 시간 열중하여 감상했던 기억이 난다. 밖에서 보면 별다를 것 없는 스페인 식민지풍 주택이었지만 내부에 눈부시고도 간소한 안식처가 기다리고 있었다. 방마다 몬터레이Monterey 가구와 나바호Navajo 양탄자를 배치했으며 거기에 더해 은색과 청록색의 보석 컬렉션, 청록색과 초록색 유약을 칠한 눈금 항아리 여섯 개 같은 강렬한 마무리가 두드러져보였다. 〈아키텍추럴 다이제스트〉 표지를 장식했던 그 집은 마돈나가 낚아채 갔다. 닳아빠진 슬리퍼를 신고 절룩거리는 장인 구두장이처럼, 키튼은 지난 몇 년간 세를 얻은 집에서 사는 운명을 감수해야만 했고 지금도 그렇다.

다이앤 키튼은 정말이지 지구상 그 누구보다도 에너지가 넘친다. "그녀는 다른 사람들과 다르게 시간을 활용해요"라고 존 버넘은 말한다. 뿐만 아니라 한없는 호기심을 지녔다. 1981년 〈레즈Reds〉와 2003년 〈사랑할 때 버려야 할 아까운 것들〉에 함께 출연했던 잭 니콜슨Jack Nicholson은 "활기가 폭발하는 듯하다"라고 그녀를 묘사하며 그 에너자이저 토끼(에너자이저 건전지 광고에 나오는 캐릭터로, 건전지가 오래간다는 점을 홍보한다―옮긴이) 같은 스태미나에 진정한 경외감을 느끼는 것 같다. "에너지야말로 다이앤의 가장 놀라운 점이에요." 전화기 저편에서 그가 느릿느릿 말한다. 그러더니 킥킥거리며 파리에서 〈사랑할 때 버려야 할 아까운 것들〉의 마지막 장면을 촬영하다 얻은 사흘간의 휴식 중 자기는 호텔 방에 처박혀 있는데 키튼은 스페인까지 건너갔던 기억을 떠올린다. "에너지 기본단위가 어마어마한 거죠." 그가 말한다. "얼마나 되는지 알기가 어려워요."

니콜슨은 키튼과 독특하게 강력한 유대를 형성했던 모양이며, 대부분의 다른 사람들이 갖지 못하는 관계를 맺고 있다. "중요한 주제들에 관해 속기같이 빠르게 대화를 나누죠." 그의 표현이다. 그녀의 쉰아홉 살 생일에 초대된 맥 라이언Meg Ryan이며 리사 쿠드로Lisa Kudrow 같은 한 무리의 여자 친구들 사이에서 니콜슨 혼자만 달랑 남자였다. 키튼은 친구 낸시 마이어스Nancy Meyers(키튼은 〈사랑할 때 버려야 할 아까운 것들〉의 시나리오를 쓰고 감독한 마이어스를 "중년 여자들의 사랑과 인생에 대한 이야기를 쓰고 싶어 하는 지구상 단 하나의 코미디 작가"라고 표현한다)의 집에서 열린 축연에 그를 초대한 이유를 이렇게 말한다. "그가 흥미진진한 저녁을 만들어줄 것임을 알았기 때문이에요. 소동을 피울 것을 알았던 거죠. 그가 여자들 사이에서 보내는 저녁을 즐기는 편은 아니지만요." 한편 니콜슨은 자신이 "혹독하게 남성"임을 절감했다고 시인하면서 그날 초대가 "유혹적이고도 기이한" 느낌이었다고 술회한다.

두 사람이 에로틱한 기미가 있는 경탄조로 서로에 대해 이야기하는 것을 보면서 그들의 관계가 다른 쪽으로 발전된 것은 아닐까 궁금해진다. 그가 그토록 구제불능의 바람둥이가 아니라면, 그녀가 그토록 사정없이 눈이 높지 않다면 말이다. 키튼이 연애 중이지 않다면 놀라겠냐고 묻자 니콜슨은 아니나 다를까 질문을, 그리고 두 사람 관계의 모호함을 회피하고, 대신 "그녀라는 사람의 특별한 본질"을 비스듬히 언급한다. 이 기묘하게 헨리 제임스적인 발언의 의미를 다시 묻자 그는 도리어 미스터리를 심화시키는 대답을 할 뿐이다. "복잡한 사람이기 때문에 이 시점에서 누군가와 섣불리 얽히려 들지 않을 거예요. 적어도 자신이 원하지 않는 게 무엇인지는 아는 거죠."

하지만 근래에 이르러 로맨스나 명성의 굴레 따위와 거리가 멀어졌을 뿐, 이 여배우가 확실히 원하는 것은 사실 많이 있다. 늘 과외 활동을 하는 학생처럼 키튼은 수많은 주제들에 매혹되어왔는데, 특히 스크랩북이나 기타 수집벽에서부터 유명한 그녀 특유의 복식에까지 모든 것에 스며있는 치밀하게 연마된 미감을 자극하는 것들에 그러하다. 키튼은 별나다고 할 수도 있을 엄청난 스타일을 지니고 있다. 묘사하기는 어렵지만 눈으로 보면 그녀만의 것임에 의심의 여지가 없다. 통상 이렇게 조합된다. 벨트나 신발을 이용한 날카로운 터치, 채플린Charlie Chaplin풍의 나비넥타이나 중절모, 장갑 또는 스타킹을 통한 길거리 패션의 전유, 그리고 〈애니 홀〉로 유행시킨 레이어드 룩. 그녀의 오랜 친구인 미술품 중개상 대니얼 울프Daniel Wolf는 내게 말했다. "그녀는 매일 아침 일어나 튜브에서 짜낸 물감을 보듯 자신의 옷을 들여다봐요. 오늘은 어떻게 섞어 입지?"

키튼의 관심사들은 단순히 취미로 분류하기엔 그 몰입 정도가 너무 치열하다. 사진(호텔 로비, 세일즈맨, 〈로스앤젤레스 헤럴드 익스프레스Los Angeles Herald Express〉에 실린 섬뜩한 타블로이드 샷 같은 엉뚱한 주제들의 사진집을 네 권이나 냈다), 건축(로스앤젤레스 보호관리위원회 이사진에 이름을 올려놓고 있으며 현재 리졸리 출판사와 함께 스페인 식민지풍 건축에 대한 책을 편집하는 중이다), 음악("액션!" 외침이 들리는 순간까지 밥 딜런, 린다 론스태트Linda Ronstadt 등의 음악을 헤드폰으로 들어 감독을 곤혹스럽게 하는 버릇이 있다), 그리고 정치(놀랄 만큼 정보에 밝다) 등 분야도 다양하다. (그녀는 CNN 중독자로, 자신의 커리어 상 최고의 순간은 〈지금은 통화중〉 시사회에서 빌 클린턴Bill Clinton을 만난 것이라고 고백했다.)

〈우리, 사랑해도 되나요〉에서 장남이 추수감사절을 맞아 집으로 데려온 미움 받는 여자친구 역할을 맡은 사라 제시카 파커Sarah Jessica Parker는, 쿠드로나 라이언 같은 많은 후배 여배우들이 그랬듯 자신이 우상 같은 인물로 흠모해온 키튼과 친해질 것이라고 생각하지 않았다. "나를 끔찍하고 골빈 천박한 금발로만 여길까봐 걱정했어요." 파커가 털어놓는다. 하지만 다행히도 두 사람은 매일 아침 촬영이 시작되기 전 분장용 트레일러 안에서 단둘이 두 시간을 보내며 의상, 부동산, 자녀, 시사 문제까지 광범위한 대화를 나누었다. 파커는 특히 키튼의 자기절제에 탄복한다. 선배 여배우이면서도 매일 아침 다섯 시 정각에 "허리가 잘록한 스커트와 하이힐과 모자" 차림으로 촬영장에 나온 반면, "나머지 배우들은 추리닝 바지 차림이었다"는 것이다. 그리고 〈섹스 앤드 더 시티Sex and the City〉의 여주인공 캐리 브래드쇼보다는 오히려 예절 선생 같은 말투로 덧붙인다. "시간을 지키지 않고는 여자로서 지금 그녀가 올라가 있는 위치에 올라갈 수 없는 거니까요."

나이 쉰에 늦게나마 아이를 갖기로 결정하고 최우선 과제로 삼아 추진한 이후 지난 10년간 그녀의 일정은 더욱 더 바빠졌다. 고용인이 많은 그녀의 집은 이제 열 살이 된 딸 텍스터Dexter와 네 살배기 아들 듀크Duke를 중심으로 돌아가며 다른 집 아이들과의 놀이 약속, 로스 앤젤레스 카운티 페어 나들이, 사친회 참석, 소아과 진료 등이 되풀이 된다. 키튼은 항상 일찍 자고 일찍 일어나는 유형이어서 도움이 된다. (그녀의 친구이자 제작사 '키튼스 블루 릴리프'의 동업자인 빌 로빈슨Bill Robinson은 그녀를 "새벽에 일어나고 열 시에 잠자리에 드는, 순례자의 악몽" 이라고 묘사한 적이 있다.) 키튼은 정말로 다섯 시에 일어나 이메일에 답장을 쓰고 다채로운 시각적 상상력을 흔들어놓는 품목들을 찾아 인터넷을 뒤진다("컴퓨터가 너무 좋아요." 그녀는 선언한다. "내가 이베이 의 동업자라면 좋겠어요."). 그러고는 아이들 점심을 준비하고 아이들을 깨워 학교에 보낸다. 텍스터와 듀크는 UCLA 교육대학원 계열의 진보 적이고 사회경제적으로 다변화된 실험적 학교인 유니버시티 초등학 교에 다닌다. 스스로 '방치된 학생'이었다고 생각했던 키튼은 이 학 교의 교사들에게 아주 좋은 인상을 받았다. "아이들의 학습 욕구를 창조적으로 자극하는 새로운 방법을 끊임없이 찾고 있어요." 그녀의 말이다.

그녀가 내면에서 커가는 아이에 대한 욕망을, "가족의 일원으로 참 여하고픈 욕구"를 발견한 것은 40대에 들어서서였다. 연애는 많이 했 어도 임신이나 결혼까지 가본 적이 없었던 키튼은 입양을 결심했다. 그녀가 두툼한 수첩에서 꺼내든 스냅 사진 속, 약간 경계하는 눈빛의 담황색 머리카락 소녀 텍스터와 밝은 금발의 귀여운 소년 듀크는 모 두 젖먹이 때 입양되었다. 폭설에 발이 묶여, 텍사스의 에이전시에서 막 도착한 생후 엿새째의 텍스터와 함께 뉴욕의 호텔 방에서 보낸 첫

주를 회상하는 키튼의 눈은 아직도 기쁨으로 반짝인다.

그녀는 어느 모로 보나 무척 자상한 어머니다. 매일 저녁 아이들과 밥을 먹고 성대한 생일 파티를 열어주며 아이들의 친구와도 친하고 유니버시티 초등학교의 학부모들과도 가깝다. 함께 유치원에 다닌 시절부터 덱스터와 친하게 지내온 딸을 둔 UCLA 법대 교수 앤 칼슨 Ann Carlson은 키튼을 놀랄 만큼 자녀들과 "함께하고" "직선적이고 어떤 면에서는 허튼짓을 용납하지 않으며" 하지만 "애정 넘치는" 어머니로 묘사한다. 키튼에게 육아 경험은 "삶을 뒤바꿔놓는 것이었어요. 그녀가 결코 예측하지 못했던 식으로 그녀를 변화시켜 놓았죠"라는 것이다.

키튼 본인도 이런 평가에 동의한다. "아이가 있다는 건 바보짓을 그만둬야 한다는 거예요"라고 그녀는 말한다. 그녀도 물론 어머니 역할을 여러 번 연기했다. 1982년 작 〈결혼의 위기 Shoot the Moon〉에서 남편에게 배신당하고 네 아이에게 헌신하는 여인을 다층적으로 멋지게 표현한 바 있으며 최근 〈우리, 사랑해도 되나요〉에서는 까다롭지만 영웅적인 어머니를 연기했다. 현실 속의 키튼은 스스로 "저항할 수 없다"고 표현하는 어머니와 중대한 관계를 맺고 있다. 베벌리 월셔 호텔 안의 멋들어진 식당 '불러바드'에서 점심을 먹는 동안 그녀는 어머니에 관해 거의 격렬하다 할 열정을 갖고 이야기한다. 과거의 연애 상대들 중에 필생의 연인이라 할 만한 사람이 있었느냐는 질문에 그녀는 단호하게 답한다. "내 필생의 연인은 어머니뿐이에요."

키튼은 캘리포니아의 보수적인 동네인 오렌지 카운티에서, 상호간의 관계가 긴밀한 가정의 네 남매 중 장녀로 자랐다. 삶에 대한 절제된 태도나 다정한 붙임성 아래 깔린 자제의 분위기가 상류 와스프 가정에서 성장한 결과라는 얘기들이 있지만(그레타 가르보만큼이나 신중하다는 평가는 아마도 과장이겠지만, 그녀가 할리우드의 개방적 분위기 속에서 드물게 사생활을 지켜낸 것은 부인하기 어렵다) 그녀의 배경은 사실 귀족적이지 않다. 이발사였던 할아버지는 노사분규 중에 피살됐고 외할머니는 청소원으로 일했다. 산타애나 칼리지에 있는 올림픽 경기장 규모의 수영장을 설계한 토목기사인 아버지 잭Jack으로부터 기민한 사고력과 "달릴 수 있는 깊고도 본능적인 능력"을 배웠다고 키튼은 말한다. '미세스 로스앤젤레스' 대회에서 우승한 가정주부였던 어머니 도로시Dorothy는 자녀들의 삶에서 "지배적인 인물"이었다.

"감상적인 면"에서 아버지의 흔적을 발견하지만, 키튼은 압도적으로 어머니의 딸로서 자신을 바라본다. 여주인공에의 야심을 심어준 것은 바로 어머니 도로시였다. "어머니는 정말 최고의 관객이었어요." 키튼의 말이다. "나는 어머니를 통해서 모든 연기 기술을 개발했어요." 기억의 예술적 보존에 대한, 오래된 건물에서 스크랩북에 이르기까지 다양한 형태로서의 역사 보존에 대한 그녀의 변치 않는 관심도 어머니에서 비롯됐다. 그녀의 어머니는 40년에 달하는 가족 일지를 보관해왔다("수많은 페이지들, 수많은 콜라주들"). 그뿐 아니라 〈우리, 사랑해도 되나요〉의 마지막 장면에 등장하는 젊은 시절의 그녀 사진(임신한 모습으로 보정되었다)도 사실 어머니가 찍은 것이라고 키튼은 자랑스럽게 지적하며 "그 사진이야말로 내 인생 최고의 연기예요"라고 선언한다. 사진 속의 그녀는 아직 인생이 전개되기 이전의 모습이므로 이 단언이 어떤 의미인지는 잘 모르겠지만, 자신의 성취를 어머니의 알려지지 않은 재능과 결부시키는 것이리라 짐작해본다.

그날 오후 그녀가 새로 산 렉서스 하이브리드 차로 나를 호텔까지 데려다주는 동안 우리는 대화를 계속했다. 그 전에 산타 모니카에 늘어선 미술관 몇 곳을 들렀다. 나이든 엄마라고 비난을 듣는지 묻자 그녀는 "내가 입장을 분명히 했으니 아무도 뭐라고 못하죠." 하고 답한다. 하지만 보다 광범한 차원에서 키튼은 분명 불편해하고 있다. 이메일에서 "침착하지 못하고 요구가 많고 철이 덜 들었다"고 자평한 그녀는 스스로를 미시적으로는 모성의, 거시적으로는 성년의 관문에 뒤늦게 다다른 인간이라 느끼고 있는 것이다. 정신과 의사 진료실에서 오랜 시간을 보낸 사람 특유의 금욕적인 자아인식으로, 그녀는 자신이 후회하는 점들을 감동적으로 솔직하게 열거한다. "더욱 용감했더라면, 친밀함에 대한 제약이 그토록 심하지 않았더라면, 더 많은 모험을 감행했더라면, 이런 문제들에 더 일찍 손을 썼더라면 좋았을 텐데, 그런 생각을 해요." 키튼은 정신분석의 확고한 신봉자로, "거대한 특권"으로 여기는 그것을 할 수 있는 한 활용할 작정이다. "사라지지 않는 깊은 갈등들에 관해 이야기해왔어요." 심리치료에 대한 그녀의 말이다. "그만두지 않을 거예요. 마치 교회에 나가는 것과 같아요. 도움이 되는지 아닌지는 중요하지 않아요. 그보다 도대체 왜 어떤 것이 그런 상태인지 이해하고자 노력하는 것, 그러니까 어떤 문제에 내가 참여한다는 것, 그게 중요하죠."

그녀나 내가 볼 때, 키튼 생애의 최대 문제는 남자였다. "사랑에 빠졌을 때," 그녀가 선언한다. "나는 최악이 되었어요. 남자들에 관해서

'이 사람이 나를 얼마나 사랑할까?' 하는 것만 생각했던 것 같아요. '내가 이 사람을 얼마나 사랑하는가?' 가 아니라요." 니콜슨은 이를 테면 "내가 누군가를 선택한 게 아니라 항상 그들이 나를 선택했어요" 식의 이런 탄식을 "과거에 대한 다이앤의 소제목"이라 규정한다. 키튼은 가슴 아프되 간명한 회고적 기지로 자신의 연애사를 이야기 한다. 슬프지만 단호히 정리한 생의 한 시기라는 듯. 여전히 독신으로 지내는 것을 보면 정말 그런가보다 싶기도 하다. 그녀가 시인하듯 15년 전 알 파치노와 결별한 이후 누구와도 심각한 관계를 갖지 않았다. (키아누 리브스Keanu Reeves와의 소문에 관해 묻자 그녀는 어이없다는 듯 가벼운 비명으로 답을 대신했다.)

부모의 "순탄치 않으나 열정적인" 결혼생활이 관계에 대한 그녀의 시각에 영향을 미쳤다는 점에서 문제의 원인을 일부나마 찾을 수 있을 것 같다. "부모님은 약간은 사랑했고 약간은 성나 있었어요." 그녀가 말한다. "나는 연애관계를 낭만적인 눈으로 바라봤어요. 복잡한 문제들에 대해 준비가 되어 있지 않았죠."〈미스터 굿바를 찾아서 Looking for Mr. Goodbar〉〈레즈〉〈소펠 부인Mrs. Soffel〉〈모정The Good Mother〉 같은 영화에서 싹트는 관능에 압도되는 수줍고 자의식 강한 여자들의 표현에 뛰어난 능력을 보인 여배우답게(대표적인 페르소나는 우디 앨런의 어쩔 줄 몰라 하는 뮤즈이지만), 그녀는 육체와 부조리한 욕망의 미스터리에 대한 이야기로 넘어간다. "낭만적인 사랑은 대부분 이기적이고 발육부진이 되어 성장하지 않아요. 나는 누구를 사랑하면서 동시에 좋아할 수 없어요. 성욕이란 그런 거예요. 어떤 특정한 요건과 결부되어 있어요." 키튼이 예를 든다. "내가 집에서 날 기다려

줄 착한 남자를 원했을 것 같아요? 내가 만났던 어떤 남자하고도 아이를 만들지 않았다는 게 정말 다행이라고 생각해요."

남자들은 키튼의 에너지를 많이 빼앗아간 것 같다. 1980년대 〈레즈〉 출연 이후 한동안 시야에서 사라져버린 시기처럼, 커리어에도 타격을 가한 모양이다. 하지만 사실 그녀가 남자와 일종의 가정을 이루어 살았던 시간은 매우 짧다. "우디 정도였죠. 그것도 아주 잠깐. 그가 말하듯 달걀 위를 걷듯이 조마조마하게라도 나랑 살겠다고 한 것은 그 사람뿐이에요." 키튼은 이성異性이라는 개념 자체를 본질적으로 매혹적인 동시에 본질적으로 불쾌한 것으로 바라보는 듯하다. 그러지 말아야 한다는 걸 잘 알면서도 얼간이처럼 남자들이라는 외계인에게 끌렸다고 생각하는 듯하다. "여자들에 대해서는 평범한 애정을 갖고 있어요." 그녀가 설명한다. "하지만 남자들에게는 그렇지 않아요. 아주 평범치 않은 감정이에요. 몹시 들뜨고 매혹되고 완전히 반하거나, 아니면 눈곱만큼도 관심이 없어요. 그들을 인간으로 보기보다는 비상한 존재로 본 거죠. 물론 그들은 그런 것을 원하지 않았고요." 그녀가 키득거리며 덧붙인다. "뭐, 악몽 같았겠죠."

키튼이나 남자란 족속 전체에게 구제불능의 문제가 있는 것이 아니라 그녀가 고른 특정한 남자들에게 문제가 있었을 가능성도 물론 있다. 제작 동업자 빌 로빈슨은 "설령 다이앤이 울워스Woolworth's의 출납원이었대도 나쁜 남자들에게 이끌렸을 거예요" 하고 말한다. 여기서 "나쁜 남자들"이란 한 친구가 "예쁜 남자들"(우디 앨런을 제외하고), 다른 친구는 "풋볼 스타나 학생회장 같은 허울뿐인 남자친구들"이라 부른 것과 통하는, 그러니까 장기적으로 봐서 부적합한 남자들이라는 뜻일 것이다.

어쨌든 키튼은 스스로 가장 쉽게 견뎌낼 수 있는 방식으로 사랑에 빠지는 것과 화해한 듯이 보이는데, 바로 니콜슨의 표현에 따르면 "깊이 파고들어갈" 수 있는 영화 속을 뜻한다. 하지만 거기서 빠져나와 상황을 파악하고 통제할 수 있게 된 것도 같다. ("다치기 쉬운 성향이지만 단련되어 있어요. 감정들이 많지만 분명한 것은 그녀가 그것들을 다룰 기술을 갖고 있다는 사실이에요." 사라 제시카 파커의 말이다.) 그것은 어쩌면 어머니가 장려한 어떤 자기발명의 광범위한 기질, 딸에게 영감을 준 "네 인생의 관객을 찾는" 환상에 기인하는 것일지도 모른다. "어머니는 우리가 가장 강력한 소망을 개발하도록 해주었어요." 키튼이 지적한다. 또한 영화 속 연애라는 "가짜 상황"을 "여배우들이 제대로 인정하지 못하는" 것 같다고 말한다. 이 같은 마법, 이런 가공의 황홀감이야말로 영화배우라는 직업의 최대 수익이라는 것이다. "가능한 최선의 방식으로 침대에 눕는 거잖아요. 사랑에 빠진 대가를 치르지 않고서요." 그녀는 잠시 말을 멎는다. 자신의 의견을 뒷받침할 반박 불가능한 증거를 찾아서 머릿속을 뒤지는 것 같다. 그리고 금상첨화 아니냐는 듯 말한다. "잭 니콜슨하고 키스를 많이 했잖아요."

물론 그녀는 〈사랑할 때 버려야 할 아까운 것들〉에서의 망설이다가 결국엔 승리하는 연애 상대를 말하고 있다. 40여 편의 영화에 출연한 그녀에게 결정적인 활력을 불어넣어주었고 우디 앨런이 일찌감치 예견한 흥행 배우로서의 반열에 확고부동하게 올려주었다고 평가되는, 저 성공한 동화적인 영화 말이다(비정한 할리우드 장사판에서 니콜슨은 키튼의 몇 배나 되는 출연료를 받았다). "그녀 자신이 원하기만 했다면 키튼은 미국의 최고 인기 여배우가 되었을 수도 있어요. 제2의 루실 볼Lucille Ball 같은 존재 말에요." 우디 앨런은 내게 말했다. 앨런의 정신 나간 인형으로서의 1막, 재능 있으며 성적 뉘앙스를 지닌 성격 배우로서의 2막, 〈신부의 아버지〉 두 편에서의 호소력 깊은 어머니 역할로서의 3막(〈조강지처 클럽The First Wives Club〉에서의 성적 위력이 있는 여걸을 꼽을 수도 있다)에 이어, 키튼은 그녀만의 순간을 맞을 준비가 되어 있었다.

여기가 바로 이상한 대목이다. 잭 니콜슨에서 사라 제시카 파커까지 수많은 사람들이 혀를 차게 만드는, 보다 성숙한 관객들을 등한시하는 이 마당의 한계 말이다. 〈사랑할 때 버려야 할 아까운 것들〉의 흥분 후 아무 일도 없었다. 문자 그대로 아무 일도 일어나지 않았다. 그녀만의 순간에 헬로, 하고 인사를 할 틈도 없이 그것은 사라져버렸다. "배역이 들어오지 않는 거예요." 그녀의 말이다. "관심도 돈도 많이 얻었죠. 그런데 곧바로 예전으로 돌아가 버렸어요. 1년에 텔레비전용 영화 한 편으로요."

내가 이야기해본 모든 사람이, 키튼의 재능은 놀랄 만큼 활용되지 못했으며 이런 상황은 영화업계에서의 그녀 위치가 아닌 영화업계 자체의 반영에 가깝다는 데 동의한다. 한편 키튼은 또다시 그녀 말대로 "엘리트들은 텔레비전 일을 하지 않던" 시절, 유명인들을 앞세운 레드카펫 전략과 사설 홍보 담당자들의 상호작용적 술책이 업계를 평정하기 이전 시절의 여주인공 캐서린 헵번Katharine Hepburn보다 좀 더 현대적인, 대기 중인 위대한 여배우로 남아 있다. 좀 더 타협했다면, 덜 까다로웠다면, 상업적 수단이나 작은 역할도 받아들였다면 그녀는 더 성공했을까? "그녀는 대중적인 성공을 좋아해요." 앨런의 말이다. "하지만 1센티도 꿈쩍하지 않지요. 스스로의 기준에 맞춰 일해요."

키튼의 기준이란 매우 복잡한 것으로 워런 비티가 정확하게 묘사했듯 "서브텍스트적인 내면의 갈등"과, 달리 말하면 진지한 처우와 자기 야망의 본질에 깃든 전반적인 모호함 안에서 덜거덕거리며 변주되는 충동의 다양성과 연관되어 있다. 한순간은 자신의 평범함을 고집스럽게 주장하다가 다음 순간은 자신의 독특함을 즐겁게 이야기한다. 마치 색다름의 의도적인 배양이야말로 잠재적으로 적대적인 세상으로부터 사랑받는 열쇠라는 진리를 오래 전에 깨달은 것처럼. 키튼과 오랜 시간을 함께할수록 알게 되는 것은 그녀가 항상 복잡한 자기표현 안으로 사라져버린다는, 그리하여 상대를 빈손으로 남겨놓는다는 사실이다. 〈우리, 사랑해도 되나요〉에서 남편 역을 한 크레이그 T. 넬슨Craig T. Nelson은 그녀를 누구보다도 정확히 요약한다. "그녀 안에는 다층적인 사람이 여럿 있어요. 그들은 모두 완벽하죠. 우리는 그녀를 만나고 그녀를 잘 안다고 생각하지만, 사실 그녀가 품고 다니는 여러 사람 중 하나를 아는 것일 따름이에요."

추측건대 키튼이 원하는 것은 바로 이런 것이리라. 매혹적으로 고집 세고 궁극적으로 이해하기 어려운 어떤 흔적, 인상 말이다. 결국 그것이 왜 그녀가 매일 밤 아이들을 재우고 수많은 자아들과 함께 텔레비전 앞에 눕는지를 설명해주는 듯하다. "우리는 고립된 존재들이에요." 그녀가 설명한다. "우리 각자의 생을 대리로 살아가죠. 공동체 의식이 너무나도 축소되어버렸어요." 자신의 "가장 심오한 순간들은 허리케인이 몰려왔을 때 마일스 오브라이언Miles O'Brien이 나오는 뉴스를 시청하면서 보낸 시간"이었다고 그녀는 주장한다. 그러면서 그 매혹적인 미소를 띠는데, 그 미소는 누가 됐든 상대방에게 그녀 옆에서 조금 더 머물고 싶게 하는 효과를 발휘한다. "그는 알아낼 수 없는 사람이에요." CNN의 뉴스 앵커에 대해 이렇게 말하고 그녀는 곧바로 덧붙인다. "나처럼요." 그 순간, 자신이 "기본적으로 부정적인 성향"이라고 묘사하는 이 여성은 단호하게 기쁨에 차 보인다.

카메라는 그녀에게서 무엇을 보는가

케이트 블란쳇

　케이트 블란쳇Cate Blanchett은 첫눈에 봐서 전통적인 미인은 아니다. 사실 그녀의 굳센 얼굴은 어떤 각도에서 보면 거의 평범해 보이기까지 한다. 광대뼈는 화면에서보다 덜 아름답게 융기했으며, 화려하게 농익은 입술은 〈리플리The Talented Mr. Ripley〉나 〈샬럿 그레이Charlotte Gray〉에서 진홍색으로 채색되었을 때만큼 고혹적이지 않다. 귀는(내가 알아채지 못할까봐 그녀가 미리 알려준다) 크고, 머리는 대충 뒤로 올려 넘겼다. 가까이 다가가서 길고 가늘게 트여 있는, 무엇인가를 탐색하는 듯한 그 담청색 눈을 보기 전까지는 그녀를 알아보기조차 쉽지 않다. 어떤 감정이든지 그것의 플라톤적 정수를 명료하게 표현하고 전달하는 인상적인 눈이다. 이런 걸 두고 포토제닉photogenic(사진촬영에 적합한 얼굴―옮긴이)하다고 하는 거구나, 카메라를 대하기 전까지 마법을 숨겨두는 그런 얼굴을, 하는 생각이 든다.

10월의 토요일 오후였다. 서른네 살의 여배우와 나는 뉴욕의 쇼핑 천국 한가운데에 있는 포시즌스 호텔에서 점심을 함께했다. 블란쳇에 관해 먼저 알게 되는 사실들 중 하나는 피상적이지 않은 사람이라는 것이다. 그녀는 이를테면 명성의 위험 같은 주제에 관해 말할 때조차 피상적으로 들릴 여지가 없다. 그녀가 눈부시게 화려한 세계에 존재한다는 이유만으로 천박하고 하찮은 스타 배우쯤으로 여겨지지 않을까 단속한다. "옷 얘기를 할 건 아니죠?" 여태 아무도 묻지 않은 어두운 과거사를 내가 파헤치기라도 한 듯 짐짓 두려운 목소리다.

블란쳇은 우아하고 출처를 알기 힘든 외국 억양으로, 툭툭 내뱉듯 매혹적으로 말한다. 두 시간에 걸쳐 이런저런 대화를 나누었지만 한결같이 안정된 나지막한 음성이다. 다만 몹시 흥분한 순간에는(그녀가 가장 즐겨 쓰는 형용사는 '비범한'과 '환상적인'이다) 자신과 자신에 대한 타인들의 인식을 뒤틀어 배반한다. "나는 매체 속에서 살지 않아요." 그녀의 선언이다. "사람들은 말하죠. '뭐, 언젠가는 그렇게 되겠지, 안 그래?' 배우들이란 죄다 똑같은 것을 바란다는 듯 말이죠." 잠시 어린 시절 이야기를 하며, 가운데 아이였던 탓에 주로 혼자 남겨져 자랐다고 그녀는 설명한다. 연기에 관심을 갖게 된 계기가 열 살 때 아버지가 사망한 사건이었는지 나는 묻지 않는다. 그런 말쑥한 시나리오가 마치 심오한 통찰이라도 되듯 들이밀어지는 데 지쳤을 것이라는 추측에서다. 하지만 그녀는 사춘기 때 그레고리 펙Gregory Peck과 앨런 앨다Alan Alda가 "아버지 대역" 노릇을 해주었다고 귀띔한다.

그녀는 자신의 늘어가는 가족 이야기를 한다. 시나리오 작가 앤드루 업턴Andrew Upton과 결혼한 지 6년째로 12월에 두 살이 될 아들 대시Dash(대실Dashiell의 약칭)가 있고 현재 임신 3개월째다. 연극으로 출발한 그녀는 거의 처음부터 집중적인 관심을 받았다. 데이비드 마멧David Mamet의 〈올리아나Oleanna〉에서 20대 초반의 블란쳇과 함께 출연한 제프리 러시Geoffrey Rush는 그녀의 멘토였다. 자신도 모르게 우상으로 떠받들어온 러시가 함께 일하게 되어 반갑다고 전화를 걸어왔을 때, 그녀는 아파트 안에 앉아서 땀을 흘리며("팔꿈치에 땀샘이 있다는 걸 그때 처음 깨달았어요.") 수화기 반대편에서 들려오는 "감미로운 목소리"에 귀를 기울였다. "그리고 생각했죠. '지금 제프리 러시랑 통화하고 있는 거야. 곧 제프리 러시랑 일을 할 참이고. 이제 여기서부턴 내리막길이겠지.'"

블란쳇의 스타일리스트 겸 친구('친구' 부분에 얼마나 신빙성을 두느냐에 따라 친구 겸 스타일리스트일 수도 있다) 제시카 패스터Jessica Paster가 바깥 공기를 쐬자며 다가오면서, 옷이 화제로 등장했다. 패스터의 휴대전화로 걸려온 남편의 전화를 받으러 블란쳇이 자리를 뜨자 스타일리스트는 페넬로페 크루즈Penelope Cruz와 우마 서먼Uma Thurman과도 일했다는 이력을 밝히고, 나는 블란쳇이 청바지와 코가 뾰족한 클로에Chloé의 키튼힐(굽이 3~5센티미터 정도인 구두—옮긴이)에 맞추어 걸친 기모노풍 실크 재킷의 출처를 묻는다. 우리가 로스앤젤레스에 즐비하게 널린 네일샵 이야기를 하는 동안 여배우가 돌아와 대화가 그쪽으로 흘러간 것에 실망을 표현한다. "립스틱 차원의 사안들"에 대해 이야기하는 그녀는, 인물들의 잠재의식적 연관을 분석할 때나 열광적으로 손짓해 가며 연극을 하던 시절의 즐거웠던 순간을 술회할 때에 비해 확실히 불편해 보인다. "나는요," 그녀가 설명한다. "집단적 무의식 속으로 옮겨질 때가 너무 좋아요. 관객과 배우가 함께 도약하는, 객석과 무대 사이의 그 마술적인 공간 말이에요."

그럼에도, 옷 이야기에 대한 그녀의 첫 반응은 과장이 아닌지 의심스럽다. 어쨌든 블란쳇은 이 시대 스타일의 우상으로서 잡지 표지에 빈번히 등장할 뿐 아니라 칼 라거펠트Karl Lagerfeld(그녀를 파리로 불러와 코코 샤넬Coco Chanel로 분장시켜 화보를 촬영했다)와 존 갈리아노John Galliano(1999년 아카데미 시상식에서 그녀가 입은 벌새 장식 드레스를 디자인했다) 같은 지성적 디자이너들의 뮤즈이지 않은가. 올해 초에는 도나 카란이 자신의 값비싸고 대체로 비실용적인 의상 컬렉션을 구성할 때 염두에 둔다고 주장하는 '진짜 여자'의 최신 버전을 블란쳇에게 입히는 데 성공한 바 있다.

그러니 선뜻 이해되지 않는다. 제임스 립턴James Lipton이 〈인사이드 디 액터스 스튜디오Inside the Actors Studio〉 인터뷰에서 엄숙하게 묘사한 대로 "그녀 세대의 가장 존경받는 여배우들 중 하나"가 된 성공한 젊은 여인이, 특정한 종류의 명성에 결부된 특정한 얼굴과 육체를 지닌 대가로 받는 스타의 아우라와 경박한 호기심으로부터 이토록 거리를 두려 애쓰는 이유가 무엇이란 말인가. 10년이 채 안 되는 사이 블란쳇은 출연하는 영화에 즉각적으로 위신을 부여하는 선망의 대상으로 자리 잡았다. 감독 앤서니 밍겔라Anthony Minghella는 그녀를 위해 원작에 없었던 역할을 만들어냈고(〈리플리〉), 작가 시배스천 폭스Sebastian Faulks는 자신의 베스트셀러 소설 〈샬럿 그레이〉를 각색한 영화에 출연해줄 것을 희망하며 그녀에게 책을 보냈다(결국 그렇게 됐다). 이달 말 개봉하는 흥미진진한 네오 웨스턴 영화로 딸과의 화해를 시도하는 허물 많은 아버지의 이야기인 〈실종The Missing〉을 공동 제작한 브라이언 그레이저Brian Grazer는 자신과 감독 론 하워드Ron Howard가 처음부터 지략 있는 변경의 여인 역에 그녀를 염두하고 있었다고 말한다. 토미 리 존스Tommy Lee Jones를 상대로 미개했던 시대와 공간(1890년대 뉴멕시코 주)에서의 어려운 역할을 "신빙성 있고 굉장하게" 연기할 여배우가 필요했다는 것이다. "그녀의 손에 묻은 흙이 느껴지잖아요. 동시에 스크린을 장악할 만한 섹스어필도 갖췄고요."

블란쳇은 사실 일중독자여서 호사를 누리거나 가정생활을 즐길 시간도 없이 촬영장과 촬영장을 돌며 바쁜 일정을 소화한다. (남편과 아들은 이미 런던 집으로 돌아간 터였지만, 그녀는 거의 항상 아들과 함께 지낸다고 말한다. "가장 오래 떨어져 지낸 건 사흘이에요.") 〈인사이드 디 액터스 스튜디오〉 녹화를 위해 뉴욕에 잠깐 들렀다가 로스앤젤레스로 날아가 마틴 스콜세지Martin Scorsese의 영화 〈에비에이터The Aviator〉 마지막 촬영에 들어간다. (그녀는 캐서린 헵번 역을, 레오나르도 디카프리오Leonardo DiCaprio는 하워드 휴즈Howard Hughes 역을 맡는다.) 일주일도 안 되어 런던으로 가 도나 카란의 2004년 광고를 촬영할 예정이고, 이어서 웨스 앤더슨Wes Anderson이 감독하고 빌 머리Bill Murray가 함께 출연하는 새 영화 〈스티브 지소와의 해저생활The Life Aquatic with Steve Zissou〉 촬영에 돌입한다. 그녀는 또 〈인형의 집A Doll's House〉을 각색한 영화의 노라 역을 놓고 감독으로서 무척 존경하는(〈소피〉와 〈부정〉의 팬이다) 리브 울만과도 이야기 중이다.

이토록 숨 가쁘게 바쁘면서도 블란쳇은 '순간 속에 살기'에 대해 거의 종교적인데 이는 아버지의 죽음이 남긴 진정한 유산일지 모른다. "시간의 짧음을 항상 느끼면서 살아요." 그녀가 말한다. 그녀는 또한 너무 영리하여 야심을 드러내지 않는다. 그녀의 말을 듣고 있으면 배우로서의 아찔하게 급속한 부상이 계획된 것이기보다는 우연에 가까웠다는 생각이 들게 된다. 다른 일을 한다 해도 행복할 것이라고 그녀는 주장한다. 노력을 기울일 가치가 있는 일이라는 확신이 서야한다는 단서 하에. "일할 때마다 이전의 유혹을 다시 느끼고 싶어요." 그녀의 표현이다. "10미터 위에 투사되는" 업계에서 일한다는 것에 결코 감명을 받는 것 같지 않아 보인다. 그녀가 선언한다. "영화는 내게 메카가 아니에요." 그녀가 주장하는 것처럼 영화계를 떠날 준비가 되어 있다고 믿기는 어렵지만, 이를테면 장부정리 같은 보다 세속적인 일을 논하는 것 마냥 매혹적으로 무심해 보이는 것은 사실이다.

그녀는 현재 조엘 슈마허Joel Schumacher의 신작 〈베로니카 게린 Veronica Guerin〉에서 더블린의 감춰진 마약 문제를 들춰내다 1996년 서른일곱의 나이로 피살된 아일랜드의 용감한 저널리스트 역으로 나온다. 신중하게 출연작을 고르는 그녀지만 이 작품은 그녀의 연기를 빼면 기억할 가치가 전혀 없다. 그녀는 로이스 레인처럼 시종 집집마다 문을 두드리며 범죄자 유형의 사람들에게 대담한 질문들을 던진다. 그레이저의 표현대로 "진짜가 되기 위해 치열하게 노력하는" 여배우는 게린을 알았던 사람들과 이야기하고, 마약이 팔리고 사용되는 더블린의 음침한 동네들과 익숙해진다. 하지만 본질적으로 판에 박힌 캐릭터다. 내적 반성도 없고, 그녀가 밖에 나가 이름을 날리는 동안 어린 아들을 보살피는 관대한 남편 덕에 복잡한 사생활로부터도 자유롭다. 게린이 이를테면 줄리아 로버츠Julia Roberts가 맡곤 하는 지나치게 스타에게 의존하는 역할이 아니었을지 묻자 블란쳇은 외교적인 반응을 한다. "누가 알겠어요?" 그녀는 화면 속의 페르소나 구축에 깃든 실존적 미스터리를 건드리며 되묻는다. "줄리아 로버츠가 정말로 누구인지를."

배우로서 수련하는 동안 블란쳇은 메릴 스트립Meryl Streep에 종종 비유됐다. 그녀는 스트립으로부터 배우로서의 신망이라는 망토를 물려받았고, 스트립처럼 남부 사투리에서 꼬마요정 말투까지 온갖 말씨를 구사하는 능력이 있다. 사생활을 버리고 위험한 제국을 통치하는 16세기 여왕에서(《엘리자베스Elizabeth》) 조지아 주의 시골에서 세 아이와 함께 사는 신통력을 지닌 미혼모까지(《기프트Gift》) 다양한 역할들을 정확히 재현하는 놀라운 능력 덕에 그녀는 카멜레온으로 묘사되곤 한다. "'카멜레온'이라면 잊어버리기 쉽다는 뜻일지도 모르죠." 블란쳇의 말이다.

매력적으로 겸손한 말이지만 전혀 틀린 말도 아니다. 영화 속 환경에 깊이 침윤하여 다른 인생을 온전히 사는 그녀의 성향은 곧 자신이 연기하는 캐릭터에 파묻혀 그녀만의 물리적 존재감이 흐려질, 그리하여 때로는 자신이 누구를 보고 있는지 관객이 잊어버릴 위험을 동반한다. (그녀를 만나기 하루 이틀 전에 어느 영화광에게 〈리플리〉에서 그녀가 맡은 역할이 기억나지 않는다고 하자 그는 자기도 마찬가지라고 했다.) 영국의 위대한 성격배우 페기 애시크로프트Peggy Ashcroft에게는 얼굴이 없다는 말이 있었는데, 그녀 자신의 얼굴에 고착되지 않는다는 측면에서 블란쳇 또한 얼굴이 없다.

자주 제기되지 않는 점 하나는, 블란쳇이 본인의 저항에도 불구하고 시간이 흐르면서 어느 샌가 그야말로 스타 배우로 변천했다는 사실이다. 그녀는 샤넬과 프라다Prada를 입고 제 방 열쇠를 들고 다니지 않으며 한 무리의 수행원들을 거느리고 이동한다. 하지만 타블로이드의 등쌀에 배우로서의 재능이 파묻히곤 하는, 이를테면 니콜 키드먼Nicole Kidman 같은 동세대의 재능 있는 여배우들과 달리, 블란쳇은 창조적 열망이나 뿌리 깊은 일반인의 기질을 희생하지 않고 잔혹하게 경쟁적인 업계에서 최고의 자리에 올라섰다. 그녀는 또한 변덕스런 애정과 악의에 찬 야유가 교차하는 대중문화 매체의 조종을 용케 피했다. 이 여배우의 유명도 지수(이른바 Q 스코어)가 비교적 낮다고 판단한 근거는, 내가 블란쳇과 식사를 한다는 사실에 대한 열네 살 딸아이의 무심한 반응이었다(기네스 펠트로Gwyneth Paltrow나 커스틴 던스트Kirsten Dunst였다면 난리법석을 떨었을 것이다). 아이는 심지어 사인을 받아달라고 청하지도 않았다.

어쩌다 휘황한 조명 아래로 흘러들어온 사람 같은 편안한 처신, 그리고 자신이 케이트 블란쳇이라는 사실을 그다지 대단하게 여기지 않는 태도는 그녀의 진솔한 감성의 증거일 수도 있고 교묘한 자기포장일 수도 있다. 어쩌면 블란쳇은 자신이 아닌 다른 인물을 표현한다는 이유로 갈채를 기대하는 대부분의 사람들보다 안정되게 뿌리박고 있기 때문에, 그녀의 시간과 관심을 요구하는 수많은 타인들에게 여배우로 사랑받기 위해 사용하는 바로 그 풍부한 호기심과 수용성에서 에너지를 얻을 수 있는지도 모른다. 나는 우리 모두가 그녀의 재미

있고 자기인식이 풍부한 반추들을 본인만 엿보았다고 생각하며 물러나리라고 확신한다. 그녀가 〈제인Jane〉이나 〈블랙북BlackBook〉의 젊고 현대적인 저널리스트들보다도 내게 자신을 더 많이 보여줬다는 나의 확신처럼. 어찌됐건 결국 중요한 것은 단 하나, 그녀가 스크린에 얼마나 눈부시게 나타나는가 하는 점이다. "맡은 인물이 어떤 감정적인 문제에 시달리든, 그녀는 항상 정상적인 심성을 지닌 여인으로 보여요." 영화비평가 리처드 시켈Richard Schickel의 의견이다. "여왕 역할도 했고 영묘한 판타지도 했어요. 하지만 역할에 매몰되지 않는 거예요. 호주의 오지에 유리 집을 지으려고 할 때조차도, 그녀의 태도에는 진솔함이 있어요."

명성의 요구와 각종 유혹, 그리고 그녀의 개인적·직업적 선택을 인도해온 침착하고 진지한 욕구들 사이에서 그녀가 어떻게 균형을 맞추는지 잘 모르겠다. 할리우드에서의 입지에 따른 압박이 커져가는 가운데 그녀가 계속 그럴 수 있을지 지켜보는 것도 흥미로울 것이다. 내 짐작엔 그녀가 자신의 1만 달러짜리 레드카펫용 의상은 최대한 논외로 하고자 할 것 같다. 적어도 인터뷰를 하는 동안만큼은.

가시 돋친 아일랜드 장미

누알라 오파올레인

누알라 오파올레인Nuala O'Faolain은 잃어버린 시간을 벌충하는 중이다. 예순 살 저널리스트가 클레어 카운티의 침실 한 개짜리 오두막 안에서 영감을 얻어 두 달간 나무 탁자 앞에 앉아 써낸, 어딘지 자신 없어 보이는 제목의 회고록 《당신은 대단한 사람인가요?Are You Somebody?》를 출판한 이후 현기증 나는 5년 세월이 지나갔다. 초판 1,500권을 찍었던 책은 여섯 달 동안 아일랜드의 베스트셀러 목록에 머물다가, 아마 큰 기대는 없었을 미국 출판사가 소액으로 판권을 확보한 이후 바다 건너 이곳에서도 베스트셀러가 되었다.

이번 주 미국에서 나오는 오파올레인의 첫 장편소설 《나는 너를 꿈꾼다My Dream of You》는 문학적 야망과 폭넓은 상업적 호소력을 고루

지닌 흔치 않은 크로스오버 도서로 기대가 높다. 《당신은 대단한 사람인가요?》의 성공을 바탕으로, 들리는 말로는 백만 달러 이상의 선금을 받고 《나는 너를 꿈꾼다》를 쓴 오파올레인은 출판사 리버헤드 북스의 지원으로 17개 도시로 홍보 투어를 떠날 참이다. 소설의 화자는 치열하게 독립적이며 고독한 중년 작가이자(오파올레인 본인과 무척 비슷하게 들린다) "열정의 오해"로 인하여 애정 어린 동행과 성적 쾌감을 함께 제공해줄 남자를 찾아 평생 헤매 다닌 여자 캐슬린이다. 줄거리는 조금 구불구불하다. 캐슬린은 1840년대 대기근 중에 일어났던 아일랜드인 새신랑과 영국-아일랜드 혼혈 상류층 기혼녀 사이의 정사에 얽힌 '탤벗 판결'이라는 알려지지 않은 옛 스캔들을 연구하러 발리갈이라는 외딴 마을을 찾아간다. 연애에 대한 캐슬린 자신의 패배감과 조밀하게 구성된 역사적 서브플롯 사이를 오가며 이야기가 전개되는 가운데, 작품은 더이상 젊고 탄탄한 육체를 갖지 못했으나 아직도 "에로스의 신전 밖에서 호위"를 서는 여자들에게 직선적이고 숨김없는 어조로 말을 건넨다. 연락선에서 만난 남자와 예기치 않은 하룻밤을 보낸 캐슬린이 생각에 잠긴다. "다시는 연인을 갖게 되지 못한다면? 다시는 사랑하지 못한 채 무덤까지 가야 한다면?"

그녀가 회고록 홍보차 아일랜드의 최고 인기 토크쇼에 출연하여 자신의 삶과 연애사를 놀랄 만큼 솔직하게 털어놓지 않았더라면 《당신은 대단한 사람인가요?》는 문학적 선풍을 일으키지 못했을지도 모른다. "여러 남자와 동침하신 게 맞죠?"라는 진행자 게이 번Gay Byrne 의 오지랖 넓은 질문과 함께, 인터뷰는 평범치 않게 시작됐다. 오파올레인은 "중요한 사람만 치면 세 명뿐이죠. 내 나이 여자로는 많은 숫자가 아니고요"라고 맞섰다. 거기서부터 대화에 가속이 붙으면서, 오파올레인의 묘사대로 아일랜드의 "조바심에 차고 의식적인 시민들" 대다수가 말은 안 해도 간절히 듣고 싶어 하는 해로운 가족사를 파헤쳐갔다. 그녀는 방송 출연 당시 "공포로 일그러진 미소" 상태였다고, 4주 전부터 술을 끊고 운동을 시작했을 뿐만 아니라 "믿지도 않는 신"을 향해 기도까지 했다고 회고한다. 카메라가 돌아가면서 그녀는 스튜디오의 방청객들을 빠르게 매료시켰고("내 편인 것이 느껴졌어요.") 《당신은 대단한 사람인가요?》는 즉각적으로 서가에 비치할 틈도 없이 상자를 뜯어 팔아야 하는 열풍을 일으켰다.

회고록의 미국판 부제 '어느 더블린 여인의 우발적인 회고록The Accidental Memoir of a Dublin Woman'에서 '우발적인'이란 단어는 그저 독자의 관심을 사기 위한 교활한 상술이 아니었다. 사실인즉슨 이 책은 당초 오파올레인이 〈아이리시 타임스The Irish Times〉에 기고하여 널리 읽혔던 글들을 묶은 모음집의 서문으로 기획된 것이었다. "해묵은 주장이 담긴 칼럼들을 다시 펴낸다는 게 창피했어요. 그거야말로 도서 출판의 가장 가련한 형태니까요." 그녀의 설명이다. 서문을 쓰기로 작정하는 순간 "아무도 묻지 않은 질문에 대답해야 했어요. 내 의견들은 어디서 나올까? 답은 간단했어요. 이념과는 연관이 없었죠. 내 의견들은 내 삶에서 나와요." 개인으로서의 목소리를 글로 쓴다는 데 대한 두려움이 없지 않았으나("내 나이의 아일랜드 여자들은 자신 있게 '나, 나, 나'를 말하지 못해요. '나'는 겁에 질려 도망쳐버렸으니까요.") 써내려간 서문은 격렬히 개인적인 200여 페이지의 글로 붙어났다. "아무도 보지 않을 때 몰래 자서전을 써버린 거예요." 이불 밑에서 플래시를 켜놓고 책을 읽다가 들킨 아이처럼, 그녀가 말한다. "내 무의식이 기회를 알아봤던 거죠."

　책을 쓰기 전까지 오파올레인은 전통과 신망 있는 〈아이리시 타임스〉의 개성 넘치는 논객으로 10년 이상 일하며 "이 변두리 서구세계의 민주주의가 처한 지저분한 난장판" 같은 불유쾌한 견해들을 곧잘 밝히곤 했다. 잡지 성격의 텔레비전 시리즈 〈여자들의 이야기Women Talking〉 제작자로 출연한 오파올레인의 라디오 인터뷰를 듣고 좋은 예감만으로 칼럼을 의뢰했던 이 신문의 편집자 코너 브래디Conor Brady는 "평범한 사람들의 일상사들을 가치와 관심에 융합하는" 그녀의 능력에 감명을 받았다. (오파올레인은 약간 과장을 섞어 자신의 삶을 극적인 신데렐라 스토리로 짜 맞추기를 즐기는데, 그 속에서 브래디는 백마 탄 왕자님이 되어 한물 간 중년 여인의 이야기를 들어주더니 난데없이 일자리를 준다.)

　몇 주 지나지 않아 브래디의 직감이 맞았음이 입증되었다. "죽죽 뻗어나갔죠." 그의 말이다. "그녀에게 온 편지만 가방 몇 개를 채울 정도였어요. 사람들의 삶에 있어 근원적인 무엇인가를 그녀가 건드려주었기 때문이죠." 그녀의 공적인 목소리는 독단적이지 않은 정치색을 띠었다. 저메인 그리어Germaine Greer만큼이나 맹렬히 솔직하면서도, 한바탕의 유머와 에드나 오브라이언Edna O'Brien의 소설에 나타난 아일랜드 특유의 서정적인 한탄에 의해 그 시선은 부드러웠다. 〈출생Birth〉이라는 칼럼에서 그녀는 산부인과 중환자 병동의 적요한 경계 분위기를 묘사하며 이렇게 썼다. "아기들의 침묵이 들린다. 울어주기를 간절히 원하지만 그들은 울지 않는다. 진정제가 투여됐기 때문이다. 작고 어린 불가사리 같은 것들, 그야말로 생명의 파편들."

명민하고 애정 어린 눈으로, 오파올레인은 주변에서 보이는 이성의 완고한 습관들을 기록했다("화려한 국가적 비능률"). "우리 아일랜드 국민이 품고 있기를 좋아하는, 이를테면 이곳이 자녀 양육에 아주 적합한 사회라는 식의 환상들을 직면케 하는 능력이 뛰어나요." 브래디의 말이다. 오파올레인은 그날의 정치적 사안은 물론이고 가정폭력, 동성애 혐오, 가톨릭교회의 철권 압제, 아일랜드의 높은 출산율 같은 지속적인 문제도 논평했다. 그녀의 입장은 전적으로 예측을 불허했다. "아일랜드에서도 그녀를 범주화하기란 힘들어요." 브래디가 말한다. 모피 반대 로비에 반대하는 기지에 찬 에세이에서, 그녀는 문간으로 몰아붙여져 동물 학대 팸플릿을 건네받은 기억을 떠올리며 이렇게 썼다. "이 대립은 한국 토끼들의 권리에 대치되는 나의 권리를 날카롭게 제기했다."

이제 오파올레인은 그 논평들을 쓰기 위해 채택해야 했던 "거짓 목표"와 "권위적인" 어조를 경멸적으로 언급한다. "사설 저널리즘이라는 '한편'과 '다른 한편'으로 점철된 남자들의 세계에 들어섰을 때, 나는 명예로운 남자가 되었다"고 언제나처럼 생동감 있게 사태를 과장하며 그녀는 선언한다. 분명한 것은, 《당신은 대단한 사람인가요?》가 그녀가 훌륭한 일원으로 몸담았던 친근하고 비밀스러운 신문업계 전체를 충격에 빠뜨렸다는 사실이다. 여러 폭로들 중에서도, 오파올레인은 자명한 것으로 받아들이도록 교육받았던 하나의 가정에 대한 통렬한 헌신을 묘사한다. "나는 성년 이후 주부가 되기 위한 길을 닦으며 남자를, 사랑을, 사랑하고 사랑받고 함께 아기를 가질 한 남자를 찾아 평생을 보냈다. 주부가 되기를 원하지도 않으면서.”

이 같은 탐색의 노정에 나타난 지성인들은 미술 비평가 클레멘트 그린버그Clement Greenberg(그녀에게 보낸 편지에 “또 한 번의 오르가슴을 기대한다”고 서명한 적이 있다), 문학 비평가 레슬리 피들러Leslie Fiedler(함께 영화감독 존 휴스턴John Huston을 방문했으나, 화려한 장식의 골동품 중국 벽지를 바른 다이닝룸에서 “냉랭한 분위기의 식사”를 마친 후 일찍 자리를 떴다), 유명한 아일랜드 소설가 존 맥가헌John McGahern(“경찰관의 미녀 여동생에게 실연당하고 회복하는 중이었다”라고 그녀는 썼다) 등이 있다. 그녀는 또한 아일랜드를 대표하는 페미니즘 운동가와의 15년 가까운 관계를 다소 애매하게나마 언급한다. 열네 살 때 바람기가 심하다는 이유로(“남자아이들을 만나러 창문으로 빠져나가곤 했어요”라고 여동생 디어드리Deirdre는 말한다) 수녀원 기숙학교에 들어갔던 오파올레인에게 본인을 레즈비언으로 보냐고 물었지만, 그녀는 말을 잘랐다.

오파올레인의 오두막은 리스캐너 만 위쪽, 해안선까지 이어지는 굽이진 소로 위에 있다. 3마일 떨어진 라힌치 마을에는 그녀의 표현에 따르면 “2백만 개의 선술집들”이 있다. 구불구불한 2차선 도로를 그녀처럼 조심성 없게 운전하면 한 시간 만에 섀넌 공항에서 아일랜드 서부의 이 한적한 고장에 닿을 수 있다. 차창 밖으로 돌담과 산사나무 울타리와 진흙투성이 소들이 풀을 뜯는 평야로 이루어진 워즈워스Wordsworth풍의 풍경이 지나간다. “당찬 수송아지들.” 그녀가 애정 어린 어조로 중얼거린다. “신이 내던지는 무엇이든 받아들일 수 있는 녀석들이죠.” 부분 염색한 헝클어진 머리카락과 약간 동양적인 느낌의 인상적인 회색빛 눈을 지닌 오파올레인은, 바깥 풍경을 가리키지 않을 때면 "술로 불구가 됐다"거나 "내적 절망감" 같은 말로 제 나라 동포들의 비극적인 결함을 분석한다. 전에 어린이 병원이었던 장대한 분홍 저택을 지나칠 때, 그녀는 아일랜드 인구를 섬멸한 1845년의 감자 흉작이 어제 일어난 일인 것처럼 씁쓸한 어조로 말한다. "저곳에서 예순 명의 아이들이 콜레라로 죽었어요."

그녀의 집에 도착할 즈음, 악명 높게 음울한 아일랜드 날씨는 자취도 없이 사라졌다. 담청색 하늘에서 빛을 발하는 태양이 보인다. 오파올레인이 오두막의 선홍색 현관문을 열자, 우리가 문턱을 채 넘기도 전에 그녀가 사랑하는 콜리 종의 애견 몰리Molly가 꼬리를 흔들고 짖으며 달려와 반긴다. 집 안은 공들여 장식되어 있다. 귀여운 패턴의 커튼이 걸린 창, 노란 벽, 화려한 채색 타일을 바른 벽난로. 구식인 4구 가스레인지, 정어리 통조림 한두 개와 잼과 양념 몇 병이 놓인 미완성 선반이 있는 주방을 지나면 나오는 거실 탁자에는 노트북 컴퓨터가 자랑스럽게 펼쳐져 있다. 하지만 오파올레인이 가장 보여주고 싶어 하는 것은 지난해 개조한 샤워기 딸린 새 욕실이다. 그곳으로 나를 데려가며 그녀는 즐거운 환성을 지른다. 우리 두 사람은 위대한 미술 작품을 감상할 때와 같은 외경심으로 그곳을 바라본다.

오파올레인은 더블린 주의 시골에서 자랐다. 아홉 남매 중 둘째였다. 문화적 소양이 깊은 가정이었던 것 같으나(그녀의 회고록에는 "어머니는 늘 책을 읽었고 아버지는 독일어 노래들의 가사를 가르쳐주었으며 우리는 유성기로 〈백조의 호수Swan Lake〉 발췌판을 들었다"는 구절이 있다) 사실은 엉망이었고 빈한했다. 아버지는 자동차와 운전수를 갖춘 근사한 사회 칼럼니스트로서 이름을 날렸지만, 가망 없는 바람둥이라 집에 있는 날이 없었고 자신을 절망적으로 사랑한 아내를 혹처럼 다뤘을 뿐 아니라 아들들을 때리고 가족을 굴욕스러운 빈곤 상태로 방치했다. 오파올레인이 마미Mammy라고 부르는 그녀의 어머니는 가사에 관심이 없었고 모성도 빈약하여 소설 읽기와 음주에서 위안을 찾았다. 애정 표현은 드물었고("어머니가 자진해서 우리를 보듬어 안아준 기억이 없다"고 그녀는 회고한다) 시간이 흐를수록 집안 꼴은 무너져 결국 어린 동생들이 어머니의 보살핌 없이 방기되는 상황이 됐다. 여동생 하나는 팬티도 입지 않고 학교에 간 적이 있고, 다른 하나는 결핵 치료를 받지 못하고 1년 넘게 집에서 시름시름 앓던 것을 가족의 친구 하나가 보고 요양원에 보내주기도 했다.

오파올레인은 일종의 초연한 슬픔으로 형제자매 이야기를 한다. 연락을 끊고 지내는 이들도 있다. 가장 가까운 사람은 남편과 일곱 아이와 함께 더블린 노동자계급 지역의 중앙난방이 없는 연립주택에 사는 여동생 디어드리다. 그녀는 만성 정신질환에 시달리는 다른 여동생 둘에 관해서도 이야기하지만, 헛되이 아버지에게 인정받으려 하며 "엄청난 잠재력"을 낭비하고 술독에 빠져 40대 초반에 죽은 오빠 돈Don 이야기를 할 때 가장 슬퍼 보인다.

표면적으로 볼 때 오파올레인은 성장배경의 족쇄를 벗고 탈출하여 자신의 매력과 기지를 통해 승리한 사례이다. 아일랜드에서 최고 인기인 아침 라디오 프로그램의 진행자이자 오파올레인과 20년간 알고 지내온 절친 매리언 피누케인Marian Finucane은 그녀의 탁월한 "생존 기술"에 공을 돌린다. 피누케인과 나는 세인트스티븐스 그린 건너편, 한

때 제임스 조이스가 다녔고 시인 제러드 맨리 홉킨스Gerard Manley Hopkins가 꼭대기 층에서 숨을 거둔 유니버시티 칼리지 더블린의 부속 건물이었던 곳의 식당에서 우아한 점심식사를 앞에 두고 이야기를 나눈다. "우리 모두 비슷비슷한 생을 살아온 반면 누알라 오파올레인은 달랐어요. 언제나 가장 용감한 길을 선택했으니까요." 피누케인의 설명이다. 처음부터 오파올레인은 공부를 잘해서 유니버시티 칼리지에서 장학금을 받았고 이어 옥스퍼드에 진학했다. 30대에는 유니버시티 칼리지의 영문학부 학생들을 잠시 가르친 이후 BBC 텔레비전 프로듀서가 되어 각종 종파, 포르노, 성전환자 등 폭발적인 주제로 혁신적인 프로그램들을 제작했다.

오파올레인은 떠나온 집과 가족을 뒤돌아보지 않고 전진했지만, 그러한 성취들도 암울한 절망감을 달래주지 못했다. 직설화법의 달인답게 그녀는 자신의 30대를 "고통과 상실과 애도와 음주의 황무지"로 묘사한다. 아버지의 죽음 후 정신병동 입원으로 정점을 찍은 이 시기 대부분을 그녀는 더블린의 지하 아파트에서 술로 악령들을 쫓으며 정서적 '부랑자'로 보냈다. 일찍이 지적 능력을 인정받은 그녀지만, 인생살이에 있어서는 "심각한 후발 주자"로 자처한다. 마흔 살에 운전을 처음 배웠고(운전면허 시험에 세 번 불합격한 그녀는 "아마도 나 같은 여자들 때문에" 운전 선생이 신경안정제를 복용했을 거라고 말한다) 쉰 살에 처음 수영 교습을 받았으며, 쉰다섯이 되기 전까지 컴퓨터를 배우고 개를 기르겠다고 다짐했다. 다른 여자들은 잃어버린 젊음을 탄식하지만 그녀는 50대를 자신의 전성기로 여긴다. "공중전화 부스에 들어갔다가 로이스 레인이 되어 나왔어요. 처음으로 시야를 뒤덮었던 폭풍과 모래바람 위로 머리를 들었죠. 그때까지는 하루하루 살았을 뿐이에요."

요즈음 오파올레인은 명실상부한 유명인이자 아일랜드 문단에서 유력한 위치를 차지한다. 그녀는 시골과 더블린의 아파트를 오가며 살지만 중간중간 맨해튼에서 몇 달씩 보내는 일이 점차 늘고 있다. 어느 날 오후 그녀와 함께 더블린의 분주한 그래프턴 스트리트를 산책하던 중 우리는 그녀에게 인사를 하는 사람들 몇과 마주친다. 그중에는 근사하게 차려입은 남자가 하나 있는데 그녀는 그를 이 도시 "최고의 미용사이자 남 얘기 좋아하는 사람"이라고 소개한다.

지난 1년 사이 오파올레인은 〈아이리시 타임스〉 토요일판에 주제에 상관없이 "아일랜드에 대한" 보다 개인적인 경향의 칼럼을 쓰기 시작했다. 최근 칼럼 하나는 뉴욕에서 치아에 크라운을 씌운 뒤 영감을 받고 썼다. 자기개선에 대한 태도의 프리즘을 통해 국민성의 차이를 고찰하는 글이다. 미국인들이 "승자처럼 보이기"를 전적으로 포용하는 것을 지적하며, 그녀는 아일랜드인들의 "자연스런 퇴락에의 정절"을 조롱하고 현재가 아닌 최후의 날에 대한 집요하고도 종교적인 충성을 질책한다. "마치 20세기에 의해 훼손되지 않았다는 경이적인 미덕을 지닌 누렇게 비뚤어진 갈색 이빨 조각을 과시하며 굳센 진실성을 주장해야 한다는 것 같다"고 그녀는 썼다.

내가 더블린을 떠나던 날 아침 오파올레인은 자신이 새롭게 확보한 영향력을 아일랜드 국립도서관의 먼지투성이 직원에게 행사하여, 최근 경매회사 크리스티로부터 150만 달러에 확보한 조이스의 원고를 미리 함께 볼 수 있게 해주었다. 그녀는 눈을 반짝이며 《율리시스 Ulysses》 '키르케Circe' 장의 면밀하게 주석이 달린 귀중한 페이지들을 들여다본다. 비닐 시트에 끼워 보존한 종잇장들은 조이스의 작고 비스듬한 글씨로 가득하다. "내 인생 최고의 순간이에요." 오파올레인이 말한다.

잠시 후 우리는 그녀가 자전거를 세워놓은 내 호텔 앞에서 작별인사를 한다. 바구니에 방송용 붉은 재킷을 단정하게 접어 넣고 허리를 꼿꼿이 편 채 텔레비전 인터뷰를 하러 떠나는 그녀를 거기 선 채로 바라보며, 며칠 전 처음 만났을 때의 그녀 모습이 갑자기 떠오른다. 아침 날씨가 꾸물꾸물한 섀넌 공항에 한 시간 늦게 도착한 그녀는 내 이름을 크게 외치는 동시에 사과를 연발했다. 레깅스와 검정 플러시 재킷 위에 분홍 캐시미어 목도리를 두른 젊고 멋진 모습은 지쳐 보이는 현지인들 사이에서 활발한 유령처럼 보였다.

오파올레인은 영리함과 야심과 제 목소리를 내겠다는 고집으로 여기까지 왔다. 이상한 것은, 질주하는 생명력과 힘겹게 쟁취한 행복에도 불구하고 이 작가가 내게 남긴 가장 강력한 인상은 그녀가 어린 시절의 실패한 어머니를 향해, 과거의 낙담한 남녀들의 황량한 나라 아일랜드를 향해 달려가고 있다는 느낌이라는 사실이다. 〈아이리시 타임스〉의 어느 칼럼에서 그녀는 대부분의 사람들이 거룩한 우물과 교회들에 느낄 법한 떨리는 경외감으로 선술집들을 "신령스러운 공간"이라고 묘사했다. 이제는 오직 "너무 힘이 넘쳐서" 술을 마신다고 나를 안심시키려 하지만, 어떤 미래를 상상하느냐는 질문에는 빈 술병 열 개를 옆에 늘어놓고 트위드 외투를 줄로 여며 입은 못생긴 노파를 본다고 대답한다. "빨리 늙고 싶어요." 그녀의 말이다. "더이상 고통받지 않아도 되게 빨리 시들어버리고 싶어요." 그리고 거의 꿈꾸듯 덧붙인다. "노령연금을 타는 즉시 선술집에서 살 거예요. 늙은 여자들은 선술집에서 좋은 대접을 받거든요."

후기

누알라 오파올레인은 2008년 5월 예순여덟 나이에 암으로 사망했다. 내가 그녀에 대해 썼던 〈뉴욕 타임스〉 에세이가 나온 이후 우리는 연락을 유지하며 지냈고, 그녀가 몇 달씩 뉴욕에 와 브루클린에서 지내며 학생들을 가르칠 때면 이따금씩 만났다. 힘든 성장기(물론 서로 아주 다르게 힘들었지만), 우울증, 읽고 쓰기에 대한 애호 등의 공통점 때문에 나는 늘 그녀에게 깊은 연대감을 느꼈다. 그녀를 마지막으로 본 것 중 한 번은 내가 집필 중이던 회고록 낭독을 들으러 와주었던 때인데, 그녀는 특유의 공감으로 반응해주었다. 이후로 그녀는 책을 몇 권 더 출간했다. 나는 그중 《거의 다 왔어Almost There》라는 회고록을 원고 형태로 읽고 걱정이 됐다. 함께 살던 남자와 그녀의 어린 딸 사이의 애정 넘치는 관계에 대한 비판적인 시선이 너무 솔직하다는 점도 한 이유였다. 이 책은 엇갈린 평을 받았다.

죽기 한 달 전 매리언 피누케인과 가진 무척 감동적이고 열정적인 라디오 인터뷰에서, 누알라는 삶의 때 이른 종말에 대한 분노를 솔직하게 털어놓았다. "시간을 더 원하지 않아요. 죽을 것이라는 말을 듣자마자 삶의 정수가 빠져나가버렸으니까요." 누알라가 죽은 뒤 나는 뜻밖에도 그녀가 내게(그리고 엄선한 몇몇 사람들에게) 소액의 돈을 남겼음을 알게 되었다. 나는 그것을 그녀의 넓은 배려 욕구의 징표로 받아들였다. 그녀가 헤아릴 수 없이 그립다.

평범함을 조명하다

앨리스 먼로

이른 9월의 눈부시게 청명한 토요일 오후. 둥실거리는 구름 덩어리들로 하늘의 푸른빛이 더욱 선명해 보이는 것 같은 그런 날이다. 가을 문턱에 들어서는 주말의 이 시간에는 어디서나 시간이 속도를 늦추지만 이곳 온타리오 주 클린턴, 토론토부터 풀 뜯는 소와 말 들만을 보며 세 시간을 운전해 와도 눈에 띄지 않아 놓치기 쉬운 인구 3,500명의 나른한 소도시에서는 고요가 하도 광대하여 경계심을 느끼게 할 정도이다.

토론토의 남서쪽이자 휴런 호의 동쪽에 있는 이 지역은 앨리스 먼로Alice Munro의 고장, 이 각광받는 캐나다 작가가 자신에게 중대한 의미를 지닌다고 말한 장소다. "아무리 역사적으로 중요하고 '아름답고' 생동감 있고 흥미로운 고장이라고 해도 다른 고장은 주지 못하는 의미를 내게 주는 곳이에요. 나는 이 특정한 풍경에 매혹돼요. 벽돌집, 무너져 내리는 헛간, 트레일러파크, 부담스러운 옛날 교회, 월마트와 '캐나디언 타이어' 사이에서 나는 편안해져요. 나는 그곳의 언어를 말해요." 예컨대 단편 〈휩쓸림Carried Away〉에서 나타나는 그 "갑작스런 구멍들과 즉흥적인 속임수들과 빛을 발하며 사라지는 위로들"같이 가장 본질적이고 특정한 차원에서 경험된 삶의 조건을 환기시키는 먼로의 비길 데 없는 능력 덕분에, 이곳은 갈수록 늘어나는 열혈 독자들에게 그들 자신의 앞마당처럼 사실적이고 친숙한 하나의 토템이 돼버렸다.

그녀는 물론 캐나다의 가장 잘 알려지고 칭송받는 작가들 중 하나다. 그 목록 꼭대기에는 항상 그녀와 그녀의 친구 마거릿 애트우드Margaret Atwood가 올라 있고 이어서 캐럴 실즈Carol Shields와 티머시 핀들리Timothy Findley 같은 작가들이 거명된다. 다음에는 메리언 엥겔Marian Engel을 어떻게 보느냐에 따라, 또는 로버트슨 데이비스Robertson Davies가 명성만큼 실력이 있느냐에 대한 판단 여하에 따라 의견이 엇갈릴 수 있다. (먼로는 데이비스를 "죽었다"는 말로 일축한다.) 열 번째 단편집 《런어웨이Runaway》를 이달 말 펴내는 먼로는, 독자들 각자의 내적 서사와 내력에 직접적으로 호소하는 눈부시게 평범한 이야기들로 이 고집스럽게 느긋하고 묵묵한 시골 마을의 음산한 열정과 파묻힌 슬픔과 황량한 미스터리 같은 인간적인 소요를 다룸으로써 이곳을 문학의 지도에 확고히 위치시켰다. '애정 문제' 식의 품위 없는 지문으로 뭉뚱그려지기 일쑤인 여성의 삶의 영역들과 그 궤적에서 일어

나는 성적·가정적 절규들에 정밀하면서도 관대한(하지만 감상적이진 않은) 시선을 부여함으로써 먼로는 캐나다를 넘어 존재를 인정받아왔다. 그녀의 소설들은 핀란드어와 슬로바키아어를 비롯한 스무 개 언어로 번역되었으며, 새로운 독자들을 흡인하는 능력과 상상력에도 쇠퇴 기미가 없다. 새 작품집을 낼 때마다 판매 기록이 경신되었고, 미국에서는 한 번도 베스트셀러가 되지 못했지만 전미도서비평가협회상을 수상하기도 했다(캐나다의 모든 문학상을 석권한 것은 당연하다).

먼로의 소설들은 지난 30년간 미국에서 꾸준히 발표되어왔다. 〈뉴요커〉 지면이 최초였고, 이어서 1979년 알프레드 A. 크노프Alfred A. Knopf 사가 사실 그녀의 네 번째 책이었던 《비렁뱅이 처녀The Beggar Maid》를 출간한 이후 몇 년씩 간격을 두고 새 모음집이 나왔다. 그녀의 작품은 처음부터 복잡한 성인들의 감정에 대한 명료하고 까다롭지 않은 묘사로 평단의 극찬을 받았다. 현재를 이끌어온 모든 것, 또는 이후의 모든 것을 변화시킬 특별할 것 없지만 중대한 순간을 조명해 보여주는 범속한 디테일을 트레이드마크로 삼아 단조로운 가정사를 읊조리는 이 작가는 이 시대 최고의 소설가 중 하나라는 명성을 얻었다. 신시아 오지크Cynthia Ozick가 그녀를 "우리 시대의 체호프Chekhov"로 띄워 올리고부터 이는 일종의 의무적인 비유로 굳어졌으며, 톨스토이Tolstoy나 플로베르Flaubert 같은 다른 대가들과의 비견도 잇달았다.

그녀의 작품이 작가 이면의 개인에 대한 날카로운 관심을 불러일으킬 종류임에도 불구하고, 먼로는 항상 독자들이 미치지 못할 거리를 감질나게 유지해왔다. 맹렬한 홍보 캠페인과 떠들썩한 언론플레이가 판치는 이 시대에도 혼자 있기를 좋아하는 사람으로 정평이 난 그녀는 인터뷰나 북 투어 같은 것을 고달픈 시련으로 여긴다. 먼로에 관해 줄곧 제시되는 또 하나의 사실은(항상 우선적으로 제시되기에, 그녀라는 사람에 대해 조금만 더 알아보려고 하면 만족할 줄 모르는 천박한 텔레비전 시대의 관점이라는 비난을 면치 못할 위험이 있다) 그녀가 무척 겸손하고 소박하다는 것이다. 이 형용사 두 개는 그녀를 이야기할 때 늘 튀어나오는데, 마치 이렇게 침착하고 온유해 보이는 사람이 어떻게 우리의 달아오른 욕망과 파렴치한 충동을(그녀의 작품집 하나는 《공공연한 비밀들》이라는 제목을 달고 있다) 파헤칠 수 있었을까 하는 미스터리는 중요치 않다고 말하는 것 같다. 수십 년간 해마다 아찔할 만큼 아름답게 관찰하고 직조해낸 이야기들을 써왔고 이제 일흔의 나이에도 집필의 고삐를 늦출 기미가 없는 작가에 대해서, 그 과정에 반드시 필요했을 야심과 추진력과 온전한 몰입과 명료한 인식 따위는 신경 쓰지 말라는 것 같다.

"나는 아직까지 스스로 작가라고 여겨본 적이 없어요." 우리가 처음 만난 자리, 길고 다정한 점심식사가 시작된 지 10분도 채 안 되어 앨리스 먼로는 이렇게 말한다. "나는 작가라고 남편이 말하죠. 아직도 다이닝룸 한구석에서 글을 써요. 전화도 많이 받으면서요." '착한 여자'라는 평판을 듣는 그녀도 현실의 슬프고도 어처구니없는 이런 측면을 모르지 않는다. "남자가 하는 일만 인정과 존중을 받는다는 것이 화가 나요. 남자에게 전화를 걸어 수다를 떨 생각들은 않잖아요. 남자는 집필실을 갖추고 거기서 글을 쓰죠."

우리는 '베일리스'에서 12시 30분에 만나기로 약속했다. 먼로가 두 번째 남편 제럴드 프렘린Gerald Fremlin과 함께 30년간 살아온 클린턴(먼로의 여러 단편들의 공간적 배경이기도 하다) 바로 옆에 있는 벽촌 고드리치의 조그만 중심가에 위치한 식당이다. 식당은 물론 도시 자체도 놓치기가 쉽지만 결국 간신히 찾았다. 식당 주인 캐럴린이 마치 카슨 매컬러스Carson McCullers 작품 속의 하숙집 주인처럼 문간에 서서 기다리다 나를 보고 정겨운 환영 인사를 하고 먼로에게 데려간다. 그녀는 바 근처의 늘 앉는 테이블에 앉아 있다. 바로 여기서 그녀는 친구들을 만나고, 굳이 만나겠다고 찾아오는 방문객들도 이곳에서 보는 것 같다.

먼로는 주름도 비교적 적고 젊은 시절의 조금 어수선했던 머리모양과 달리 은빛 흰머리를 깔끔하게 정돈한 날씬하고 아름다운 여인이다. 우아하면서 요란스럽지 않게 엷은 화장을 했고 상아색 실크 블라우스와 황백색 바지를 입었으며 독창적이면서도 세련된 귀걸이를 한 모습이다. 먼로는 일어서서 정답게 인사를 한다. 한눈에도 허식이 없어 보이지만 완전히 솔직하다고 보기에는 너무 계획된 느낌이다. 어쩌면 그저 녹회색 눈에서 피어나는 조용히 재미있어하는 기색 때문인지도 모르는데, 그것은 편안하고 친밀하다고도 할 수 있을 태도 뒤에서 관찰하는 내면의 자아를 암시한다. 전통적이고 자애로운 여성으로 보여야 할 필요 때문에 견제되고 있는 기지 넘치고 잔혹하게 관찰적인 자아 말이다. 날씬한 몸매를 유지하고 있는 것에 내가 찬사를 던지자, 그녀는 그렇지도 않다며 마치 체중 상담사처럼 '날씬한'과 '날씬한 편'의 차이를 강조한다. "나는 줄곧 날씬한 편이었어요."

먼로의 주장은 반쯤만 농담이다. "결코 날씬하지는 않았죠." 그리고 화이트 와인 첫잔이 따라지는 가운데 덧붙인다. "그런 용어가 존재하기도 전이었지만, 한때 거식증을 겪기도 했어요. 나 말고 그런 사람은 없는 줄로 알았죠. 내가 아는 대부분의 여자들은 아기 낳기에 적당한 체형을 갖고 있었어요. 나는 그러고 싶지 않았는데, 내 정체성을 유지한다는 차원도 있었을 거예요."

우리는 시저 샐러드와 캐럴린이 추천한 북극 곤들매기를 주문한다. 캐럴린은 테이블 주변을 맴돌며 먼로를 특별대우가 필요한 자랑스러운 지방 특산물처럼 대하는데, 먼로가 까다로워서가 아니라 오히려 자신의 아우라를 의식하지 않기 때문이다. 먼로는 이곳에서 존경받는 인물이다. 반은 마을의 여족장이고 반은 지역 명사다. "나는 이곳의 문을 닫을 허가를 얻었어요." 그녀가 명랑하게 선언한다. (실제로 몇 시간 후 빈 식당에서 우리 둘이 아직도 한창 대화중일 때 마지막 직원이 떠나자 먼로는 일어서서 앞문을 닫고 오후 영업을 중단시킨다.)

어떤 것을 밝힐 수 있고 어떤 것은 밝히고 싶지 않은가 하는 사생활에 관한 문제가 식사 중에 계속 논의된다. 소설 작법을 말하자면, 먼로는 점증적인 폭로 절차를 사용한다. 대략적인 감정적 진실에 근접하기 위해 겹겹이 싸인 껍데기들을 벗겨가는 것이다. 개인으로서의 그녀에 관해 말하자면 스코틀랜드-아일랜드계 장로교 가정에서 자라며 몸에 밴 겸손한 과묵의 버릇과, 그에 상충되지만 못지않게 강력한 충동 사이에서 갈등하는 것으로 보인다. 유일한 장편《소녀들과 여자들의 삶Lives of Girls and Women》에서 자주 인용되는 인상적인 구절 "따분하고 단순하고 놀랍고 불가해한, 주방의 리놀륨이 깔린 깊은 동

굴들"과 같은 내면의 삶을 적확히 드러내기 위해 장막을 걷어치우고
픈 충동 말이다.

　자신의 집에서 만나기로 했던 당초 계획을 취소한 것에 대한 사과
성 해명으로 그녀는 "집에 손님을 들이지 않는다는 우리 부부의 오래
된 규칙"을 언급한다. 이런 규약을, 그것이 정말 존재한다면 말이지
만, 어째서 처음에는 깜빡했는지 나는 묻지 않는다. 먼로의 매력적인
표면 뒤에는 그녀의 표현대로 "아무도 글 쓰는 일이나 문학계에 관
심이 없는 작은 마을" 출신이면서도 작가가 되고 싶다는 것을 알았던
열한 살 소녀의 강철 같은 의지가 저류하고 있는 것 같다. "내 인간적
인 매력에는 시간 제약이 있어요." 내 질문이 도를 넘을 것에 대비하
여 그녀가 정답게 경고한다. 대화가 잠시 멎은 틈을 타 나는 남편에
대해 묻는다. 은퇴한 공무원인 제럴드 프렘린은 《캐나다 국가 지도
The National Atlas of Canada》를 편찬한 지도제작자이고 지금 그들이 함께
사는 집에서 자랐다. 먼로는 그를 이름으로 부르기보다도, 유일한 자
랑이란 결혼을 잘한 것뿐인 자긍심 높은 중서부 은행가의 아내처럼
애정을 담아 '내 남편'으로 부르는 경우가 더 많다.

　"일생의 연인인 것 같네요." 내가 말한다. 조금 놀랍게도 먼로는
도전에 응한다. 아직 열여덟 살의 웨스턴 온타리오 대학교 장학생 앨
리스 레이드로Alice Laidlaw이던 시절, 그녀는 제임스 먼로James Munro와
약혼했고 결국 결혼하여 20년을 함께 살며 딸 셋을 낳았다고 한다. 제
2차 세계대전 참전용사이자 일곱 살 위인 프렘린에게 먼로는 첫눈에
"반했다." 이 이야기를 하는 그녀에게서 눈에 보일 만큼 뚜렷한 기쁨

이 느껴진다. 아직도 젊어 뵈는 눈이 재난 같은 로맨스의 기억으로 환하게 반짝인다.

프렘린은 그녀를 처음으로 공식 인정한, 이 신출내기 작가에게서 처음으로 체호프의 느낌을 발견한 사람이다. 대학 문예지에 실린 단편을 읽고 그는 그녀에게 팬레터를 써 보냈다. 초심자답게 멋이 잔뜩 들어간 제목 〈그림자의 차원들The Dimensions of a Shadow〉을 그녀는 너그러운 웃음과 함께 기억해낸다("알아요, 알아요," 그녀가 말한다. "누구에게나 젊은 시절이 있었잖아요."). 하지만 그녀가 그에게서 진정 원했던 것은 데이트 신청이었던 모양이다. "이런 말을 해주기를 원했어요. '당신을 처음 본 순간…'" 자신의 운명을 급속히 바꾸려는 작품 속의 다층적 인물들처럼, 그녀의 목소리가 잦아든다. 그때 곧바로 프렘린과 떠나버렸겠냐고 묻자 그녀는 짧게 망설임 없이 "네"라고 대답한다. 1997년 작 단편 〈아이들은 남는다The Children Stay〉에 불륜을 저지르는 아이 엄마로 등장하여 "결혼이라는 공모"의 삶을 접고 연인과 달아나는 폴린의 모습이 그녀에게서 문득 엿보인다.

현실의 앨리스 레이드로는 스무 살에 앨리스 먼로가 되었는데, 아기자기한 연애보다는 육욕의 긴급함에 의해 촉발된 결정이었던 것 같다. "그땐 사람들이 섹스를 하려고 결혼했죠." 그녀가 지적한다. "피임법들은 안심이 안 됐어요." 1년 후 그녀는 임신했다. 오늘날의 기준으로 보면 짧지만, 이렇게 지체된 것을 두고 그녀는 "그 자체로 하나의 성취"라고 말한다. 이제는 세 딸과 가깝게 지내지만("주로 내 문제를 의논하러" 모인다고 먼로는 쓴웃음을 짓는다), 적극적으로 선택하기보다는 당대의 기대로 강요받았던 어머니 역할에 대해서 자기 안에 상존하는 양면성을 그녀는 솔직히 인정한다. "나는 한 번도 아이 갖기를 원하지 않았어요." 그녀가 생각에 잠긴다. 먼로의 큰딸이자 역시 작가인 실라Sheila는 달콤쌉쌀한 회고록 《어머니들과 딸들의 삶 Lives of Mothers and Daughters》에서 다소 냉담하고 훈계용으로 체벌도 사용하는 어머니를 등장시킨다. 나는 먼로에게 이 책을 읽고 느낌이 어땠냐고 묻는다. 이번에도 그녀는 실라에게 최선의 노력을 기울이지 못했을 수 있다고 순순히 인정하여 나를 놀라게 한다. "도덕적인 가책" 같은 건 없다고 기꺼이 시인하는 먼로를 보면, 자신이 피고로 선 재판장에서 최악의 변호인 증인이 될 것이 틀림없어 보인다. "그랬을 수도 있었겠지만, 실라는 내 인생의 최고 기쁨이 아니었어요. 나는 둘째에게 정서적으로 더 열려 있었어요."

먼로는 40대 초반에 이혼한 후 아래의 두 딸인 제니Jenny와 앤드리아Andrea를 데리고 온타리오 주 런던으로 옮긴다. 1974년 그녀는 웨스턴 온타리오 대학교로 돌아가 1년간 상주 작가로 근무했고 거기서 대학 졸업 후 처음으로 제럴드 프렘린을 다시 만났다. 그녀는 두 사람의 배우자에 관해 자신이 "굉장히 운이 좋았다"고 생각하고 "내 임무들을 방치했던" 시절에 그녀를 믿고 글을 쓸 수 있도록 해준 첫 남편(그도 재혼했다)에게 "영원히 감사한다"고 말한다. ("엄청난 행운이죠." 그녀가 단언하지만, 정말로 솔직한 말인지는 확실치 않다. "그 시절에 말에요.")

그녀보다 상위 계층이고 출세 지향적인 집안 출신인 첫 남편 짐 먼로는 캐나다 최고 서점 중의 하나인 '먼로스 북스' 소유자로, 그녀가 숨 막히는 고향을 떠날 수 있게 만들어준 사람이다. "나를 좋아한 남자들은 하나도 없었어요." 그녀가 한 점의 자기연민도 없이 말한다. "난 괜찮게 생긴 편이었지만 모두 나를 그냥 내버려뒀죠. 고등학교를 함께 다닌 아이들 중 하나와 결혼했다면 정말 불행했을 거예요." 그러더니 최고의 일화들을 말할 때 항상 짓는 살짝 짓궂은 웃음과 함께 프렘린 이야기를 한다. "남편은 내가 적시에 빠져나가지 못했다면 뉴잉글랜드 소설에 나오는 슬픈 인물이 되었을 거라고 늘 말해요. 운전을 배운 적이 없어 읍내까지 걸어 나가고 성생활도 없이 부모가 죽을 때까지 함께 사는 노처녀가 되었을 거라는 거죠."

작품에서 많이 활용되는 앨리스 먼로의 어린 시절은 힘겹고 팍팍했다. 디킨스풍이라고까지는 할 수 없을지 모르지만, 본래 스코틀랜드와 캐나다 혈통 모두는 재능 있는 예비 작가들이 종종 빠져들곤 하는 "나를 좀 봐줘" 식의 자기중심주의와는 거리가 있다. 노골적으로 스포트라이트를 요구하는 걸 불편해하는 성향도 출신과 관련되어 있다. 칭찬이 자자한 그녀의 겸양은 타인들의 시샘을 막으려는 일종의 영리한 보호색 같다고 내가 말하자, 그녀는 고개를 끄덕이며 동의의 뜻을 표했다. "나는 샅샅이 점검되는 것이 두려워요." 그녀의 설명이다. "누군가가 결국은 날 쓰러뜨릴 테니까요. 작가로 산다는 건 수치스러운 일이에요. 언제나 자신의 생각을 끄집어 내놓는 거잖아요. 그걸 교정하려는 노력이에요."

먼로는 현재 사는 곳에서 20여 마일 떨어진 온타리오 주 윙엄의 스코틀랜드·아일랜드계들이 주로 모여 살던 마을에서 세 아이 중 장녀로 자랐다. "남들과 달라지고 싶어서" 학교 공부를 잘했지만, 작품에 등장하는 허구의 마을 주빌리에서처럼 제한된 기대와 만연한 겸양의 과묵이 당대의 미덕이었다. "무엇보다도 실용성이 강조되었어요." 먼로가 설명한다. "내가 성장한 사회적 배경에서 사람들은 '나는 행복한가?'를 묻지 않았죠. 자아실현이라는 개념이 존재하지 않았어요."

그녀의 가족은 기질적으로, 사회적으로, 지역적으로 하나같이 이방인이었다. 아버지는 은빛 여우 사육에 나섰다가 실패했고, 가족은 먼로가 "주류 밀매꾼과 매춘부와 부랑자 들이 사는 작은 빈민가. 그곳은 추방된 인간들의 공동체였다. 나 스스로도 그런 느낌이었다"라고 표현했던 마을 변두리에서 살았다. (그녀가 어릴 적에는 몰랐지만 작가로서의 야심을 갖고 있던 아버지도 장편소설을 썼고 그것은 사후에 출간되었다. "아버지와 마지막 나눈 대화가 그 책에 관한 것이었어요." 그녀가 조용한 승리감을 띠고 말한다.)

가장 집요하고 힘센 유령처럼 그녀의 작품에 자주 나타나는 어머니에 대해, 먼로는 "어릴 때 나를 무척 자랑스러워했다"고 회고한다. 먼로가 작가 생활의 불안정한 보상을 향해 뛰어들 수 있었던 모험적인 유전자도 어머니에게서 나왔을 것이다. 학교 교사로 독립적인 생활을 한 뒤 서른 살에 결혼했던 어머니는 심리적·경제적으로 보다 풍성한 미래를 동경했던 것 같다. 먼로의 가장 자전적인 작품 《소녀들과 여자들의 삶》의 화자 델의 어머니가 그랬듯, 먼로의 어머니도 주빌리처럼 "왁스와 레몬의 청결하고 꾸짖는 듯한 냄새"가 자유로운 야심 위로 군림했던 윙엄의 폐쇄적이고 질서정연한 우주를 넘어 집 밖에서의 여성 역할에 대해 진보적인 사상을 갖고 있었다. (하지만 성적 자유에는 지독한 혐오감을 느꼈던 듯하다.)

　먼로가 사춘기 소녀일 때 어머니는 고통스럽고 쇠약해지는 증세에 시달렸고 결국 파킨슨병 진단을 받았다. 먼로의 젊은 인생에서 중대한 감정적 상황으로 작용한 이 사건으로, 장녀인 먼로는 열두 살 내지 열세 살부터 줄곧 집안을 꾸려나가야 하는 의무를 지게 됐다. 그녀는 강인해졌으나 어머니와의 관계는 훼손되고 말았다. 그녀의 작품 속에는 이 경험이 남겨준 깊은 회한이 반복해 나타난다. "어머니의 병이 너무나 무서웠어요. 동일시를 할 수 없었죠. 단지 유능해져야만 했기 때문에 그렇게 되는 법을 배웠을 뿐이고요." 그녀가 시인한다. 그 긴 쇠퇴 기간 동안 어머니를 "정서적으로 유기"한 것에 죄책감을 느낀다고 먼로는 인정한다. 그녀는 어머니가 죽기 전 2년간 집에 돌아가지 않았다. 좀 더 연약한 소녀라면 이런 험난한 상황에 기가 꺾여버렸겠지만, 먼로는 소외에 대한 작가로서의 감성, 그리고 꼭 자발적 선택은 아닐지라도 자신이 다른 일들에 적합하게 빚어졌다는 확신을 더 굳히게 되었다. "난 어디에도 잘 맞지 않는 사람이었어요. 어떻게든 빠져나가리라는 예감을 항상 갖고 있었죠."

　"어떻게든 빠져나가"기를 먼로는 맹렬히 감행했다. 하지만 1950년 파리로 이민을 감으로써 몬트리올에서의 불행했던 젊은 시절을 영영 떠나버렸던 동료 캐나다 작가 메이비스 갤런트Mavis Gallant와는 달리, 먼로는 외적 거리는 덜하지만 어쩌면 보다 급진적인 경로를 따라 태생지의 굴레에서 탈출했다. 그것은 그녀가 받은 가정교육과 스스로 선택한 직업의 갑갑한 제약에 대한 내적 저항의 형태를 띤 것 같다.

특유의 은밀하고 요란스럽지 않게 전복적인 방식으로, 먼로는 소설 주제에 있어(종종 선정성에 가까운 성적 솔직함) 그리고 일관된 서사 표현도구로서의 단편소설 양식에 대한 충성에 있어 새 지평을 열었다. 《런어웨이》에 수록된 세 편의 연작소설 〈우연Chance〉〈머지않아Soon〉〈침묵Silence〉은 먼로가 바로 그런 작업을 계속하고 있다는 증거다. 이 야기들은 줄리엣이라는 인물을 따라간다. 1965년, 수줍은 스물한 살 처녀 줄리엣은 대학원에서 고전을 전공했던 사실이 결혼시장에서 오히려 방해가 될까 두려워한다. 그로부터 30여 년 후 그녀는 돈에 쪼들리고 아직도 '그리스 고전문학'을 공부하며, 혼외관계로 낳은 "총명하지만 책벌레는 아닌" 딸 페넬로페와 연락이 끊긴 채로 살아간다.

이 3부작이 아우르는 서른 몇 해는 먼로의 예전 작품들 속 시간 건너뛰기의 폭에 비하면 아무것도 아니다. 예컨대 〈황무지의 역A Wilderness Station〉은 한 세기가 넘는 세월을 서른 페이지의 지면에 압축하고 있다. "나는 내가 읽고 싶은 이야기를 써요." 가장 솔직하게 표현된 문학 신조다. "독자들이나 소재에 대한 책임감 같은 건 느끼지 않아요. 무엇이든 이야기로서 효력을 발휘하게 하는 게 얼마나 어려운지 나는 알아요. 따라서 모든 이야기는 하나의 승리예요. 그래서 나는 생각하죠. '이제 쉬어도 된다. 해냈다. 밖으로 끌어냈다.'" 비평가들은 처음부터 먼로 작품의 장르적 불명확성을 제기해왔다. "앨리스 먼로의 《비렁뱅이 처녀》가 단편 모음집인지 새로운 형태의 장편소설인지 확실히 모르겠다." 비평가 존 가드너John Gardner의 글이다. "하지만 그게 무엇이든, 훌륭한 작품이다."

"장편을 써보려고 했어요." 스스로의 고치기 힘든 방법론에 약간 짜증이 난 목소리다. "그런데 괴상한 잡종 이야기들로 변해버리더군요." 그녀의 목소리에 이제 희미한 저항의 기운이 느껴진다. 어떻게 행동하고 어떻게 쓰라며 명령하는 모종의 권력과 논쟁이라도 하는 것 같다. "나는 단편이라면 더 나았을 거라고 생각되지 않는 장편을 읽어본 적이 없어요. 아직도 서점에 가보면 한 권의 장편에서 건질 만한 페이지가 얼마나 적은지 절감하곤 해요. 서가에 서서 빈 지면들을 빼고 계산해보곤 하죠. 110페이지나 될 것 같아요?"

클린턴, 같은 토요일 오후, 다섯 시다. 가장 자전적인 글을 쓰면서도 개인으로는 포착하기 어려운 이 작가의 심리적 소재에 대한 단서를 찾아, 나는 청색 지붕과 갈색 나무 덧문이 달린 기다란 카펜터 고딕풍의 흰색 집 뒤를 서성인다. 이곳은 먼로의 집이고, 그녀의 갑작스런 초대를 받고 기웃거리는 중이다. 그녀는 장을 보러 나갔다. 점심식사를 마친 그녀를 태우러 오자마자 술을 얼마나 마셨는지 물었던 남편과 함께. 혼자서 맘껏 돌아보라는 그녀의 제의는, 여기까지 와서 집 문턱도 못 넘어간 사실에 대한 일종의 애석상 같이 느껴진다. 하지만 나는 탐문기자의 자세를 채택하기로 한다. 옆쪽 현관 쪽으로 시선을 돌려 원탁과 소박한 플라스틱 의자들을 바라본 다음 창틀에 놓인 작은 도자기 또는 목제 동물인형 무더기를 본다. 그리고 내 안의 미스 마플Miss Marple을 끌어내어 5에이커 부지에 펼쳐진 광활한 정원을 둘러보며 잠재적으로 결정적인 정보를 찾아내려고 노력한다. 막연하고 주도면밀한 메모도 곁들인다. '평화로운 새들의 노래'라고 적는다. 없는 거라곤 현미경과 동식물군에 관한 전문지식뿐이다. 먼로는 줄

지어선 호두나무들에 대해 들려줬는데, 저 나무들이 모두 호두나무일까 궁금하다(꽤 여러 그루가 호두나무인 것 같긴 하다). 어쩌면 몇 그루는 자작나무나 가문비나무일까? '늙은 나무들'이라고 나는 휘갈겨 쓴다.

그 외에 정원의 모든 것은 그녀가 내게 들려준 바와 같다. 커다란 연못, 울타리 너머 철로, 프렘린이 직접 만든 이런저런 공예품들의 "시각적 기지"를 갖춘 터치. 발톱 모양 받침이 달린 구식 욕조가 나무 밑동에 비스듬히 세워져 있다. 홀스타인 젖소처럼 채색하고 프로펠러 같은 두 개의 녹슨 귀도 붙였다. 옛날 이발소의 줄무늬 간판기둥 위에는 풍향계를 달아놓았다. 꽃만 책임진다는 먼로는, 자기처럼 취미삼아 정원을 가꾸는 사람은 꽃을 선호한다고 말했다. "꽃씨를 뿌려놓고 '이제 네가 알아서 해' 그러는 거죠." 그녀의 설명이다.

그림자가 길어지는 가운데 서성이면서, 먼로는 왜 정원에 그토록 애착을 가지는 것이며 내가 이곳을 보는 것이 중요하다고 여긴 것일지 생각하다가 불현듯 깨달았다. 이 나무들과 바위들과 꽃들과 조각들은 내부자들의 농담과 가족사의 사적인 언어를 말하는 별스런 안식처다. 말하자면 상상 속의 것이면서도 구체적인 장소로, 소박한 성장배경의 현실을 뛰어넘어 도약하고자 하는 작가의 욕구를 보여준다. 뜨거운 문학의 중심에서 멀리 떨어진 이 우주의, 수수한 집들이 늘어선 조용한 거리 한 모퉁이에 자리 잡은 이곳에 앨리스 먼로의 자기만의 방이, 그녀만의 마법의 정원이 놓여 있다.

영국 귀부인

마거릿 드래블

마거릿 드래블Margaret Drabble이 장소를 설정하고 소설을 시작하는 지점에서 출발하자. (그리고 부분적으로는 문학적 영향에 대한 이야기이 니, 에드워드 시대의 소설가들을 가망 없이 유물론적인 족속으로 조롱한 버지니아 울프에 대한 사과에서 또한 출발하자. "그들은 우리에게 집을 주었다." 그녀는 선언했다. "우리가 거기 사는 인간들을 추론할 수 있을지 모른다는 희망으로.") 그리고 7월 중순 영국의 흐린 토요일 오후를 그려보자. 영국인들이 항상 방어적인 자세를 취하는 그런 날씨다. 일흔에 막 접어든 작가는 방문한 저널리스트를 저명한 전기 작가인 남편 마이클 홀로이드Michael Holroyd와 함께 사는 시골 집 거실로 인도한다. 집은 서머싯 끝자락의 조그만 폴록 위어 언덕에 앉아 있다.

브리스틀 해협을 건너 북쪽으로 웨일스가 보이고, 공기는 끼룩거리는 갈매기 울음소리로 진동한다. 우리 세 사람은 드래블과 홀로이드가 중대한 비밀처럼 다루는 저 아래 작은 호텔에서 멋진 점심을 먹고 막 돌아왔다. 남편이 크리켓 경기를 보러 줄무늬 커튼과 조밀한 문양의 벽지가 있는 텔레비전 방에 들어간 사이, 드래블은 홀로이드의 집필실을 내게 보여준다. 놀랄 만큼 넓고 볕이 잘 드는 그 방은 비탈진 유리 천장까지 있어서, 어둡고 음습하지만 정원을 내다볼 수 있는 장점 하나만 갖춘 지하실 서재와 극명한 대조를 이룬다. 그녀가 가장 편안해 보이는 곳은 바로 정원이다. 드래블의 소설을 읽어본 사람이라면 알 수 있듯 그녀는 꽃과 초목의 권위자다. 잠깐 집 안을 돌아본 다음 우리는 거실의 안락한 소파에 앉는다. 그리고 두 시간에 걸쳐 집안일에 대한 드래블의 견해("좋은 운동이 돼요. 후버 청소기를 갖고 계단을 오르내리잖아요. 해될 것이 없어요.")에서부터 페미니즘("여성들이 아직 동등한 권리를 갖지 않았다고 생각하지만 그 문제에 대해 소설을 쓸 생각은 없어요."), 그리고 역시 소설가인 언니 A. S. 바이어트Byatt와의 잘 알려졌듯 곤란한 관계("내 책 중에 언니가 좋았다고 말한 것은 《폭포The Waterfall》뿐이에요. 실험적인 성격이 있어서였을지 모르죠.")까지 크고 작은 문제들에 관해 이야기를 나눈다.

거의 50년 동안 끊임없이 글을 써온 드래블은 2008년 이 시대 영국 문학에 대한 공헌을 인정받아 대영제국의 '데임Dame' 작위를 받았다(비슷한 사유로 남편이 기사 작위를 받은 이듬해였다). 그들의 집은 문학의 거성 두 사람의 보금자리로 상상할 수 있는 모습 꼭 그대로다. 이를테면 블룸즈버리 클럽의 멋과 교양이 깃들었고 방마다 민트 그린,

장밋빛, 라일락빛, 토스카나 옐로 등 다른 색깔로 벽을 칠했으며 어디를 봐도 색 바랜 양탄자들, 책들, 그리고 그림들이 보인다. 중국식 체커판과 〈콜리지 불레틴The Coleridge Bulletin〉〈북셀러The Bookseller〉 따위의 잡지들이 커피 테이블 주변에 널려 있다. 가운데에는 '앉지 마시오'라고 손으로 써서 붙인("손주들이 망가뜨리지 못하도록 하려고요.") 분홍빛 리클라이너 의자가 놓여 있다. 방안을 둘러보던 내 눈이 접이식 마호가니 탁자 위의 반쯤 맞추다 만 고흐van Gogh의 〈붓꽃Irises〉 조각그림 퍼즐에 가 멈춘다. 바로 이 탁자 위에서 드래블은 지난 15년간 여름마다 조카딸을 보러 폴록 위어를 찾아온 '필 이모auntie Phyl'와 퍼즐을 맞추는 것이다. 그녀는 9월 16일에 출간될, 드래블이 헨리 제임스에서 영감을 얻어 《카펫의 패턴 – 조각그림 퍼즐과의 개인사The Pattern in the Carpet: A Personal History of Jigsaws》로 제목 붙인 일종의 회고록에서 여장부로 그려진다. 이모와의 퍼즐 맞추기 놀이는("우울을 물리치고 탄식을 회피하는 전략 중 하나"라며 아직도 계속하고 있다) 드래블에게 어린 시절의 일부이기도 했으며, 이 책에서는 그 시절의 보다 밝은 면들을 살려내기 위한 노력으로 선택적으로 끄집어내진다. "내 어린 시절의 나름대로 행복했던 시간은 주로 이모 덕이다." 드래블은 이렇게 쓴다. "이모에게 이런 말을 해보려고도 했지만 그분은 칭찬이나 감정적 선언을 좋아하지 않았다. 어떻게 받아들여야 할지 난처했던 것이다."

이모의, 그리고 어린 시절 할머니가 살던 브린의 조지 왕조 시대에 지어진 붉은 벽돌 농가(그곳에서 미혼의 필 이모는 조카딸에게 "양탄자를 고정시키고, 바느질하고, 프랑스식 뜨개질을 하고, 라벤더 주머니를 만들고,

구슬 목걸이를 꿰고, 록 케이크와 코코넛 핑거를 굽고, 페이션스 카드놀이를 하는 법"을 가르쳤다) 방문의 기억을 갖고서 드래블은 유년기에 대한 완곡하지만 흡인력 있는 이야기를 빚어냈다(물론 미국적 표준으로는 자기 노출이 심각하게 모자라지만). "나는 회고록을 쓰고 싶지 않았어요." 그녀가 설명한다. "젊은 사람들은 대부분 짜증스러워할 테니까요. 회고록의 조각들을 조각그림 퍼즐 같은 책에 끼워 넣자고 생각했죠." 한편으로, 드래블이 말하듯 "영국인들은 말수가 적은 걸로 잘 알려져 있어요. 내가 생략한 것들을 나는 깊이 의식하고 있었어요. 필립 로스처럼 고백적인 사람은 영국에서는 찾지 못할 거예요." 드래블의 오랜 찬미자로 이른바 "'고통 회고록'의 유행"이 맘에 안 드는 영국 소설가 퍼넬러피 라이블리Penelope Lively도 같은 생각이다. "우리는 덜 고백적이에요." 그녀의 말이다. "보일 듯 말 듯, 그렇게 가죠."

확실한 것은, 《카펫의 패턴》에서 드래블이 시간상의 순서도 충격적인 자전적 폭로도 무시하는 대신 여러 세기를 넘나들며 1767년경 영국에서 발명된 조각그림 퍼즐의 미시사를 전개하는 가운데 가족의 병력과 개인적 아픔을 가볍게 건드리는 보다 우회적인 접근법을 택하고 있다는 점이다. 그녀가 힘든 과거를 내비친 것이 처음은 아니지만(2001년에 출간된 장편소설 《가지나방The Peppered Moth》은 그녀의 불행했던 어머니를 소설로 그려낸 작품이며, 다른 여러 소설들에도 자전적 요소가 담겨 있다) 이 책은 본인의 표현대로 "픽션의 장막 없이" 스스로에 관해 길게 쓴 최초의 작품이다. 드래블은 통산 열일곱 권의 장편소설을 발표한 다작 작가이긴 하지만 결코 한 장르에 묶이지는 않았다. 아놀드 베넷Arnold Bennet과 앵거스 윌슨Angus Wilson의 전기, 현대 영국의 문학 및 사회사를 쓴 바 있고《옥스퍼드 영문학 안내서The Oxford Companion to English Literature》제5판과 제6판을 편집하는 방대한 작업에 참여하기도 했다.

나는 20대에 그녀의 능란한 초기 소설을 처음 접했고, 그녀가 20대에 이미 다섯 권의 장편을 출간했고 그러면서도 용케 아내와 어머니 노릇을 해냈을 뿐 아니라 요리도 잘한다는 사실을 발견한 이래 그녀에게 매료되어왔다. ("난리법석을 떨며 요리하는 편이에요." 드래블의 말이다. "하지만, 맞아요, 맛있는 음식을 차릴 수 있죠.") 30대 중반에 그녀는 이혼녀로 세 아이를 혼자 길렀고(첫 남편 클라이브 스위프트Clive Swift와 1970년대 초에 결별했고 10년 후 홀로이드와 재혼했다) 소설도 계속 썼는데 이전과는 다른, 보다 야심찬 작품들이었다. 그녀는 특별한 사례(신경쇠약을 일으키기 직전의 노이로제 환자)가 아닌, 노련하게 인생을 살아가며 유능한 보통 여자인 작가로 자처했다. 그녀의 여주인공들에게는 경탄할 만큼 용감한 데가 있다. 최악의 실패에도 효율적으로 대처하는데, 이는 드래블 본인에게도 적용되는 것 같다. 내게 그녀는 여성적 정체성의 중대한 부분을 희생하지 않고도 야망을 키워나간 사람으로 보인다.

"기억해야 할 것은," 문학 비평가 겸 소설가 캐럴린 하일브런 Carolyn Heilbrun의 말이다. "위대한 여성 작가들 대부분이 결혼을 하지 않았고, 결혼을 하고서 글을 쓴 사람들은 헌신적인 남편의 보호 아래 평화로운 왕국에서 그랬다는 점이에요. 아이를 가진 이들도 드물어요." 그렇다면 드래블은 어떻게 해냈을까? 결혼, 이혼, 자녀, 소중한 직업, 성공, 타인의 시샘, 노화의 망령 등에 어떻게 대처했을까? 작가로서의 명성을 확립해준 읽기 쉬운 초기작부터 1970년대 이래로 써낸 대단히 지적이고 정보가 빽빽하게 들어찬 장편들까지, 그녀는 작품을 통해서 방향을 제시해왔다. 일부 캐릭터에 나타나는 불안과 절망감에 스스로 시달린 것도 사실이지만 드래블은 항상 소설을 통해서 다음 도전(《빙하기The Ice Age》에서처럼 변화하는 사회적 우선사항이건, 《바다의 여인The Sea Lady》에서처럼 더이상 젊지 않은 여자의 변화하는 기대건)에 응할, 그리하여 더욱 넓어지고 더 큰 세상을 포용할 수 있는 독특한 능력이 있는 듯 보였다.

도리스 레싱Doris Lessing(드래블이 좋은 친구로 여긴다), 그리고 대서양 너머의 대륙에서 꼽자면 앤 타일러Anne Tyler처럼 드래블은 오랜 세월 글을 써왔으며, 또한 그들처럼 유행이나 추세를 따르지 않는 걸 보면 이른바 문학 마케팅 비즈니스에 면역이 되어 있는 듯하다. 어쩌면 이처럼 시류를 쫓지 않는 측면이 미국에서 그녀의 존재감이 이해하기 어려울 만큼 약하다는 사실의 설명이 될지도 모르겠다. 어느 눈 밝은 출판사 직원이 산더미처럼 쌓인 원고더미에서 골라들면서("조지 와이든펠드 출판사에 보냈죠. 솔 벨로Saul Bellow를 출판한 곳이었으니까요." 드래블의 설명이다) 1963년에 데뷔작으로 출판되어 호평을 받은 장편소설 《여름의 새장A Summer Bird-Cage》에서처럼 그녀가 가정생활에 대한 변절자의 소식을 전하던 시절이 지난 지금은 더욱 그렇다.

드래블은 이후로 20년간 더욱 복잡하고 폭넓은 관심사를 담은 소설들을 펴내면서도 유명 작가로서의 위상을 유지했다. 1980년 아홉번째 장편 《중간지점The Middle Ground》이 출간된 후, 〈피플〉 지는 그녀를 소개하는 화려한 기사를 게재하며 제인 오스틴Jane Austen과 버지니아 울프에 비교된다고 했다(찰스 디킨스, 조지 엘리어트, 에벌린 워와 비교된다고 해도 좋았으리라). 그런데 1980년대의 탈제국주의·탈산업시대 영국에 대한 난해하고 약간 고집스러운 3부작과 1990년 나온 A. S. 바이어트의 굉장한 소설 《소유Possession》 사이, 7년에 걸쳐 《옥스퍼드 영문학 안내서》를 작업하며 소설 집필을 쉬던 어디쯤에선가 드래블은 밀려났던 것 같다. 그녀의 작품들이 평단의 관심을 받을 자격이 있으며 그녀가 영향력 있는 작가라는 사실을 부인하는 사람은 없다. 하지만 어떤 작가들의 경우 작품이 실망스러울 때조차 주변에 끓어오르는, 한때 드래블에게도 마찬가지였던 그런 흥분은 사라진 것이다. 하지만 드래블은 묵묵히 작업을 완수한다는 태도로 모험을 감행하며 글을 써내고 있다. 이는 최근 작품에서도 마찬가지로, 그녀는 서문에서 "이 책이 무엇인지 잘 모르겠다"고 시인하면서 개인적인 서사를 담대하게 전달하거나 또는 전달하지 않고 있는 것이다.

내가 생각하는 그녀는, '그럴지도 모르는 삶'이 아니라 '진정한 삶' 자체의 임시적이고 잠정적이며 지지부진한 양태를 헌신적으로 묘사해낸 영국의 천재다. 하지만 바로 작가로서 보여준 다면적 각도, 페미니스트로서 아니면 보다 '전통적인' 외면적 이야기꾼으로서 포장되기를 거부해왔다는 그 이유 때문에, 그녀를 규정하기란 쉽지 않다. 《바늘구멍The Needle's Eye》이래 그녀의 작품에서 지나가듯 제시되어온 사회정치학적인 장면들에도 불구하고(덜 어려운 소설들 속에서 아기의 놀이상대, 끝장난 연애 따위가 논의되는 것처럼 다문화주의, 경제, 지구온난화 등이 이야기되고 있다) 그녀는 주인공들의 내적인 삶에도 똑같이 천착한다. 그녀에게 영향을 준 작가들의 유형은 다양하다. 그녀는 소설을 도덕적 거울로 여기면서 1950년대 영국 소설의 "위대한 전통"을 확립했던 보수 성향의 케임브리지 교수 F. R. 리비스Leavis를 예찬하는 동시에, "평범한 인생과 평범한 사람들에 대한 커다란 존중"이라는 아널드 베넷의 관점에도 공감한다. (리비스는 베넷에 대해 "경멸도 아깝다"고 생각했다.) 거기에다 이야기 중간에 난입하여 깔끔한 결말이라는 '종결'을 방해하는 대담한 포스트모더니즘 기법들에도 개방적인 태도를 취하고 있으니, 그녀가 그저 드래블 자신 외에 어떤 다른 범주에도 묶이지 않는 것은 놀랄 일이 아니다.

나는 드래블(가족과 친지 사이에서는 매기라고 불린다)과 홀로이드를 9월의 서머싯 방문 며칠 전에 처음으로 만났다. 그들의 시골집에서 두 시간 거리인 데번의 다팅턴 홀에서 열린 연례 문학축제 '말들의 방식'에서였다. (여러 해 동안 따로 살았던 이들 부부는 현재 런던의 노팅힐에 있는 집도 공유하고 있다.) 두 사람 다 연사로 초청되었다. 그녀는 영국에서 출판되어 전반적으로 찬사를 받은 자신의 회고록에 관해, 그는 19세기의 연극인 엘런 테리Ellen Terry와 헨리 어빙Henry Irving의 생애에 관해 강연할 것이었다. 우리는 리셉션 데스크 근처에서 만나기로 했고, 나는 그때까지 한 번도 만난 적 없는 드래블을 뒤에서 알아보았다. 모자 달린 황갈색 파카에 바지 차림이었고 20년간 보아온 사진으로 낯익은 순박한 네덜란드 소년처럼 머리를 자른 모습이었다. 그런데 군중 틈에서 그녀를 돋보이게 하는 강렬한, 하지만 위엄 같은 것과는 다른 무엇인가가 있었다. 키가 크고 지적인 얼굴에 로널드 퍼뱅크Ronald Firbank의 캐릭터를 연상시키는 재치 있는 옷차림의 홀로이드는 최근 2년간 암과 투병했으며 드래블에게 의지하면서 다니는 것 같았다. "내가 쓸까, 아니면 당신이 할래?" 작성해야 하는 양식을 놓고 그가 그녀에게 물었다.

홀로이드가 "'쇼'를 준비하는 걸" 돕기 전까지 술을 한잔하기로 했다(홀로이드는 미리 강연 준비를 하는 데 반해 드래블은 즉흥적으로 하기를 좋아한다). 얼마 후 목조 패널로 장식된 선술집에서 만난 그녀는 밝은 노란색 카디건과 회색 플란넬 셔츠로 갈아입었으며 장밋빛 립스틱을 칠한 모습이었다. 날씬한 체구, 맑고 푸른 눈, 새치가 거의 없는 부드러운 갈색 머리의 그녀에게서는 아직도 스물세 살부터 몇 권의 장편소설을 연달아 발표하며 같은 세대 수많은 독자들의 상상력을 사로잡았던 침착하고 기품 있는 젊은 여성의 흔적이 엿보인다. ("60년대 그 시절, 그녀는 굉장한 인물이었어요." 전기 작가 힐러리 스펄링 Hilary Spurling이 회고한다. "아주 젊은 나이에 엄청나게 유명해졌죠. 사람들은 그녀 작품을 많이 읽었고요. 매혹적일 뿐만 아니라 '인기' 까지 있었어요. 메리 퀀트Mary Quant의 A라인 원피스를 입은 그녀 모습이 떠오르네요."

여러 유명인사 타입들과 달리 드래블은 진짜로 겸손해 보인다. 홀로이드가 내게 말한 대로 "뒷걸음치다 조명 안에 들어온" 사람 같다. "대중 앞에 나서는 것을 꺼려요." 그의 설명이다. "시샘이나 경쟁심을 부추길까 걱정하죠. '이런 주목을 받는 과대평가된 작가는 도대체 누구인가?' 그런 것 말이에요." 또한 드래블은 함께 자리한 사람이 누구든지 상대에 대해 호기심을 표명한다. 우리의 대화가 시작되고 처음 몇 분간은 오히려 내가 친절한 인터뷰의 대상이 된 것 같다. 조명을 피하고 무례해 보이지 않으면서 자제를 견지하기 위한 방법이지만, 한편으로는 평형을 유지하고 그럼으로써 상대방을 편하게 해주는 길이기도 하다. 대화의 초점을 그녀에게로 되돌리며 조각그림 퍼즐에 대한(어쩌면 인생에 대한) 지론을 말해달라고 접근한 알지도 못하는 여자에 대한 그녀의 인내심을 칭찬하자, 드래블은 조각그림 퍼즐을 좋아하는 이유가 "그것이 날씨처럼 중립적인 주제"이기 때문이라고 설명한다. 이런 발언은 열정의 결핍으로 오해되기 쉽지만, 내게는 주제넘은 친밀함에 대한 영국인 특유의 신중함으로 느껴졌다.

우리는 그녀 언니와의 관계를 잠시 이야기한다(드래블은 바이어트의 《바벨탑Babel Tower》은 읽지 않았으나 《소유》가 부커상 후보에 올랐을 때 상을 받는다는 쪽에 내기를 걸었다가 이겼다고 고백했다). 그리고 드래블의 소설에서 자극제 또는 드물지만 촉진제로 나타나는 돈으로 화제를 이어간다. "충분히 가졌다고 생각하는 사람들은 거의 없어요." 그녀의 말이다. "택시 요금 걱정을 하지 않아도 되는 한 나는 괜찮다고 생각해요." 드래블은 뿌리 깊은 진짜 사회민주주의자이지만, 누릴 것을 다 누리는 부르주아 사회주의자처럼 들릴 법한(실제로 간혹 그렇게 오해되기도 하는) 말을 덧붙인다. "나는 돈이 없다는 건 어떤 것인지에 흥미를 느껴요." 내 생각에 그녀의 가장 강력한 장편소설인 《바늘구멍》이 바로 이 테마를 다룬 바 있다. 돈 또는 돈의 결핍이 플롯을 이끌어가는 소설에서 주요 인물 하나는 유산을 포기하기로 한다.

드래블은 노동계급에서 한발 빠져나온 요크셔 주 셰필드의 1세대 부르주아 가정에서 자랐다. 재능과 열의를 갖춘 네 아이 중 둘째였으며 성실과 공익을 중시하는 퀘이커교의 가치가 지배적인 분위기였다. 부모 모두 각자의 가족에서 최초로 대학에 진학했다(둘 다 케임브리지 대학 장학생이었다). 법정 변호사와 카운티 법원 판사로 일한 아버지 존 드래블John Drabble은 드래블에 따르면 살갑지는 않으나 다정한 편이었던 반면 어머니 마리 블루어Marie Bloor는 완전히 딴판이었다. 어머니는 갈등과 불화의 원천이었으며, 자녀들에게 탁월하고자 하는 욕구를 부추긴 동력이었다. 세 딸 모두 어머니가 다녔던 뉴넘 칼리지를 나왔다. (드래블에게는 언니 바이어트와 미술사가인 여동생 헬렌Helen, 그리고 법정 변호사인 나이 차가 많은 남동생 리처드Richard가 있다.) "어머니는 영어 선생이 되고 싶어 했어요." 드래블의 설명이다. "문법을 좋아했고 시를 해석할 줄 알았죠. 하지만 시대가 달랐어요. 커리어를 갖추었다면 더 행복할 수 있었을 텐데 그렇게 되지 못했어요."

좌절된 욕망과 격심한 계급 불안으로 인해 블루어는 점차 내면으로 침잠하여 집에 집착하면서 불만과 실망을 표출했다. 그러는 사이 장녀와 차녀 간에 치열한 경쟁심이 조성되었고 시간이 흐르면서 일대의 라이벌 관계로 확대됐다. (《마거릿 드래블─독자 안내서Margaret Drabble: A Reader's Guide》에는 마리 블루어가 "수전(A. S. 바이어트를 가리킨다)은 여동생의 출생에 분개했는데, 마거릿은 수전이 자기를 좋아하지 않는다는 것을 나이가 좀 들어서야 깨달았다"고 말하는 대목이 나온다.) 한편 어머니가 자녀들의 성공을 시샘한다는 사실을 드래블은 뼈아프게 절감했던 것 같다. "우리가 세상에 나가 성취를 거두자 어머니는 질투했어요." 드래블의 말이다. "그분 내면의 무엇인가가, 우리가 그분보다 풍성한 삶을 사는 걸 싫어했던 거죠." 어머니가 가장 총애한 자식으로 알려진 드래블도 그녀와 충돌했다. "엄마의 반격이 거셌을 거예요."
드래블의 마흔다섯 살 딸로 런던에서 문학 컨설팅 업체를 운영하는
베키 스위프트Becky Swift의 말이다. "항상 팔팔하셨거든요."

신기하게도 늘 펜을 들고 끼적거리던 그녀였지만 꼭 작가가 되고
싶었던 것은 아니었다. 학업 성적이 뛰어나고 연극 제작에 참여했던
케임브리지 대학 시절 형성된 애초의 야심은 배우가 되는 것이었다.
1960년 스물한 살로 배우 지망생 클라이브 스위프트와 결혼한 지 얼
마 못되어 이 꿈은 무산됐다. 유대인으로 아버지가 가구상이었던 스
위프트는 상업지대인 리버풀에서 자랐다. 드래블의 음울한 요크셔
배경과는 딴판이었다. ("드래블 일가에게는 일종의 차가움이 있었죠." 스
위프트의 지적이다.) 바르 미츠바를 치렀고 속죄일이면 온 가족이 정통
파 교회에 나갔지만, 나와의 전화 통화에서 스위프트는 "우리는 진보
적이었어요. 시온주의자 같은 게 아니었죠"라고 못 박는다. 드래블은
스위프트 본인만큼이나 그의 관대하고 따뜻한 가족(오늘날까지 그들을
향해 '사랑스럽다'는 표현을 쓴다)과도 사랑에 빠졌던 것 같다. 두 사람
은 드래블의 표현에 따르면 "커리어상의 차이, 어리석은 말다툼들,
양쪽 모두의 부정不貞, 그런 통상적인 사유들"로 인해 이혼했다. 그녀
가 익숙해져 있었던 무뚝뚝한 스타일과는 전혀 달랐던 스위프트 일
가의 따스한 부족주의를 회상하며, 드래블의 눈이 촉촉해진다. "그야
말로 대탈출이라고 생각했어요. 게필테 피시, 닭고기 수프, 서로를 안
아주는 방식, 모두 너무나 좋았어요."

젊은 부부는 왕립 셰익스피어 극단 멤버로 스트랫퍼드온에이번에
서 처음 몇 년을 함께 살았다. 드래블은 바네사 레드그레이브Vanessa

Redgrave와 주디 덴치Judi Dench 같은 여배우들의 대역을 했다. 하지만 첫 아이를 임신하면서 연기를 접고 글쓰기로 전환했는데, 드래블의 말은 미심쩍을 만큼 쉽게 들린다. 스트랫퍼드에 아는 사람이 없었고 남편이 나가 사람들을 만나는 밤마다 늘 혼자였으며, 따라서 그냥 "책상 앞에 앉아 책을 썼다"는 것이다. 추측건대 이는 그녀가 외부로 투사하는 온유한 이미지 아래 고동치는 위압적으로 강력한 의지의 증거가 아닐까 싶다. "나는 패배감에 짓눌리는 걸 좋아하지 않아요." 드래블이 거의 불편한 어조로 털어놓는다. "새로운 출발, 새날이 있잖아요." (자신의 야망에 대한 불편함 때문에 드래블은 최근 부커상 후보 선정을 고사했다. 반면 언니는 10월 미국에서도 출간될《아이들의 책The Children's Book》으로 후보에 올라 두 번째 수상을 노리고 있다.)

작가가 되면서 드래블은 의식적이었건 아니건 언니의 문학적 토양을 침범했다. "본래는 얼굴 예쁜 동생이 연기자로 나선다, 이런 것이었는데, 갑자기 언니 앤토니어가 언제나 하고 싶어 했던 일에 손을 대더니 베스트셀러 작가가 되어버린 거예요." 어머니와 이모의 수십 년에 걸친 긴장관계를 베키 스위프트는 이렇게 요약한다. 의미심장하게도 드래블의 첫 장편《여름의 새장》은 아름답고 탐욕스러운 언니와 연약하지만 궁극적으로 보다 만족스러운 삶을 사는 동생의 서로 다른 운명을 중심으로 펼쳐진다. 반격에 나선 바이어트의 1967년 작 장편《놀이The Game》에서는 자매 중 하나가 다른 하나를 자살로 몰고 간다. 드래블은 "살인자가 나였기 때문에 특히" 맘에 들지 않았다고 말하지만, 오랜 세월이 지난 지금까지도 상처 받은 목소리다. 책이 나오자 언니가 전화를 걸어 사과를 했다고는 한다. (바이어트는 이 기사를 위한 인터뷰에 응하지 않았다.)

무심한 듯 명민한, 그리고 초조한 일인칭 화자의 시점에서 씌어진 《여름의 새장》은 여성 캐릭터에게 일정 수준의 교육과 지성을 부여하고 섹스, 낙태, 일과 모성 사이의 갈등 같은 문제들을 의외로 솔직하게 다루며 결혼 생활의 결점을 부각시키는 점 등, 이후 드래블 고유의 것으로 굳어질 자질들을 펼쳐 보인다. 일찍이 메리 매카시Mary McCarthy의 《집단The Group》에 영향을 많이 받았다고 드래블은 말한다. "여자로서의 성장에 관한 이야기였어요. 처음에는 그것을 내 이야기로 쓰기 시작했다가 고개를 들어보니 페이 웰던Fay Weldon, 넬 던Nell Dunn, 에드나 오브라이언, 실비아 플라스Sylvia Plath 들이 다 보이더군요. 우리는 모두 똑같은 삶을 각자, 그리고 아이들과 함께 살고 있었던 거예요."

그녀가 (다른 영역에서와 같이) 문학에 있어서 보여주는 자립의 아우라는 피할 수 없이 강력하다. (이혼 후 혼자 사는 걸 "상당히 즐겼다"면서 "재혼할 거라고는 생각 안 했죠"라고 덧붙인다.) 그런 한편, 현재 시점에서 볼 때 초기작에 나타난 드래블의 어조가 얼마나 해방적이었는지 이해하기란 거의 불가능하다. 그녀의 초기작들은 "깜짝 놀랄 만한 것"이었다고, 비라고 프레스를 세우고 1982년부터 1994년까지 채토 앤드 윈더스 출판사를 경영한 카먼 칼릴Carmen Callil은 말한다. "아이를 낳고 연애를 하는, 그러나 자유를 갈망하는 똑똑한 여자들의 이야기였어요. 연애를 좋아하고 남자를 사랑하지만 뭐랄까 대체로 넌덜머리가 난 강인한 여인들, 훌륭한 엄마들이었죠."

여성들 삶의 복합적인 현실을 그려내는, 육아의 실제적인 고충을 포착하는 한편 고등교육과 고양된 자주성에 의해 형성된 속박 없는 포부를 조명하는 재능으로 드래블은 열렬한 독자층과 함께 높아진 위상을 확보했다. "천부적 재능이죠." 힐러리 스펄링의 말이다. "그녀는 모든 사람들이 느끼는 그 무엇을 형상화하고 표현하고 집어낼 줄 알아요. 그녀의 초창기 소설들은 가정에 매몰되지 않은 삶을 사는 방법에 관한 것이었으니, 요컨대 페미니즘이란 용어가 등장하기 전의 페미니즘이었죠." 아직 친구가 되기 전인 1970년대에 "환상적이고 화려한 파티들에서" 드래블을 보곤 했던 소설가이자 전기 작가 빅토리아 글렌디닝Victoria Glendinning도 동의한다. "그녀는 나와 같은, 두 뇌를 갖고 있는 현대 사회의 사람들에 관해 썼어요. 그때까지 그런 글을 썼던 사람은, 적어도 그런 지성과 공감을 갖고 그런 글을 썼던 사람은 없었을 거예요. 그녀의 작품들은 우리 인생과 동반했어요."

오늘날 소설이나 회고록을 통해 이 같은 주제들을 다루는 여성 작가들과 교류가 있냐는 질문에 드래블은 질문 자체가, 그리고 사실인즉슨 선구자인 자신을 이제 구시대 인물로 치부하는 어조가 조금 짜증스러운 눈치였다. " '어머니가 선생님 책을 무척 좋아했어요'라는 말을 많이 듣지요." 그녀가 쓴웃음을 지으며 말한다. "내가 잘 읽지 않는 젊은 세대의 작품들이 있어요. 잘 아는 캐릭터라는 느낌이에요. 배앓이를 하는 아이들이 딸린, 일과 육아를 병행하는 이혼녀 말이에요. 자기 아이를 미워하는 여자들을 다루는 문학 사조도 있어요…. 도리스 레싱이라면 이렇게 말하겠죠. '어떤 개념을 세상에 내놓으면 다른 사람들이 집어간다.'"

드래블이 처음부터 변함없이 천착해온 주제 하나는, 선택이 한 인간의 운명에 미치는 영향의 정도이다. 다시 말해서 우리는 시작을 없었던 것으로 돌려놓을 수 있을까, 또는 언제나 과거의 지시에 따라 우유부단하게 행동하는 것이 아닐까? 우리 각자의 이야기들은 예고된 것일까, 아니면 살아가면서 우리 스스로 창조하는 것일까? 강한 의지로 자신의 생을 빚어내온(소심하고 우울한 말더듬이 소녀에서 400명의 군중을 간단히 요리하는 작가가 된) 드래블은, 어머니처럼 성취하지 못하고 환경에 의해 넘어지는 사람들을 항상 의식했으리라 짐작할 수 있다. "나는 스물한 살에 결혼했어요." 그녀가 말한다. "아주 현명한 일이었죠. 그리고 집을 떠났어요. 달아나야 한다는 것을 나는 알았어요."

《카펫의 패턴》에는 불행의 유산을 물려받는 것에 대한 그녀의 두려움이 나타나 있다. "어머니는 생의 후반기 대부분을 심한 우울증에 시달렸어요. 어머니의 우울은 내게도 무겁게 영향을 미쳤죠. 아니, 적어도 그렇게 믿게 됐어요." 그녀는 겨울이면 햇빛과 유사한 SAD 램프를 사용하며 기분을 조절하고 잠시 상담치료를 받기도 했지만 우울증에 부정적인 면뿐만 아니라 긍정적인 효과도 있다고 생각한다. "어머니는 그걸 타인을 조종하는 무기로 썼어요." 오후의 볕이 사위며 폴록 위어의 거실 창밖에서 하늘이 어둑해지는 가운데 그녀가 말했다. "분노의 형태를 띠었지요." 드래블 자신의 우울증은 예술을 키워낸 것 같고("행복하고 즐거운 상태에서는 쇼핑하러 나가지, 종이를 놓고 글을 쓰지 못해요.") 또한 상황을 재평가하지 않을 수 없게 해준 것 같다. "생각할 필요 없이 삶을 살아가게 하는 것들을 떼어내는 데 유용하죠." 그녀가 지적한다.

요즘에는 폴록 위어에서 혼자 아침에 글을 쓸 때 가장 잘 써진다고 드래블은 말한다. 지난봄 인터뷰에서 장편소설은 이제 쓰지 않겠다는 뜻을 내비쳤지만, 내게는 그런 뜻이 아니었다고 주장한다. "어떻게 들리는지 보려고 그렇게 말했을 뿐이에요." 그녀가 말한다. "소설을 쓸 마음 상태가 아니라고 강하게 느꼈어요. 내 에너지를 온통 빼앗은 마이클의 병하고 관련이 있었던 거죠. 남편은 그 생각에서 벗어날 수 있었지만 난 그럴 수 없었어요. 남자들은 일을 우선순위에 놓는 데 훨씬 능숙해요. 여자들은 다른 고려사항들에 무게를 주는 성향이 강하고요. 조각그림 퍼즐은 피난처였고, 조각그림 책을 쓰는 건 탈출구였어요." 그렇다면 드래블은 내가 생각했던 것만큼 일과 삶을 동시에 능란하게 다루는 노련한 곡예사는 아니었던 듯싶다.

　"나이가 들면서," 런던 행 기차를 타기 위해 톤턴에 가야 하는 나를 태워주러 홀로이드가 들어오기 조금 전, 드래블이 털어놓는다. "내 물리적 세계가 옅어지는 것만 같아요. 젊을 적에는 여러 개의 삶을 살았어요. 여기 폴록에서는 모든 것이 다시 밀려들어와요. 내가 옅어진다 해도 상관없어요…. 나무들도 풍성하고 바다도 풍성하고, 나는 점점 더 희미해져요. 물리적 세계가 들어서서 나를 빨아들이고, 결국 내 재는 교회 묘지에 흩뿌려지겠지요." 그러고는 사욕 너머를, 순간의 소음 너머를 바라보는 습성을 자연스럽게 확장하여 그녀는 언어로 세상을 채운 이들까지도 기다리는 불가피한 진공을 태연히 묵상한다. "내가 중심이 되는 것은 더이상 중요하지 않아요."

제 6 부

짝짓기 놀이

위험천만한 인생

스콧과 젤다 피츠제럴드

문학사 보관소에서 스콧Scott과 젤다 피츠제럴드Zelda Fitzgerald의 파일은 두꺼워 터질 지경일 것이다. 그의 음주벽과 그녀의 광기는 예술과 인생의 충돌을 보여주는 일종의 전설이 되어버렸지만 그래도 우리는 눈을 크게 뜨고 돌아가는 필름을, 금발머리 커플이 희롱거리다 태양에 너무 가까이 다가가는 바람에 말라죽는 장면을 한 번 더 지켜본다. 스콧과 젤다가 우리의 호기심을 불러일으키는 이유는 우리 대부분에 비하여 삶의 스케일이 더 컸고 승리가 더 눈부셨으며 실패는 더 충만했기 때문이다. 그들은 오직 무모한 인종만이 만들어내는 물보라를 만들어냈다. 보니와 클라이드, 위험천만한 인생, 피츠제럴드의 경우에는 유혈참사가 아닌 보다 미묘하지만 사라지지 않는 손상을 남기고 끝맺었다. 어떤 면에서 스콧이, 그리고 젤다가 작가였다는 사실은 부차적이다. 스콧이 화가 또는 투우사였어도 상관없었을 것이다. 다만 그의 직업이 제이 개츠비가 구체화했던 '낭만적 준비성'과 그 점차적인 부식을 끝없이 기록하고 또 기록할 기회를 제공한 것은 사실이다. 작가가 작품 속 인물들에게서 가장 일관되게 주목한 것은("그에게는 어떤 매혹적인 것이, 생의 약속들에 대한 어떤 고조된 감수성이 있었다." 개츠비에 관한 말이다) 바로 그가 스스로에게서 가장 진정으로 관찰한 것들이었다.

스콧 피츠제럴드는 관념적으로 가장 부드러운 비전들에 걸려 있는 소설들을 썼다. 그것들은 사실 비전이라기보다 섬광에 더 가까웠다. 천성적으로 그는 거두어진 약속의, 데이지의 부두 끝에서 조금 덜 밝게 깜박거리는 초록색 불빛의 시인이었다. 피츠제럴드의 작품에 궁극적으로 불만족스러운 뭔가가 있다면 그가 삶의 잔해를 아이처럼 경탄스러운 눈으로 바라보았다는 점 때문일 것이다. 그는 딸 스코티Scottie에게 젤다를 "이 세상의 영원한 아이들 중 하나"라고 말했는데 이는 그 자신에게도 잘 맞는 묘사다. 빚이 늘고 젤다가 정신이상 증세를 보이면서 더이상 아이일 수 없게 되자 스콧은 술꾼이 되었다. 그들의 결혼생활에 대한 증거가 많지 않고 예컨대 젤다가 과연 얼마나 재능 있는 작가였는지 같은 일부 질문들은 편파적으로밖에 대답될 수 없는 형편이지만, 스콧과 젤다는 비슷한 점이 더 많았던 것으로 보인다. 두 사람 다 약간 숙명적으로, 스콧이 "착각을 창조하는 직업"이라 표현한 것을 믿었다. "트라이언에 오지 그래요?" 1939년 4월, 노스캐롤라이나 주의 정신병원으로 돌아가는 길에 젤다는 이렇게 썼다. "세상에서 가장 멋진 곳이에요…. 호숫가에 작은 집을 가질 수도 있어요…. 그런 곳에서라면 무척 행복한 여름을 보낼 수 있겠죠. 여기가 맘에 들 거예요. 그리고 나는 아침식사에 새들의 노래 소리와 여름 구름들을 멋지게 곁들여낼 수 있거든요."

불굴의 매튜 J. 브루콜리Matthew J. Bruccoli와 마거릿 M. 더건Margaret M. Duggan이 수전 워커Susan Walker의 도움을 받아 편집 출간한 《F. 스콧 피츠제럴드 서간집Correspondence of F. Scott Fitzgerald》은 피츠제럴드의 발표되지 않은 편지들을 묶어낸 것으로, 완전하다 못해 어쩌면 지나치다고 해도 좋겠다. 이 모음집은 경건한 학자의 눈으로 집성되었다. 전보 한 통, 엽서 한 장, 헌정사 한 구절도 하찮게 보지 않고 온전히 재생되어 있다. 전체적으로 실망스러운 모음집이지만 부분적으로는 정말로 흥미로운데, 이미 이전에 발표된 편지들은 빠져 있기 때문이고, 보다 중요하게는 자신의 얄팍한 재능을 남용하여 변색시키면 안 된다는 것을 스콧이 잘 알았기 때문이다.

"다음 달부터 〈에스콰이어〉에 연재하는 소품 시리즈가 맘에 들 거예요." 잠시 연인이었던 유부녀 비어트리스 댄스Beatrice Dance에게 그는 이렇게 썼다. "그 글들은 내 편지글보다도 나에 대해 많은 것을 알려줄 텐데, 왜냐하면 내 직업상 편지란 문인으로서의 상업적 측면에 희생되어야 하고 나는 세상에서 편지를 제일 못 쓰기 때문이에요." 하지만 그것이 단순히 훌륭한 전술이었던 것은 아니다. 피츠제럴드는 자신의 재능을 맹렬히 감시했다. 바로 그 원천이 그다지 깊지 않음을 인식했기 때문이었다. 문체는 모방할 수 없게 아름다웠지만(《위대한 개츠비The Great Gatsby》와 《밤은 부드러워Tender Is the Night》에는 숨 막힐

만큼 황홀한 문장들이 나온다) 그는 문체가 인식의 목록을 뛰어넘는 작가들 중의 하나이기도 했다. 마저리 키넌 롤링스Marjorie Kinnan Rawlings가 그에게 보낸 편지에서 말했듯, 그는 사물을 "당신이 지닌 그 끔찍한 백열등으로" 바라보았다. 하지만 피츠제럴드의 시선에는 놀랄 만한 맹점이 있었음을, 그가 흥미를 느끼지 못했거나 아예 알아보지도 못한 널따란 영역들이 존재했음을 그의 가장 열렬한 숭배자들도 시인하지 않을 수 없을 것이다.

그럼에도 이 모음집에는 편지의 상당 부분을 차지하는 소소한 사실들을 헤쳐 나갈 용의만 있다면 신기하고 흥미진진한 대목들이 나온다. 예컨대 피츠제럴드가 그의 소설에 불을 붙이는 그 욕망의 신화(모두가 원하는, 그리고 한없는 도발로 그의 몽상에 불을 붙이는, 빛나는 처녀)를 얼마나 일찌감치, 그리고 얼마나 온전하게 만들어냈는지 목격하는 것은 흥미롭다. "그녀의 얼굴은 환한 것들이 들어 있어 슬프고도 아름다웠다." 《위대한 개츠비》의 닉 캐러웨이가 사촌 데이지를 묘사한다. "빛나는 눈과 화사하고 열정적인 입술, 하지만 그녀의 목소리에는 그녀를 좋아하는 남자들이 잊기 어려워하는 흥분이 담겨 있었다. 노래하려는 것 같은 충동, '들어봐요' 하는 소곤거림, 얼마 전 즐겁고 신나는 일들을 했으며 앞으로도 즐겁고 신나는 일들이 기다리고 있다는 약속이었다." 열아홉 살의 스콧은 여동생 애너벨Annabel에게 재즈 시대가 낳은 유혹의 기법 단기과정을 편지에 실어 보냈다. 그는 "눈썹이 엄청나게 기네요"나 "당신에겐 '라인line'(여자를 유혹하는 데 쓰는 대사—옮긴이)이 있다던데" 같은 말로 남자와의 대화를 시작하라고 권한다. "속어를 두려워하지 말고 쓰되, '라인'이나 '속임

수camafluage'(그는 camouflage를 잘못 적었다) 같은 가장 현대적이고 근사한 것을 골라 써야 해"라고 철자법에 약한 오빠는 충고한다. "대화 중에는 항상 완전히 솔직한 척하면서도 사실은 네가 원하는 만큼만 솔직해야 해." 말 많은 오빠는 춤출 때의 몸가짐에 대해 몇 마디 보태고, "춤은 다른 어떤 것보다 중요해"라는 문장으로 이 단락을 엄숙히 끝맺는다.

피츠제럴드는 스물세 살에 앨라배마의 미녀 젤다 세이어Zelda Sayre와 결혼한다. 결혼식 두 달 전, 1920년에 그녀가 보낸 편지에는 스콧의 간청으로 읽은 프랭크 노리스Frank Norris의 장편소설 《맥티그McTeague》에 대한 불평이 적혀 있다. "사실성을 추구하는 작가들은 모두 다 '악취'를 언급해요. 후각은 내가 가진 가장 민감한 감각인데요. 당신은 사실주의 작가가 되지 않았으면 좋겠어요. 추한 것이 강력하다고 생각하는 그런 작가들 말이에요." 쓸데없는 걱정이었다. 젤다의 편지들은 이 모음집에 모두 수록됐는데 사실 스콧의 것들보다 더 흥미롭다.

스콧과 젤다가 세인트패트릭 대성당에서 결혼식을 올리기 여드레 전인 1920년 3월 26일 《낙원의 이편This Side of Paradise》이 출간된 이후, 두 사람은 프랑스의 해안에서 일광욕을 즐기고 유명한 친구들과 어울려 파티를 즐기는 등 호시절을 보냈다. 이 시절에 스콧은 전속 편집자 맥스 퍼킨스Max Perkins를 구슬려 대중선전용 술책을 써가면서, 발간하는 책마다 존 필 비숍John Peale Biship이 그의 "최악의 적"이라고 부른 "부도덕한 재주"를 보여주며 열심히 작업했다. 1930년 젤다는 신경쇠약 증세 때문에 처음으로 정신병원에 보내졌고 정신분열증 진단을 받았다. 첫 10년간의 화창했던 세상이 돌연 긴 그림자를 드리우는 가운데 스콧은 스위스에서 어머니에게 간략한 편지를 써 보냈다. "별 소식은 없어요. 아직도 그냥 여기서 기다리는 중이죠. 젤다는 아주 느리게나마 조금 나아졌어요. 앞으로 당분간은 바다를 건너갈 수 없을 테고, 갑자기 호전되지 않는 이상 1년은 돼야 정상생활을 재개할 수 있을 거예요. 편지는 파리의 개런티 은행 앞으로 보내세요. 사실은 로잔에 있지만 보름에 한번씩 파리에 조그만 아파트를 갖고 있는 스코티Scotty를 보러 가니까요. 이렇게 다 흩어져 사는군요."

'정상생활'은 재개되지 않았다. 대공황이 급속히 몰려오고 있었다. 젤다는 좋아졌다가 다시 악화되기를 되풀이했고, 스콧은 '내 병자' 즉 젤다를 돌보고 딸의 교육을 감독하러 미국으로 돌아왔다. 유명 잡지사들도 예전만큼 원고료를 두둑하게 챙겨주지 않았는데 그의 문학적 명성이 쇠퇴하고 있었기 때문이기도 했고 국운 전체가 기울고 있었기 때문이기도 했다. 1937년부터는 할리우드 영화 시나리오를 쓰기 시작했고 1938년에는 등록금을 할인받아 딸을 바사 칼리지에 보냈다. 그해 젤다에게 쓴 편지에서 그는 스스로를 "지친 마음과 병든 몸에서 뽑아낼 수 있는 것을 빼면 땡전 한 푼 없이 조로한 망가진 남자"로 묘사했다.

피츠제럴드가 징징대기를 좋아했다는 사실은 최근 고어 비달Gore Vidal의 〈뉴욕 리뷰 오브 북스〉 기사를 비롯하여 수차례 제기되어왔다. 상습적인 불평꾼이었다는 증거는 잘 보이지 않으나 말하자면 패기랄까, 한때 그의 트레이드마크였던 눈을 반짝이며 대답하는 습관을 아직 젊은 나이에 잃어버린 것 같기는 하다. 그가 비어트리스에게 썼듯 "경이에 대한 수용력이 크게 감소"했으며 그 자리에는 폐허의 유령만이 남았다. 스콧이 죽기까지 1년이 채 안 남았던 1940년, 젤다의 정신과 의사에게 보낸 편지에 그는 이렇게 썼다. "소멸의 가능성은 다른 어떤 것보다 나를 두렵게 해요. 그게 시적인 정의일지도 모르죠."

기억해야 할 것은, 스콧이 아무리 자주 불만을 토로했다고 해도(원한다면 '징징거렸다'고 해도 좋다) 재정적으로는 물론이거니와 감정적으로도 젤다를 버릴 생각을 진지하게 해본 적이 없다는 사실이다. 1939년 가을에 스콧은 아내에게 이렇게 썼다. "당신을 낭만적으로 사랑했어. 당신 어머니처럼, 당신의 아름다움과 저항적인 지성 때문에. 하지만 당신 어머니와 다르게, 나는 그것을 쓸모 있게 만들고 싶었어." 그는 살아 있는 동안 젤다의 의사에게 그녀의 "무척 비범한 이성"을 계속해서 강조했다. 그가 그녀를 미치게 했는가는(그녀의 가족은 그렇게 믿었고 그녀의 전기 작가 낸시 밀퍼드Nancy Milford도 같은 의견인 듯 보인다) 대답될 수 없는 질문일 것이다. 스콧과 결혼하지 않았더라면 젤다는 그녀의 상당한 문학적 재능을 활용하고(장편소설 《왈츠는 나를 위해 남겨두세요Save Me the Waltz》가 좋은 증거이다) 보다 제대로 그림을 그릴 수 있었을까? 나는 아니라고 생각한다. 남부의 방임적인 가정교육과 그녀의 기질을 고려할 때(정신이상이 시작되기 전에도) 그랬을 가능성은 낮다. 대신 그녀는 변덕스럽게 고분고분한 뮤즈로 기능했다. "하지만 초조해하지는 마. 당신이 아니었더라면, 나는 좀 더 안정된 주제를 다루고 있었을 거야." 젤다에게 쓴 마지막 편지들 중 하나에서 스콧이 한 말이다. 그들은 아낌없이 허비된 커플이었다.

희롱거리는 법
배우지 않기에 관하여

그것은 당신의 아버지, 당신 인생 최초의 남자에게서 시작된다. 이 원시적 연애는 본질적으로 성적이지 않지만 희미한 관능적 기조가 깔려 있으며 이후 그보다 육화된 다른 로맨스들로 이어진다. 어느 시점에선가 당신은 그의 '다름'을, 팔 근육에서부터 따끔거리는 뺨에 이르기까지 그가 당신과 다른 점을 깨닫기 시작한다. 그것은 책꽂이 뒤로 떨어진 판다 인형을 찾으러 코르덴 멜빵바지를 입고 달려가는 당신의 매력에 못 이겨 그가 당신을 안아든 어느 날에 일어났을지 모른다. 당신은 행복하게 키득거리며 팔로 그의 목을 감고 믿음직한 어깨에 머리를 얹는다. 그리고 두 사람은 서로에 대한 찬탄에 파묻힌다. 아니면, 그가 귀여운 주름장식의 줄무늬 수영복을 입은 당신을 업고 바다로 데려가준 어느 여름 오후인지도 모른다. 키 크고 건장한, 파도보다 튼튼한 그는 당신이 바다로 들어와 헤엄치는 법을 배울 첫걸음을 떼도록 구슬린다. "무서울 것 없어, 공주님." 그는 말한다. "아빠가 여기 있잖아."

여러 해 후에 당신은 전에 생각했던 것만큼 그 힘이 일방적인 것이 아님을, 그는 과학실험에서 자동차 운전까지 모든 걸 할 줄 아는 위치이고 당신은 의욕에 찬 조수였던 것임을 깨닫기 시작한다. 다시 말해서 '당신'도 '그'에게 어떤 힘을 행사하고 있음을, 당신이 그를 구슬려 평일 밤에 친구들과 만나는 것에 대한 어머니의 반대를 무효화할 수 있음을 깨닫기 시작한다. 사춘기의 어디쯤, 또는 그 직전, 각자의 기이함과 바람직함을 드러내며 남자아이들이 당신 인생에 들어올 때 당신은 아버지에게서 효력을 확인한 여자로서의 간계들을 시험해본다. 미소를 짓고, 머리 모양을 바꿔보고, 아버지는 반드시 반응했던 부드럽고 어딘지 자신없어하는 목소리로 말한다. 그렇게 당신도 모르는 사이에 일찌감치 형성·각인되었던 패턴이, 성의 춤이 달아오를 때 진심으로 부르면 되살아난다.

또는, 적어도 나는 그와 같이 생각한다. 그렇게 희롱거리는 법을 배우는 것이라고. 당신의 아버지는 부정父情의 황홀한 시선으로 당신을 바라보고, 당신은 그 시선을 통해 스스로를 갈망의 대상으로 상정하고 당신을 만나는 남자들이 같은 관점을 갖게 되리라 기대한다. 시인컨대 이 발달 시나리오는 나 자신의 체험에서 비롯되었다기보다는 관찰과 귀납에 바탕을 둔 것이다. 합숙 캠프에서 한 친구가 받은 엽서를 보고 나도 그렇게 불리고 싶다는 욕망을 품어보았지만 물론 내 아버지는 나를 공주님이라 부른 일이 없었고, 사랑이 뚝뚝 떨어지는 아버지의 눈을 본 기억도 없다. 아버지의 관심은 일에, 교회에, 어머니에 단단히 뿌리박혀 있었다. 어릴 적 선망하던 아버지의 무릎에 기어올라가 내게 관심을 돌려보려 했던 기억이 난다. 좀 자라서는 아버지에게 시를 써 바쳤으나, 감동한 건 나뿐이었다.

그러므로 아니다. 내게는 이런 일이, 이 최초의 연애라는 게 일어나지 않았다. 이 부적응을 나는 이따금 돌아보곤 하는데, 특히 붉은 장미와 하트 모양의 초콜릿 상자에 파묻히고 사회가 공식 승인한 감상 속에 흐느적대는 밸런타인데이 무렵에는 특히 그렇다. 축일 자체에는 관심이 없는데도 이런 반응인 것은 소비문화에 대한 비판인지, 아니면 그저 어린 시절 '귀염둥이' 경험의 결핍으로 내 안에 새겨진 방어자세의 표출인지 잘 모르겠다.

모든 점에서 볼 때 나는 아빠 없는 여자아이로, 대체로 부재했던 한 남성의 존재를 찾고 있었다. 그런 결핍이 다른 누구에게는 더 노력을 기울일 동인이 되었을 수도, 자신과의 더욱 강력한 관계나 적어도 자신에 대한 최소한의 인식을 끌어내고자 하는 욕구를 조성했을 수도 있었겠지만, 내게는 그렇지가 않았다. 사춘기에 이르렀을 무렵 나는 거의 포기한 상태였다. 아버지에 대한 내 무의미의 충격을 최소화하기 위해서라도, 나에 대한 아버지의 의미를 무시하기로 결심했다. 우리가 밤에 지나쳐가는 두 척의 배라고, 어쩌다 연결되었으며 그저 서로 가까이 산다는 이유만으로 한밤중에 거의 비어 있는 냉장고를 함께 들여다보기도 하는 두 개인일 뿐이라고 생각했다.

그보다 중요하게 나는 다른 여자아이들처럼 남자아이들의 관심을 얻으려 애쓰기를, 멍청하게 굴고 머리 모양을 바꿔보고 괜히 감탄하는 척하기를 거부했다. 그럴 필요를 못 느낀다고 나는 스스로에게 말했다. 남자아이들이란 알 수 없고(남자형제가 셋이나 있었지만) 예측할 수 없고 경탄 받고자 하는 욕구가 끝도 없는 가식에 찬 이성의 일원에 불과하지 않은가 말이다. 돌아보면 정복하기 위해 몸을 낮추는 법을, 남성의 자존심을 어루만져주고 나 자신도 위무 받는 법을 배우지 못했다고 하는 편이 더 정확하겠다. 그래서 나는 거절되기 전에 먼저 거절하기로 결정했던 것이다.

아, 물론 고등학교 때부터 내 군비를 돌파한, 방어망을 뚫고 나를 봐줌으로써 내 흥미를 불러일으킨 남자들이 이따금 있었다. 먼저 독선에 가까울 만큼 치열하고 도덕적이었던 빅터가 있었다. 밥 딜런의 노래들을 테이프에 녹음해주었으며 자기 같은 골초로 만들 셈으로 내게 커다랗게 대마초를 말아준 데이비드도 있었다(나는 그것을 책상 서랍 안에서 썩혔다). 그리고 내가 첫눈에 반한 앨런이 있었다. 열여섯 살의 나는 그가 에인 랜드Ayn Rand를 존경한다는 것에는 공감할 수 없었지만 그의 섹시함에 취하여 메트로폴리탄 박물관의 고대 석상들 앞에서 그와 입을 맞췄다. 30년도 더 지난 지금까지도 나는 이미 성인으로서의 삶에 깊숙이 빠져 있을 그들을 생각하고, 그들은 나를 기억이나 할지 궁금해 한다.

하지만 그들은 예외였다. 아마도 내 외모를 인정해주었던(그 모든 번뜩이는 적대감에도 불구하고, 나는 긴 생머리와 큰 가슴과 아몬드 모양의 섹시한 눈을 갖고 있었다), 이성 앞에서 내가 보인 긴장을 눈감아주고 대신 가시 돋친 재치와 색다른(또는 음울한) 사고법을 존중해준 남자들이었다. 이들과의 관계를 빼면 나는 저항을 계속했다. 고등학교 2학년 때 우리에게 히브리어를 가르친, 모든 학우들이 목을 맨 매혹적인 이스라엘 남자에게도 나는 추파를 던지지 않았다. 몇 년 후 컬럼비아 대학 시절에 분명히 내게 관심이 있던(사실을 말하자면 나도 관심 있었다) 똑똑한 셰익스피어 교수하고도 멈칫거리기만 했다. 문제는, 상대는 나를 쳐다보지도 않았는데 내가 선망 받고 있는 것처럼 착각하다가 바보 꼴이 되지 않기 위한 자기보호의 틀에 갇혀서 내가 남성에게 느끼는 '매력'을 표현할 방식을 알아내지 못했다는 데 있었다.

이런 태도의 정점, 다시 말해서 이후로 그것이 풀리기 시작한 결정적 순간은 20대 초반에 찾아왔다. 어느 해 여름, 그때 막 나와 계약을 맺은 에이전트가 자신의 오랜 고객이던 작가 솔 벨로와 함께 뉴햄프셔 주에서 주말을 보내달라고 청했다. 벨로는 주변의 모든 것을 삼키는 거창한 인물이자 아주 매력적인 호스트로, 우리는 바흐Bach에서부터 케첩 한 숟갈을 넣어야 하는 참치 샐러드 조리법까지 다양한 주제를 놓고 이야기를 나눴다. 그는 내 글을 칭찬하는 등 배려심도 보였고 전반적으로 내 체류가 즐거운 것이 되도록 신경을 썼다. 하지만 그의 에이전트도 오래 전에 굴복했던 본인의 저항할 수 없는 남성적 매력에 대한 자신감이 나를 불안하게 했고, 그래서 나는 그 숨 막히는 에고의 포로가 되지 않으려고 많은 시간을 혼자 산책하며 보냈다.

주말이 끝날 무렵 나는 정원을 가꾸는 벨로와 단둘이 이야기를 나눴다. 맹세컨대, 그는 〈대부The Godfather〉의 말론 브란도처럼 오렌지 껍질에 구멍을 내어 이빨 위에 올려놓고는 내게 히죽 웃었다. 내 머릿속에서 지어낸 일이건 실제 일어났던 일이건, 나는 갑자기 그에게 마음이 약해지는 것을 느꼈다. 배웅 나온 벨로를 나는 허리를 굽혀 안아주었다. 작별 인사를 주고받은 후 그가 조용한 목소리로 말했다. "남성에게 좀 더 친절해져 봐요." 이 제안은 그 호소력의 단순함과 그 뒤에 깔려 있는 취약함으로 그렇잖아도 무너져가던 내 방어벽을 돌파했으며, 그럼으로써 여태 회피해왔던 내가 억제했거나 받은 애정의 추억들을 열어 보여주었다. 공항으로 가는 길에서, 그리고 비행기 안에서도 나는 줄곧 울었다. 내가 비로소 발견되고 이해되었다는 느낌, 한때 무시당했던 소녀가 이제 자신의 감정과 반응으로 남자들에게 흔적을 남기는 성인 여성이 된 느낌이었다.

하지만 그게 이야기의 전부가 아니다. 아버지는 내 친구들의 이름을 하나도 몰랐고 내 대학 졸업식에도 참석하지 않았지만, 내가 쓴 모든 글의 사본을 보관했다(부모님이 모두 돌아가신 후에야 제대로 알게 된 사실이다). 격려의 말을 해주는 것은 아버지의 방식이 아니었다. 하지만 아버지가 내가 하는 일을 존중했다는 것을 나는 잘 안다. 사실, 영어가 아버지에게 제3의 언어였다는 사실에도 불구하고(어쩌면 바로 그 때문에) 아버지는 나처럼 특이한 어휘들과 빛나는 문장들의 구조에 관심을 갖고 있었다.

심리학 연구에 따르면 부녀관계의 가장 긍정적인 효과는 딸에게 지배의식을 부여함으로써 외부 세계에서 효과적으로 기능하는 젊은 여성으로 성장하도록 도와주는 것이라고 한다. 내 인생 어디쯤에선가 나는 아버지로부터 글 쓰는 일이 가치 있는 직업이라는, 그리고 내 생각들이(최소한 책들에 관해서는) 조소당할 것이 아니라는 사실을 흡수했을 것이다. 실제로 몇 달 전에 성공한 여성들과 그 아버지들에 대한 책을 쓰기 위해 연구 중이라는 한 여자가 나를 인터뷰하러 온 일이 있다. 나는 그녀와 대화하며 기억을 뒤지다 아버지가 보내주곤 하던, 항상 재담이나 말장난이 적혀 있던 생일 축하 카드를 떠올렸다. (그중에서도 내 장편소설 《매혹Enchantment》이 출간된 직후 아버지가 '앙샹테 Enchanté'라고 서명해 보낸 카드가 생각난다.)

그러므로 나는 휴 헤프너Hugh Hefner 식으로 빤하게 희롱거리는 법은 배우지 못했으나 다른 방식의 희롱거림은 배웠으니 그것은 아버지가 인정했던 나의 일부, 바로 내 마음과 노는 것이다. 남성 인구의 상당수를 배제하는 드문 유혹의 형태이긴 하지만, 그것을 알아보는 남자들에게는 살짝 드러난 어깨나 볼 때마다 하루가 어땠는지 묻는 애교 어린 질문보다도 훨씬 낫다. 이런 접근법은 전통적인 방식에서는 성공하지 못할지 모르고 밸런타인데이에 장미 한 다발도 안겨주지 않을 것이 틀림없다. 하지만 언제나 앞을 보며, 봄이 오면 스스로에게 수선화 몇 송이를 선사할 수 있지 않은가.

유리집

J. D. 샐린저와 조이스 메이너드

조이스 메이너드Joyce Maynard를 처음 발견했던 날을 기억한다. 일요일 아침, 나는 일어나는 것을 싫어했으니까 틀림없이 늦은 아침이었을 것이다. 나는 부모님의 다이닝룸 식탁에 앉아 게슴츠레한 눈으로 〈뉴욕 타임스 매거진〉을 끌어당겼다. 거기 그녀가 있었다. 골격이 작고 눈이 엄청나게 컸으며 이마를 덮은 검은 머리의 요정 같은 매력이 통통거리며 지면을 뚫고 올라오는 느낌이었다. 열여덟 살이었으니 나보다 약간 손위였는데도 더 어려 보였다. 청바지와 운동화 차림, 야윈 손목에 커다란 손목시계를 차고 다리를 꼬고 앉은 표지 속의 그녀는 사실 영혼이 있는 님프랄까, 무슨 아이비리그 롤리타 같았다. 내가 늦잠을 잘 때 예일대 신입생 메이너드는 〈열여덟 살, 인생을 돌아보다An 18-Year-Old Looks Back on Life〉라는 장대한 제목의 긴 에세이로 자기 세대를 요약하느라 바쁘게 살고 있었다. 그녀는 자신만큼 말 잘 하지 못하는 또래들 대신 자기 세대를 어른들에게 설명하고, 그들을 미소짓게 하는 현명한 아이 같은 10대 소녀로 세간의 관심을 모았다.

1972년 4월 23일 그날, 메이너드에게 주목한 수많은 사람들 중에는 조숙을 대표하는 권위자 J. D. 샐린저Salinger도 있었다. 샐린저는 물론 그의 소설만큼이나 세상으로부터의 은둔으로도 잘 알려져 있었다. 그는 《호밀밭의 파수꾼The Catcher in the Rye》이 출간되고 1년 반 후인 1953년에 인구 천 명의 뉴햄프셔 주 코니시로 이사했다. 세 권의 책을 더 펴낸 그는 1965년을 마지막으로 활자 세계에서 자취를 감췄다. 사실 그가 〈매거진〉 일요판같이 평범한 것을 집어 든다는 것을 상상하기조차 어려웠다. 그는 그런 것들과 떨어져 새들이나 윌리엄 숀William Shawn처럼 선호하는 극소수와만 소통한다고 여겨졌던 것이다.

얼마 후 메이너드와 샐린저가 연인이 되었다는 소식을 들었던 순간이 기억난다. 하도 있을 법하지 않은 일이라 섬뜩할 지경이었다. 존경받는 산중 은둔자가 당대의 문화적 핀업걸과 살림을 차렸다는 것이다. 하지만 이 두 세대의 마스코트가 연합한 것은 어떻게 보면 말이 되는 것도 같았다. 인류와 불화하는 어두운 중년 남자, 그리고 동안에 쾌활한 젊은 여자. ("나는 기본적으로 낙관주의자다"라고 메이너드는 쓴 바 있다.) 샐린저는 반투명 거울 뒤에 숨어 있었던 것 같았다. 독자들과의 고리를 단호하게 끊었다고 하지만, 알고 보니 본인이 소통을 원하면 시골 은신처에서 긴 팔을 뻗어 누구든 맘에 드는 이에게 신호를 보내기만 하면 되는 거였다. 게다가 두 사람 사이에는 35년이라는 나이차가, 따라서 아동 성도착증의 희미한 기미가 있었다. 단편 〈바나나피시를 위한 완벽한 날A Perfect Day for Bananafish〉의 시모어 글래스가 자살하러 호텔 방으로 돌아가기 전 어린 소녀의 발등에 작별 키스를 하는 데서 보이듯, 그는 어린 소녀들이라는 소재에 최고의 서정성을 발휘한 작가였다. 어떻게 봐도 조이스 메이너드는 야심 많은 풋내기 여성작가들의 판타지를 현실로 살아내고 있었으니, 바로 유명한 선배 남성작가의 품에 안기는 것이었다.

그러더니 연애가 끝났다는 소식이 이번에도 느닷없이 들려왔다. 이후로 드문 예외를 빼고 샐린저는 기나긴 침묵을 유지했고 메이너드는 신문 칼럼과 잡지, 책 등에 자신의 삶을 떠들썩하게 적어나갔다. 모성과 가사의 보람을 한참 칭송하다가 이혼하더니, 이혼에 대해 열심히 썼다. 자기홍보에도 열을 올려 누구보다 일찍이 팬들을 위한 웹사이트를 만들었으며 집필 중 들었다는 노래들의 CD를 마케팅하기도 했다. 메이너드의 이름을 들을 때마다 나는 샐린저의 품으로 뛰어드는 그녀의 눈부신 도약을 떠올린다. 어떻게 일어난 일일까? 그리고 둘 사이는 어떻게 틀어졌을까? 그들의 로맨스는 동화 속 포도나무 덩굴로 뒤덮인 오두막같이 거의 신화적으로 보였다.

이제 메이너드는 자신을 끝없이 따라다닌 정사의 세부 사실들을 대중에게 알리기로 결정하고 〈배니티 페어〉에 흥미진진한 내용을 발췌 게재하는 등 출판계의 화제를 모으고 있다. 회고록《호밀밭 파수꾼을 떠나며At Home in the World》의 서문에서 그녀는 자신이 샐린저와 여전히 "필사적인 사랑"에 빠져 있다고 말한다. "20년이 넘게 나는 나를 원하지 않는 남자를 존경했다…. 하지만 이제 그 경험을 떠나보낸다. 그가 내게 쓴 편지다발을 떠나보냈듯." 이 순간 하지 않을 수 없는 질문은 왜 조이스 메이너드가 여태 가만있다가 이제야 서랍을 여는 것인가이고, 그에 대한 명백한 대답은 우리가 폭로에, 우리 자신과 타인을 '아우팅outing'하는 것에 중독된 문화에 살고 있기 때문이라는 것이다. 하지만 〈에스메를 위하여, 사랑 그리고 비참함으로For Esme-With Love and Squalor〉의 작가가 인간과 개를 치유시키는 신비로운 동종요법 치료제를 만들며 시간을 보냈다는, 또는 그가 냉동식품 회사 버즈아이의 '텐더 타이니 피스'로 아침을 먹고 저녁으로는 공들여 만든 유기농 양고기 패티를 먹는다는 이야기를 우리는 정말 듣고 싶은 것일까?

J. D. 샐린저는 모든 것을 까발리는 문화에 맞선 마지막 요새였고, 그의 입장이 얼마나 미신적인지와 상관없이 우리는 그걸 존경해왔다. 이언 해밀턴Ian Hamilton은 실패한 전기《J. D. 샐린저를 찾아서In Search of J. D. Salinger》에서 사생활에 대한 작가의 열정에 뭔가 부정직한 데가 있다고 암시한다. 그것은 일종의 결투 신청이며 와서 잡아보라는 고도의 게임이다. "샐린저는 어느 정도로 미국의 문화적 스타 시스템의 희생자였을까? 어느 정도로 그 시스템의 가장 정묘한 꽃이었을까?" 해밀턴은 묻는다. 그렇다 하더라도, 우리 중 상당수는 여전히 샐린저에 대해 다른 작가들이 불러일으키지 못하는 보호욕구를 느낀다. 현실의 그가 보이는 초연함은 친밀감을 말하는 그의 문재와 직접적으로 불화한다. 그의 작품은 아무도 알아주지 않은 우리의 특별함, 우리의 천재가 마침내 인정받는 마술적인 세상으로 우리를 초대한

다. (일부 비평가들은 메리 매카시가 "무시무시한 자아도취의 웅덩이"라고 부른 이 폭넓은 자존감 자체를 의문시한다.)

지키겠다고 여러 차례 맹세했던 묵계를 깨뜨린 이유로, 메이너드는 이런 종류의 회고록이 통상 말하는 자기이해에의 추구를 댄다. "나는 일평생 내 삶의 중대한 부분을 이해하지 못한 채로 내 경험들을 이해하려고 노력했다"고 그녀는 쓴다. 자서전적 세부 사항들이 담긴 수백 페이지 끝에(샐린저와의 관계는 사실 책의 반도 안 된다) 메이너드는 쉰세 살의 작가와 같은 강력한 사람과의 관계를 통해 비로소 부모로부터 해방될 수 있었다는 결론에 도달한다. "집에서 분리되기 위한 끔찍한 가슴 아픈 방법이었다." 집에서 분리된다? 마치 메이너드가 크레용을 갖고 노는데 누가 들어다가 샐린저의 동굴까지 끌고 간 무력한 아이인 것처럼 들린다. 사실인즉슨 그녀는 이미 살 만한 가정의 청년들이 다 그렇듯 부모를 떠나 대학 기숙사에서 살고 있었다. 하지만 이 시점에서 우리는 자신의 비범한 의지력을 과장하고 약간 발작적인, 이를테면 '금주의 영화' 식의 호들갑에 익숙해진 상태다.

조이스 메이너드는 처음부터 자신에게 멋진 인생이 예정되어 있음을 믿었다. 그녀는 뉴햄프셔 주 더럼에서 지적 활기가 넘치는 가정의 두 딸 중 동생으로 태어났다. 아버지는 18세기 문학을 가르쳤고 아마추어였지만 그림에 열정을 갖고 있었으며 어머니는 영문학 박사학위를 따낸 진지한 유대인으로, 둘 다 문제는 있었지만 딸들을 애지중지한 부모였다. 조이스의 '주간 아빠'는 그녀에게 크롤 수영을 가르치고 긴 산책을 함께 나가준 반면 '야간 아빠'는 술을 마시고 "벌건 눈으로 악을 쓰며" 집안을 돌아다녔다. 조이스의 어머니는 딸에 대해 관심이 높았다. 어설픈 뜨개질로 딸의 곰 인형에게 입힐 스웨터를 짜주었고 특별 수플레를 만들어 까다로운 입맛을 맞춰주었다. 하지만 부적절할 만큼 지나치게 가깝게 굴기도 했다. "어머니는 내 몸을 논평한다." 메이너드의 글이다. "음모가 났는지 살펴보고 아이의 것 같은 분홍빛 유두에 대해 농담을 던진다."

메이너드가 부모를 책망하고 싶은 이유가 성인 세계의 현실로부터 자신을 단절시켜서인지(어머니가 한 번도 생리에 대한 이야기를 해준 적이 없다고 주장한다) 아니면 성인 세계의 더러운 비밀들을 자신에게 누출해서인지 확실치 않다. 경우에 따라 이랬다저랬다 하기 때문이다. "'쿤닐링구스cunnilingus'(여성의 성기를 입으로 애무하는 행위—옮긴이)의 의미를 딸에게 가르치는 어머니가 또 어디 있을까?" 그녀는 대답을 요구한다. 하지만 그녀의 부모들이 범한 최대의 죄는 딸에게 그녀가, 그리고 그녀가 말하고 쓴 모든 것이 지대한 관심의 대상이라고 믿게 만든 사실일 것이다. 열한 살 조이스의 일기가 증거로 제시된다(평생 쓴 모든 종잇조각과 함께 그녀가 여태 보관해온 것이다). "나는 이제 엄마에게 결함이 있다는 것을 깨닫는다! 정말이지 '신성한 범주'에 진입할 수 있는 사람은 나 말고 아무도 없는 것 같다. 인간은 늘 그토록 혼자인 것이다!"

메이너드에게 샐린저와의 정사는 그 외로움에 대한 의기양양한 결말처럼 보였을 것이다. 〈뉴욕 타임스 매거진〉에 에세이가 실리고 며칠 후, 그녀는 샐린저로부터 대중의 관심 속에서 보내는 삶의 위험을 경고하는 편지를 받았다. 그녀는 그의 책을 한 권도 읽은 적이 없었지만 "유명한 남자가 나를 인정한다는 사실 자체가 황홀했다." 이후 약 6주 동안 그들의 편지왕래는 빠르고 맹렬하게 진행되었다. 두 사람이 공유한 "절반의 유대혈통"은 메이너드가 지성인이 아니라는 사실만큼 그녀에게 유리하게 작용한다. 그들이 "동향의 유대인"이며 둘 다 지식층이 아니라고 그는 그녀에게 말했다. "우리는 메리 타일러 무어Mary Tyler Moore에게 깊은 애착을 느꼈고 칼 라이너Carl Reiner도 무척 좋아했다." 그녀는 6월, "밝은 원색으로 알파벳이 씌어진" 짧은 반소매 A라인 원피스에 "보라색 메리제인Mary Jane 플랫슈즈" 차림으로 그를 찾아갔다. 그녀는 이 매력적이고 "아이처럼 순수한" 복장을 어머니와 함께 골랐다는데, 거기에 어떤 의미가 숨어 있는지 두 사람 다 모르지 않았을 것이다.

샐린저는 빵과 치즈와 견과류로 준비한 깔끔한 점심을 이동용 접이탁자에 차려놓았고 두 사람은 상투적인 대화를 시작했다. 그녀가 그에게 조이스는 사실 가운데 이름이라 말하자 그는 자신의 이름 제롬Jerome이 맘에 안 든다고 말했다. "발 전문의 이름 같아서." 독립기념일 주말에는 샐린저가 뉴욕으로 차를 몰고 와(메이너드는 〈뉴욕 타임스〉의 견습 사설기자로 여름방학 아르바이트를 시작한 참이었다) 뉴햄프셔로 데려갔다. 그들은 침실로 들어갔고 메이너드는 알몸의 남자를 처음으로 보았으나 이 낭만적 시나리오는 더이상 진행되지 못했다. "성교를 시도하는데 내 질 근육이 꼭 닫혀버리고 말았다." 메이너드의 글이다. 샐린저가 도와주겠다고 약속했고, 메이너드는 겁에 질린 우편주문 신부처럼 그에게 치명적으로 연결돼버린 느낌이었다. "이것은 내 새로운, 끔찍한 비밀이다… . 제리가 안다는 사실은 나를 그에게 더욱 가깝게 묶어놓았다." 이후 닷새간 성교 실패가 계속됐지만 샐린저의 열의는 잦아들지 않았다. 메이너드를 뉴욕에 다시 내려주면서 그는 말했다. "당신보다 더 사랑할 만한 여자 캐릭터는 결코 만들어내지 못했을 거야." 그해 가을, 그녀는 예일을 중퇴하고 그와 동거에 들어갔다.

샐린저가 조이스 메이너드에게서 본 사람은 누구였을까? 그가 좋아한 모든 것의 나긋나긋한 반영인, 홀든의 여동생 피비 콜필드가 체화된 존재였을까? 그리고 1년도 채 못되어 "내가 어떻게 이런 일이 일어나게 했을까? 도대체 내 자신에게 무슨 짓을 한 걸까?"라고 신음했을 때 그가 본 것은 무엇일까? 관계가 시작된 지 아홉 달 후 샐린저는 자신의 기괴하고 배타적인 우주에서 돌연히 메이너드를 퇴출시켰다. 자신은 두 아이와 함께 휴가지 플로리다에 남고, 메이너드는 눈 내리는 뉴햄프셔로 돌려보내 짐을 싸도록 했다. 메이너드의 말을 믿는다면 그들이 함께 지낸 몇 달간 샐린저의 행동은 변덕스럽고 야비했다. 그녀를 혼자 남겨두고 글을 쓰거나 동양식 명상을 했고 그녀의 식사 습관을 일일이 기록하며 그가 이따금 특식으로 내놓은 체다 치즈를 그녀가 너무 많이 먹으면 차갑게 지적하곤 했다. 그녀는 또 그가 목구멍에 손가락을 집어넣어 구토를 유발하는 법을 가르쳐주었다고 주장하는데, 날씬한 몸매에 강박적으로 집착했다고 자인하는 그녀가(엑서터를 떠날 때 체중이 40킬로그램이었다) 이미 이런 방법을 사용하지 않았다는 것이 이상하기는 하다.

결국 무엇을 믿어야 할지 알 수 없는 일이다. 《호밀밭 파수꾼을 떠나며》는 너무 많은 부분이 25년도 더 전에 일어난 대화들을 재구성한 형태일 뿐 아니라 과거와 현재가 중첩되는 모호하고 몽롱한 시제로 서술되어 있다. 메이너드는 이처럼 연대기적 인상주의를 사용하여 배심원들을 유도하려는 의도가 명백한 의견들을 배치하고 있다. 그녀는 어떻게 구강성교를 했는지를 묘사한다. "그는 내 머리를 놀랍도록 단단히 잡고 이불 밑으로 나를 이끌어간다…. 나는 눈을 감는다. 두 뺨으로 눈물이 흘러내린다. 그렇지만, 나는 멈추지 않는다. 이것을 계속하는 한 그가 나를 사랑할 것임을 나는 안다." 여기서 제시되는 잠재의식적 메시지는 샐린저에게 메이너드가 묘령의 성적 노예였다는 것이다. 하지만 다른 부분에서는 두 사람이 정당한 커플로 그려지고 있다. 그들이 떨어져 지내기를 싫어했으며 아이를 가질 계획까지 거론했다고 메이너드는 말한다(그러면서도 한편으로는 한 번도 성교가 완결되지 않았으므로 헛된 말놀음에 불과했다고 주장한다). 또한 열아홉 살이 되자 "그에게 내가 너무 늙은 거라면 어쩌지?" 하는 걱정이 들었다고도 쓴다. 수상쩍을 만큼 감쪽같은 감정적 플래시백 같지만, 우리가 혹여 잊었을까봐 샐린저가 그녀에게 느낀 매력의 큰 부분이 바로 그녀의 젊음이었음을 또다시 내비치는 것은 사건에 대한 메이너드의 버전에(또는 여러 버전 중 하나에) 대단히 유용하다.

미성숙한 여자에 대한 쉰세 살 남자의 매력에 불미스러운 데가 있다면, 미성숙한 여자가 샐린저의 상상력에 반복적으로 나타나는 모티프의 체현이라는 역할에 자신을 의도적으로 꿰맞췄다는 사실에도 똑같이 소름끼치는 무엇인가가 있다. 그녀는 그의 문체를 모방하고 ("내가 그에게 쓴 편지는… 괄호 속 방백과 수식어와 자신과의 내적 논쟁으로 가득하다"), 부모에게 그랬던 것처럼 그에게도 자신을 미화해 그의 마음에 들 부분만 보여주었음을 시인한다. 그녀는 그의 경멸적이고 소외된 세계관에 호소하는 발언들을 집어넣는다. "내 주변을 보면 온통 도착으로 가득해요." 그녀가 그에게 쓴 글이다. 두 사람이 무슨 노승이라도 되는 것 같다.

메이너드는 다중인격 장애를 갖고 있는 게 아닌가 싶다. 한순간은 숲속에서 길을 잃은 순진한 처녀였다가 다음 순간에는 샐린저와의 정사가 남긴 폐허를 딛고 일어난 끈질긴 생존자이자 〈뉴욕 타임스〉 스타 기자가 된다. 사실 그녀의 작가 이력은 이 이야기에 부차적인 것이라고 하기 어렵다. 나는 메이너드가 단순히 샐린저를 비난하고 있다기보다는 스승을 능가해야 하는 제자로서 그와 경쟁하고 있다는 섬뜩한 느낌이 들었다. 그녀는 늘 훌륭한 학생이었고 젊은 시절의 실비아 플라스만 한 열정으로 〈스콜라스틱Scholastic〉 콘테스트, 〈세븐틴 Seventeen〉 인턴 기자, 엑서터 입학(첫번째 남녀공학 졸업 학번이었다), 〈마드무아젤Mademoiselle〉 초빙 편집자 콘테스트 등등 온갖 화려한 상에 빠짐없이 도전했다. 여덟 아니면 아홉 살에는 텔레비전 시리즈 〈아빠 자리를 남겨봐야지Make Room for Daddy〉의 안젤라 카트라이트 Angela Cartwright 역할을 자신이 해낼 수 있다는 편지를 CBS 방송국 사장에게 써 보내기도 했다. 어쩌면 〈뉴욕 타임스 매거진〉 기사도 세상의 사랑을 받기 위한 신청서, 일종의 응찰로 해석해도 좋을 것이다. 그것에 응답한 남자는 세상에 관심 없는 염세적 은둔자였지만, 그 내면에는 감상적이고 무른 존재가 숨어 있었다는 생각이다.

홀든이 아끼던 여동생은 이제 그를 배반하고 나섰다. 최소한 그렇게 시도했다. 《호밀밭 파수꾼을 떠나며》는 샐린저를 폭로함으로써 그가 자신을 인정하게 만들겠다는 메이너드의 속셈이 엿보이는, 뭔가 착각하고 있다는 느낌을 준다. 이 시도는 오판일 뿐 아니라 탐욕스러워 보이기까지 하며 왜 그가 그녀에게 지쳤는지 이해할 수 있게 해준다. 언니가 조이스에게 "너는… 너무… 많은… 공간을… 차지해"라고 말한 것을 이해할 수 있듯이. 자신에게 모든 시선을 집중시키는, 일종의 스토커 기질이 조이스 메이너드에게는 있다. 마흔네 살 생일 전날 뉴햄프셔로 차를 몰고 가 집 앞 계단에서 샐린저가 나올 때까지 기다리는 장면이 책의 말미에 등장한다. 그녀는 그에게 묻는다. 그녀에게서 그가 무엇을 원했는지, 그의 삶에서 그녀의 '용도'는 무엇이었는지. 이 질문은 대답되지 않았지만 메이너드의 어떤 숨 막히는 고백들보다 더 외롭고 진실하다. 어쩌면 진짜 슬픔은 그녀의 배신이 아니라 이 책의 지면들에 떠도는 보다 거대한, 모든 것을 무화시키는 부재일지 모른다. 그녀의 회고록에 무슨 속셈이 들어 있는지, 과연 누가 누구를 착취했는지에 대한 열띤 공방 후 샐린저는 말한다. "나는 당신을 착취하지 않았어! 당신이 누군지조차 나는 몰라." 이 평온치 않은 회고록을 아무리 뒤져본들, 우리는 그 또한 모르겠다.

'패그해그'는 절대 아냐

찌는 듯한 늦여름 오후, 나는 물가에 서서 친구 데이비드와 대화에
한창이다. 우리는 버릇대로 '왜'와 '무슨 이유로'들을 탐험한다. 왜
우리는 이럴까, 친밀한 관계를 유지하지 못하는 우리의 문제, 어떤 수
면제가 잘 듣고 어떤 게 이튿날까지 곯아떨어지게 만드는지, 우리의
일을 해내는 것이 얼마나 어려운지 등등. 이런 대화는 전에도 여러 차
례 했으며 의심의 여지없이 앞으로도 그럴 것이다. 이것은 다른 사람
들이 테니스 경기나 최신 섹스 스캔들을 논하듯 정신의 내면 풍경을
헤집으며 우리가 함께 지저귀는 노래다.

데이비드는 한 번도 수영을 배운 일이 없는데 나는 그게 이상하게
사랑스럽다. 그는 또 요란한 소리를 내며 밥을 먹는데 그건 별로다.

우리는 거의 한평생 알고 지내온 사이로, 마치 불행한 결혼생활을 하는 부부처럼 다툰다. 사실 우리는 결혼할 수 없었다. 데이비드는 동성애자이기 때문이다. 가끔 그가 동성애자가 아니라면 어떻게 되었을까 궁금하기는 하다. 잘생긴 아이들을 낳았을 것은 확실하다.

데이비드는 그동안 내가 가깝게 지내온 몇 안 되는 남성 동성애자 친구 중 하나로, 여자 친구들이나 이성애자 남성들과는 달리 세상을 보는 렌즈를 제공해준다. 하지만 이 같은 남성 동성애자와의 친교를 생각할 때, 복잡하고 흥미로운 현상에서 잔혹한 코미디를 끄집어내는 '패그해그fag hag(남성 동성애자와 친하게 지내는 여성 이성애자)'라는 표찰을 곧바로 갖다 붙이지 않기란 어렵다.

대중매체를 보면 남성 동성애자는 보통 강단 있는 이성애자 여성의 불평 많고 신경질적인 절친한 친구로 나온다. 말하자면 미용사 같은, 난처한 비밀이나 사소한 걱정거리를 털어놓을 수 있는 상대다. 〈윌 앤드 그레이스Will & Grace〉와 〈섹스 앤드 더 시티Sex and the City〉 같은 텔레비전 시리즈, 그리고 마돈나와 루퍼트 에버렛Rupert Everett이 출연한 졸작 〈넥스트 베스트 씽The Next Best Thing〉 등 수많은 영화들을 보면 잘 알 수 있다. 이성애자 여성과 동성애자 남성의 우정에 가벼운 위안 이상의 기능이 있을지도, 다른 관계가 충족시키지 못하는 보다 깊은 욕구를 건드려주는지도 모른다는 가능성은 좀처럼 제기되지 않는다. 최근 선댄스 채널에서 방영된 〈남자를 좋아하는 남자를 좋아하는 여자들Girls Who Like Boys Who Like Boys〉은 하나의 예외라 할 수 있다. 같은 제목의 에세이집을 바탕으로 제작되었지만 짧게 끝난 이 다큐 시리즈에서, 이성애자 여성들과 동성애자 남성 친구들은 함께 웃으며(때에 따라 함께 울기도 하며) 그들 사이의 플라토닉한 유대의 끈끈한 힘을 과시한다. 때로 신파적이기도 하지만, 통상의 다른 매체들에 비해 훨씬 다층적인 묘사를 보여준 작품이다.

내가 데이비드와 알고 지낸 기간은 20년이 되어간다. 둘 다 작가인데다 제멋대로 날뛰는 불안과 우울증 경향 등 기분장애를 갖고 있다는 공통점에 서로 끌렸다. 내가 아는 일부(다는 아니지만) 남성 동성애자들처럼, 데이비드도 한눈에 명백히 동성애자로 보이진 않는다. 사실 그래서 그가 여자에게 성적으로 무관심하다는 사실을 받아들이기 어렵기도 했다. 표면상으로는 그래야 할 필연성이 보이지 않았던 것이다. 동성애의 기원에 대한 일반 상식이 교정이 필요한 병증이라는 것에서 완전히 유전적인 특징일 뿐이라는 시각으로 변하기까지 한 세기도 걸리지 않았지만, 나는 선천성 대 후천성 등식의 어느 한쪽으로 일괄 분류시키는 태도가 과학적인 진리보다는 정치적 올바름을 추구하는 신중함에서 비롯된 것은 아닐까 생각하곤 한다. 다른 수많은 것들이 그러하듯 동성애도 유전자와 환경의 조합일 가능성이 더 높은 건 아닐까?

동성애자였지만 여성에 대한 놀라운 통찰력을 지녔던 헨리 제임스와 E. M. 포스터Forster 같은 작가들의 소설과 에세이를 읽으며 나는 동성애자 남성들을 사랑하게 되었다. 만일 마초였던 어니스트 헤밍웨이Ernest Hemingway와 노처녀 스타일의 포스터 둘 중에서 하나를 선택해야 한다면 나는 남자로서나 작가로서나 열이면 열 후자를 택했을 것이었다. 그러다 블룸즈버리 일파를 발견하고 그들의 삶과 작품에 빠져 살면서 나는 동성애자 남자와 이성애자 여자가 함께 살던(버

지니아 울프의 언니 바네사 벨Vanessa Bell과 화가 던컨 그랜트Duncan Grant)
그들의 자유롭고 약간 혼란스러운 관계에도 매혹되었고, 그 남자들
이 적어도 한 여자만큼은 청혼할 정도로 사랑했을 것이라고 믿은 적
도 있었다. 물론, 스트레이치는 감추는 것이 규범이던 시절에 이미 자
신이 동성애자임을 밝혔다. 그는 남자에게 공공연히 끌리면서도 다
수의 여자들과 가까운 친구로 지냈고, 결국 화가 도라 캐링턴Dora
Carrington과는 가정을 꾸려 죽을 때까지 함께 살았다. 스트레이치가
원했던 대로 다른 남자와 결혼했던 캐링턴은 스트레이치가 죽고 얼
마 안 되어 상심을 이기지 못하고 목숨을 끊었다. 그녀의 자살 대목을
읽으면서 충격을 받고, 그들만의 특이한 결합과 그것이 불러일으켰
을 독특한 열정에 대한 유대감을 느꼈던 기억이 난다.

이쯤에서 '패그해그'라는 용어에 대한, 그리고 그 말이 암시하는
모든 것에 대한 내 반감으로 돌아가 보자. 〈패그해그—잘못된 친구 선
택으로 평생 외로움에 귀착할 수도 있는 여자들의 이야기The Fag Hag:
How a Girl's Misguided Friendship Choices Can Lead to a Lifetime of Loneliness〉라는
지극히 동성애혐오적인 기사에서, 필자는 사춘기 소녀가 동성애자
남자 친구를 찾는 한 원인이 여드름(!)이라는 추측과 함께 단언한다.
"모든 연령의 동성애자와 젊은 여성 들은 옷, 가십, 신파적 텔레비전
드라마 등의 유사한 대상에 집착하며 바로 그 때문에 서로에게 끌린
다." 모든 고정관념에는 일말의 진실이 숨어 있는 법이지만, 나로 말
하면 〈글리Glee〉를 한 번도 본 적 없고 별난 색으로 머리를 염색한 일
도 없다.

"엄마는 절대 패그해그가 아냐." 내가 이 글을 쓴다고 하자 딸이

내게 던진 말이다. '패그해그'라는 말에서 라이자 미넬리Liza Minnelli를 떠올리게 되어 있다면 아이의 말이 무슨 뜻인지 알 것도 같다. 그런데 그 호칭은 싫으면서도 그 범주에서 제외되는 것은 왠지 또 신경이 쓰인다. 내가 고전적 '패그해그' 관계에 가장 가까이 가본 것은 30대 초반에 만난 존John이라는 남자하고였다. 처음 봤을 때 그는 가발을 쓰고 시커먼 마스카라를 칠해 사이렌처럼 푸른 눈이 더욱 돋보였다. 메트로폴리탄 오페라 합창단에서 노래하던 그의 파트너를 통해 알게 된 존에게는 매혹적으로 기발한 데가 있었으며(우리 우정의 초기 시절 그는 내 발코니 지붕에 구름 낀 하늘을 그렸다) 피부 관리와 화장의 보다 미세한 사실들에 관한 관심도 맘에 들었다(아니라고 항변해도 이제 어쩔 수 없게 됐다).

재닛 사틴Janet Sartin의 화이트 로션이 지닌 모공 수축력에 눈뜨게 하고 아이래시컬러eyelash curler(속눈썹을 말아 올리는 기구—옮긴이) 사용의 필요성을 알려준 것도 존이었다. 미용에 관한 관심을 남자와 공유하는 것에는 한없이 즐거운 무언가가 있었다. 남자들은 이런 종류의 불안에 면역되어 있는 듯했고, 여자들이 강박적인 치장의 결과를 보여주는 대상이지 그런 의식을 함께하는 동료는 아니었던 것이다. 백화점에 죽치고 앉아 어떤 신발이 더 예뻐 보일까 검토하는 남녀 혼성팀의 일원이 되는 건 기분 좋은 일이었다. 놀이터의 여아 구획에 격리되는 것보다는 덜 외로웠다. 파트너가 죽은 후 존은 플로리다로 떠났고 나와도 연락이 끊겼지만, 지금까지도 립스틱 하나라도 새로 살 때면 그가 뭐라고 할지 궁금해지곤 한다.

최근 한 10대용 잡지에서 읽은 '동성애자 베프'를 뜻하는 GBF(Gay

Best Friend) 현상에 대한 기사는 "GBF 커플에 속한다는 것은 새로운 플라톤적 이상이 되었다"고, 말하자면 〈가십 걸Gossip Girl〉 류의 하이 틴 소녀에게 예전에 한쪽에는 멀버리Mulberry 가방을 다른 쪽에는 잘 생긴 프레피 룩의 소년을 끼고 다니던 것이 그랬듯 이젠 GBF가 필수 품이라고 전한다. 남성 동성애자를 트렌디한 수행원쯤으로 보는 것 이 잡지 지면과 신문의 스타일 섹션을 채우는 데는 도움이 되겠지만, 이런 관계에 깔려 있는 보다 진지한 이야기는 그들이 이분법적 성별 의 제한으로부터, 사회가 용인하는 여성적 역할의 제한된 스펙트럼으 로 자신을 정의해야 하는 압박으로부터 탈출구가 되어준다는 점이다. 이 친구관계는, 말하자면 많은 여성들이 공유한 성적 자웅동체의 측 면에(사회화된 '여성적' 자아와 구분되는) 호소한다. 내가 말하는 것은 각자의 구체적인 특징보다는 이성애자 남자를 불편하게 하거나 아예 겁먹게 하는 일종의 지력, 즉 날카로운 분석적 경향이나 신랄한 기지 와 더욱 관련되어 있다. 그런데 내 동성애자 친구들은 이와 대조적으 로 나의 바로 그 '강한' 또는 '성미 고약한' 측면을 즐기는 것 같다.

달리 표현하자면 이 남자들은 우리의 집단적 정체성 옆에 사는 내 면의 비순응적인 자아를, 성별과 계급의 규범에서 일탈하는 우리를 격려한다고 해도 좋겠다. 아웃사이더처럼 느끼기 위해서 꼭 동성애 자여야 하는 것은 아닌 한(아웃사이더같이 느끼되 평범한 성생활을 하는 이성애자일 수도 있다), 사물에 대한 그들과의 공통된 해석에서(보통 풍 자적 관찰자의 관점이다) 비롯된 안도감이 있다. 나는 동성애자 친구들 이 나를 즉각 외계인 취급하지 않으리라는 믿음 속에서 안심하고 내 안에 깃든 최대의 이단적 생각들을 털어놓았다(존 스튜어트Jon Stewart

를 참아낼 수가 없다, 타자기가 그립다).

이런 관계들은 또한 애욕의 받침대 위에서 위태롭게 균형을 잡지 않고도, '모 아니면 도' 식의 섹스가 개입되지 않고도 남자와의 친밀감을 경험할 수 있게 해준다. 심지어 동성애자 남자와 이성애자 여자 사이에도 성적 전류가 흐를 가능성은 항상 있지만, 그것은 보통 무시 또는 회피되므로 희미할 따름이다. 그것의 부재는 일종의 자유를 제공한다. 그리고 대신 성욕이라는 궁극적 테스트를 거치지 않으며 남녀 간의 본질적 차이를 이용해내는 상호 인정의 보다 느긋한 분위기가 자리 잡는다. 동성애자 남성과의 친구관계는 여성과의 우정이 주는 편안한 우애의 감정은 있으면서도 끝없이 대조하고 비교하는 경쟁 심리는 없어 더없이 즐겁다.

지난 1년 반 동안, 나는 성장기에 그저 안면이 있는 정도였던 남성 동성애자와 가까운 친구가 되었다. 수십 년간 지속된 한 파트너와의 관계를 고통스럽게 정리한 다음, 그가 내게 서로 친하게 지내보자는 제안과 함께 연락을 해온 것이다. 이후 우리는 함께 영화와 연극을 보러 가고 외식을 하고 태양 아래 모든 주제에 대한 치열한 대화를 나누며 많은 시간을 함께 보냈다. M을 통해 나는 동성애를 규정하는 복잡한 특징들을, 각양각색으로 공존하는 '동성애자임'의 양면들을 보다 제대로 이해하게 되었다. 얼마 전에는 그가 파트너와 헤어지고 처음으로 자기 아파트에서 연 디너파티에 갔다. 테이블이 아름답게 장식되고 음식은 흠잡을 데가 없었으며 오가는 대화도 활기가 넘쳤다. 이성애자와 동성애자가 섞인 무리였는데, 중간에 누가 내게 현재 어떤 작업을 하고 있냐고 물었다. 이 글을 쓰고 있다고 대답하자 '동성애'

적인 감수성이란 것이 과연 존재하는지, 그것이 문화적으로 강요된 것인지 아니면 일정한 특징들에 대한 내재적인 경향이 있는 것인지 여부에 대한 열띤 토론이 시작되었다. 파티가 끝난 후 앞서 전채를 먹는 동안 대화를 나눴던, 팔찌 몇 개를 찬 우아한 옷차림의 잘생긴 남자가 집에 가는 길 일부를 함께 걸어주었다. 작별인사를 할 때 그는 내 양쪽 뺨에 입을 맞추고 곧 다시 만나 저녁을 먹자고 제안했다. "우리는 틀림없이 최고의 친구가 될 거예요." 들뜬 어조로 그가 말했다. 나는 "물론이에요"라고 답한다. 내 동성애자 친구들이 없다면 세상은 더욱 활기 없고 공허한 곳일 것이다. 내가 아는 건 그뿐이다. 패그해 그가 됐건 아니건.

어울리는 한 쌍

테드 휴즈와 실비아 플라스

또 그들이다. 이제 더 할 말도 없겠다고 생각했을 순간, 테드 휴즈 Ted Hughes와 실비아 플라스Sylvia Plath의 유물이 파헤쳐져 또다시 수면 위로 올라온다. 이번에는 다이앤 미들브룩Diane Middlebrook의《그녀의 남편Her Husband》으로, 이미 많이 조사된 두 사람의 전설적인 결혼관계에 대한 또 하나의 시선을 제시한다. 미들브룩의 전작은 여성으로 태어났으나 남성으로 살다 간 음악인 빌리 팁턴Billy Tipton의 전기였다. 그녀는 앤 섹스턴Anne Sexton에 대해 뛰어난 전기를 쓴 바도 있으니, 자기 파괴적 시인들에 일가견이 있는 것 같다. 앤 섹스턴 전기가 섹스턴의 딸이 제공한 정신병원의 비밀 기록을 이용했다는 이유로 출간 당시 논란을 일으켰던 것처럼, 이번에도 그녀는 테드 휴즈의 자필 편지와 원고 등 이전까지 접근이 불가능했던 자료들을 활용해 득을 보았다. 그럼에도 우리는 이 최신 발굴 유물에 탄성을 지를 터이다. 그것에 사로잡혀 얼어붙지 않는다면 말이다.

플라스가 '검은 약탈자'라고 불렀던, 요크셔 노동계급 가정 출신의 매혹적인 미남이던 휴즈는 남루한 검은 옷차림이었고 현대 영국의 시를 고루한 인습으로부터 해방시키기를 원했다. 긴 다리에 머리는 금발로 염색했던 그녀는 뉴잉글랜드에서 훌륭한 "보비 삭스"(휴즈가 1998년 사망하기 직전 출간된 플라스에 대한 시집《생일 편지Birthday Letters》에서 그가 쓴 표현이다) 교육을 받고 성장했다(보비 삭스는 발목까지 오는 양말로, 1940년대의 전형적인 소녀 유형을 가리킨다—옮긴이).

케임브리지 대학의 문학 파티에서 처음 만났을 때 그는 이미 매력적인 바람둥이로 정평이 나 있었고 그녀는 이미 머리칼이 쭈뼛할 정신병 이력을 갖고 있었다. 피가 날 만큼 뜨거운 첫 키스 후 6년간 그들은 사랑과 결혼, 두 아이의 출산을 함께 겪으며 자신을 불살랐다. 한동안은 모든 게 좋았다. 섹스부터가 그랬는데, 플라스가 겸손하게 표현했듯 그들은 침대에서 "거인들처럼" 굴었다. 두 사람 다 공격적인 성행위 취향을 갖고 있었기 때문인 것 같다. 그녀는 그의 시 쓰기를 도왔고(휴즈의 첫 시집으로 문학상을 수상한《빗속의 매The Hawk in the Rain》를 타자로 치고 원고를 제출했다) 요리 솜씨를 갈고 닦았다. (그녀는 한때 '진귀한 소설처럼' 들여다보았다는《요리의 즐거움Joy of Cooking》과 휴대용 올리베티Olivetti 타자기를 신혼여행에 가지고 갔다.) 그녀에게는 자신도 유명한 작가가 되겠다는 결의가 있었다. "다른 시인들만 입에 담고 사는 건 슬픈 일이다. 다른 사람이 나를 입에 담기를 원한다." 그녀의 일기 한 대목이다. 휴즈는 플라스가 절망(그녀가 "내 눈 뒤의 검은 지옥"이라고 불렀던)을 이겨낼 수 있도록 응원했으며, 단추 하나도 달지 않는다고 친구들 앞에서 불평하면서도 가사를 분담하여 그녀도 자기처럼 오롯이 집필에 사용할 시간을 갖도록 해주었다.

　하지만 플라스의 자살 당시, 이 두 천재(두 사람이 완전히 동의한 점이 있었다면 자신이 천재와 결혼했다는 것이었다) 중 누가 이겼는가에 대해서는 논쟁의 여지가 없었다. 휴즈는 자유분방한 친구들과 그가 아내를 버리게 만든 요부 아시아 웨빌Assia Wevill을 비롯한 여성 팬들로 둘러싸인 유명 시인이었다. 반대로 플라스는 홀로 남겨져 두 아이를 지키며 혹독한 런던의 겨울을 견뎌야만 했다(반세기 만의 최대 혹한이었다고 여러 차례 강조된 바 있다). 그들 부부의 파경을 놓고 뒷소문이 이어지는 끔찍한 분위기에서, 그녀는 친구도 거의 없이 더욱 고립되기만 했다. 플라스는 작가로서 무명에 가까웠다(얇고 평범한 시집 한 권을 출판했고 그보다 한 달 전에는 가명으로 장편소설 《벨 자The Bell Jar》를 발표했으나 별 주목을 끌지 못했다). 비평가 A. 알바레스Alvarez 등 그녀의 폭발적인 재능을 알아본 예외가 몇 있기는 했다. 살아 있는 그녀를 마지막으로 본 사람은 아래층에 살던 까다로운 이웃으로, 마지못해 대화에 응하고 그녀가 어머니에게 마지막 편지를 부치는 데 쓴 우표를 팔았다. 장례식 후 작은 모임에서 휴즈는 불쑥 말했다. "모두가 그녀를 싫어했어."

　이 발언의 문제는, 그것이 하나같이 가운데 자리를 차지하려 몸싸움하는 여러 가능한 내러티브들 중 조잡하게 꿰맞춘 하나의 내러티브일 뿐이라는 점이다. 물론 플라스 본인의 설명이 있다. 시가 됐건 픽션이나 일기가 됐건 모두 일종의 열광적인 권위가 스며 있는데, 문장의 생동감뿐 아니라 그들이 목격하는 행위의 힘 때문이기도 하다. 한편 《집에 보낸 편지들Letters Home》의 공손한 '시비Sivvy'(바쁜 학업활동의 보고와 시어머니의 "엉성한 찬장"에 대한 짜증이 마치 마사 스튜어트의 전조를 보는 듯하다)가 전달하는 쾌활하고 밝은 줄거리도 있다.

그리고 앤 스티븐슨Anne Stevenson의 결함 가득한 《쓰라린 명성Bitter Fame》과 로널드 헤이먼Ronald Hayman의 공감적이고도 신중한 《실비아 플라스의 죽음과 삶The Death and Life of Sylvia Plath》 등 플라스 전기들이 여러 권 있다. 시인 일레인 파인스타인Elaine Feinstein은 2년 전 훌륭한 휴즈 전기를 발표했으며, 《생일 편지》를 통해 휴즈 자신의 감동적이고도 교묘히 자기변호적인 버전도 볼 수 있는데 거기서 그는 자신이 등장하기도 전에 예정되었던 파멸에 손을 쓰지 못하고 오래도록 고통 받은 남편으로 그려진다. 그런가 하면 각축전을 벌이며 꾸준히 쌓여가는 회고록들(가장 최근의 것으로는 플라스가 죽기 전 주말에 찾아갔던 집 주인 질리언 베커Jillian Becker의 《포기Giving Up》가 있다), 플라스의 마지막 날들을 그린 장편소설 《월동Wintering》, 재클린 로즈Jacqueline Rose의 《실비아 플라스의 망령The Haunting of Sylvia Plath》 같은 정신분석 연구서, 재닛 맬컴Janet Malcolm의 냉철한 시선이 돋보이는 《무언의 여인The Silent Woman》도 있다.

세부 사실에 대한 이견들을 고려할 때(이를테면 그들이 처음 만난 밤 플라스가 한 머리띠가 그녀 말대로 빨강이었는지 휴즈의 기억대로 파랑이었는지) 그들의 결혼을 완전한 비극이 아니라 부분적인 승리로 보는 미들브룩의 포괄적인 해석은 가능한 최대한의 설득력을 지닌다. 그녀는 책망과 비난에 열중하기보다도, 재능 있고 복잡한 이 두 인간의 결합이 상당한 기간 동안 창조적 동반자 관계로("생산적 공모") 기능하고 거의 마술적인 공생에 도달했던 점에 초점을 맞춘다. "시골 사람들이 쓰던 표현대로, 그들은 잘 어울리는 한 쌍이었다···. 서로의 글에 대한 최고의 비평가였다"고 미들브룩은 쓰고 있다. 가정교육도 영향을 받은 것들도 완전히 달랐지만 플라스와 휴즈는 처음 만난 순간부터 가장 깊은 차원에서 연결되었다고, 서로에게서 만만찮은 힘을(반은 악마적이고 반은 천사적인) 인식했다고 그녀는 주장한다. "본능을 통한 서로와의 유대감이야말로, 연인으로서만이 아니라 예술가로서 그들 사이에 존재했던 친화성의 한 요인이었다."

그는 근본적으로 가정적인 인간이 될 수 없었고, 그녀는 질병에 뿌리박고 후기에 쓴 시들로 꽃 피운 맹렬하도록 부정적인 본성을 갖고 있었지만, 그것은 문제되지 않았다. ("가까운 친구들 외에 아무도 이해하지 못하는 요소 하나는 실비아만의 살인광선 같은 성질이야"라고 휴즈는 형에게 쓴 바 있다.) 미들브룩을 매혹시키는 것은 그들의 관계가 실패했다는 것이 아니라, 그들의 "합의와 특수화의 동력"이 그만큼 오래 지속되었다는 것이다. 이와 마찬가지로 휴즈가 자신의 작품 속에서 직접적으로, 또는 누나 올윈Olwyn과 함께 35년간 플라스의 문학 유산을 엄중하게 관리하며 쓴 진술서와 편지 들을 통해 간접적으로 플라스와의 대화를 계속했다는 것 또한 플라스가 그의 상상력을 움켜쥐고 있다는 것과 거기서 벗어나고 싶은 그의 욕구에 대한 증거라고 할 수 있다.

"이것은 하나의 이야기일 뿐이다./ 너의 이야기. 나의 이야기."

《생일 편지》에 수록된 시 〈방문Visit〉의 한 대목이다. 다수의 책을 읽어가며 우리는 그것을 우리의 이야기로, 남자와 여자, 예술과 광기, 열정과 고통 사이의 관계에 대한 범주적 사례로 만들려고 애를 써왔다.《그녀의 남편》은 피해자 대 가해자 모델보다는 좀 더 중간적 입장에서 두 시인의 삶을 제시함으로써, 그녀가 얼마나 가망 없는 정신병자였고 그가 얼마나 못되게 행동했는가라는 정체된 문제들 너머로 이동할 수 있게 해준다. (플라스가 다루기 힘든 여자였다는 데는 의심의 여지가 없으며, 휴즈도 레너드 울프처럼 자기희생적인 인간으로 생겨먹지 못했음을 고려하면 결혼을 유지하기 위해 나름대로 애썼던 것으로 보인다.)

미들브룩은 두 사람의 사망 후 제시되어온 미담성 추측들에 회의적이다. 그녀는 휴즈가 사실 플라스에게 돌아올 계획이었다거나 플라스가 숨이 끊어지기 전에 발견될 거라고 생각했다는 이야기들을 불신한다. 내가 확신하는 건, 미들브룩의 이 세심하고 명료한 설명이 최후의 것은 되지 않으리라는 점이다. 테드와 실비아의 전설은 한 연한 연씩 끊임없이 되풀이되는 발라드와도 같다. 한편 미들브룩의 고무적인 관점도 이 이야기의 핵심에 서린 냉기를 감추지는 못한다. 처음에는 시였던 핏방울이 언제부턴가 주르륵 새어나오기 시작했다. "그리고 모든 것이 양팔을 들고 흐느낀다"고 휴즈는 〈운명의 장난Fate Playing〉에서 썼다. 또는, 역시 자살한 시인 존 베리먼John Berryman이 말했듯 "모든 종은 말한다, 너무 늦었다고."

찬란한 괴물들

V. S. 나이폴

신들로부터 특별한 재능을 부여받은 이들이 심각한 신경증을 갖고 있기 쉽다는 진리는 충분히 인정을 받고 있지 못하다. 위대한 남자 뒤에는 오랜 세월 시달린 아내나 학대 받은 정부가, 때로는 둘 다 동시에 서 있는 경우가 많다. (그리고 일반적으로 위대한 여자 또한 간단하지 않다.) 비범한 재능을 가진 남자와 그의 삶 속 여자들 간의 평탄치 않은 관계는 특히 우리의 흥미를 끄는데, 아마도 모든 친밀한 관계에 존재하는 힘겨루기와 수상한 책략이 보다 극단적인 버전으로 풀려나오기 때문일 것이다. 이런 커플이 지닌 강점과 약점의 차이와 불균형은 그들의 유대가 결탁적인, 또는 진부한 표현으로 상호의존적인 형태를 띠기 때문에 더 쉽게 드러난다.

달리 말하면 일종의 내구적인 공생관계가, 병증들의 조합이 표면 아래 놓여 있다. 불편한 진실은, 가해자가 자발적 피해자를 필요로 하고 이미 결혼한 상습적 난봉꾼은(세상에 널려 있다) 스스로의 욕구로 인해 부정이나 학대를 감내하는 아내나 반려자를 필요로 한다는 것이다. 예술을 탄생시키느라 아내를 서서히 죽인 작가들은 찰스 디킨스, 토머스 칼라일, 레오 톨스토이를 비롯하여 수없이 많은데 그들 전부가 모든 결혼관계에서 진행되는 타협과 교환을 나름의 방식으로 우리에게 말해준다.

노벨 문학상 수상 작가인 V. S. 나이폴Naipaul의 아내와 정부에 대한 잔혹한 행동들을 그린 패트릭 프렌치Patrick French의 뛰어난 전기 《세상은 그런 것The World Is What It Is》은 찬탄과 공포를 동시에 불러일으켰다. 하지만 나이폴의 수많은 작품들을(총 27권) 조금이라도 읽어봤고 그의 냉담하고 신랄하게 비판적이며 완강히 '정치적으로 불공정한' 시각에 친숙한 독자라면, 이 전기가 들려주는 냉엄한 사실들이 그리 충격적으로 느껴지지 않을 것이다. 초창기 소설(《비스와스 씨를 위한 집A House for Mr. Biswas》과 《신비의 마사지사The Mystic Masseur》)들과 혁신적인 역사 및 세계문제 르포르타주(《가운데 길The Middle Passage》과 《남부의 전환A Turn in the South》)들에도 항상 무거운 우울과 함께 잔인한 흔적이 엿보였다. 나이폴은 상처 입은 펜으로 글을 쓰는 듯한, 펜에 자기 영혼의 삶이 달려 있는 것처럼 쓴다는 느낌을 준다. 왜냐면 공허(최근작 《한 작가의 사람들A Writer's People》에서 말하는 "정신적 허무")가 사라지지 않고 늘 맴돌기 때문에.

나이폴은 장르를 초월하고 날카로운 통찰력과 힘을 갖춘 문장을 빚어낸다. 이슬람 근본주의의 도래(《신도들 사이에서Among the Believers》와 《신앙 너머Beyond Belief》)에 대해서건 신생 아프리카 독립국들의 장래(《강물의 굽이A Bend in the River》와 《자유국가에서In a Free State》)에 대해서건, 그는 남들의 생각이나 요란한 이론들은 거들떠도 안 보고 정밀하게 조율된 반응들의 끝없이 변화하는 패턴에 의존하여 만화경을 들여다보듯 글을 쓴다. 자신을 타인의 처지에 갖다놓는 견줄 데 없는 능력을 갖고 있는데, 그러면서도 그들의 감정 따위는 아랑곳없이 모든 종류의 얼간이들을 반드시 조롱하는 버릇이 있다. 사실 세상에 대한 그의 태도는 암울한 것과 더욱 암울한 것 사이를 오간다. 이를테면 가벼운 위안을 찾아 비켜선 길이 격분으로 이어지는 형국이다.

그러니 이렇게 복잡하고 치열하고 자기중심적인 남자가 아내와 자식들을 거느리고 행복한 가정생활을 하며 친척들을 불러다 크리스마스이브 만찬을 하고 집 밖에 쌓인 눈을 치우는 모습을 상상하기란 물론 어려운 일이다. 하지만 프렌치의 책에서 나타나는 나이폴 본인의 고통과 타인에게 준 고통의 정도는 실로 놀라운 것이어서 이런 의문을 갖지 않을 수 없다. 예술가들의 재능은 왜 이토록 참혹하게 희생된 관계를 대가로 오는 것일까? 주변에서 맴돌며 편의를 돌봐주는 여성의 존재, 뮤즈 역할은 어느 시점에서 심리적으로 불온한 무언가로 변형되는 것일까? 명성에의 근접성이 그런 관계에서의 모욕과 고통을 조금이라도 보상해줄까? 나이폴의 조강지처와 정부는 그를 만나지 않았다면 더 행복했을까? 아니면 이미 나락의 길을 걷다가 그를 만난 것일까? 그리고 간접적인 질문이기는 하지만, 관계의 심한 기복은 자기 실존에 대한 보다 심오한 의문과 불안을 가려주는 일종의 스릴을 삶에 제공하는 것일 수도 있을까?

찬란한 괴물일지언정, 오히려 그래서 더욱 이 어두운 초상을 위해 나이폴이 포즈를 취했다는 것, 전기 작가와 허심탄회하게 대화를 나누고 모든 보관 문서에 대한 접근권을 주었다는 것을 칭찬해야 옳을 일이다. "이 책을 쓰기 위해 만난 모든 사람들 중에 표면상 그가 가장 솔직했다"라고 프렌치는 말하며, "어떤 방향도 제약도" 제시하지 않았다고 덧붙인다. 나이폴은 완성된 원고를 읽고 아무 수정도 없이 돌려주었다. 대부분의 작가들은 자신의 이미지가 훼손되지 않도록 온갖 공을 들인다. 필립 로스처럼 직접 전기 작가를 선택하기도 하고, J. D. 샐린저가 이언 해밀턴에게 그랬듯 지나치게 파고들거나 비판적인 전기 작가를 비난하기도 한다. 나이폴이 이 프로젝트에 동의했다는 것 자체가 진실 말하기에 대한 그의 열정을 입증한다(빈번히 제기되는 자기과장에 대한 열정과는 반대로).

비디아다르 수라지프라사드 나이폴(그와 가까웠거나 《비디아 경의 그림자Sir Vidia's Shadow》에서 나이폴에 대한 긴 짝사랑을 공개한 폴 서루Paul Theroux처럼 그와 가깝기를 원했던 사람들 사이에서 어릴 적에는 비도Vido로, 자라서는 비디아Vidia로 불렸다)은 탈식민주의 문학의 개척자이다. 1932년 트리니다드 군도의 가난한 시골 마을에서 일곱 아이 중 둘째로 태어났다. 힌두교 신자였던 부모는 노예제 철폐와 함께 사탕수수 농장에 밀려든 공채보증 인도 노무자들의 틈에 끼어 그곳에 들어왔다. (나이폴은 훗날 자신이 브라만 계급의 후손이라 했는데 이 자부심을 건 주장은 확인되지 않았다.) 그는 모계중심 가정에서 자랐다. 강력한 할머니는 자손들을 체스 말처럼 뜻대로 다스렸다. 좋은 환경은 아니었다.

그의 가족은 골함석과 나뭇가지로 지붕을 덮은 하인용 처소에서 한동안 살기도 했다. 역시 강하고 자존심 센 어머니는 자식들이 제대로 교육을 받아 비루한 출신을 딛고 일어서게 하겠다는 결의를 갖고 있었다.

아버지 시퍼사드Seepersad는 비도가 여섯 살이 될 때까지 거의 부재했으나 그의 정체성에 가장 큰 영향을 미쳤다. 인도 시골 잡역부의 운명을 탈출한 시퍼사드는 독학으로 글을 깨쳤고(오 헨리O. Henry와 서머셋 모옴Somerset Maugham의 팬이었다) 〈트리니다드 가디언Trinidad Guardian〉의 기자가 되었다. "아빠와 비도는 그들이 살던 프팃 밸리의 소란도 불결도 무력함도 없는, 유럽 문학에서 가져온 정연한 환상세계에 자신을 갖다놓았다." 프렌치의 말이다. 강인한 아내와 달리 나약했던 시퍼사드는 시골 인도인들의 미신에 관해 쓴 기사로 비난을 받자 신경쇠약에 걸렸다. 나이폴은 어머니가 아버지의 상태를 설명해주던 모습을 떠올린다. "어느 날 거울을 들여다보는데 자신이 보이지 않더란다. 비명을 지르기 시작했지." 시퍼사드는 결국 회복하여 훌륭한 단편소설집을 펴냈다. 비도는 1953년 사망한 아버지의 추억과 문학에의 열정을 빌려 작가로 성장한 뒤 출세작 《비스와스 씨를 위한 집》을 아버지에게 헌정했다.

1950년 나이폴은 옥스퍼드 대학 장학금을 받고 "그에게 항상 문명의 진원지로 보였던" 나라로 건너갔다. 성적은 좋았지만, 외로움과 가난과 "패거리로 히죽거리는 학부 분위기"에 스며 있던 뚜렷한 인종적 편견의 느낌에 시달렸다. 마음 둘 곳 없이 우울했던 나이폴은 여자 대학에서 역사를 공부하던 날씬하고 예쁜 학부생 퍼트리샤 헤일

Patricia Hale을 만난다. 그녀도 역시 변변찮은 가정 출신으로 장학금을 받고 옥스퍼드에 온 처지였다. 둘 다 문학에 열심이었고 역력히 수줍 었으며 성적으로 억압되어 있었다. 그들은 만난 지 일곱 달 만에 처음 으로 동침했다. 비디아는 그들의 초기 성관계를 이렇게 표현했다. "둘 다 허둥지둥했고 끔찍했다. 팻Pat은 무척 불안해했다. 나는 그녀 를 진정시킬 만큼 훈련되어 있지도 능숙하지도 재능 있지도 않았는 데 어쩌면 그녀를 진정시키고 싶지 않았기 때문인지 모른다. 잘 풀리 지 않았다."

두 사람의 섹스는 험난하고 부정한(나이폴의 경우) 결혼생활 동안에 도 잘 풀리지 않았다. 40년 동안 팻은 보모 겸 비서 노릇을 했지만, 그 는 자전적 소설 《도착의 수수께끼The Enigma of Arrival》처럼 가장 사적 인 글에서도 그녀의 존재를 인정조차 하지 않았다. 1955년 1월 스물 두 살의 두 사람이 결혼하기 전 팻은 빛나는 앞날을 상상했지만("나는 우리가 유명한 한 쌍이 될 것이라고 확신해") 이미 조짐은 엿보였다. 속물 답게도 나이폴은 만난 지 몇 달 안에 거만하게 '부르주아bourgeois'라 는 단어로 (중부지방 억양을 없애기 위해 발성법 교습을 받은 적이 있는) 팻을 시험했으며, 편지에 약간의 성적 표현을 집어넣을 수 있겠냐고 물었다. "당신이 편지를 정말로 '야하게' 쓸 줄 알았으면 좋겠어." 그 는 이렇게 썼다. 브래지어를 "내가 입에 담기 싫어하는 의복"이라고 언급했던 팻에게 음란함을 기대하기란 불가능했다.

이 결혼의 패턴은 비디아가 결혼반지를 준비하지 못하면서 확립되 었고, 몇 달 후 팻은 가련하게도 그 불찰에 대해 항변했다. "반지가 없 다는 게 통렬하게 느껴져요." 그녀가 그에게 쓴 편지다. "분명 당신은 약속했었는데, 나는 그게 사람들에게 얼마나 '이상하게' 보이는지 당신이 잘 모른다고 생각하기로 했어요." (그녀는 직접 평범한 금반지를 하나 샀지만 잘 끼지는 않았다.) 그녀를 무시하고 소액의 생활비만 주고서 혼자(나중에는 오랜 정부와 함께) 여행 중이지 않을 때면, 그는 팻의 몰아적인 태도에 진저리를 냈다. "내게 소리 지르지 말아요." 한번은 그녀가 그에게 말했다. "이 세상에 나 말고 당신을 정말 심각하게 받아들여주는 사람은 아무도 없어요." 1958년부터 나이폴은 매춘굴에 드나들기 시작했는데, 이는 그가 팻에게 숨긴 불결한 비밀 몇 가지 중 하나다. 훗날 그는 그녀에게 자신보다 10년 연하인 영국-아르헨티나 혈통의 기혼여성 마거릿 구딩Margaret Gooding과의 격렬한 불륜관계를 털어놓았다. 마치 아내에게 끼치는 고통을 의식하지 못하는 것 같았다. "그녀는 아주 훌륭했다. 나를 위로하려고 했다." 그의 일기 글이다. "나 자신이 하도 슬펐던 터라 나는 어떤 면에서 그녀가 내 슬픔에 반응해주기를 기대했고, 그녀는 그리해주었다."

프렌치의 전기를 읽으며 지워버리기 힘든 질문은, 왜 팻은 나이폴을 떠나지 못한 것일까 하는 것이다. 초창기에는 그녀의 표현대로 "일방적인 복종"을 요구하는 그에게 대항할 수 있었잖은가. 사실 아버지가 '유색인'과의 결혼을 맹렬히 반대하는 가운데 비디아와 헤어지지 않기 위해서도 많은 용기를 발휘해야 했었다. 그러나 세월이 흐르면서 팻의 삶은 길고도 애처롭게 굴종적인 연기로 변해갔다. "팻은 그를 무척 정중하게 대했어요." 이 부부와 친구로 지낸 한 사람의 말이다. "거의 신을 숭배하듯 했으니까요. 그녀는 그에게 경외심을 갖고 있었고, 그 때문에 힘들지 않았나 생각해요. 왜냐하면 그의 재능이

꽃을 피울 수 있도록 격려해야 할 임무가 자신에게 있다는 것을 알고 있었기 때문이죠…. 여러 면에서 그녀는 인도인다운 아내였어요. 대부분의 인도인 아내들보다 더 인도인다웠을 거예요."

나이폴은 팻이 항상 인정해온 바로 그 위대한 남자의 아우라를 지니기 시작했고(그녀는 메모장에 그를 '천재'라고 적었다) 그 과정에서 더욱 '성마르고' 또한 '거만'해졌다. 그는 문학상을 휩쓸며 영국에서 유명해졌고 그의 작품들은 그리스어, 세르보크로아티아어, 히브리어로 번역되었다. 그리고 결국 2001년 노벨 문학상 수상으로 정상에 올라 국제적인 명성까지 확립했다.

나이폴 최초의 진정한 육체적 쾌락은 마흔 살 때 마거릿 구딩을 만나면서 찾아왔다. 그들의 관계는 열정적인 것이었지만 급속히 가학피학성 성애의 성격을 띠어갔다. "학대가 매혹의 한 부분이었고 그것은 학대의 수위를 올리는 효과를 불러왔다." 프렌치의 글이다. 나이폴의 회고에 따르면 마거릿은 언젠가 "나를 괴롭히려고 어떤 은행가와 관계를 갖고 있었다…. 나는 극도로 화가 났다…. 그래서 이틀 동안 내 손으로 그녀에게 폭력을 가했다. 손이 아프기 시작했다. 그녀는 조금도 개의치 않았다. 오히려 그것을 자신을 향한 내 열정으로 해석했다. 얼굴이 엉망진창이 됐다. 그 꼴로는 밖에 나갈 수 없었다. 내 손도 부어올랐다. 나는 완전한 무력감을 느꼈다."

삼각관계는 20년간 계속됐다. 나이폴은 아내를 떠날 생각도 해봤지만, 마거릿이 남편과 아이들을 포기하고 그를 택했는데도 결국 팻과의 결혼을 유지했다. 부부는 이미 각방을 쓴 지 오래였으며, 팻은 문자 그대로 또한 은유적으로 자신만의 자리를 찾으려 몸부림쳤다.

1982년 2월 이사했을 때 팻은 비디아의 새 집에서 그녀만의 공간을 마련하려는 자신 없고 애처로운 노력을 기록했다. "그가 물었다. 또 금방 나가 살게 될까? … 나는 분홍색 방에 내 침실을 만들었고, 비디아는 빨강색 방에 들었다."

팻은 저널리즘에 손을 댔고, 앤토니어 프레이저Antonia Fraser의《연애편지-선집Love Letters: An Anthology》집필을 도왔다. 성실하게 나이폴의 구술을 대필했으며, 나이폴이 "명령조로" 마거릿 대신 "소환"한 여행에 동반했다. 나이폴은 팻과 마거릿을 성인 여자라기보다는 여학생처럼 취급했다. 규범을 어기거나 그의 섬세한 신경을 건드렸다 싶으면 그들은 당장 "기각"되거나 '내쫓겼다.' "나는 하루 종일 바보처럼 행동했고 그래서 내게 남아 있던 마지막 관계마저 망쳐버렸다. 주말이 지나면 런던으로 돌아가겠다고 동의했다. 비디아는 나의 기벽을 더는 못 참겠으며 그것이 그를 파괴할 것이라고 말한다."

이 세심하고 예리하게 관찰된 전기 속에서 인간들의 잔해는 계속 쌓여만 간다. 그 중심에 있는 세 명의 망가진 인물들은, 마음의 욕망이 "코르크 마개뽑이처럼 뒤틀려 있다"고 말한 시인 W. H. 오든이 얼마나 옳았는지를 보여준다. 나이폴이 젊은 시절 매춘부들과 어울리기를 즐겼다는 사실은 1994년 〈뉴요커〉 인터뷰를 통해 드러났다. 이는 모든 것을 수용한 팻에게 그가 털어놓지 않은 부정행위 중 하나였고, 이미 유방암으로 투병 중이었던 그녀는 이 또 하나의 "애정 어린 아내에 대한 모독"을 몹시 아프게 받아들였다. 1995년 나이폴은 병세가 위중했던 팻을 남기고 남아시아로 날아가 이슬람 이념의 부상을 다룬 두 번째 작품《신앙 너머》집필에 들어갔다. 파키스탄에서 그는 나디라Nadira라는 필명을 쓰던 마흔두 살의 자신만만한 신문 칼럼니스트를 만난다. 두 사람은 즉각 눈이 맞았고, 나이폴은 귀국하기 전(팻은 아직 살아 있었고 마거릿은 어떤 통보도 받지 못하고 지워져버린 상태였다) 나디라에게 언젠가 '레이디 나이폴'이 될 생각이 있느냐고 물었다.

1996년 2월 3일, 진정제에 의지해 가까스로 목숨만 유지하던 팻이 예순여섯의 나이로 사망하자 나이폴은 망연자실했다. "친구들을 멀리하며 평생을 보낸 그에게는 지원 네트워크가 없었다." 그녀의 화장에는 몇 사람의 조문객이 참석했을 뿐, 낭독도 음악도 연설도 없었다. 나이폴은 4월에 소규모 예식을 치르고 나디라와 결혼했다. 마거릿은 신문을 보고 그녀의 존재를 알게 됐다. 1996년 10월의 어느 토요일, 비디아와 나디라는 팻의 유해를 집 근처 땅에 뿌렸다. 나디라는 홀로 숲속으로 걸어 들어가 팻을 위해 이슬람 기도문을 읊었다. 프렌치의 전기는 애달프게 끝난다. 신중하게 구성된 문장들에서 비통함이 배어 나온다. "나디라가 숲속에서 돌아왔다. 작가 V. S. 나이폴은, 소년 비디아다르는, 남자 비디아는 차에 기대어 서 있었다. 할 말을 잃었으며, 얼굴에는 눈물이 흘러내렸다."

이제 당신 내 거야?

여름옷을 입은 젊은 여자들에 관해서라면 모두 익히 아는 일이고, 그렇다면 수영복차림의 젊은 남자들은? 구체적으로 말하자면, 그 남자, 다리가 길고 요즘 스타일대로 복부에 끔찍한 식스팩을 다는 대신에 마치 한 마리 영양처럼 우아하고 거의 아름답다고 할 만큼 축조된 그의 몸은 어떤가. 백인의 경계를 넘어선 듯 올리브빛으로 그을린 그의 부드러운 살갗과 끝없는 일광욕으로 인해 적갈색으로 타들어갔음에도 그보다는 훨씬 연한 빛깔의 내 살갗. 언제나 검정 또는 감청 식으로 가장 평범한 색의 정장을 입었던 그는 의상뿐만 아니라 어떤 종류의 위험도 감수하지 않는 유형이었는데 침대에서만은 달랐다. 그는 절벽 끝까지, 그동안 지고 왔던 허망한 정체성의 경계를 넘어 다른 누군가의 영역으로 진입하는 순간까지 나를 밀어붙였다.

"이제 당신 내 거야?" 특별히 복잡하게 얽힌 정사를 끝마치고는 숨을 헐떡거리며 그는 이렇게 묻곤 했다. 우리 둘 다 행위 중에 뭐라고 말을 하는 성향이 아니었다. 다만 이따금 엉성하지만 그래도 한없이 가슴 부풀게 하는 말로 침묵을 깨는 버릇이 그에게는 있었다. 이를테면 아래쪽에서 코를 비벼대다가 몸을 일으키면서 내뱉는 "당신은 병에 담아놔야 해" 같은 거였다. 따라서 소유권에 관한 질문은 일종의 선언문 같은 위력을 품고 제시되었고 나는 기꺼이 승인했던 것이다. 적어도 그해 여름만큼은 난 그의 것이었다. 아닌 척해봐야 소용없는 일일 터였다.

섹스 속에서 헤엄치던 여름을 누군들 잊을 수 있을까. 긴 세월이 지나고 그 같은 방종에서 멀어진 지금조차 삼십년도 더 지난 그때를 떠올리면 갈망으로 심장이 뻐근해지고 속 깊은 데서 뭔가가 툭 떨어지는 느낌이다. 그것은 또한 자의 또는 타의로 내가 전에는 경험해보지 못한 종류의 섹스를 처음으로 맛본 여름이기도 했다. 그래봤자 유두에 쬠쇠를 단다거나 스리섬을 감행한다거나 누운 알몸에서 떨어지는 꿀을 핥는다거나 하는 따위는 아니었다. 그런 것들은 지금이나 마찬가지로 그때도 끌리지가 않았다. 대신 그가 내 안으로 아주 천천히 미끄러져 들어오는 방식이며 나를 낯선 체위로, 그리고 명백한 가학피학까지는 아니더라도 뭔가 새로운 복종으로 이끄는 방식 같은 것들이었는데 그것은 "이걸 얼마큼 원해?" 또는 "이걸 위해서 무엇까지 할 용의가 있어?"라는 무언의 질문을 암시하며 권력의 문제 주변을 맴도는 서브텍스트를 지니고 있었다.

나는 아직도 마치 어제 있었던 일처럼 그 토요일이 기억난다. 타월을 깔고 누운 그는 바다에서 걸어 나오는 나를, 잠깐 물에 적셨을 뿐이나 어느새 꼿꼿이 선 내 유두를, 뒤로 넘긴 젖은 머리가 새로운 각도로 드러낸 내 얼굴을 남몰래 그러나 꼼꼼하게 뜯어보았다. 검은 원피스 수영복 속의 내 육체가 임자를 기다리며 농익은 여름이었다. 나는 언제나 원피스 수영복의 섬세한 에로티시즘이 비키니의 가벼운 포르노그래피보다 좋았는데 이따금 바로 이런 취향이 처음부터 우리 사이를 갈라놓은 것은 아닌지 의구심이 든다. 나를 고문하고자 했던 그의 욕구도 마찬가지다. 그것은 짜릿한, 유쾌한 종류의 것이라기보다는(그런 것도 잘했지만) 냉정하고 유보적인 유형이었으며, 그 결과 나는 엄마의 젖을 더듬는 젖먹이처럼 미친 듯 자양물을 필요로 하는 상태에 놓인 듯 느껴졌다. 한동안 나는 무엇이든 할 용의가 있었다. 나는 침대 위에 머리를 박고 허리를 굽혀 엉덩이를 공중으로 치켜든 채 그가 손가락을 깊이 쑤셔 넣고 마치 정박소에 진입하는 배처럼 나를 완벽하게 채우며 아래로부터 내 안으로 들어오도록 기다렸다.

　　나는 내 몸의 그 부분이 관심을 받고 어루만져지고 다음 찾아올 것에 대한 준비로 데워지는 것이 좋았다. 우리 두 사람이 서로의 얼굴을 보지 않는다는 것 또한 좋았다. 본질적으로 천격하며 발육중지의 신호로 해석되는 그것이 내게는 한없는 음미라는 섹스의 한 측면을 건너뛸 수 있는 최선의 방법으로 느껴졌던 것이다. 우리가 헤어진 후(헤어지는 것이 일종의 만남이 돼버렸던 시절이므로 마지막으로 헤어진 후라고 하는 것이 옳을 것 같다) 한동안 나는 침대에 누워 머릿속에서 이 특정한 체위를 재연해보곤 했다. 침대 위에 머리를 박고 그가 뒤에서 내 안으로 들어오는 순간을 그렸으니 그것은 대화를 흉내 낸 독백과 같았다.

그해 여름 내 머릿속의 모든 공간은 그가 점령한 상태였다. 문학에의 숭고한 소명을 추구하느라 바빠야 했을 시기이기도 하여 7월에 나는 뉴욕 주의 사라토가에 위치한 예술인 마을 야도에서 한 달을 보낼 생각으로 떠났다. 한때 머물다 간 드높은 이름들에 대한 긍지로 가득한 곳이어서 온갖 관료주의의 장벽을 넘어선 후에야만 입촌이 가능했다. 그리고 보면 고작 서평 몇 개와 단편소설 두 편이 이력의 전부였던 이십대 초반의 나를 받아들여준 것을 영광으로 생각했어야 할지도 모른다. 하지만 그가(약간 프랑스식의 허식에 기대 이니셜 JC로 그를 불러야겠다) 뉴욕에 있는 터에 모기떼와 자의식에 찬 시인들과 인맥 쌓기에 열중하는 소설가들이 우글거리는 야도가 내 관심을 사로잡을 가능성은 애초에 전무했다. 나는 그의 손가락들이 내 가슴 위에 놓이기를, 마치 나의 곡선을 이제 막 발견하기라도 한 듯 그의 양손이 내 몸을 쓸어내리기를 원했다. 그가 내 안에 있기를, 아니면 조금 전의 고된 육체적 행위에 지쳐 내 옆에서 누워 자고 있기를 나는 원했다.

글을 써보겠다고 노트를 갖고 숲속의 스튜디오로 열흘간 성실하게 출석했지만 수영장 가에 누워있거나 저녁 식사를 하며 야도의 동료 주민들과 문학적인 것들에 대해 대화를 나누는 것을 빼면 이미 뉴욕에서 쓰기 시작했던 서평의 후반부를 쓴 것이 전부였다. 나는 욕조에서 아기오리 튜브를 갖고 장난치던 JC에, 그 기다란 손가락들로 내 유두들을 번갈아가며 만지고 또 만지던 JC에, 자신의 입을 내 입에 대고 마치 내 몸속의 공기를 죄다 뽑아내기라도 하려는 듯 강렬하지만 지저분하지 않은 열의로 키스하던 JC에 빠져 허우적대며 대부분의 시간을 보냈다. 그가 자신의 페니스를, 그 벨벳처럼 부드러운 말단을 내 양 다리 사이에 끼워 넣기 시작할 때 나를 그토록 감동시킨 것은 무엇이었을까? 그것이야말로, 오로지 그 마을에서의 암묵적이지만 더할 나위 없이 명백한 재능의 위계에서 나 자신의 자리를 높여보고자 왜 X는 납득할 수 없이 과대평가된 소설가이며 왜 Y가 분명히 보다 훌륭한 문체를 지녔는지 논하는 것보다 훨씬 중요하게 느껴졌다.

두 번째 금요일, 나는 기만적인 놀이를 그만두었다. 불꽃같은 결심의 지각을 잃지 않기 위하여 먼저 왕복 기차표를 예매한 다음 자신보다 훨씬 연상인(그리고 더 유명한) 아내와 함께 마을을 운영하던 작가에게 갑자기 발생한 긴박한 집안 문제로 인해 즉시 돌아가서 잠시 머물러야 한다고 말했다. 소로Thoreau 식으로 숲과 함께할 이 귀중한 기회를 중단시키고 돌아가야 하는 게 한없이 고통스럽지만 최대한 속히 복귀하겠다고 말했다. 그는 내 뻔뻔한 변명을 무척 친절하게 수용했다. 겉보기에 진지한 작가의 가면 아래 미쳐 날뛰는 성적 갈망이 숨어있다는 것을, 숨 막히는 마을을 벗어나 냉정한 로돌프와 또 한 차례의 정사를 갖고 싶어 죽을 것 같은 보바리 부인의 보다 현대적이고 도회적인 버전이 도사리고 있다는 것을 그가 어떻게 알아챌 수 있었겠는가.

금요일 저녁에는 이미 도시로 돌아와 JC의 낮고 그다지 편안하지 않은 침대에 누워 거의 동물적이라 할 성적 행복을 만끽하고 있었다. 하지만 다음 날 아침, 뭔가 잘못되어 있었다. 파이어 아일랜드로의 여행 중 내가 조롱하는 것 같으면서도 애정에 찬 무슨 말을 했고 그는 그것을 순전한 힘담으로 받아들였던 것 같은데, 이제 기억도 잘 안 난다. 내가 아는 건, 내가 바다에서 걸어 나올 즈음, 우리는 더이상 서로 말을 하지 않았다는 것, 그뿐이다. 그가 챙겨온 비치 타월 위에 자리 잡는 나를 JC는 무시했다. 그저 타월 한쪽에 양팔을 머리 뒤로 두르고 말없이 누워 눈을 감은 채 한낮의 햇볕에 제 몸을 내맡기고 있었다. 나는 엎드려 누워 햇볕 속에서 아지랑이처럼 가물거리는 인파 가득한 해변을 응시하며 왜 나는 처음부터 나를 욕망하는 것만큼이나 나를 싫어하는 것이 분명한 남자에게 굴복했던 것일까 의아해했다.

이후 한두 시간을 오후가 깊어지며 날이 서늘해지고 선탠크림과 모래가 섞여 살갗이 바스락거리는 가운데 우리는 한마디 말도 없이 함께 있었다. JC의 종잡을 수 없이 간헐적인 애정 속에서 내 자리를 찾으러 갈팡질팡하는 동안 나는 머릿속에서 몇 개의 굳은 결심을 했다. 여기서 언급할 가치가 있는 단 한 가지는 울거나 화내지 않고 이 하루를 마무리하자는, 그리고 내게 남은 힘을 총동원하여 JC와 그의 잠자리 기술에 영원한 작별을 고하자는 결심이었다.

해변을 떠나 연락선에 오르는 사이 어디쯤에서 우리는 다시 이야기를 하기 시작했다. JC의 관계유형은 충분히 벌을 주고 거리를 두었다고 판단이 되는 즉시 마치 아무것도 잘못된 바 없었던 듯, 우리 사이에 어떤 얼음벽도 세워진 바 없었던 듯 행동하는 거였다. 이즈음 나는 나를 코푼 휴지처럼 취급하는 그의 능력에 하도 졸아들었던 터라 다시 커플이, 그는 남자친구가 나는 여자친구가 되는 가능성에 재빨리 뛰어올랐다.

이런 비참한 상태 속에서 나는 그의 아파트에 따라갔다. 그가 하찮은 남은 음식을 대강 데워냈고 우리는 그 미니멀리즘 스타일의 스튜디오가 갖추고 있던 반원형 테이블에 앉아 산만한 대화를 나눴다. 그 어느 지점에서 나는 몇 가닥 남아있던 존엄성을 되살려내어 사라토가 스프링스로의 마지막 기차를 타야 한다고 확신 없이 중얼거렸다. 기다리기라도 했다는 듯 JC는 자리에서 일어나 일 미터쯤 떨어져있는 침대에 드러누웠다. "이리 와." 그가 말했다. "정말 가고 싶은 건 아니잖아, 그렇지? 당신이 뭘 원하는지 나는 알 것 같은데."

물론 그것은 사실이었다. 욕망이 우리를 가만 놓아두지 않을 때, 말을 들을 때까지 좀체 입을 닥치지 않을 때 그 유혹적 본질에 맞서 싸워봤자 무슨 소용이 있겠나. 나는 JC의 침대 반대편으로 걸어가 네브래스카 농장에서 방금 도착한 소녀처럼 수줍게 섰다. 1970년대 스타일의 얇은 롱스커트를 입은 나는 스스로를 완전히 팔아넘기지 않고 다음 장면으로 넘어갈 방법이 무엇일까를 고민했다. 그가 말없이 능숙한 방식으로 내 스커트 밑으로 손을 집어넣고는 팬티를 완전히는 아니고 발목 언저리까지 끌어내리며 나를 유심히 바라보았다.

그와 수백 마일 떨어져 있다가 해변에서 불행한 하루를 함께 하고 그가 이렇게 나를 다시금 그를 필요로 하는 상태로 끌고 들어가는 상황에서 비롯된 혼란스런 감정이 나를 욕망에 굴복하도록 했다. "우유처럼 촉촉해." 손가락을 내 안에 집어넣은 채 그가 말했다. 올드 스파이스 향과 함께 사향 비슷한 냄새를 희미하게 풍기며(그는 내가 만나온 남자들 중 가장 땀이 적은 남자였다) 그가 내 안에서 사정한 순간 다시 모든 게 분명해졌다. "이제 당신 내 거야?" 우리의 힘겨운 이인무가 결국 길들지 않은 짐승인 양 나를 사로잡아서 밧줄에 묶어 잠식해오는 어둠속에 그가 세워놓은 우리 안으로 밀어 넣기 위한 것이었다는 듯, 그가 물었다. "응." 나는, 늘 그랬듯, 속삭였다.

이튿날 나는 야도로 돌아갔다. 하지만 작가 공동체의 일원이 되기를 진지하게 꿈꾸고 있는 시늉을 하기에는 이미 늦어버린 터였다. 나는 껍데기 아래서는 다음 수컷을 향해 문을 열어젖힐 준비가 되어있다는 것을 이해하는 누군가에 의해 취해지기를 기다리는 속내가 육욕적인 존재였던 것이다. 물론 그처럼 얽히고설킨 애증관계는 지속될 수 없었다. 하지만 맹세컨대 긴 세월이 지난 지금조차 그것들을 생각하려고만 해도 머리통에서 연기가 나는 것만 같다.

우상들과의 점심

첫판 1쇄 펴낸날 2016년 9월 5일

지은이 | 대프니 머킨
옮긴이 | 김재성
펴낸이 | 박남희

종이 | 화인페이퍼
인쇄 · 제본 | 한영문화사

펴낸곳 | (주)뮤진트리
출판등록 | 2007년 11월 28일 제318-2007-000130호
주소 | 서울시 마포구 토정로 135 (상수동) M빌딩
전화 | (02)2676-7117 팩스 | (02)2676-5261
전자우편 | geist6@hanmail.net

ISBN 978-89-94015-96-5 03800

* 책값은 뒤표지에 있습니다.